唐宋咏粤诗选注

林兆祥 编著

南方日报出版社
NANFANG DAILY PRESS
中国·广州

图书在版编目（CIP）数据

唐宋咏粤诗选注 / 林兆祥编著. — 广州 : 南方日报出版社, 2013.2
ISBN 978-7-5491-0708-7

Ⅰ. ①唐… Ⅱ. ①林… Ⅲ. ①唐诗－注释②宋诗－注释 Ⅳ. ①I222.74

中国版本图书馆 CIP 数据核字(2012)第 234966 号

TANGSONG YONGYUE SHIXUANZHU
唐宋咏粤诗选注　林兆祥 编著

出版发行：南方日报出版社
地　　址：广州市广州大道中 289 号
电　　话：（020）83000502
经　　销：全国新华书店
印　　刷：广州市怡升印刷有限公司
开　　本：787mm×1092mm　1/32
印　　张：11.75
字　　数：250 千字
版　　次：2013 年 2 月第 1 版
印　　次：2013 年 2 月第 1 次印刷
定　　价：36.00 元

投稿热线：（020）83000503　读者热线：（020）83000502

网址：http://nf.nfdaily.cn/press/

梅花先暖亦南枝

——读林兆祥编著之《唐宋咏粤诗选注》

王培楠

林兆祥是我的农友，在那国运艰难的“文革”岁月，我们一同在广州军区生产建设兵团九师七团（广东省火星农场）度过了整整十年的农垦生活。那时候，他就是我们知青中的“文胆”，在连队锻炼没多长时间，就被抽调到团部报道组，成为《兵团战士报》的专职通讯员。恢复高考后，我们先后都进了高等院校读书。他先后从教、从政、从警（授三级警监警衔），虽然岗位有变，但他对“舞文弄墨”却不离不弃。

士别三日，当刮目相看。士别三十年，其深浅更是难以斗量。当林兆祥编撰、由中州古籍出版社出版的《唐宋花间廿四家词赏析》以及即将由南方日报出版社出版的《唐宋咏粤诗选注》书稿摆在我的案桌上，我震撼了。这应该是大学教授们的“饭碗”啊，一名“业余小子”竟然一把抢了过来，还吃得有滋有味。兆祥兄您也“太过分”了。

莫道岭南蛮荒地，咏粤诗中有奇葩。长江、黄河文化对珠江文化的孕育发展曾经有过怎样的影响？它们之间的交流碰撞又给中华文化的提升带来怎样的辉煌？我怀着如此心愿，翻阅着《唐宋咏粤诗选注》，被千百年前中华先贤们滚热的诗行深深吸引。我不由得惊叹，在唐宋年间的岭南星空下，竟然有着如此奇丽的诗篇。

惊叹之一是唐宋年间，有着如此之多的著名诗人，被岭南的奇特风情深深打动，写下了不计其数的咏粤诗篇。初唐诗名甚大的、唐代律诗体制定型的代表诗人“沈（佺期）宋（之问）”正是因为流放岭南，其诗才摆脱梁、陈的靡丽，表现出真实的情感。“初唐四杰”之一的杨炯以“绿琪千岁树，黄槿四时花”（《送杨处士反初卜居曲江》）工整的联句，吟唱曹溪是可“寄家”之胜地。边塞诗人高适吟道：“海对羊城阔，山连象郡高”（《送柴司户充刘卿判官之岭外》），这是“羊城”首次出现在唐诗中；边塞诗人岑参吟道：“海暗三山雨，花明五岭春”（《送杨瑗尉南海》）。积极浪漫主义大师李白对罗浮山有着深沉的喜爱之情，有六首诗作提及了罗浮山，其中《江西送友人之罗浮》唱道：“如寻楚狂子，琼树有芳枝。”诗人仿佛已经到了罗浮，友人要寻找，罗浮山的琼树芳枝上有“楚狂子”。现实主义“诗圣”杜甫以满腔的热情写道：“诏从三殿去，碑到百蛮开。野馆浓花发，春帆细雨来”（《送翰林张司马南海勒碑》）。元稹、白居易二人有送客游岭南二十韵的唱和诗作。

惊叹之二是唐宋年间，诗人们用神来之笔，绘画蛮荒的岭南，展现了鲜为人知的瑰丽雄奇的画卷。北起韶关，东至潮汕，西达封州，南到高雷，唐宋诗人们所及之处，往往“观此得咏歌，长时想精异”（杜审言《南海乱石山作》），因而使咏粤诗不仅视觉广及广东的山山水水，而且触觉遍及社会生活的方方面面。诗篇描述岭南的蛮荒、气候异常，“愁冲毒雾逢蛇草，畏落沙虫避燕泥”（李德裕《谪岭南道中作》），“炎风杂海气，暑雨每成霖”（杨衡《南海苦雨寄赠王四侍御》）。诗篇描述岭南物产的丰富，“南薰阜物华，南獠俨庭寔。野味散芬芳，海毂参茂密”（陈元光《南獠纳款》），“绿蕉丹荔千山度”（薛敏思《送欧阳令之任粤中》）。当时，广东地处偏僻，“天南多鸟声，州县半无城。野市依蛮姓，山村逐水名”（王建《南中》）；但中心城市已经相当繁华，“盖海旂幢出，连天观阁开”（韩愈《送郑尚书权赴南海》），“十万人烟城缭绕，三千世界水周遭”（曾丰《广州登盖海楼》），唐贞元年间，岭南对外贸易兴盛，广州被朝廷考定为“通海夷道”，“连天浪静长鲸息，映日帆多宝舶来”（刘禹锡诗句），“冠冕中华客，梯航异域臣”（元稹《和乐天送客游岭南二十韵》），“货通师子国，乐奏武王台”（韩愈《送郑尚书权赴南海》），“圣朝昌盛鲸波息，万国迎琛舶卸樯”（白玉蟾《题南海祠》）。至于岭南奇特的民俗，更是令人大开眼界。写龙舟竞渡：“鱼虾走避无处所，小试勒兵吾有取。楼船将军下潢浦，佽飞射士彍强弩”（朱翌《端午观竞渡曲江》）。祭南海神庙：“龙骧伐鼓下长川，直济云涛古庙前”（李群玉《凉公从叔春祭广利王庙》）。赛神盛会：“荆巫脉脉传神语，野老娑娑起醉颜”（刘禹锡《阳山庙观赛神》）。

惊叹之三是唐宋年间，岭南诗歌虽处于成长阶段，但却出现了张九龄、余靖为“领军人物”的诗人群体，讴歌乡土风物、反映社会生活；众多“岭北”诗人在咏叹个人坎坷遭遇的时候，高洁的品格与渊博的学识，使得咏粤诗中出现许多有别于中原文化的亮丽特色。两者共同构成了被后人所称颂的岭南文化中的精华。张九龄的“海上生明月，天涯共此时”，其境界何等壮阔；王维的“红豆生南国，春来发几枝。愿君多采撷，此物最相思”，其感情何等真挚；他们歌颂闯海斗浪的英雄：“沧溟八千里，今古畏波涛。此日征南将，安然渡万艘”（高骈《南海神祠》）；对于岭南的蛮荒，他们毫不惧怕，唱出了“莫言向北千行雁，别有图南六月鹏”（权德舆《李十韶州寄途中绝句使者取报修书之际口号酬赠》)的壮志豪情;对于为官被贬,他们依然保持高洁的品行:“出宰山水县,读书松桂林……哀狖配俗耳,清泉洁尘襟”(韩愈《县斋读书》);对于凿通危石、开辟梅关大道的张九龄,直指人心见性成佛,与孔子、老子并列为“东方三圣人”的六祖惠能等岭南奇人所表现出的“敢为天下先”的精神,他们更是喊出了“奇事已堪夸北客,梅花先暖亦南枝”(李昴英《雪封寺二首》),令整个神州大地为之震撼。

也许,因追逐新生活的脚步太快,我们焦渴地享受着各种“文化快餐”,但各种“精神垃圾”也在充塞着我们的胃口,使得我们消化不良。也许我们真应该像那句谚语所说,让脚步走慢一些,等待灵魂跟上!

一个国家,一个民族或者一个地区,其源远流长的历史,其深厚的文化根源,一定有着自己的灵魂。这灵魂不是虚无缥缈的,它是由极为丰富的文化典籍所承载,这里面将有多少宝藏等待着我们去挖掘!挖掘,是寂寞的,但也是极其快乐的,并且是极为有意义的。林兆祥编著的《唐宋咏粤诗选注》出版,正是这样一种有益的探索。相信专家与民间智士的共同努力,会形成更为强大的研究阵容,使珠江岭南文化闪耀更亮丽的风采。

2012 年 10 月

(作者系广东省人民政府参事、南方报业传媒集团原副总编辑)

说　明

一、本书收录诗作的上限为唐,下限为宋。辽金两国诗作不列入。

二、粤,只限于现在广东省行政区域之范围。

三、本书从《全唐诗》(增订简体横排本)、北京大学中国古文献研究所《全宋诗》、中山大学中国古文献研究所《全粤诗》诸书中选录咏粤诗作,不逐一注明,特此说明。

四、所录诗作力求广涉粤地,试图较为全面地介绍唐宋时期的岭南风貌。

五、编次大体以作者生年先后为序。

六、诗作前附作者小传,简要介绍生卒年、字号、籍贯、科第、主要仕履、诗文集等。

七、生僻字首次出现时,用()加注汉语拼音,只注今音,不注古音。

八、注释主要是对字词释义,包括词语、曲故、人名、地名等等。注释参考引用了历代学者、当代专家的研究成果,未能一一标明。在此深表歉意,并致以衷心的谢忱。

目录

唐

韦承庆

南行别弟 …… 1
南中咏雁诗 …… 1

李　峤

梅 …… 2

杜审言

南海乱石山作 …… 3
度石门山 …… 4

陈集原

龙龛道场铭 …… 5

杨　炯

送杨处士反初卜居曲江 …… 6

沈佺期

自昌乐郡溯流至白石岭下行入郴州 …… 6
遥同杜员外审言过岭 …… 8

宋之问

过蛮洞 …… 8
宿清远峡山寺 …… 9
题大庾岭北驿 …… 9
度大庾岭 …… 10
入泷州江 …… 10
登粤王台 …… 11
早发始兴江口至虚氏村作 …… 12
早入清远峡 …… 13

陈元光

南獠纳欵 …… 13

张　说

入海 …… 15
端州别高六戬 …… 15
清远江峡山寺 …… 16
喜度岭 …… 16
广州江中作 …… 17

房　融

谪南海过始兴广胜寺果上人房 …… 18

樊　晃

南中感怀 …… 18

张九龄

秋晚登楼望江南入始兴郡路 …… 19
望月怀远 …… 20
送广州周判官 …… 20
浈阳峡 …… 21
使至广州 …… 22
与王六履震广州津亭晓望 …… 22
自始兴溪夜上赴岭 …… 23

初发曲江溪中 ………… 23
西江夜行 ………… 24

何仙姑

凤台云母 ………… 24
将游罗浮留诗 ………… 25

袁长官女

留题峡山僧壁 ………… 26

孟浩然

送王昌龄之岭南 ………… 26

李 颀

龙门送裴侍御监五岭选 ………… 27

王昌龄

别陶副使归南海 ………… 29

高 适

送柴司户充刘卿判官之岭外 ………… 29
饯宋八充彭中丞判官之岭南 ………… 30

李 白

江西送友人之罗浮 ………… 32

王 维

相思 ………… 33

刘长卿

新年作 ………… 33
送张司直赴岭南谒张尚书 ………… 34
送韦赞善使岭南 ………… 34
送徐大夫赴广州 ………… 35
时平后春日思归 ………… 35

杜 甫

广州段功曹到得杨五长史谭书功曹却归聊寄此诗 ………… 36
送翰林张司马南海勒碑 ………… 36
送段功曹归广州 ………… 37

岑 参

送杨瑗尉南海 ………… 38

贾 至

送陆协律赴端州 ………… 38
送夏侯参军赴广州 ………… 39

元 结

送孟校书往南海 ………… 40

司空曙

送翰林张学士岭南勒圣碑 ………… 41
送流人 ………… 41
送郑明府贬岭南 ………… 41
送人游岭南 ………… 42

钱 起

送李大夫赴广州 ………… 42
南中春意 ………… 43
赋得池上双丁香树 ………… 44

韩 翃

送李明府赴连州 ………… 44
送刘评事赴广州使幕 ………… 45

郎士元

送林宗配雷州 ………… 46

皇甫曾

送徐大夫赴南海 ………… 46

独孤及

代书寄上李广州 ………… 47

戴叔伦
送人游岭南 …… 48
下鼻亭泷行八十里聊状艰险寄青苗郑副使端朔阳 …… 49

韦应物
送冯著受李广州署为录事 …… 50

卢　纶
奉和陕州十四翁中丞寄雷州二十翁司户 …… 51
夜中得循州赵司马侍郎书因寄回使 …… 52

孟　郊
连州吟 …… 52

权德舆
李十韶州寄途中绝句使者取报修书之际口号酬赠 …… 54

窦　巩
南游感兴 …… 54

王　建
南中 …… 54
送迁客 …… 55

崔子向
题越王台 …… 55

张　籍
岭表逢故人 …… 56
送郑尚书出镇南海各用来字 …… 56
送侯判官赴广州从军 …… 56

韩　愈
同冠峡 …… 57
贞女峡 …… 57
杏花 …… 58
县斋读书 …… 59
送李翱 …… 60
泷吏 …… 60
初南食贻元十八协律 …… 61
宿曾江口示侄孙湘二首 …… 62
次同冠峡 …… 63
送郑尚书权赴南海 …… 63
题临泷寺 …… 64

刘禹锡
莫瑶歌 …… 65
插田歌 …… 65
蛮子歌 …… 66
踏潮歌 …… 67
连州腊日观莫徭猎西山 …… 68
唐秀才赠端州紫石砚以诗答之 …… 68
阳山庙观赛神 …… 69
海阳十咏 …… 70
南海马大夫远示著述兼酬拙诗辄著微诚再有长句时蔡戎未弭故见于篇末 …… 72

白居易
送客春游岭南二十韵 …… 73
得潮州杨相公继之书并诗以此寄之 …… 75

李　绅
逾岭峤止荒陬抵高要 …… 76
朱槿花 …… 78
红蕉花 …… 78
端州江亭得家书二首 …… 78

元　稹
和乐天送客游岭南二十韵 …… 79
送岭南崔侍御 …… 81

杨　衡
经端溪峡中 …… 82
南海苦雨寄赠王四侍御 …… 83
游峡山寺 …… 83

张　碧
贫女 …… 84
农父 …… 85

徐　凝
相思林 …… 85
山鹧鸪词 …… 85
春雨 …… 86
红蕉 …… 86

李德裕
谪岭南道中作 …… 87
岭外守岁 …… 87

许　浑
冬日登越王台怀归 …… 88
朝台送客有怀 …… 89
韶州韶阳楼夜宴 …… 89
登尉佗楼 …… 90
韶州驿楼宴罢 …… 90
岁暮自广江至新兴往复中题峡山寺四首 …… 91
南海使院对菊怀丁卯别墅 …… 92

马　戴
寄广州杨参军 …… 92

吴武陵
贡院楼北新栽小松 …… 93

李群玉
登蒲涧寺后二岩 …… 94
中秋越台看月 …… 96
凉公从叔春祭广利王庙 …… 96
广州陪凉公从叔越台宴集 …… 97
石门戍 …… 98

李商隐
异俗 …… 98

张又新
罗浮山 …… 99

卢　肇
被谪连州 …… 99
题清远峡观音院二首 …… 100
谪连州书春牛榜子 …… 101

殷尧藩
送刘禹锡侍御出刺连州 …… 101

裴夷直
江上见月怀古 …… 102
忆家 …… 102

袁不约
送人至岭南 …… 102

张　祜
送苏绍之归岭南 …… 103

朱庆馀
南岭路 …… 103

郑　愚
泛石岐海 …… 104

项　斯
蛮家 …… 105

李明远
送韦觐谪潘州 …………… 105

曹松
岭南道中 ………………… 106
南海旅次 ………………… 106
南海 ……………………… 106
霍山 ……………………… 107
南海陪郑司空游荔园 …… 107

莫宣卿
七岁戏题沙上 …………… 108

皮日休
寄题罗浮轩辕先生所居 … 109

高骈
南海神祠 ………………… 109

于濆
南越谣 …………………… 110

邵谒
寒女行 …………………… 111

陆龟蒙
奉和袭美吴中言怀寄南海二同年 ……………………… 111
奉和袭美送李明府之任南海 ……………………………… 112

胡曾
自岭下泛鹢到清远峡作 … 113

周朴
春中途中寄南巴崔使君 … 113

李洞
送僧游南海 ……………… 114

陈万言
渔村杂咏 ………………… 114

张鸿
贞女石 …………………… 115

无可
中秋月彩如昼寄上南海从翁侍御 ……………………… 115

五代十国

[后梁]杜荀鹤
送友人游南海 …………… 117

[后梁]许鼎
登岭望 …………………… 117

[后周]孟贯
送江为归岭南 …………… 118

[吴]孙鲂
题梅岭泉 ………………… 118

[吴]沈彬
送人游南海 ……………… 120

[南唐]徐铉
以端溪砚酬张员外水精珠兼和来篇 ……………………… 120
清明日清远峡作 ………… 121
送李补阙知韶州 ………… 121

[南唐]陈陶
早发始兴 ………………… 122
番禺道中作 ……………… 122
南海石门戍怀古 ………… 123

[闽]黄滔
广州试越台怀古 ………… 123
闺怨 ……………………… 124

[闽]徐夤
荔枝 ……………………… 125

郊村独游 ······ 125
尚书命题瓦砚 ······ 126

[南汉]梁　嵩
殿试荔枝诗 ······ 127

[南汉]文　丙
罗浮山 ······ 127

[南汉]蒋　吉
大庾驿有怀 ······ 128

[南汉]刘言史
广州王园寺伏日即事寄北中亲友 ······ 129
越井台望 ······ 129

[南汉]林　衢
题广州光孝寺 ······ 130

[南汉]周　渍
山下水 ······ 130

[南汉]素　馨
登城北山楼 ······ 131

[前蜀]贯　休
送轩辕先生归罗浮山 ······ 131
南海晚望 ······ 132

[荆南]尚　颜
宿清远峡山寺 ······ 132

[荆南]齐　己
谢人惠端溪砚 ······ 133

宋

古成之
五仙观二首 ······ 134
忆罗浮 ······ 135

向敏中
峡山飞来寺 ······ 136

邵　奕
游真祺观 ······ 136

丘　濬
赠五羊太守 ······ 136

寇　准
留题郡楼 ······ 137
临海驿夏日 ······ 137
海康西馆有怀 ······ 137

陈尧佐
赴潮阳倅二首 ······ 138
潮阳作二首 ······ 138
游西湖 ······ 139
野吏亭 ······ 139
送王生及第归潮阳 ······ 140

张士逊
峡山寺 ······ 141

高　绅
游峡山飞来寺 ······ 141

林　逋
送史殿丞之任封州 ······ 141

吴世范
廖仙岩 ······ 142

杨　亿
职方彭员外惟节知韶州 ······ 143
宗人大著令问通判广州 ······ 144
史馆凌职方知广州 ······ 144

章得象
植萱亭 ······ 146
峡山飞来寺 ······ 146

许　申

张相公祠 …………………… 147

黄仲通

惠州野吏亭 ………………… 148

齐　唐

南雄城楼 …………………… 148

王　陶

游碧落洞 …………………… 149

包　拯

书端州郡斋壁 ……………… 149

余　靖

送曲江知县赵节推 ……… 150

寄题广州田谏议颐堂 …… 150

荔香亭 ……………………… 150

寄题田待制广州西园 …… 151

游韶石 ……………………… 152

南斋新植牡丹初冬忽开数朵爱玩不已因而感咏呈知郡中舍 …………………… 153

游大峒山 …………………… 154

和王子元过大庾岭 ……… 155

和董职方见示初到番禺诗 155

题庾岭三亭诗 …………… 156

重游英州碧落峒 ………… 157

仁化锦石岩 ……………… 157

周　燮

大云洞 ……………………… 158

梅尧臣

送储令赴韶州乐昌 ……… 159

杜挺之赠端溪圆砚 ……… 159

送番禺杜杆主簿 ………… 160

送余中舍监韶州钱监 …… 160

薛利和

韩亭 ………………………… 161

李　京

游碧落洞 …………………… 161

唐　介

碧落洞 ……………………… 162

祖无择

游真阳石室 ………………… 163

游韶石 ……………………… 164

万太傅知惠州 ……………… 164

送新州陈式虞部 ………… 164

张　俞

广州 ………………………… 165

蔡　襄

寄南海李龙图兑求素馨含笑花 ………………………… 166

颜庶几

游碧落洞同李甡诸公 …… 166

陶　弼

端研诗赠王欲 …………… 167

广州 ………………………… 167

连州天际岭 ……………… 168

周敦颐

按部至春州 ……………… 168

题惠州罗浮山 …………… 169

夜雨书窗 ………………… 169

牧童 ………………………… 169

春晚 ………………………… 169

文　同

谢杨侍读惠端溪紫石砚 … 170

曾　巩

送英州苏秘丞 …………… 171

刘　敞
自恩平还题嵩台宋隆馆二首 …… 172
王　珪
南海馆中 …… 172
连希元
留题碧落洞 …… 173
谢景初
粤俗 …… 174
王安石
次韵答丁端州 …… 174
送崔左藏之广东 …… 175
谭　掞
清淑堂 …… 176
安昌期
题清远峡和光洞 …… 176
刘　攽
惠州丰湖 …… 177
送人之官岭南 …… 177
陈之方
祠南海神庙 …… 178
李　岩
韩泷 …… 178
龙山读书草堂 …… 178
康　卫
七星岩 …… 179
再经旧游偶成拙句呈知郡殿丞过端州 …… 181
杨　杰
丰湖歌 …… 181
程之才
碧落洞 …… 182
蒋之奇
南雄昌乐驿 …… 183
望韶石 …… 184
峡山 …… 184
朝汉台 …… 185
菖蒲涧 …… 185
越王台 …… 186
孙　载
景泰禅阁 …… 186
郭祥正
韶石行 …… 187
和颖叔游浮丘观 …… 187
广州越王台呈蒋帅待制 …… 189
蒲涧奉呈蒋帅待制 …… 190
九曜石奉呈同游蒋帅颖叔吴漕翼道 …… 191
志游呈蒋帅颖叔 …… 192
英州烟雨楼 …… 193
南雄望远亭本朝章郇公所作公尝为郡太守种荔子二株今方茂实而后人所种皆不成东美要予致酒亭上为赋四韵 …… 193
入清远峡 …… 193
出清远峡 …… 194
韶州武溪亭 …… 194
李　甡
游碧落洞 …… 194
冯　慭
游碧落洞同李甡诸公 …… 195

蔡　确
新兴即事 …………………… 196
苏　轼
过大庾岭 …………………… 196
碧落洞 ……………………… 197
峡山寺 ……………………… 198
舟行至清远县见顾秀才极谈惠州风物之美 ………………… 198
广州蒲涧寺 ………………… 199
发广州 ……………………… 199
浴日亭 ……………………… 200
十月二日初到惠州 ……… 200
寓居合江楼 ………………… 201
白水山佛迹岩 ……………… 202
江郊 ………………………… 203
上元夜 ……………………… 203
游博罗香积寺 ……………… 204
新年 ………………………… 205
食荔支 ……………………… 206
和陶拟古 …………………… 206
东楼 ………………………… 207
雨夜宿净行院 ……………… 208
三月二十九日二首 ……… 208
鲜于师中
题滴水岩 …………………… 209
苏　辙
寓居六咏 …………………… 210
寓居二首 …………………… 211
郑　侠
示潮州吴宅三甥 ………… 212
连州斛岭寨井 ……………… 213
和英州太守何智翁次韵冯仲礼麻江桥 ………………… 214
彭汝砺
金星砚行 …………………… 214
许彦先
药洲 ………………………… 215
再游阳春通真岩 ………… 215
游碧落洞二首 ……………… 216
湖上十亭 …………………… 216
题金山见远亭 ……………… 216
潮泉 ………………………… 217
范　镗
游浈阳峡 …………………… 217
张　澌
崇宁乙酉元祀卒同僚修禊于七星岩 ………………… 218
陈觉民
五仙观 ……………………… 219
欧阳经
贞女峡 ……………………… 219
刘　弇
真阳阻水 …………………… 220
题广州浴日亭 ……………… 220
海山楼晚望 ………………… 221
观刘禹锡题湟川记 ……… 221
题增城驻舟亭 ……………… 221
刘安世
南山 ………………………… 222
谭　粹
景泰禅阁 …………………… 223
建中靖国辛巳八月十日独游碧落洞遂成拙句 ………… 223
望仙亭成再书一绝 ……… 223
重建南山亭辄成小诗 …… 224

秦　观
雷阳书事 …………………… 224
海康书事 …………………… 225

李　丹
烟雨楼 ……………………… 227

谢举廉
浴日亭 ……………………… 228

李熙载
九里 ………………………… 228

时孝孙
游碧落洞 …………………… 229

廖君玉
留题碧落洞 ………………… 230

邹　浩
食荔枝 ……………………… 230
种荔枝 ……………………… 230

杜　扞
引烟坞 ……………………… 231
天泽源 ……………………… 231

林同叔
黄龙洞 ……………………… 231

刘　允
韩山 ………………………… 232

孙钦臣
罗浮即景 …………………… 232

唐　庚
到罗浮始识秧马 …………… 233
送客之五羊二首 …………… 234

苏　过
白水岩汤泉 ………………… 235
游英州碧落洞 ……………… 236

李　光
乐会雷令数惠笥作诗为谢 ……………………………… 236
渡海三首 …………………… 237
雷化多旷野道傍常闻鹧鸪声 ……………………………… 238

李　纲
次雷州 ……………………… 238
天宁寺阁提花 ……………… 239
谒南海神庙 ………………… 240
泛舟循惠间山水清绝口号四首 …………………………… 240
循州道中作 ………………… 241
宿兴宁县驿二首 …………… 241

吕本中
避寇南行 …………………… 242
连州阳山归路三绝 ………… 243
游阳山广庆寺 ……………… 243
连州游隅湖亭 ……………… 244

章元振
会诸官韩亭 ………………… 244

郑刚中
广人谓取素馨半开囊置卧榻间终夜有香用之果然 …… 245
广中菩提树取其叶用水浸之叶肉尽溃而脉理独存绡縠不足为其轻也士人能如莲累之号菩提灯见而戏为此绝 … 245
有客致木绵椅坐为山斋之用 ……………………………… 245
壬申年封州自正旦雨至元宵不止 ………………………… 246
茉莉 ………………………… 247
封州 ………………………… 248

时官多以封州俸薄并邑萧条居处湫隘为欢观如闻而赋之 …… 248
田父 …… 248

洪 皓
浈阳寓居 …… 249
芭蕉 …… 249

陈与义
和大光道中绝句 …… 250
与大光同登封州小阁 …… 250

叶南仲
七星岩 …… 251

朱 翌
端午观竞渡曲江 …… 251
初到曲江 …… 252
谢刘宪惠龙眼诗 …… 254

曹 勋
题潮州黄岗驿 …… 254
潮州赠刘大夫 …… 255

胡 寅
游龙山寺 …… 255
题清远峡山寺 …… 256

晁公迈
峡山寺 …… 256

李乔木
舟次南华寺 …… 257

陈鹏飞
惠州作 …… 257

汪 任
游南山 …… 258
英德六题 …… 260

陈 焕
罗浮组诗 …… 261

高州吹角老兵
题谯楼 …… 262

胡 铨
熙春亭 …… 263
铜石山 …… 263
题铁阬 …… 264
次雷州和朱彧秀才韵时欲渡海 …… 264

张 登
留题熙春亭 …… 265

黄公度
中秋西江上 …… 265
题七星岩 …… 265
赴南恩道间和杨体南三首 …… 266
题潮阳石塔寺 …… 267
西园二首 …… 267
春思 …… 267

龚茂良
题惠来驿二首 …… 268

陈知柔
谒韩祠 …… 269

黄 补
韩木 …… 270

范端臣
岭南鞭春 …… 270

杨万里
二月一日雨寒 …… 271
二月二十三日南雄解舟二首 …… 271

明发韶州过赤水渴尾滩 … 272
小泊英州二首 …………… 272
船中蔬饭 ………………… 272
五羊官舍春尽晚步西园荷桥
………………………………… 273
三月晦日游越王台二首 … 273
南海集雨霁登连天观 …… 273
明发青塘芦包 …………… 274
过胥口镇 ………………… 274
疍户 ……………………… 274
晓发黄巢矶芭蕉林中 …… 275
回望黄巢矶之险心悸久之 275
峡中得风挂帆 …………… 275
题望韶亭 ………………… 276
题兴宁县东文岭瀑泉在夜明场
　驿之东 ………………… 277
惠州丰湖二首 …………… 278
揭阳道中二首 …………… 278
潮阳海岸望海 …………… 279
宿潮州海阳馆独夜不寐二首
………………………………… 279
明发梅州 ………………… 279
宿南岭驿二首 …………… 280
南海东庙浴日亭 ………… 280
英石铺道中 ……………… 281
曲湾二首 ………………… 281
尝新初食六首 …………… 281
尝瓜二首 ………………… 283

张宋卿
天汉桥 …………………… 284
忆罗浮寄曾元功二首 …… 284

留　正
罗浮天汉桥 ……………… 285

薛敏思
送欧阳令之任粤中 ……… 285

吕祖俭
韶阳之迁道中呈汪时法 … 286

曾　丰
五羊食荔枝龙眼 ………… 286
游三洲岩 ………………… 287
游三乳洞 ………………… 288
望始兴 …………………… 289
出清远峡 ………………… 289
乙巳正月过英州买得石山
………………………………… 290
广州二首 ………………… 290
五羊城南野行书所见 …… 291
暇日集越王台 …………… 291
广州登盖海楼 …………… 292
五月一日薄暮至三水倚樯攲
　枕 ……………………… 292
入德庆舟中看雨 ………… 293
檄至德庆舟中晚眺 ……… 293
龙母庙 …………………… 294
题南海神祠前观澜亭 …… 294
宿南海神祠东廊候月烹茶次
　闻雷 …………………… 295
登浴日亭 ………………… 295
谒扶胥南海庙 …………… 295

张　嵫
雨中闻雁 ………………… 296

宋　煜
罗浮八题 ………………… 297

吕　定
追和苏子瞻游峡山寺韵 … 298
度大庾岭 ………………… 298
登越王台 ………………… 299
浴日亭和苏学士韵 ……… 299
游海珠寺 ………………… 299

曾跃鳞
游王母冈 …………………… 299
闻西浦渔歌作 ……………… 300

留　硕
题清晖楼二首 ……………… 300
劝农三首 …………………… 301

陈　藻
过海丰 ……………………… 301
送黄钦之赴广州盐税 …… 302

林　嶙
题西湖山岩 ………………… 302
登潮阳东山 ………………… 302

崔与之
峡山飞来寺 ………………… 303

赵希昼
寄广南转运陈学士 ……… 303

戴复古
题梅岭云封 ………………… 303
书事 ………………………… 304
灵洲梅花 …………………… 304
李计使领客游白云景泰 … 305
舟行英德江上和许季如诗
………………………………… 305

徐鹿卿
再游梅关书呈黄幹 ……… 305
小英石峰 …………………… 305

赵汝鐩
蒲涧行 ……………………… 306

留元崇
游罗浮 ……………………… 307
茶园 ………………………… 307

梁文奎
题增城进士单有明清白传家
巷 ……………………… 308
迎翠楼自赋 ………………… 308

方信孺
番山 ………………………… 309
任嚣城 ……………………… 309
三城 ………………………… 310
清海军楼 …………………… 310
广平堂 ……………………… 311
石屏堂 ……………………… 311
十贤祠 ……………………… 311
越楼 ………………………… 311
南濠 ………………………… 312
任嚣墓 ……………………… 312
番塔 ………………………… 313
海山楼 ……………………… 313
越井冈 ……………………… 313
越台井 ……………………… 314
朝汉台 ……………………… 314
灵洲 ………………………… 315
甘溪 ………………………… 315
滴水岩 ……………………… 315
悬钟 ………………………… 315
动石 ………………………… 316
白云洞 ……………………… 316
大小水帘洞 ………………… 316
鹤舒台 ……………………… 316
虎头岩 ……………………… 317
琵琶洲 ……………………… 317
相对冈 ……………………… 317
走珠石 ……………………… 317
大通寺 ……………………… 318
抱旂山 ……………………… 318
金芝岩 ……………………… 318
清远峡 ……………………… 318

龙窟 …… 319
刘氏双阙 …… 319
刘氏郊坛 …… 320

包 恢

过峡山寺 …… 320
同陈守游碧落洞二首 …… 321

陈元晋

游罗浮宝积寺 …… 322
越王台 …… 322
入庾岭 …… 322

刘克庄

梅州重建中和堂 …… 323
广州劝驾 …… 323
药洲四首 …… 324
浴日亭 …… 325
丰湖 …… 325
潮惠道中 …… 326
送金潮州 …… 326

赵崇垓

游七星岩和曾景亮同年 …… 327

白玉蟾

博罗县驿 …… 328
初至肇庆府砚岩 …… 328
白云庵 …… 328
海丰道中 …… 328
景泰晚眺 …… 329
题南海祠 …… 329

刘燧叔

连州大云洞 …… 329

李曾伯

登西楼题柱 …… 330

李昴英

雨行梅关二首 …… 330
登峡山疾风甚雨 …… 331
峡山寺 …… 331
白云登阁 …… 332
蒲涧滴水岩观瀑 …… 332
西樵岩 …… 333
罗浮国醮 …… 333
雪封寺二首 …… 334

郑 玠

潮阳东山 …… 335
初至罗浮 …… 335

颜得遇

招抚峒猺歌 …… 336

乐雷发

送萧大山赴新兴令 …… 336

曾宋珍

云溪寺 …… 337

李春叟

登粤秀山 …… 337

马南宝

哭祥兴帝二首 …… 338

苏 良

咸淳乙丑良月同张彭二寅契游七星岩因以纪胜 …… 339

陈宜中

如占城经吴川极浦亭 …… 339

李梦吕

凤凰谷 …… 340

文天祥

过零丁洋 …… 341

蔡蒙吉

阴那山 …… 342

梅江晚泛二首 ………… 342

张镇孙

广州八景 ………………… 342
夜过白云话别 ………… 343

戴应魁

海月岩 …………………… 344

袁　玧

伤乱二首 ………………… 345

袁　瑨

游白云山 ………………… 345

陈　纪

暮春山行二首 ………… 346
夜宿增江松鹤庵 ………… 346

化州郡守

化州 ……………………… 347

张子龙

客居岭南 ………………… 347

蓝　乔

怀霍山 …………………… 348

林小山

新妇石 …………………… 348

陈延光

登高凉山谒墓 ………… 349
小山见梅 ………………… 349

凌　震

湖光岩 …………………… 349

杨　泽

青嶂山 …………………… 350

梁匡时

沥湖秋泛 ………………… 350

唐

韦承庆

韦承庆(639—705),字延休。郑州阳武人。事继母以孝闻举进士。中宗神龙初,坐附张易之,流岭表。岁余,召为秘书国内外少监,兼修国史,封扶阳县子。授黄门侍郎,未拜,卒。谥“温”。有集60卷,今存诗7首。

南行别弟

澹澹长江水①,悠悠远客情②。落花相与恨③,到地一无声。

【注释】

①澹澹:水波荡漾的样子。阮修《上巳会诗》:“澄澄绿水,澹澹其波。”

②悠悠:形容忧伤。《诗·小雅·十月之交》:“悠悠我里,亦孔之痗。”注:“忧也。”

③相与:副词。表示同时同地做(或发生)某件事。王羲之《兰亭诗》:“相与无相与,形骸自脱落。”

南中咏雁诗①一作于季子诗,题作南行别弟

万里人南去,三春雁北飞②。不知何岁月,得与尔同归?

【注释】

①南中:泛指我国南方。江淹《谢临川灵运游仙》:“南中气候暖,朱华凌白雪。”

②三春:春天三个月,农历正月称孟春,二月称仲春,三月称季春,合称三春。王羲之《兰亭诗》:“三春启群品,寄畅在所因。”

李 峤

李峤(644—713),字巨山。赵州(今属河北)人。约为高宗麟德元年(664)进士(时20岁),举制策甲科。武后、中宗朝,屡居相位,封赵国公。睿宗时,左迁怀州刺史。玄宗即位,贬滁州别驾,改庐州别驾。与杜审言、崔融、苏味道并称“文章四友”;《全唐诗》编诗5卷。

梅

大庾敛寒光①,南枝独早芳②。雪含朝暝一作紫花色③,风引去来香。妆面回青镜④,歌尘起画梁⑤。若能遥止渴⑥,何暇泛琼浆⑦。

【注释】

①大庾:即大庾岭,古称塞上、台岭、寒岭、东峤。相传汉武帝时,有庾姓将军筑城于此,因名大庾岭,又曰庾岭。中国南部山脉,“五岭”之一,在江西、广东两省边境。　敛:收敛、止息。谢灵运《石壁精舍还湖中作诗》:“林壑敛暝色,云霞收夕霏。”

②南枝:朝南的树枝。南朝梁简文帝萧纲《双燕离》:“衔花落北户,逐蝶上南枝。”白孔《六贴》:“庾岭梅花,南枝先开,北枝后开,寒暖之候异也。”　早芳:首先开花。陆贽《赋得御园芳草》:“恒恐韶光晚,何人辨早芳。”

③朝暝:早晨与夜晚。江总《夏日还山庭诗》:“野花朝暝落,盘根岁月多。”

④妆面:梳妆打扮好的面容。李百药《戏赠潘徐城门迎两新妇》:“年华与妆面,共作一芳春。”　青镜:青铜制造的镜。

⑤“歌尘”句:形容歌声动听。典出《艺文类聚》卷四三引刘向《别录》:“汉兴以来,喜《雅歌》者鲁人虞公,发声清哀,盖动梁尘。”

⑥“若能”句:此用望梅止渴典故。典出南朝宋刘义庆《世说新语·假谲》:“魏武行役,失汲道,军皆渴。乃令曰:‘前有大梅林,饶子,甘酸可以解渴。’士卒闻之,口皆出水,乘此得及前源。”

⑦暇:空闲,闲暇。《诗·小雅·伐木》:“迨我暇矣,饮此湑矣。” 泛琼浆:犹泛酒。古代风俗,每逢三月三日,宴饮于环曲的水渠旁,浮酒杯于水上,任其飘流,停则取饮,相与为乐,谓之“泛酒”。 琼浆:传说中神仙饮的仙水,代指美酒。《楚辞·招魂》:“华酌既陈,有琼浆些。”

杜审言

杜审言(648? —708),字必简。襄州(今属湖北)人。唐高宗咸亨进士。唐代“近体诗”的奠基者之一。杜甫的祖父,《新唐书·杜审言传》:“审言生子闲,闲生甫。”杜甫云:“吾祖诗冠古。”

南海乱石山作①

涨海积稽天,群山高嶪地②。相传称乱石,图典失其事③。悬危悉可惊,大小都不类。乍将云岛极,还与星河次④。上耸忽如飞,下临仍欲坠。朝暾艳丹紫⑤,夜一作交魄炯一作烟青翠。穹崇雾雨蓄,幽隐灵仙閟⑥。万寻挂鹤巢,千丈垂猿臂。昔去景风涉⑦,今来姑洗至⑧。观此得咏歌,长时想精异。

【注释】

①南海:指南海郡。从秦朝至唐朝的行政区划名,治所在今广东省广州市。 乱石山:即白云山。在今广州市区。

②“涨海”二句:言此地是海洋潮汐运动形成的、群山高耸的一片天地。积稽:积淀堆叠。 高嶪(yè):高大巍峨。

③图典:图书典志。

④次:临时驻扎和住宿。此指同处一处。

⑤朝暾(tūn):刚升起的太阳。《先秦汉魏晋南北朝诗·隋诗卷九·朝日诚夏》:“扶木上朝暾,嵫山沈暮景。” 艴(xì):大红色。《楚辞·大招》:“北有寒山,逴龙艴只。”

⑥閟(bì):同“闭”,闭门。此指仙人隐居。

⑦景风涉:景风,南风。《史记·律书》:“景风居南方。景者,言阳气道竟,故曰

景风。”指阴历五月。

⑧姑洗：古代十二乐律之第五种。此指农历三月。班固《白虎通·五行》：“三月谓之姑洗何？姑者故也，洗者鲜也，言万物皆去故就其新，莫不鲜明也。”张华《三月三日从华林园诗》：“清节中季春，姑洗通滞塞。”

度石门山①

石门千仞断②，迸水落遥空③。道束悬崖半④，桥欹绝涧中⑤。仰攀人屡息⑥，直下骑才通⑦。泥拥奔蛇径，云埋伏兽从⑧。星躔牛斗北⑨，地脉象牙东⑩。开塞随行变⑪，高深触望同。江声连骤雨，日气抱残虹。未改朱明律⑫，先含白露风。坚贞深不惮⑬，险涩谅难穷。有异登临赏，徒为造化功⑭。

【注释】

①石门山：在今广州市西北郊，当时为南北水路交通的要冲。

②仞（rèn）：我国古代长度单位，周为八尺，汉为七尺。　断：陡峭。费昶《赠徐郎诗》之三：“貌若断山，心如武库。”

③迸（bèng）：冒出，突然向外发出，涌出。

④束：捆扎，捆绑。

⑤欹（qī）：古通“攲”，斜靠着。

⑥仰攀：昂首攀登，即向上攀。阮籍《咏怀诗十三首》之十一：“仰攀瑶干，俯视素纶。”　屡息：接连着喘气。

⑦骑（jì）：一人一马的合称。

⑧“泥拥”二句：淤泥阻塞着蛇虫爬行的路径，云气潜藏着野兽的足迹。

⑨星躔（chán）：星辰运行。梁武帝萧衍《阊阖篇》：“长旗扫月窟，风迹辗星躔。”　牛斗：牛宿和斗宿二星。庾信《从驾观讲武诗》：“龙渊触牛斗，繁弱骇天狼。”

⑩地脉：风水。地的脉络；地势。鲍照《登庐山诗二首》之一：“洞涧窥地脉，耸树隐天经。”

⑪开塞：排除阻塞。

⑫朱明:夏季。《尔雅》:"夏为朱明。"谢惠连《喜雨诗》:"朱明振炎气,溽暑扇温飙。"

⑬坚贞:不改变节操。 惮:忧惧惶恐。

⑭造化:自然界的创造者。亦指自然。《庄子·大宗师》:"今一以天地为大炉,以造化为大冶,恶乎往而不可哉?"蔡琰《胡笳十八拍》:"十八拍兮曲虽终。响有余兮思无穷。是知丝竹微妙兮均造化之功。"曹操《精列》:"厥初生,造化之陶物。"

陈集原

陈集原,生卒年不详,泷州(今属广东)人。世为岭南酋长。武后时,官至左豹韬卫将军,累迁冠军大将军,封颍川郡开国公。存诗6首。

龙龛道场铭[①](五首选一)

爰饰金绳[②],于兹胜境。图象毕备,雕砻咸整[③]。云起山窗,花开莲井。萧尔闲旷[④],悠然虚静[⑤]。

【注释】

①龙龛(kān)道场:后称龙龛寺,故址在今广东省罗定市龙龛岩。 道场:道士或和尚做法事的场所。

②金绳:黄金或其他金属制的绳索。佛教传说,离垢国以黄金为绳,界其道侧。

③雕砻(lóng):磨光雕琢。

④萧尔:肃穆的样子。 闲旷:安静空旷。

⑤悠然:久远的样子;辽阔的样子。陶渊明《归鸟诗》之三:"日夕气清,悠然其怀。"

杨 炯

杨炯(650—692),华阴(今属陕西)人。高宗上元三年(676)应制举及第。武后如意元年(692)秋,迁婺州盈川县令,卒于任所,后称"杨盈川”。与王勃、卢照邻、骆宾王并称“初唐四杰”。有《盈川集》30卷。存诗33首。

送杨处士反初卜居曲江①

雁门归去远②，垂老脱袈裟。萧寺休为客③，曹溪便寄家④。绿琪千岁树⑤，黄槿四时花⑥。别怨应无限，门前桂水斜⑦。

【注释】

①处士：本指有才德而隐居不仕的人，后亦泛指未做过官的人。　反：同“返”。　卜居：占卜选择居所。萧子良《行宅诗》：“访宇北山阿，卜居西野外。”曲江：地名，汉武帝元鼎六年（前111）置县。地处粤北中部，北江上游，傍依五岭南麓，汇集浈武二水。是13万年前人类祖先“马坝人”繁衍生息之地，“石峡文化”的发祥地。2004年5月，撤销曲江县，设立韶关市曲江区。

②雁门：郡名。战国赵地。秦置郡。今山西北部皆其地。亦指雁门山、雁门关。

③萧寺：梁武帝萧衍造佛寺极多，后因称佛寺为萧寺。

④曹溪：广东省韶关市曲江区正南15公里处南华山下的河溪。溪畔有南华寺，中国佛教南派禅宗创始人六祖惠能在此说法三十七载。

⑤绿琪：绿色的仙界玉树。此比喻南方树木。

⑥黄槿：开黄花的槿树。槿：落叶灌木或小乔木，叶卵形互生，花钟形，单生，红、白、紫色为常见之花色。

⑦桂水：即桂江，此泛指岭南河流。

沈佺期

沈佺期（约656—约714或715），字云卿。相州内黄（今属河南）人。高宗上元二年（675）进士。与宋之问齐名，并称“沈宋”，两人的近体诗格律谨严精密，史论以为是律诗体制定型的代表诗人。有集10卷，已散佚。

自昌乐郡溯流至白石岭下行入郴州①

兹山界夷夏②，天险横寥廓③。太史漏登探，文命限开凿。

北流自南泻，群峰回众壑。驰波如电腾，激石似雷落。崖留盘古树，涧蓄神农药。乳窦何淋漓④，苔藓更彩错。娟娟潭里虹⑤，渺渺滩边鹤⑥。岁杪应流火⑦，天高云物一作雾薄。金风吹绿梢，玉露洗红箨⑧。溯舟始兴廨，登践桂阳郭⑨。匍匐缘修坂⑩，穹窿曳长索⑪。碍林阻往来，遇堰每前却。救艰不遑饭，毕昏无暇泊。濯溪宁足惧，磴道谁云恶。我行山水间，湍险皆不若。一作我行湍险多，山水皆不若。安能独见闻，书此贻京洛⑫。

【注释】

①昌乐郡：疑指乐昌。江淹《自乐昌郡溯流入郴诗》："兹山界夷夏，天际横寥廓。"与此诗首联相近。宋代蒋之奇有诗，题为《南雄昌乐驿》。　溯流：逆着水流方向。　郴(chēn)州：春秋楚地。秦置县，属长沙郡。秦末项羽徙义帝都郴。汉为桂阳郡，属荆州。隋唐皆为郴州。今属湖南省。

②夷夏：指少数民族聚居的岭南地区与汉族聚居的中原地区。蔡邕《酸枣令刘熊碑诗》："明试赋授，夷夏已亲。"夷：《说文》："夷，东方之人也。"对东部各民族的统称，此指南方少数民族。夏：《说文》："夏，中国之人也。"

③寥廓：空虚。

④乳窦：钟乳石洞穴。

⑤娟娟：姿态柔美。鲍照《玩月城西门廨中诗》："末映东北墀，娟娟似蛾眉。"

⑥渺渺：远貌。鲍照《与伍侍郎别诗》："漫漫鄢郢途，渺渺淮海逕。"

⑦岁杪：岁暮，年尾。虞羲《望雪诗》："岁杪云昼昏，玄池冰夜结。"杪(miǎo)：树枝的细梢；末尾，指时段或过程的终止。　流火：指火星运行。农历五月黄昏，火星见于正南方，方向最正、位置最高，至七月黄昏，方位由中天逐渐西坠，预暑去秋来。《诗·豳风·七月》："七月流火，九月授衣。""岁杪"句，言岭南岁末才如北方之"七月流火"，冬天如北方暑去秋来。

⑧箨(tuò)：竹皮、笋壳。

⑨桂阳：郡名。汉置。隋唐曾改置郴州。一部今属广东省连州市。

⑩修坂：高而长的山坡。长而陡的斜坡。曹植《赠白马彪诗》之二："修坂造云日，我马玄以黄。"

⑪穹窿:形容天的形状,中央高而四周下垂的形状。梁简文帝萧纲《京洛篇》:“重门远照耀,天阁复穹窿。”

⑫贻:赠送。《诗·邶风·静女》:“静女其娈,贻我彤管。” 京洛:犹京城。洛:指洛阳。因东周、东汉曾于洛阳建都,故称“京洛”。曹植《野田黄雀行》:“阳阿奏奇舞,京洛出名讴。”

遥同杜员外审言过岭

天长地阔岭头分,去国离家见白云。洛浦风光何所似[1]一作肝肠无用说,崇山瘴疠不堪闻[2]。南浮涨海人一作鸢何处,北望衡阳雁几群。两地江山一作春光万余里,何时重谒圣明君[3]。

【注释】

①洛浦:洛水之滨。传说此处为洛神出没之地。《古诗十九首》之十六:“锦衾遗洛浦,同袍与我违。”

②瘴疠:指瘴气。孙万寿《远戍江南寄京邑亲友》:“江南瘴疠地,从来多逐臣。”感受瘴气而生的疾病。亦泛指恶性疟疾等病。

③谒:进见。

宋之问

宋之问(656? —712),字延清。汾州(今属山西)人,一说虢州(今属河南)人。高宗上元二年(675)进士。中宗神龙元年(705)正月,坐附张易之,贬泷州参军。睿宗景云元年(710)六月,流钦州,后改桂州。玄宗先天元年(712)八月,被赐死徙所。对唐代律诗形成和发展有贡献。有《宋之问集》。

过蛮洞[1]

越岭千重合,蛮溪十里斜。竹迷樵子径,萍匝钓人家[2]。林暗交枫叶,园香覆橘花。谁怜在荒外[3],孤赏足云霞[4]。

【注释】

①蛮洞:岭南蛮人的居住地。

②匝(zā):环绕。鲍照《拟青青陵上柏诗》:“渭滨富皇居,鳞馆匝河山。”

③荒外:边远之外、八荒之外的地方,指极远的地方。引申指偏僻而未开发的地方。桓玄《登荆山诗》:“器栖荒外,命契响神。”

④孤赏:独自玩赏。

宿清远峡山寺①

香岫悬金刹②,飞泉届一作界石门③。空山唯习静④,中夜寂无喧。说法初闻鸟,看心欲定猿。寥寥隔尘市一作事,何异武陵源⑤。

【注释】

①清远:地名,今属广东省。汉中宿县,属南海郡。南朝梁析置清远县,为清远郡治。隋废郡。明清皆属广州府。　峡山寺:近代称飞来寺,为岭南著名古刹。位于广东省北江小三峡之飞来峡北岸的北禺半山中。始建于梁武帝普通元年(520),元代天历二年(1329)重修扩建,因而成为岭南巨刹。

②香岫(xiù):花香缭绕的山峰。

③届:到达。

④习静:犹沉静。朱超《对雨诗》:“当夏苦炎埃,习静对花台。”

⑤武陵源:晋陶渊明撰《桃花源记》,说晋太元中武陵渔人入桃花源,俨然另一世界。故桃花源亦称武陵源。

题大庾岭北驿①

阳月南飞雁②,传闻至此回。我行殊未已,何日复归来。江静潮初落,林昏瘴不开。明朝望乡处,应见陇头梅③。

【注释】

①驿：古代作为行旅中途休息住宿的处所。

②阳月：农历十月，也称小阳春。董仲舒《雨雹对》："十月，阴虽用事，而阴不孤立。此月纯阴，疑于无阳，故谓之阳月。"

③陇头梅：出自陆凯《赠范晔诗》："折花逢驿使，寄与陇头人。江南无所有，聊赠一枝春。"此句言，明天到了岭南，一定会看见梅花。

度大庾岭

度岭方辞国，停轺一望家[1]。魂随南翥鸟[2]，泪尽北枝花。山雨初含霁，江云欲变霞。但令归有日，不敢恨长沙[3]。

【注释】

①轺(yáo)：古代轻便的小马车。《说文》："轺，小车也。"鲍照《观圃人艺植诗》："乘轺实金羁，当垆信珠服。"

②翥(zhù)鸟：振翅高飞的鸟。

③长沙：指汉代贾谊在汉文帝时被贬为长沙王太傅。

入泷州江[1]

孤舟泛盈盈[2]，江流日纵横[3]。夜杂蛟螭寝[4]，晨披瘴疠行。潭蒸水沫起，山热火云生。猿躩时能啸[5]，鸢飞莫敢鸣。海穷南徼尽[6]，乡远北魂惊[7]。泣向文身国[8]，悲看凿齿氓[9]。地偏多育蛊，风恶好相鲸。余本岩栖客[10]，悠哉慕玉京[11]。厚恩尝愿答，薄宦不祈成。违隐乖求志，披荒为近名。镜愁玄发改，心负紫芝荣[12]。运启中兴历，时逢外域清。只应保忠信，延促付神明。

【注释】

①泷州江：即广东省西江支流罗定江。泷州：南朝梁置，汉时为端溪县地。隋开皇十八年(598)改泷水县，唐沿置。故城在今广东省罗定市。

②盈盈：形容清澈。《古诗十九首》之十：“盈盈一水间，脉脉不得语。”

③纵横：奔驰无阻。吴迈远《楚朝曲》：“白云萦蔼荆山阿。洞庭纵横日生波。”

④蛟螭(chī)：龙。蛟：传说中能发水的一种龙。螭：传说中的一种没有角的龙。沈约《和刘雍州绘博山香炉诗》：“蛟螭出盘其下，骧首盼层穹。”

⑤蹶(jué)：跳跃。

⑥南徼：南方边陲。《新唐书·天文志一》：“江源自南纪之首，循梁州南徼达华阳，而与地络相会。”

⑦北魂：北来羁客的精神或情绪。

⑧文身国：在皮肤上刺绘出有颜色的花纹或图形的部落。

⑨凿齿氓：古代传说中的野人。

⑩岩栖：在山洞里居住，常用为隐居的代称。

⑪玉京：道家称天帝所居之处。庾信《奉和赵王游仙诗》：“玉京传相鹤，太乙授飞龟。”

⑫紫芝：真菌的一种。也称木芝。似灵芝。古人以为瑞草。道教以为仙草。陶渊明《赠送羊长史诗》：“紫芝谁复采，深谷久应芜。”

登粤王台①

江上粤王台，登高望几回。南溟天外合，北户日边开。地湿烟尝起，山晴雨半来。冬花采卢橘②，夏果摘杨梅③。迹类虞翻枉④，人非贾谊才⑤。归心不可见一作度，白发重相催。

【注释】

①粤王台：即越王台。在广州市越秀山上，相传为西汉时南越王赵佗所筑。

②“冬花”句：冬天可以摘卢橘之花，说南粤气候物象。　卢橘：当泛指果木柑橘。

③杨梅：杨梅科，常绿乔木。原产我国，分布于长江以南，适红黄壤生长。初夏果熟，果实核果状。

④虞翻(164—233):字仲翔,三国吴余姚人。历事孙策、孙权,后被遣徙交州。其在广州有居所,后作光孝寺。

⑤贾谊(前200—前168):洛阳人。时称"贾生",亦称"贾傅"。汉文帝时任为博士,寻迁太中大夫。受大臣排斥,被贬为长沙王太傅。所著《陈政事疏》、《过秦论》为西汉鸿文。

早发始兴江口至虚氏一作灵长村作[1]

候晓逾闽峤一作障[2],乘春望越台。宿云鹏际落[3],残月蚌中开。薜荔摇青气[4],桄榔翳碧苔[5]。桂香多露裛[6],石响细泉回。抱叶玄猿啸[7],衔花翡翠来[8]。南中虽可悦[9],北思日悠哉[10]。鬒发俄成素[11],丹心已作灰。何当首归路,行剪故园莱。

【注释】

①始兴:古代郡名。三国吴甘露元年(265)于汉南海郡地置,明清为韶州。府治在今广东省韶关市曲江区。

②闽峤(jiào):闽粤接壤的山岭,此指五岭之一的大庾岭。

③宿云:夜晚的云气。鲍照《送从弟道秀别诗》:"浸淫旦潮广,澜漫宿云滋。"

④薜荔:常绿灌木,茎蔓生,果实球形,可做淀粉,捣汁可做饮料。屈原《山鬼》:"若有人兮山之阿,被薜荔兮带女萝。"

⑤翳(yì):遮蔽,掩盖,《广雅》:"翳,障也。"

⑥裛(yì):古同"浥",沾湿。

⑦玄猿:黑色的猿猴。猿:灵长类动物,形态与猴相似,比猴大,如猩猩、大猩猩、长臂猿等。

⑧翡翠:鸟的一属,有蓝、绿色羽毛,栖于水边,羽毛可做饰物。

⑨可悦:能使人愉快。陶渊明《癸卯岁十二月中作与从弟敬远诗》:"萧瑟空宇中,了无一可悦。"

⑩"北思"句:思念北方的情绪,一天天地增多。

⑪鬒(zhěn)发:黑而密的须发。《诗·鄘风·君子偕老》:"鬒发如云,不屑髢也。"

早入清远峡①一作下桂江龙目滩

传闻峡山好，旭日棹前沂②。雨色摇丹嶂③，泉声聒翠微④。两岩天作带，万壑树披衣。秋菊迎霜序，春藤碍日辉。翳潭花似织，缘岭竹成围。寂历环沙浦⑤，葱茏转石圻⑥。露余江未热，风落瘴初稀。猿饮排虚上，禽惊掠水飞。榜童夷唱合，樵女越吟归。良候斯为美，边愁自有违。谁言望乡国，流涕失芳菲⑦。

【注释】

①清远峡：广东北江流经清远地界的一段峡谷。

②“旭日”句：迎着朝阳掉船驶向前方的水面。言“早入”。　沂：水名，沂河，源出中国山东省，至江苏省入海。此指流经清远峡的江面。

③丹嶂：红色的高峻像屏障的山。

④聒（guō）：吵扰，声音高响或嘈杂。张协《杂诗十首·朝登鲁阳关》：“咆虎响穷山，鸣鹤聒空林。”　翠微：青翠的山色，也泛指青翠的山。吴均《王侍中夜集诗》：“文沧见绿水，参差隐翠微。”

⑤寂历：寂寞冷落。江淹《王徵君微养疾》：“寂历百草晦，欻吸鹍鸡悲。”

⑥葱茏：草木青翠茂盛。　石圻：石砌的曲岸。孙逖《江行有怀》：“秋水明川路，轻舟转石圻。”圻：通“碕”，曲岸。

⑦流涕：流泪。涕：古代一般指眼泪。

陈元光

陈元光（657—711），字廷炬。揭阳（今属广东）人。历官岭南行军总管、总中郎将、右鹰扬卫率府怀化大将军、漳州刺史。有《龙湖公集》，佚。《全粤诗》录诗50首，合为一卷。

南獠纳款①

南薰阜物华②，南獠俨庭寔③。野味散芳芬，海殽参茂密④。

胸篆飞瑞烟⑤，蠙珠媚炎日⑥。掩嫮笼白鹇⑦，盐章闷鸂鶒⑧。归化服维新⑨，皇朝重玄质。筮辰贡龙颜⑩，表子躬逢吉。

【注释】

①獠(lǎo)：中国古族名。分布于今两广、湘川、云贵等地区。亦泛指南方各少数民族。南獠：指广东少数民族。　纳欵：同“纳款”，归顺。

②南薰：《史记·乐书》曰：“舜歌《南风》而天下治，《南风》者，生长之音也。”舜《南风歌》：“南风之薰兮，可以解吾民之愠兮；南风之时兮，可以阜吾民之财兮。”　阜(fù)：丰富；盛多。裴秀《大蜡诗》：“告成伊何，年丰物阜。”　物华：物产风华。王筠《望夕霁诗》：“物华方入赏，跂予心期会。”

③俨：整理。　寔(shí)：通“寘”，放置。

④ 殽(yáo)：古同“肴”。煮熟的鱼肉。《说文》：“肴，啖也。凡熟馈可啖之肉，折俎，豆实皆是。”《广雅》：“肴，肉也。”

⑤胸篆：此指雕有篆字形图案的香炉。

⑥蠙(bīn)珠：珍珠。

⑦掩：匿藏。　嫮(hù)：古同“嫭”。美好貌。　笼：名词用作动词，用笼子装。　白鹇：鸟名。又称银雉。雄鸟的冠及下体纯蓝黑色，上体及两翼白色，故名。

⑧盐(yàn)章：乐府曲调的乐章。盐：曲调名。乐府有《昔昔盐、阿鹊盐》等名。张端义《贵耳集》：“谓之盐者，吟、行、曲、引之类，《乐府解题》谓之杖鼓曲也。”　闷鸂鶒(xī chì)：使动用法，令鸂鶒闷。奏曲调乐章使鸂鶒沉默不出声。闷：沉默不出声或声音不响的样子。鸂鶒：一种水鸟，形似鸳鸯而稍大，多紫色，雌雄偶游。亦称“紫鸳鸯”。

⑨维新：废除旧的，施行新的。通常指变旧法，行新政。《诗·大雅·文王》：“周虽旧邦，其命维新。”

⑩筮(shì)辰：用蓍草及龟甲占卜吉利时辰。袁浮丘《皇太子释奠诗七章》之四：“简习容章，筮辰献举。”

张　说

张说(667—730)，字道济，一字说之。原籍范阳(今属河北)，世居河东(今属山西),徙家洛阳。垂拱四年(688),对策第一,授太子校书,迁左补阙。长安三年(703)流配钦州。睿宗景云二年(711),进同中书门下平章事。玄宗开元十七年(729),再拜为尚书右丞相;十八年十二月病卒,谥"文贞"。今通行武英殿聚珍本《张燕公集》25卷。

入海(两首选一)

乘桴入南海,海旷不可临。茫茫失方面①,混混如凝阴②。云山相出没,天地互浮沉。万里无涯际③,云何测广深。潮波自盈缩④,安得会虚心⑤。

【注释】

①茫茫:辽阔旷远的样子;模糊不清楚。《楚辞·哀时命》:"怊茫茫而无归兮,怅远望此旷野。" 方面:方向,方位。《后汉书·张衡传》:"寻其方面,乃知所震之所在。"《西京杂记》卷四:"南门三重,署曰南中门、南上门、南便门。东西各三门,随方面题署亦如之。"

②混混:浑浊的样子。郭璞《诗》:"北阜烈烈,巨海混混。"

③涯际:边际;界限。杨羲《十月十八日紫微夫人作》:"灵发无涯际,勤思上清文。"

④盈缩:充满与回缩。曹操《步出夏门行》:"盈缩之期,不但在天。"

⑤虚心:无欲无为的心境。高爽《咏镜诗》:"虚心会不采,贞明空自欺。"

端州别高六戬①

异壤同羁窜②,途中喜共过。愁多时举酒,劳罢或长歌。南海风潮壮,西江瘴疠多。于焉复分手③,此别伤如何。

【注释】

①端州:地名。隋以前,为高要县治所在地。隋开皇九年(589)置端州。北宋重和元年(1118),端州升为肇庆府。今设广东省肇庆市端州区。

②异壤:他乡;别处。张九龄《城南隅山池春中》:"异壤风烟绝,空山岩径

迷。”　　羁窜：因放逐而羁留。窜：放逐。宋之问《自衡至韶州谒能禅师》：“谪居窜炎壑，孤帆淼不系。”

③“于焉”句：在这里再次分手。

清远江峡山寺

流落经荒外[①]，逍遥此梵宫[②]。云峰吐月白一作日月，石壁淡烟红一作虹。宝塔灵仙涌，悬龛造化功一作工。天香涵竹气，虚呗引松风[③]。檐牖飞花入，廊房激水通。猿鸣知谷静，鱼戏辨一作见江空。静默将何贵[④]，惟应心境同。

【注释】

①流落：穷困失意，在外漂泊。江总《关山月》：“流落今如此，长戍受降城。”

②梵宫：佛教的寺庙。隋炀帝杨广《谒方山灵岩寺诗》：“梵宫既隐隐，灵岫亦沈沈。”

③虚呗（bài）：犹梵呗，佛教徒念经的声音。张说《送考功武员外学士使嵩山署舍利塔》：“山中二月娑罗会，虚呗遥遥愁思人。”

④静默：寂静无声。江淹《谢光禄庄郊游》：“静默镜绵野，四睇乱层岑。”

喜度岭[①]

东汉兴唐历，南河复禹谋。宁知瘴疠地，生入帝皇州。雷雨苏虫蛰，春阳放学鸠[②]。洄沿炎海畔[③]，登降闽山陬。岭路分中夏，川源得上流。见花便独笑，看草即忘忧。自始居重译[④]，天星一作心已再周。乡关绝归望[⑤]，亲戚不相求。弃杖枯还植，穷鳞涸更浮。道消黄鹤去，运启白驹留。江妾晨炊黍，津童夜棹舟。盛明良可遇，莫后洛城游。

【注释】

①度岭：翻越梅岭。诗题“喜”字，点出心境。

②春阳：春日的和煦阳光。《古诗五首》之五："兰若生春阳，涉冬犹盛滋。"

③洄(huí)沿：洄，逆流而上；沿，顺流而下。谢灵运《过始宁墅诗》："山行穷登顿，水涉尽洄沿。"

④重译：旧时指南方荒远之地。魏明帝曹睿《野田黄雀行》："四夷重译贡。百姓讴吟咏太康。"

⑤乡关：故乡。王筠《早出巡行瞩望山海诗》："乡关屡回曲，还顾杳蹉跎。"　　归望：属望，寄托希望。谢朓《赛敬亭山庙喜雨诗》："登山骋归望，原雨晦茫茫。"

广州江中作①

去国年一作岁方晏②，愁心转一作独不堪③。离人与一作共江水，终日向西南。

【注释】

①广州：州名。秦南海郡地，汉置交州。三国吴永安七年(264)分交州置广州，治番禺。至宋分属广南东、西两路。有今两广除旧廉州琼州两府以外之地。府名。秦汉为南海郡。三国吴置广州。晋为广州南海郡。唐复置广州。五代为南汉国都，改兴王府。宋复称广州都督府，为广南东路治。元改为广州路。明清均为广州府。

②去国：离开本国。谢灵运《山居赋》："峡三间之丧江，矜望诸之去国。"离开故乡。此指离开京都或朝廷。颜延之《和谢灵运》："去国还故里，幽门树蓬藜。"　　年方晏：犹岁方晏。接近年末。

③不堪：忍受不了。蔡琰《悲愤诗》："岂复惜性命，不堪其詈骂。"

房　融

房融，出卒年不详，洛阳(今属河南)人。博识多闻，成进士业。武则天时为县令、刺史，累至宰相。中宗神龙元年(705)，被贬高州，卒于贬所。流放至广州，据云遇天竺沙门般剌密谛译大佛顶首《楞严经》，房融乃为笔受，景龙元年(707)译成。此经始流传东土。

谪南海过始兴广胜寺果上人房一作过韶州广界寺

零落嗟残命，萧条托胜因①。方烧三界火②，遽洗六情尘③。隔岭天花发④，凌空月殿新。谁令乡国一作故乡梦一作思，终一作从此学分身⑤。

【注释】

①萧条：寂寥冷落。曹植《泰山梁甫行》："柴门何萧条，狐兔翔我宇。"草木凋零。蔡琰《胡笳十八拍》："原野萧条兮烽戍万里，俗贱老弱兮少壮为美。"

②三界：佛教指众生轮回的欲界、色界和无色界。谢灵运《登石室饭僧诗》："若乘四等观，永拔三界苦。"

③遽（jù）：立刻，马上。　　六情：六种感情，一般指喜、怒、哀、乐、爱、恶。

④天花：雪花。

⑤分身：一身化成数身。庾肩吾《咏美人》："并出似分身，相看如照镜。"

樊　晃一作光

樊晃，生卒年不详，郡望南阳湖阳（今属河南）人。玄宗开元年间进士。集杜甫诗为《杜甫小集》，录杜诗290首，并作《杜工部小集序》，为杜诗集本之祖，史家皆论定樊晃为杜甫身后第一知己。

南中感怀

南路蹉跎客未回①，常嗟物候暗相催②。四时不变江头草，十月先开岭上梅③。

【注释】

①南路：指南方。棘据《杂诗》："既惧非所任，怨彼南路长。"

②嗟：叹息。　　物候：生物的生命活动和非生物的变化对节候的反应，如植物开花、结果，动物蛰眠、迁徙以及始霜、解冻等。隋王胄《雨晴诗》："初晴物候凉，夕景照山庄。"

③岭：五岭之简称。五岭为越城、都庞、萌渚、骑田、大庾岭，于粤、桂、湘、赣交界境。此专指大庾岭。

张九龄

张九龄(678—740)，一名博物，字子寿。韶州曲江(今属广东)人。中宗景龙元年(707)进士。玄宗开元二十一年(733)，以中书侍郎为相；二十八年五月七日卒于故里，追赠荆州大都督，谥“文献”。有《曲江集》20卷。

秋晚登楼望江南入始兴郡路

潦收沙衍出①，霜降天宇晶②。伏槛一长眺③，津途多远一作望情。思来江山外，望尽烟云生。滔滔不自辨④，役役且何成⑤。我来飒衰鬓⑥，孰云飘华缨⑦。枥马苦踡跼⑧，笼禽念遐征⑨。岁阴向晼晚⑩，日夕空屏营⑪。物生贵得性，身累由近名⑫。内顾觉今是，追叹何时平。

【注释】

①潦(lǎo)收：江水泛滥退去。张说《岳州作》：“潦收江未清，火退山更热。”　沙衍：软湿的沙地。谢朓《游山诗》：“鼯狖叫层嵁，欧凫戏沙衍。”

②天宇：天空。陶渊明《辛丑岁七月赴假还江陵夜行涂中诗》：“昭昭天宇阔，皛皛川上平。”

③伏槛：身体前倾靠在槛栏上。《楚辞·招魂》：“坐堂伏槛，临曲池些。”

④滔滔：喻言行或其他事情连续不断。

⑤役役：劳作不息貌。庾信《出自蓟北门行》：“蓟门还北望，役役尽伤情。”

⑥衰鬓：因年老而长疏白鬓发。多指暮年。鲍照《拟行路难十八首》之十三：“形容憔悴非昔悦，蓬鬓衰颜不复妆。”

⑦华缨：华丽的飘带。缨：系在脖子上的帽带；丝、线等做成的穗状饰物。

⑧枥马：拴在马槽上的马。　踡跼(quán jú)：身受束缚，拘束(良马)。喻不能发挥才能。

⑨遐征:远行。此指远飞。柳宗元《游石角过小岭至长乌村》:“石角恣幽步,长乌遂遐征。”

⑩岁阴:一年中的秋冬季节。庾信《岁晚出横门诗》:“年华改岁阴,游客喜登临。” 畹(wǎn)晚:太阳将落山的样子。《周宗庙歌十二首》之七:“日月不居,岁时畹晚。”

⑪屏营:惶恐。石崇《王明君辞》:“飞鸿不我顾,伫立以屏营。”

⑫身累:即“累身”,带累自身。

望月怀远

海上生明月,天涯共此时①。情人怨遥夜②,竟夕起相思③。灭烛怜光满④,披衣觉露滋。不堪盈手赠⑤,还寝梦佳期⑥。

【注释】

①天涯:天之边缘,比喻距离很远。王勃《杜少府之任蜀州》:“海内存知己,天涯若比邻。” 共此时:共享,共同拥有这一刻。《说文》:“共,同也。”

②情人:恋人。感情深厚的友人。庾信《拟咏怀诗二十七首·愦愦天公晓》:“天下有情人,居然性灵夭。”

③竟夕:整夜,整个晚上。薛道衡《和许给事善心戏场转韵诗》:“竟夕鱼负灯,彻夜龙含烛。”

④“灭烛”句:熄灭了蜡烛,满室的银光,感觉月色更加可爱。

⑤盈手:满手。陆机《拟明月何皎皎诗》:“安寝北堂上。明月入我牖。照之有余辉。揽之不盈手。”《广雅》:“盈,满也。”

⑥佳期:欢娱之约。沈约《登高望春诗》:“佳期空靡靡,含睇未成欢。”

送广州周判官①

海郡雄蛮落②,津亭壮越台③。城隅百雉映④,水曲万家开。里树桄榔出⑤,时禽翡翠来。观风犹未尽⑥,早晚使车回⑦。

【注释】

①判官：官名。唐时节度、观察、防御诸使，都有判官，是地方长官的属僚，佐理政事。张九龄有诗《酬周判官巡至始兴会改秘书少监见贻之作兼呈耿广州》。宋时节度、观察、防御、团练、宣抚、安抚、制置、转运、常平等使，亦有判官处理公事。如晁补之有诗，题为《送曹子方福建转运判官二首》。

②“海郡”句：地处滨海之郡，多么威雄的蛮族部落。

③津亭：古代建于渡口的亭馆。王勃《江亭夜月送别》之一：“津亭秋月夜，谁见泣离群。”　越台：即越王台（粤王台）。

④城隅：城之一角。《诗·邶风·静女》：“静女其姝，俟我于城隅。”　雉（zhì）：短尾鸟的总称。古代计算城墙面积的单位：长三丈高一丈为一雉。《左传·隐公元年》：“都城过百雉。”注：“三堵曰雉。”何逊《登石头城诗》：“百雉极襟带。亿庾兼量出。”

⑤桄榔（guāng láng）：木名，亦作“桄桹”，俗称砂糖椰子、糖树。

⑥观风：观察民情，了解施政得失。语出《礼记·王制》：“命大师陈诗以观民风。”颜延之《应诏观北湖田收》：“观风久有作，陈诗愧未妍。”

⑦早晚：或早或晚。魏澹《园树在巢鹊戏以咏之》：“早晚时应至，轻举一排空。”　使车：使者所乘之车。刘逖《浴温汤泉诗》：“振衣殊未已，翻能停使车。”

浈阳峡①

行舟傍越岑，窈窕越溪深②。水暗先秋冷③，山晴当昼阴④。重林间五色，对壁耸千寻。惜此生遐远⑤，谁知造化心。

【注释】

①浈阳峡：位于北江中游，广东省英德市南10公里处，由浈山、英山夹岸对峙而成，长10公里。浈阳，县名。汉置，属桂阳郡。以在浈水之阳，故名。南朝宋改为贞阳，齐复旧名。宋改真阳，元代废。故城在今广东省英德市东。

②“行舟”二句：言乘船穿行峡谷，紧靠崖边前进，越行越感到狭窄、幽深。

③水暗：河水深而泛黑色。李端《山中期吉中孚》：“水暗蒹葭雾，月明杨柳风。”

④昼阴：白昼阴暗。王维《赋得秋日悬清光》：“昼阴殊众木，斜影下危楼。”

⑤遐远：遥远。韦应物《对韩少尹所赠砚有怀》：“故人谪遐远，留砚宠斯文。”

使至广州

昔年尝不调，兹地亦邅回①。本谓双凫少，何知驷马来②。人非汉使橐，郡是越王台③。去去虽殊事④，山川长在哉。

【注释】

①“昔年”二句：自谦说法，言过去自己不才，此地难行而进不得。　不调：犹不才。孙万寿《行经旧国诗》：“自忝无员职。空贻不调羞。”　邅（zhān）回：难行不进貌。张说《同赵侍御乾湖作》：“一湾一浦怅邅回，千曲千溠怳迷哉。”

②驷马：拉一辆车的四匹马。

③“人非”二句：人并非是当年汉朝的使者，带着千金橐而来；郡城是那时修筑越王台的地方。

④去去：越去越远。蔡琰《悲愤诗》：“去去割情恋，遄征日遐迈。”

与王六履震广州津亭晓望

明发临前渚①，寒一作潮来净远空。水纹天上碧，日气海边红。景物纷为异，人情赖此同。乘槎一作桴自有适②，非欲破长风③。

【注释】

①明发：黎明，平明。《诗·小雅·小宛》：“明发不寐，有怀二人。”朱熹《诗经集传》：“明发，谓将旦而光明开发也。二人父母也。”早晨启程。陆机《招隐》之二：“明发心不夷，振衣聊踯躅。”

②乘槎（chá）：驾乘木筏。此指乘船。　自有适：自然有去处。适，《说文》：“适，之也。”段玉裁注：“往自发动言之，适自所到言之。”

③破长风：用南北朝宋宗悫“乘风破浪”典。《宋书·宗悫传》：“宗悫，字元干，南阳人也。叔父炳，高尚不仕。悫年少时，炳问其志，悫曰：‘愿乘长风破万里浪。’”

自始兴溪夜上赴岭

尝蓄名山意①，兹为世网牵②。征途屡及此，初服已非然③。日落青岩际，溪行绿筱边④。去舟乘月后，归鸟息人前。数曲迷幽嶂，连圻触暗泉。深林风绪结，遥夜客情悬。非梗胡为泛⑤，无膏亦自煎。不知于役者⑥，相乐在何年⑦。

【注释】

①“尝蓄”句：曾经怀有游历名山的志向。

②“兹为”句：此时却被尘世罗网所牵累。　世网：尘世罗网。陆机《赴洛道中作诗二首》：“借问子何之，世网婴我身。”

③初服：指辞官后重穿入仕前衣服。屈原《离骚》：“进不入以离尤兮，退将复修吾初服。”

④筱（xiǎo）：小竹，细竹。《说文》：“筱，箭属，小竹也。”

⑤“非梗”句：如果没有阻碍的话，为何而漂荡不定呢？　梗：阻塞；阻碍。　泛：漂浮。此当指漂荡不定。

⑥于役：谓因兵役、劳役或公务奔走在外。《诗·王风·君子于役》：“君子于役，不知其期，曷至哉？”郑玄笺：“君子于往行役，我不知其反期。”

⑦“相乐”句：哪年才能享受到快乐。曹植《怨歌行》：“今日乐相乐，别后莫相忘。”

初发曲江溪中

溪流清且深，松石复阴临。正尔可嘉处①，胡为无赏心②。我由不忍别③，物亦有缘侵④。自匪常行迈⑤，谁能知此音。

【注释】

①可嘉：值得赞许。梁简文帝萧纲《临后园诗》：“我有逍遥趣，中园复可嘉。”

②胡为：何为，为什么。《诗·邶风·式微》：“微君之故，胡为乎中露？”　赏心：心意欢乐。此谓娱悦心志。谢灵运《相逢行》：“邂逅赏心人，与我倾怀抱。”

③由：好像，犹如。　　不忍：不忍心，感情上觉得过不去。屈原《离骚》："宁溘死以流亡兮，余不忍为此态也。"

④有缘：有机缘；有缘分。李密《赐饯东堂诏令赋诗》："人亦有言，有因有缘。"

⑤自匪：假如不是。匪，同"非"。　　行迈：行走。《诗·小雅·雨无正》："如彼行迈，则靡所臻。"

西江夜行①

遥夜人何在，澄潭月里行。悠悠天宇旷，切切故乡情②。外物寂无扰③，中流澹自清。念归林叶一作春服换，愁坐露华生。犹有汀洲鹤④，宵分乍一鸣。

【注释】

①西江：江名。珠江干流，古称郁水，在广东省西部，由黔、郁、桂三江汇合而成，到广东省思贤滘。河长2074.8公里。

②切切：深切。王绩《薛记室收过庄见寻率题古意以赠》："追道宿昔事，切切心相于。"

③外物：指外界的人或事物。谢灵运《富春渚诗》："怀抱既昭旷，外物徒龙蠖。"

④汀洲：水中小洲。《楚辞·九歌·湘夫人》："搴汀洲兮杜若，将以遗兮远者。"

何仙姑

何仙姑（682—？），本名何秀姑。增城（今属广东省广州市）人。唐中宗景龙中，白日飞升。世谓之何仙姑，俗传为八仙之一。广州增城市的何仙姑诞期为农历三月初七。

凤台云母①

所居春冈，地产云母。尝梦老人授服饵丹法，渐觉身轻健。有诗曰（见下)。后果有凤来集其上,遂改名凤台云。

凤台云母似六一作天花②,炼作芙蓉白云一作雪芽。笑杀狂游勾漏令③,却一作更从何处觅丹砂④?

【注释】

①云母:属于硅酸盐类族矿物,有白色和黑色,能析成薄片,透明、绝缘。

②六花:雪花。

③勾漏:本作“句漏”,山名。在今广西北流市,以洞穴勾曲穿漏,故名。《晋书·葛洪传》有葛洪求为勾漏令事。故道书谓其于此修炼,为道家所传三十六小洞天之第二十二洞天。

④丹砂:一种红色的矿物,亦称“朱砂”。梁武帝萧衍《阊阖篇》:“凤迹辗星躔,但使丹砂就。”

将游罗浮留诗①

江北与罗浮山相望,尝曰:“将游罗浮。”父母怪之,私为择配。结缡之夕,忽不知所之。留诗屏砚间曰(见下)。明早起视家侧井迳,有遗履而已。

麻姑怪一作笑我恋尘嚣②,一隔仙凡道路遥。去去沧洲弄明月,倒骑黄鹤听鸾箫③。

【注释】

①罗浮:山名。在广东省东江北岸。风景优美,为粤中游览胜地。晋葛洪曾在此山修道,道教称为“第七洞天”。相传隋赵师雄在此梦遇梅花仙女,后多为咏梅典实。陈徐陵《奉和山地》:“罗浮无定所,郁岛屡迁移。”

②麻姑:传说中的女仙。事见葛洪《神仙传》。　尘嚣:指人世间的烦扰、喧嚣。陶渊明《桃花源诗》:“借问游方士,焉测尘嚣外。”

③鸾箫:箫的美称。鸾:传说凤凰一类的鸟。《说文》:“鸾,赤神灵之精也。”《广雅》:“鸾鸟,凤皇属也。”

袁长官女

据王象之《舆地纪胜》载，袁长官女为秀才孙恪妻，生二子。恪任幕职，挈过端州。袁随行，抵峡山寺，袁题诗僧壁，抚二子，咽泣数声，裂衣化为老猿偕野猿去。寺中老僧言，此猿寺中所养。开元中，高力士经过峡山寺，携猿献上阳宫。

留题峡山僧壁①

刚被恩情役此心，无端变化几湮沉②。不如逐伴归山去，长啸一声烟雾深③。

【注释】

①留题：游历、参观时写下观感，题字（诗文）留念。　峡山僧壁：指峡山寺禅房墙壁。

②无端：没来由；没道理。《楚辞·九辩》："蹇充倔而无端兮，泊莽莽而无垠。"　湮沉：埋没。鲍照《代贫贱苦愁行》："湮沉虽死悲，贫苦即生剧。"

③长啸：动物拉长声叫。陆机《猛虎行》："静言幽谷底，长啸高山岑。"

孟浩然

孟浩然（689—740），本名浩，字浩然。襄阳（今属湖北）人。其未曾入仕，被称为"孟山人"。盛唐时期山水田园诗派的主要作家之一，与王维齐名，号"王孟"。有《孟浩然集》。

送王昌龄之岭南

洞庭去远近，枫叶早惊一作经秋。岘首羊公爱①，长沙贾谊愁。土毛一作风无缟纻②，乡味有槎一作查头③。已抱沉痼一作痾疾④，更贻魑魅忧。数年同笔砚，兹夕间一作异衾裯⑤。意气今何在，相思望斗牛。

【注释】

①岘首：山名，岘山，又名岘首山，在湖北省襄阳，又名凿砚山。此用“岘山泪”典故，百姓至岘山凭吊羊祜而流的眼泪。后指因感念地方官德政而流的泪。

②土毛：本土出产的未经加工的带毛兽皮。

③槎头：鱼名，鳊鱼的古称。

④痼疾：经久难治愈的病。长期养成的不易克服的癖好、习惯。

⑤衾裯：被。《诗·召南·小星》：“肃肃宵征，抱衾与裯。”

李颀

李颀（690—751），赵郡（今属河北）人，一说东川（今属四川）人。玄宗开元二十三年（735）进士。与王维、高适、王昌龄等著名诗人皆有来往。边塞诗、音乐诗获誉于世。擅长五、七言歌行体。

龙门送裴侍御监五岭选①

万里番禺地②，官人继帝忧③。君为柱下史，将命出东周。
歇马傍川路④，张灯临石楼。棱棱静疏木⑤，瀌瀌响寒流⑥。
椰叶四荒外，梅花五岭头。明珠尉佗国⑦，翠羽夜郎洲⑧。
夷俗富珍产，土风资宦游⑨。心清物不杂，弊革事无留⑩。
举善必称最⑪，持奸当去尤⑫。何辞桂江远⑬，今日用贤秋。

【注释】

①龙门：楚国都城郢城（今属湖北省江陵县）东门。屈原《哀郢》：“过夏首而西浮兮，顾龙门而不见。”　侍御：古代贵族的侍从官。侍御史之省称。周有柱下史，秦改称侍御史。汉沿秦制。唐改治书侍御史为御史中丞，而以侍御史、殿中侍御史、监察御史为御史台成员。历代多因之。

②番（pān）禺：秦置番禺县，以境内有番山、禺山得名。秦汉皆属南海郡。宋初曾并入南海县，不久复分。清代与南海县同为广东省治及广州府治。

③官人：唐代称当官者。宋代后敬称有一定地位的男子。　继：通“系”，挂，拴缚；系念。

④川路:旅途。阴铿《和登百花亭怀荆楚诗》:“风烟望似接,川路恨成遥。”

⑤棱棱(léng léng):形容高耸突起。鲍溶《周先生画洞庭歌》:“水文不浪烟不动,木末棱棱山碧重。”

⑥濞濞(pì pì):象声词,描述水流相击的声音。

⑦尉佗:南越王赵佗。亦作“尉他”。佗曾任秦南海郡尉,故称。《史记·南越列传》:“南越王尉佗者,真定人也,姓赵氏。”司马贞索隐:“尉,官也;他,名也。”

⑧夜郎:中国古族名和古国名。战国至汉时,包括今贵州西北部及云南东北部、四川南部。汉武帝时,大臣唐蒙上书武帝修治夜郎道路,用夜郎精兵征服南越,元鼎六年(前111),汉武帝破南越后置牂牁郡,封夜郎侯为王,授王印。

⑨宦游:为求官而出游。王勃《杜少府之任蜀州》:“与君离别意,同是宦游人。”

⑩弊革:破旧的皮革,比喻弊政。

⑪举善:推荐德才兼优的人。《左传·文公三年》:“子桑之忠也,其知人也,能举善也。”《后汉书·桓帝纪》:“禁奸举善,兴化之本。” 最:与“殿”相对,首位;古代考核政绩或军功时划分的等级,以上等为最。李白《赠从孙义兴宰铭》:“历职吾所闻,称贤尔为最。”

⑫持奸:处理奸恶。 尤:最优异。此指为首者。

⑬桂江:源于今广西兴安县猫儿山老山界南侧,上游称大榕江,与古灵渠汇合后称漓江,至平乐与恭城河汇合后称桂江,至梧州汇入西江,全长438公里,为古代沟通珠江水系与长江水系的重要水路。

王昌龄

王昌龄(698—756),字少伯。籍贯有太原、京兆两说。玄宗开元十五年(727)进士,补秘书省校书郎;二十二年,因事贬岭南;二十八年,北归,迁江宁丞。被谤谪龙标尉,世称“王龙标”。安史乱起,为刺史闾丘所杀。专于七绝,后人称“七绝圣手”;登第前赴西北边塞所作边塞诗最著。与高适、王之涣齐名,时谓“王江宁”。有集6卷,《全唐诗》录诗4卷。

别陶副使归南海①

南越归人梦海楼，广陵新月海亭秋②。宝刀留赠长相忆，当取戈船万户侯③。

【注释】

①副使：唐时，节度、观察、团练、防御使，都有副使，为正使之属官。

②广陵：郡名。战国楚广陵邑。秦属九江郡。汉为广陵国，东汉改为郡，治广陵。隋改为扬州。唐天宝元年(742)复名广陵郡。郡治故城在今江苏省扬州市东北。

③戈船：战船。鲍照《代苦热行》："戈船荣既薄，伏波赏亦微。"　万户侯：食邑万户之侯。庾信《拟咏怀诗》："寻思万户侯，中夜忽然愁。"

高　适

高适(700—765)，字达夫、仲武。沧州(今属河北)人，住宋中(今属河南)。玄宗天宝八载(749)应举中第，授封丘尉。安史之乱后，曾任淮南节度使、彭州刺史、蜀州刺史、剑南节度使，封渤海县侯。代宗永泰元年(765)卒，赠礼部尚书，谥"忠"。世称"高常侍"。著名边塞诗人，与岑参并称"高岑"。有《高常侍集》。

送柴司户充刘卿一作乡判官之岭外①

岭外资雄镇②，朝端宠节旄③。月卿临幕府④，星使出词曹⑤。海对羊城阔⑥，山连象郡高⑦。风霜驱瘴疠，忠信涉波涛。别恨随流水，交情脱宝刀。有才无不适，行矣莫徒劳⑧。

【注释】

①司户：唐代官名。在府曰户曹参军，在州曰司户参军，在县曰司户。

②资：给予。庾肩吾《侍宴饯湘州刺史张续诗》："洞庭资善政，层城送远离。"　雄镇：杰出的治理。雄：杰出的。阮籍《咏怀诗·炎光延万里》："岂若雄佶士，功名从此大。"镇：镇守，驻守。此指治理。

③朝端：朝廷。张九龄《和裴侍中承恩拜扫旋辔途中有怀寄州县官僚乡国亲故》："天下称贤相，朝端挹至公。" 节旄：符节上装饰的牦牛尾。节：符节，古代使者所持以作凭证。旄：牦牛尾。

④月卿：朝廷高官。《书·洪范》："王省惟岁，卿士惟月，师尹惟日。"此指马义将王所省职当作年岁四时，卿士是"月"、师尹是"日"。后来，称朝廷的高级官员为月卿。 幕府：古代将帅或地方军政长官的府署。庾信《奉报寄洛州诗》："幕府风云气，军门关塞人。"

⑤星使：亦作"使星"，古代天文学认为天节八星，主使臣持节，宣威四方，故称为使星，因以"星使"为皇帝使者的美称。许敬宗《游清都观寻沈道士得清字》："风衢通阆苑，星使下层城。" 词曹：古代分科专管诉讼事务的官署。

⑥羊城：广州市的别称，亦称"五羊城"。传说古代有五仙人乘五色羊执六穗秬至此。其后州厅梁上绘画五仙人与五羊像。

⑦象郡：郡名，秦始皇三十三年（前214）置。治象林，今越南维川南茶轿。汉时改为日南郡。

⑧徒劳：空自劳苦；白费心力。梁武帝萧衍《春歌四首》之四："不见佳人来，徒劳心断绝。"

饯宋八充彭中丞判官之岭南①一作外

睹君济时略②，使我气填膺③。长策竟不用④，高才徒见称。一朝知己达⑤，累日诏书征。羽翮忽然就⑥一作动，风飙谁敢凌⑦。举鞭趋一作投岭峤⑧一作嶂，屈指冒炎蒸。北雁送驰驿，南人思饮冰。彼邦本倔强⑨，习俗多骄矜⑩。翠羽干平法，黄金挠直绳。若将除害马⑪，慎勿信苍蝇。魑魅宁无患⑫，忠贞适有凭⑬。猿啼山不断，鸢跕路难登⑭。海岸出交趾⑮，江城连始兴。绣衣当节制，幕府盛威棱。勿惮九嶷险，须令百越澄⑯。立谈多感激，行李即严凝⑰。离别胡为者，云霄迟尔升。

【注释】

①中丞:官名。汉御史大夫下设两丞,一称御史丞,一称中丞。中丞居殿中,故以为名。东汉以来,御史大夫转为大司空,以中丞为御史台长官。

②济时:匡救时世。顾秘《答陆机诗》:"在昔哲人,观众济时。"

③填膺:充塞于胸中。

④长策:上策;万全之计;效用长久的方策。张谓《代北州老翁答》:"安边自合有长策,何必流离中国人。"

⑤知己:了解、赏识自己;亲密的朋友;彼此相互了解而关系密切的。嵇康《酒会诗》:"但当体七弦,寄心在知己。"

⑥羽翮:鸟羽。指翅膀。《楚辞·九思·守志》:"摅羽翮兮超俗,游陶遨兮养神。"

⑦风飙:暴风。沈约《宿东园诗》:"树顶鸣风飙,草根积霜露。"

⑧岭峤:泛指五岭地区。

⑨倔强:刚强,不屈服。

⑩骄矜:傲慢。乔知之《绿珠篇》:"意气雄豪非分理,骄矜势力横相干。"

⑪害马:原意为有害于马之灭性的事情,后亦用以比喻有危害性的人或事物。

⑫魑魅(chī mèi):古代传说中的山神和精怪,能作祟祸人。泛指坏人。宋之问《发藤州》:"魑魅天边国,穷愁海上城。"

⑬忠贞:忠诚坚贞。王粲《从军诗五首》:"弃余亲睦恩,输力竭忠贞。"

⑭跕(dié):降落。

⑮交趾:古郡名。汉置,地处五岭以南一带。相传这里的人入睡时,两足相交。王献之《诗》:"客从北方来,言欲到交趾。"

⑯百越:古代越族居住在江、浙、闽、粤各地,各部落各有名称,而统称百越,亦称"百粤"。宋之问《自洪府舟行直书其事》:"百越去魂断,九疑望心死。"

⑰行李:行旅,亦指行旅的人。柳恽《捣衣诗五章》之五:"垂泣送行李,倾首迟归云。" 严凝:严肃凝重。

李 白

李白(701—762),字太白,号青莲居士。祖籍陇西成纪(今属甘肃),出生于唐安西都护府巴尔喀什湖南碎叶。天宝元年(742),得道士吴筠荐，进宫任供奉翰林。肃宗至德二载（757），被长流夜郎。乾元二年（759），遇大赦。762年，病重，十一月于病榻将手稿交予李阳冰，赋《临终歌》而与世长辞。有“诗仙”之称。有《李太白集》。

江西送友人之罗浮

桂水分五岭，衡山朝九疑①。乡关渺安西②，流浪将何之。素色愁明湖，秋渚晦寒姿。畴昔紫芳意，已过黄发期③。君王纵疏散④，云壑借巢夷。尔去之罗浮，我还憩峨眉⑤。中阔道万里，霞月遥相思。如寻楚狂子⑥，琼树有芳枝。

【注释】

①九疑：山名，亦作“九嶷”，《史记·五帝本纪》：“（舜）葬于江南九疑。”在今湖南宁远县南。屈原《离骚》：“百神翳其备降兮，九疑缤其并迎。”

②安西：唐代六都府之一，贞观十四年（640）置于交河城，属陇右道。岑参《过碛》：“为言地尽天还尽，行到安西更向西。”

③黄发：指老人。王维《晚春严少尹与诸公见过》：“自怜黄发暮，一倍惜年华。”

④疏散：把集中的或稠密的分散开；稀疏而分散；疏落。谢灵运《过白岸亭诗》：“未若长疏散，万事恒抱朴。”

⑤峨眉：山名，在今四川省。

⑥楚狂子：即楚人陆通。《论语·微子》：“楚狂接舆歌而过孔子。”疏：“接舆，楚人，姓陆名通。昭王时政令无常，乃披佯狂不仕，时人谓之楚狂。”后因通称狂士。

王　维

王维（701—761），字摩诘。祖籍祁县（今属山西），人称“诗佛”。玄宗开元九年（721）进士。天宝中，官至尚书右丞。安史之乱被捕后被迫出任为伪职，战乱平息后，终复原职。晚年居于蓝田辋川别墅，半官半隐。肃宗上元二年（761）七月卒。今存诗400余首。王维精通佛学。诗书画乐均有名。

相思

红豆生南国①，秋一作春来发故一作几枝。愿一作赠君多采撷②一作劝君休采撷，此物最相思。

【注释】

①红豆：亦名相思树，其子色鲜红，叫“相思子”。古代文学作品中常用来象征比喻相思。　南国：中国南部，华南地区。曹植《杂诗七首》：“南国有佳人，容华若桃李。”

②采撷(xié)：摘取。谢朓《席》：“幽渚夺江蓠，遇君时采撷。”

刘长卿

刘长卿(709—780)，字文房。郡望河间，宣城(今属安徽)人。玄宗天宝进士〔一说天宝十四载(755)〕。肃宗上元元年(760)春，贬岭南南巴尉；次年，召回苏州重推。德宗建中二年(781)，任随州刺史，世称“刘随州”。有《唐刘随州诗集》11卷，《全唐诗》录诗5卷。

新年作

乡心新岁切①，天畔独潸然②。老至居人下③，春归在客先④。岭猿同旦暮⑤，江柳共风烟⑥。已似长沙傅⑦，从今又几年。

【注释】

①乡心：思念故乡的心情。鲍照《发后渚诗》：“萧条背乡心，凄怆清渚发。”

②天畔：天边。张说《对酒行巴陵作》：“梦中城阙近，天畔海云深。”　潸(shān)然：流泪的样子。王勃《重别薛华》：“穷途唯有泪，还望独潸然。”

③“老至”句：言自己年老了，官职比别人低。

④“春归”句：春天是回来了，自己却身处他乡不得归。

⑤旦暮：同“旦夕”，早晨与傍晚。沈约《江蓠生幽渚》：“夙昔玉霜满，旦暮翠条空。”

⑥风烟：风尘、烟雾；云气。陈后主叔宝《洛阳道中五首》之四：“向夕风烟晚，金羁

满洛阳。”

⑦长沙傅：汉代贾谊在汉文帝时被贬为长沙王太傅。骆宾王《帝京篇》：“谁惜长沙傅，独负洛阳才。”

送张司直赴岭南谒张尚书[①]

番禺万里路，远客片帆过。盛府依横海[②]，荒祠拜伏波[③]。人经秋瘴变，鸟坠火云多。诚惮炎州里[④]，无如一顾何。

【注释】

①司直：古代官名。汉武帝元狩五年(前118)置，辅佐丞相检举不法之事，位于司隶校尉之上。东汉时改属司徒，帮助司徒督察各州郡所举上奏。唐掌承旨出使推复，并参议疑狱。唐置，属詹事府，为太子官属，主管检举东宫官僚和东宫卫队。

②盛府：兴旺繁华的城池。苏味道《赠封御史入台》：“盛府持清橐，殊章动绣衣。”　　横海：宽广的大海。《史记·周本纪》正义：“横，广为横。”颜延之《从军行》：“横海咸飞骊，绝漠皆控弦。”

③伏波：史上称“伏波将军”者二，一是西汉邳离侯路博德，二是东汉新息侯马援，皆因平定岭南有功而拜为伏波将军。

④诚：确实，的确。　　惮(dàn)：害怕、恐惧。《诗·小雅·绵蛮》：“岂敢惮行，畏不能趋。”　　炎州：泛指南方炎热的地区。何承天《临高台篇》：“驰迅风，游炎州。”

送韦赞善使岭南

欲逐一作报楼船将[①]，方安卉服夷[②]。炎洲经瘴远，春水上泷迟。岁贡随重译，年芳遍四时[③]。番禺静无事，空咏饮泉诗[④]。

【注释】

①逐：随，跟随。　　楼船：有楼的大船。汉武帝刘彻《秋风辞》：“泛楼船兮

济汾河，横中流兮扬素波。”亦指有楼的战船。江淹《渡泉峤出诸山之顶诗》：“伏波未能凿，楼船不敢开。”　　将：行。屈原《天问》：“争遣伐器，何以行之？并驱击翼，何以将之？”

②卉服夷：穿着花卉纹饰衣服的少数民族，此指岭南诸族。隋炀帝杨广《白马篇》：“岛夷时失礼，卉服犯边疆。”

③年芳：指美好的春色。沈约《三月三日率尔成章诗》：“丽日属无巳，年芳具在斯。”

④饮泉诗：指晋时吴隐之《酌贪泉赋诗》。

送徐大夫赴广州[1]

上将坛场拜，南荒羽檄招。远人来百越，元老事三朝[2]。雾绕龙山暗，山连象郡一作岭遥。路分江淼淼，军动马萧萧。画角知秋气，楼船逐暮潮。当令输贡赋[3]，不使外夷骄[4]。

【注释】

①大夫：古代官名。西周以后的诸侯国中，国君下有卿、大夫十三级，为世袭，且有封地。后用作一般任官职者的称呼。

②元老：古时称天子的老臣。《诗·小雅·采芑》：“方叔元老，克壮其犹。”

③贡赋：赋税。孙逖《送杜侍御赵上都》：“还因贡赋礼，来谒大明朝。”

④外夷：旧时往往用以称外国人。

时平后春日思归

一尉何曾及布衣[1]？时平却忆卧柴扉[2]。故园柳色催南客[3]，春日桃花待北归。

【注释】

①布衣：平民百姓。阮籍《咏怀诗八十二首》之六：“布衣可终身，宠禄岂足赖。”

②时平:时局安定,天下太平。萧欣《还宅作诗》:“时平有道泰,世诐交情离。” 柴扉:柴门,泛指普通人家。

③故园:对往日家园的称呼。张九龄《折杨柳》:“一枝何足贵,怜是故园春。” 南客:寓居岭南的客人。此为诗人自指。

杜 甫

杜甫(712—770),字子美,自号少陵野老、杜少陵、杜工部等。祖籍襄阳(今属湖北),后迁居巩县(今属河南)。肃宗至德二载(757)四月,授左拾遗。乾元二年(759)秋,弃官至四川,定居成都。代宗广德二年(764),严武表荐杜甫为节度参谋、检校工部员外郎。大历三年(768)正月,携家东迁,途中留滞夔州,漂泊鄂、湘一带;五年冬,病死于湘江舟中。现实主义诗人,世称“诗圣”,诗作1500多首。有《杜工部集》。

广州段功曹到得杨五长史谭书功曹却归聊寄此诗[①]

卫青开幕府[②],杨仆将楼船[③]。汉节梅花外,春城海水边。铜梁书远及[④],珠浦使将旋[⑤]。贫病他乡老,烦君万里传。

【注释】

①功曹:官名。汉州郡佐吏,有功曹史。掌管考查记录功劳。唐时在府曰功曹参军,在州曰司功参军。岑参《送蜀郡李掾》:“功曹善为政,明主还应闻。”

②卫青:西汉军事家(?—前106),字仲卿,河东平阳(今属山西)人。能征惯战,率军与匈奴作战,屡立战功。

③杨仆:西汉名将,宜阳(今属河南)人。汉武帝命杨仆率兵南征,出豫章、下湞水,会师番禺。元鼎五年(前112),于湞、凌两江交汇处,伐木造船,建楼船师,直下广州。

④铜梁:铜梁山,在湖南湘潭县。

⑤珠浦:即沉珠浦,故址在今广州市海珠广场附近。

送翰林张司马一作学士南海勒碑[①]原注:相国制文[②]

冠冕通南极[③],文章落上台[④]。诏从三殿一作天上去[⑤],碑到百蛮开。野馆浓一作秾花发，春帆细雨来。不知沧海上一作使，天遣几时回。

【注释】

①翰林：皇帝的文学侍从官，唐朝以后始设，明、清改从进士中选拔。 司马：古代官名，古代中央政府中掌管军政和军赋的长官。汉大将军、将军、校尉之属官都有司马，专掌兵事。隋唐州府佐吏有司马一人，位在别驾、长史之下，掌兵事，或安置贬谪及闲散官员。 勒碑：刻碑。孙逖有诗，题为《春初送吕补阙往西岳勒碑得云字》。

②相国：古官名。春秋战国时，除楚国外，各国都设相，称为相国、相邦或丞相，为百官之长。

③冠冕：古代皇冠或官员的帽子。张华《轻薄篇》："簪珥咸堕落，冠冕皆倾邪。"比喻受人拥戴或出人头地。 南极：南方极远之地。《吕氏春秋·本味》："南极之崖，有菜，其名曰嘉树，其色若碧。"曹植《盘石篇》："南极苍梧野，游眄穷九江。"

④上台：指宫廷，朝廷。《南史·齐鄱阳王锵传》："锵以上台兵力既悉度东府，且虑难捷，意甚犹豫。"

⑤诏：帝王所发的文书命令。 三殿：指皇宫中的三大殿。亦借指皇宫。此指大明宫之麟德殿。《玉海·宫室·唐三殿》："三殿者，麟德殿也。一殿而有三面，故名。亦曰三院。结邻郁仪楼即三殿之东西廊也。"

送段功曹归广州

南海春天外，功曹几月程一作行。峡云笼树小，湖日落一作荡船明。交趾丹砂重，韶州白葛轻①。幸君因旅一作估客②，时寄锦官城③。

【注释】

①韶州：地名，因州北有韶石得名。隋开皇九年(589)改置韶州。唐因之，设治所于曲江(今韶关市西南)，辖八县。元改韶州路，辖四县。明、清称韶州府，辖六县。1911 年废府。位于今广东省北部，与湖南、江西两省接壤。是进入湘赣的

主要通道。　　白葛：以葛纤维为原材料织成的布料。曹唐《小游仙诗九十八首》："不知谁唱归春曲，落尽溪头白葛花。"

②因：机会。虞世南《飞来双白鹤》："无因振六翮，轻举复随仙。"

③锦官城：简称锦城，成都的别称。时杜甫住处在此，故说"时寄"。其有诗《赠蜀僧闾丘师兄》："我住锦官城，兄居祇树园。"

岑　参

岑参(715—770)，南阳(今属河南)人。玄宗天宝三载(744)进士。曾两度出塞，在边塞共6年。代宗大历元年(766)任嘉州刺史，世称岑嘉州。客死成都旅舍。唐代著名的边塞诗人，长于七言歌行。有《岑嘉州诗集》。

送杨瑗一作张子尉南海

不择南州尉，高堂有老亲①。楼台重蜃气，邑里杂鲛人②。海暗三山雨，花一作江明五岭春。此乡多宝玉，慎莫厌清贫。

【注释】

①高堂：高大的厅堂，大堂，借指华屋。美称杨瑗家屋。

②鲛人：亦称"蛟人"。神话传说中生活在水中的人，其泪珠能变成珍珠。刘孝威《小临海》："鲛人近潜织，空劳帝女填。"

贾　至

贾至(718—772)，字幼邻，一作幼麟。洛阳(今属河南)人。玄宗开元二十三年(735)乙亥科状元及第。累任校书郎，单父尉，中书舍人，尚书左丞，兵部侍郎，封信都县伯；代宗大历七年(772)，卒于右散骑常侍任上，谥"文"。有《贾至集》。

送陆协律赴端州①

越井人南去②，湘川水北流③。江边数杯酒，海内一作外一孤舟。

岭峤同仙客，京华即旧游。春心将别恨，万里共悠悠。

【注释】

①协律：协律郎之简语，掌管音乐的官员。汉武帝因李延年擅长新声，置为协律都尉。晋改为协律校尉。后魏又改置协律郎。又有协律中郎。历代承袭，掌管举麾节乐，调和律吕，监试乐人典课，属太常寺。宋之问有诗，题为《春日郑协律山亭陪宴饯郑卿同用楼字》。

②越井：故址在今广州市越秀山附近。

③湘川：即湘江，源出两广交界的南岭山脉西段，向北流经今湖南省，注入洞庭湖。

送夏侯参军赴广州①

闻道衡阳外，由来雁不飞。送君从此去，书信定应稀。云海南溟远，烟波北渚微。勉哉孙楚吏②，彩服正光辉③。

【注释】

①参军：官名。东汉末年有参事，即参谋军务，简为参军，位任颇重。晋以后，军府和郡王始置为官员，沿至隋唐，兼为郡官。杜甫《秋野五首》之五："儿童解蛮语，不必作参军。"

②孙楚：字子荆，太原中都人。历任著作佐郎、石苞骠骑参军。迁卫军司马。惠帝初为冯翊太守。庾信《任洛州》："北梁送孙楚，西堤别葛龚。"

③彩服：彩色服装。指代穿彩服的官员。储光羲《奉酬张五丈垂赠》："彩服去江汜，白云生大梁。"　光辉：光荣；荣耀。班固《论功歌诗》："配上帝兮象太微，参日月兮扬光辉。"

元　结

元结（719—772），字次山，号漫叟、聱叟。鲁山(今属河南)人。玄宗天宝十二载(753)进士。安禄山反，曾率族人避难猗玗洞（今湖北大冶境内)，因号猗玗子。代宗大历七年(772)入朝，卒于长安。有《元次山文集》。

送孟校书往南海[①]—作别孟校书

平昌孟云卿，与元次山同州里。以词学相友，几二十年。次山今罢守春陵，云卿始典校芸阁。於戏！材业次山不如云卿，词赋次山不如云卿，通和次山不如云卿，在次山又诩然求进者也，谁言时命，吾欲听之。次山今且未老，云卿少次山六七岁；云卿声名满天下，知己在朝庭，及次山之年，云卿何事不可至？勿随长风，乘兴蹈海；勿爱罗浮，往而不归。南海幕僚，有乐安任鸿，与次山最旧。请任公为次山一白府主，趣资装云卿北归，慎勿令徘徊海上。诸公第作歌送之。

吾闻近南海，乃是魑魅乡。忽见孟夫子，欢然游此方[②]。忽喜海风来，海帆又欲张。漂漂随所去[③]，不念归路长。君有失母儿，爱之似阿阳[④]。始解随人行，不欲离君傍。相劝早旋归，此言慎勿忘。

【注释】

①校书：校勘书籍。“校书郎”简称。孟校书，则孟校书郎。西汉兰亭、东汉东观乃藏书室，置学士于其中，典校藏书，未置官。以郎充任，称校书郎；以郎中充任称校书郎中。三国魏始置官，称秘书校书郎。晋、南朝无闻。北魏有此官。北周、隋有校书郎。唐时置八人，掌校雠典籍。宋以后人数减，至明置。旧时亦称有才华的妓女，如唐代薛涛，字洪度，本长安人，随父宦流落蜀中，遂入乐籍。称为女校书。暮年屏居浣花溪。着女冠服。好制松花小笺，时号薛涛笺。有《洪度集》一卷。

②欢然：喜悦的样子，高兴的样子。陶渊明《读〈山海经〉诗十三首》之一：“欢然酌春酒，摘我园中蔬。”

③漂漂：飘浮不定的样子。刘长卿《赠元容州》：“何事沧波上，漂漂逐海槎。”

④阿阳：自称。犹我。引申为自己生养的。

司空曙

司空曙（约720—790?），字文初。广平（今属河北）人。登进士第。“大历十才子”之一，有集30卷，内诗3卷，《全唐诗》录诗2卷。

送翰林张学士岭南勒圣碑

汉恩天外洽，周颂日边称①。文独司空羡②，书兼太尉能③。出关逢北雁，度岭逐南鹏。使者翰林客，余春归灞陵。

【注释】

①颂：古代宗庙祭祀时用的舞曲歌辞，内容多为歌颂祖先功业，属贵族文人的作品。《诗》收集有“风”、“雅”、“颂”三种诗歌类型，“颂”有《周颂》31 篇、《鲁颂》4 篇、《商颂》5 篇。

②司空：古代官名，朝廷中掌管工程的长官。

③太尉：古代武官官名。秦时，金印，紫绶，掌军事。汉因之，尊与丞相。西汉武帝建元二年（前 139）后不再设置，元狩四年（前 119）改为大司马。东汉光武帝复名太尉。

送流人①

闻说南中事，悲君重窜身②。山村枫子鬼，江庙石郎神。童稚留荒宅，图书托故人。青门好风景③，为尔一沾巾。

【注释】

①流人：被贬流放到边疆的官员。孟浩然《洛中访袁拾遗不遇》：“洛阳访才子，江岭作流人。”

②窜身：贬逐流放之人。李白《赠任城卢主簿》：“海鸟知天风，窜身鲁门东。”

③青门：汉长安城东南门。本名霸城门，因其门色青，故俗呼为青门或青城门。《三辅黄图·都城十二门》：“长安城东，出南头第一门曰霸城门。民见门色青，名曰青城门，或曰青门。”青门外有霸桥，汉人送客至此桥，折柳赠别。后因以青门泛指游冶、送别之处。何逊《车中见新林分别甚盛》：“金谷宾游盛，青门冠盖多。”李隆基《送贺知章归四明》：“独有青门饯，群僚怅别深。”

送郑明府贬岭南

青枫江色晚，楚客独伤春①。共对一尊酒，相看万里人。猜嫌成谪宦，正直不防身②。莫畏炎方久，年年雨露新。

【注释】

①楚客：寓居楚地的客人。此指被贬岭南的郑明府。

②正直：公正刚直。苏颋《蜀城哭台州乐安少府》："其道惟正直，其人信美偲。"

送人游岭南

万里南游客，交州见柳条。逢迎人易合，时日酒能消。浪晓浮青雀，风温解黑貂①。囊金如未足，莫恨故乡遥。

【注释】

①黑貂：黑貂鼠，毛皮黄黑色或带紫色，珍贵的衣料，中国东北特产之一。刘孝绰《答何记室诗》："黑貂久自弊，黄金屡已空。"美称皮衣。

钱　起

钱起(722?—780)，字仲文。吴兴(今属浙江)人。玄宗天宝七载(748)进士。曾任考功郎中，故世称"钱考功"。"大历十才子"之一，又与郎士元齐名，时称"钱郎"。其诗以五言为主，自称"五言长城"。有《钱考功集》10卷，《全唐诗》录诗4卷。

送李大夫赴广州

一贤间气生①，麟趾凤凰羽②。何意人之望，未为王者辅。出镇忽推才，盛哉文且武。南越寄维城，雄雄拥一作推，一作寄甲兵。鼓门通幕府，天井入军营。厥俗多豪侈③，古来难致礼。唯君饮冰心，可酌贪泉水。忠臣感圣君，徇义不邀勋。龙镜逃山魅，霜风破嶂雪。征途凡几转，魏阙如一作终在眼。向郡海潮迎，指乡关树远。按节化瓯闽④，下车佳政新⑤。

应一作当令尉陀俗，还作上皇人。支离交俊哲[6]，弱冠至华发[7]。昔许霄汉期，今嗟鹏鷃别[8]。图南不可御，惆怅守薄暮一作劣。

【注释】

①间气：语出《太平御览》卷三百六十引《春秋演孔图》："正气为帝，间气为臣，宫商为姓，秀气为人。"形容为官为臣的才学与气度；亦用以对人品、官品的褒扬；借指人臣的身份。刘长卿《湖南使还，留辞辛大夫》："大才生间气，盛业拯横流。"

②麟趾：指麟趾殿。北周秘方监名，掌著述。庾信有诗，题《预麟趾殿校书和刘仪同诗》。

③厥：代词，其；他的；她的。此犹那里。　　豪侈：豪华奢侈。《晋书·夏侯湛传》："湛族为盛门，性颇豪侈，侯服玉食，穷滋极珍。"强横放纵。《资治通鉴·唐肃宗至德元载》："禄山使监关中诸将，通儒等皆受制于孝哲。孝哲豪侈，果于杀戮，贼党畏之。"

④瓯闽：指浙江南部、福建一带。

⑤下车：官吏到任。崔湜《襄阳作》："下车慚政美，闭阁幸时康。"

⑥支离："支离疏"之省。《庄子》寓言人物。肢体畸形，于世无补，而坐受赈济。此诗人自谦之说。　　俊哲：才识不凡的人，指李大夫。

⑦弱冠：古代男子20岁行冠礼，虽已成人，但体未壮，故称"弱冠"，后泛指男子20岁左右。李白《献从叔当涂宰阳冰》："弱冠燕赵来，贤彦多逢迎。"

⑧鹏鷃：鹏鸟和鷃鸟。比喻物有大小，情志悬殊。王褒《奉和赵王隐士诗》："凫鹄均长短，鹏鷃共逍遥。"

南中春意一作思

入仕无知言[1]，游方随世道[2]。平生愿开济[3]，遇物干怀抱[4]。已阻青云期[5]，甘同散樗老[6]。客游南海曲，坐见韶阳早。旧国别佳人，他乡思芳草。惜无鸿鹄翅，安得凌苍昊[7]。

【注释】

①入仕:犹当官。梁武帝萧衍《十喻诗五首·梦诗》:“出家为上首,入仕为梁栋。”

②世道:指社会状况、风气。李白《寻阳紫极宫感秋作》:“野情转萧洒,世道有翻覆。”

③平生:终身;一生。陶渊明《停云诗》之四:“安得促席,说彼平生。” 开济:开创并匡济。崔颢《赠怀一上人》:“便有灭度理,而生开济恩。”

④遇物:犹言待人接物。江总《诒孔中丞奂诗》:“遇物便今古,何为不惆怅。” 干:牵扯,关联。 怀抱:胸怀,崔颢《赠轻车》:“平生少相遇,未得展怀抱。”

⑤青云:比喻高官显爵。刘长卿《送路少府使东京便应制举》:“五言凌白雪,六翮向青云。”

⑥散樗:比喻无用的闲散职位。散,挂名职务,散位,闲散的职位。樗:臭椿。喻无用之材,亦作自谦之辞。

⑦苍昊:苍天。李白《荆州贼平,临洞庭言怀作》:“长叫天可闻,吾将问苍昊。”

赋得池上双丁香树①

得地移根远,交柯绕指柔②。露香浓结桂,池影斗蟠虬。黛叶轻筠绿,金花笑菊秋。何如南海外,雨露隔炎洲。

【注释】

①丁香树:丁香属的一种木本植物。

②交柯:交错的枝茎。李白《上留田行》:“交柯之木本同形,东枝憔悴西枝荣。”

韩　翃

韩翃,字君平。南阳(今属河南)人。玄宗天宝十三载(755)进士。“大历十才子”之一。有集5卷,《全唐诗》录诗3卷。

送李明府赴连州①

万里向南湘,孤舟入桂阳。诸侯迎一作近上客②,小吏拜官郎。

春服橦花细[3]，初筵木槿芳[4]。看承雨露速，不待荔枝香[5]。

【注释】

①明府：犹言官府。汉魏以来对太守尹，皆称府君，或明府君，省称明府。唐人称县令为明府。　　连州：地名，隋开皇十年(590)置连州。今为连州市，广东省历史文化名城。

②诸侯：古时帝王所辖各小国的王侯。曹操《短歌行》：“九合诸侯，一匡天下。”此指郡州地方长官。孟浩然《陪张丞相登嵩阳楼》：“岁寒问耆旧，行县拥诸侯。”　　上客：上宾；尊贵的客人。此指李明府(下句的“官郎”亦然)。

③橦(tóng)花：古书上指木棉树。

④木槿：木名，锦葵科，落叶灌木。植于北方者，夏秋开花；花有白、紫、红诸色，朝开暮闭。

⑤“看承”二句：预见李到任后，不用到荔枝熟的时候，就会有善政。

送刘评事赴广州使幕[1]

征南官属似君稀，才子当今刘孝威[2]。蛮府参军趋传舍[3]，交州刺史拜行衣。前临瘴海无人过，却望衡阳少雁飞。为报苍梧云影道，明年早送客帆归。

【注释】

①评事：古代官名。张九龄有诗，题为《送姚评事入蜀各赋一物得卜肆》；李白有诗，题为《同族侄评事黯游昌禅师山池二首》。

②刘孝威：字孝威。孝胜弟。初为晋安法曹，除太子洗马，累迁中舍人、庶子率更令。太清中，迁中庶子，兼通事舍人。太清三年(549)，侯景之乱，孝威于围中得出，西上至安陆卒。有集10卷。

③传舍：驿站；驿舍。

郎士元

郎士元，生卒年不详，字君胄。中山(今属河北)人。玄宗天宝十五载

(756)进士。历任拾遗、补阙、校书，出为郢州刺史。与钱起齐名，世称“钱郎”。有《郎士元集》2卷。《全唐诗》录诗一卷。

送林宗配雷州①一作送王棼流雷州

昨日三峰尉②，今朝万里人。平生任孤直③，岂是不防身。海雾多为瘴，山雷乍作邻。遥怜北户一作窗月，与子独相亲。

【注释】

①配：古代把罪人遣放到边远地区充军。此指流放。沈佺期《初达驩州》：“配远天遂穷，到迟日最后。” 雷州：地名。唐贞观八年(634)改东合州为雷州，州治海康，辖境相当今雷州半岛。元升为路。明初改为府。清因之。今为广东省雷州市。

②三峰：指华山三座山峰。

③孤直：孤高耿直。

皇甫曾

皇甫曾，字孝常。润州(今属河北)人。天宝十二载(753)进士。工诗，与兄皇甫冉名望相亚，时人以比张氏景阳、孟阳。有诗集一卷。

送徐大夫赴南海

旧国当分阃①，天涯答圣私②。大军传羽檄，老将拜旌旗。位重登坛后，恩深弄印时。何年谏猎赋③，今日饮泉诗。海内求民瘼④，城隅见岛夷。由来黄霸去⑤，自有上台期。

【注释】

①旧国：旧都，古称都城为国。李白《梁园吟》：“洪波浩荡迷旧国，路远西归安可得。”因南海曾为南越国的都城，故说“旧国”。 分阃(kǔn)：委派大臣外任或委派将帅领兵在外。李隆基《饯王晙巡边》：“分阃仍推毂，援桴且训车。”

②圣私：圣王的偏爱。

③谏猎赋:司马相如上书谏猎,事本《汉书·司马相如传下》。

④民瘼(mò):民众的疾苦、苦难。李世民《出猎》:"所为除民瘼,非是悦林丛。"

⑤黄霸:汉代七相之一。《水经注》:"按《地理志》,故属渤海郡。褚先生曰:'汉宣帝五凤三年(前55),封丞相黄霸为侯国也。'"班固《西都赋》:"冠盖如云,七相五公。"吕向注:"七相:谓车千秋、黄霸、王商、王嘉、韦贤、平当、魏相。五公:张汤、萧望之、冯奉世、史丹、张安世。公侯、御史大夫、将军,通称为公。"

独孤及

独孤及(725—777),字至之。洛阳(今属河南)人。玄宗天宝十三载(754),举洞晓玄经科。代宗召为左拾遗,俄改太常博士。迁礼部员外郎,出濠、舒二州刺史,以治课加检校司封郎中,赐金紫。徙常州,卒于任上,谥曰"宪"。有集30卷,内诗3卷,《全唐诗》录诗2卷。

代书寄上李广州

皖水望番禺[1],迢迢青天末[2]。鸿雁飞不到,音尘何由达[3]。独有舆人歌[4],隔云声喧聒。皆称府君仁,百越赖全活。推诚鱼鳖信,持正魑魅怛[5]。疲民保中和[6],性足无夭阏[7]。天子咨四岳[8],伫公济方割[9]。几时复旋归,入践青琐闼[10]。贱子托明德[11],缭若松上葛。别离鄙吝生[12],结念思所豁[13]。门栏关山阻,歧路天地阔。唯凭万里书,持用慰饥渴[14]。

【注释】

①皖水:皖地的江河。皖:春秋时国名,汉置县,属今安徽省潜山县。今安徽省简称,因境内西部有皖山(天柱山)而得名。

②青天末:天空的尽头。李白《禅房怀友人岑伦》:"坐愁青天末,出望黄云蔽。"

③音尘:音信;消息。蔡琰《胡笳十八拍》:"故乡隔兮音尘绝,哭无声兮气将咽。"

④舆人:众人。储光羲《狱中贻姚张薛李郑柳诸公》:"舆人是非怪,西子言有咎。"

⑤怛(dá):畏惧;惊恐。

⑥疲民:《说文》:“疲,劳也。”劳民。何承天《鼓吹铙歌十五首·君马篇》:“疲民甘藜藿,厩马患盈肥。”　中和:中正平和。《荀子·王制》:“公平者职之衡之,中和者听之绳也。”杨琼注:“中和谓宽猛得中也。”

⑦性足:人的本性得到满足。《说文》:“性,人之阳气性善者也。”　夭阏(yān):夭亡;夭折。

⑧咨:咨询;商酌。　四岳:相传为唐尧臣羲和四子,分管四方的诸侯,所以叫四岳。

⑨伫:企盼;等待。　方割:普遍为害。《书·尧典》:“汤汤洪水方割,荡荡怀山襄陵,浩浩滔天。”孙星衍疏:“是方割为溥害也。”王引之《经义述闻·尚书上》:“家大人曰:‘方皆读为旁,旁之言溥也,徧也。’”

⑩青琐闼(tà):宫门。范云《古意赠王中书诗》:“摄官青琐闼。遥望凤皇池。”青琐,宫门上的一种青色连环图案。闼,小门。

⑪贱子:自谦的用语。张说《南中别蒋五岑向青州》:“老亲依北海,贱子弃南荒。”

⑫鄙吝:形容心胸狭窄。此指心胸郁结忧伤。高适《苦雨寄房四昆季》:“携手流风在,开襟鄙吝祛。”

⑬豁:豁达,开朗。杜甫《相逢歌赠严二别驾》:“神倾意豁真佳士,久客多忧今愈疾。”

⑭持用:拿来用作。李峤《烛》:“若逢燕国相,持用举贤人。”

戴叔伦

戴叔伦(732—789),字幼公,一作次公。润州金坛(今属江苏)人。曾任新城令、东阳令、抚州刺史、容管经略使。《全唐诗》录诗304首。

送人游岭南

少别华阳万里游①,近南风景不曾秋。红芳绿笋是行路,纵有啼猿听却幽。

【注释】

①华阳:县名。唐分成都县地置蜀县。安史之乱,玄宗三奔入蜀,改为华阳县。明清皆属成都府。今属四川省成都市。地名。《书·禹贡》:“华阳黑水惟梁州。”

注:"东据华山之南,西距黑水。"为秦宣太后弟、昭王立太子爱姬为华阳夫人之地。今属陕西省商县地。

下鼻亭泷行八十里聊状艰险寄青苗郑副使端朔阳

泷水天际来[1],鼻山地中坼。盘涡几十处,叠溜皆千尺。直写卷沉沙,惊翻冲绝壁。淙淙振崖谷,汹汹竟朝夕。人语不自闻,日光乱相射。舣舟始摇漾,举棹旋奔激。既下同建瓴[2],半空方避石。前危苦未尽,后险何其迫。倏闪疾风雷[3],苍皇荡魂魄[4]。因随伏流出,忽与跳波隔。远想欲回轩,岂兹还泛鹢。云涯多候馆,努力勤登历。

【注释】

①泷水:珠江支流罗定江的旧称,流经广东省罗定市、郁南县境,亦江南江。南朝梁、陈年间(502—581)设立泷州;宋开宝六年(973)改泷水县。明万历五年(1577),因罗旁地区"瑶乱"被平定,升为罗定直隶州。罗定,取"罗旁安定"之意。

②建瓴:倾倒瓶中之水,形成居高临下的形势。

③倏闪:顷刻;刹那间。

④苍皇:犹仓皇。杜甫《破船》:"苍皇避乱兵,缅邈怀旧丘。"

韦应物

韦应物(737—792),长安(今属陕西)人。15岁起以"门荫"补右千牛,在"三卫"为玄宗侍卫,入太学附读。德宗贞元元年(785)秋,加朝散大夫,迁江州刺史;三年,入京为左司郎中;四年七月,兼领苏州刺史;七年卒。世称韦江州、韦左司或韦苏州。山水田园诗派诗人。有《韦江州集》、《韦苏州诗集》、《韦苏州集》。

送冯著受李广州署为录事①

郁郁杨柳枝②，萧萧征马悲③。送君灞陵岸④，纠郡南海湄⑤。名在翰墨场⑥，群公正追随。如何从此去，千里万里期⑦。大海吞东南，横岭隔地维⑧。建邦临日域⑨，温燠御四时⑩。百国共臻奏，珍奇献京师。富豪虞兴戎⑪，绳墨不易持⑫。州伯荷天宠⑬一作龙选，还当翊丹墀⑭。子为门下生，终始岂见遗。所愿酌贪泉，心不为磷缁⑮。上将玩国士⑯，下以报渴饥。

【注释】

①录事：旧时政府机关中管记录、缮写的小吏。李白有诗，题为《江夏寄汉阳辅录事》，杜甫有诗题为《送率府程录事还乡》。

②郁郁：生长茂盛。《楚辞·九叹·思古》："冥冥深林兮树木郁郁。"

③萧萧：形容马嘶鸣声。《诗·小雅·车攻》："萧萧马鸣，悠悠旆旌。"

④"送君"句：送君之处在灞陵岸。　灞陵岸：指灞水流经的灞桥，送人出长安话别之处。骆宾王《晚泊江镇》："魂飞灞陵岸，泪尽洞庭流。"

⑤"纠郡"句：冯君去管治之地却在南海之滨。　南海湄：南海之滨。

⑥翰墨场：犹言今文学书画界。杜甫《壮游》："往昔十四五，出游翰墨场。"　翰墨：原指笔、墨，借指诗文书画。

⑦"千里"句：今后想见要千里万里的期程。吴泳《夫远征》："百夫十夫长，千里万里期。"　期：期程，约见会面要花的时日和行走的路程。

⑧地维：指地的四角。古人认为天圆地方，天有九柱支撑，地有四维系缀。

⑨建邦：建立的邦国。邦：古代诸侯的封国、国家。　日域：日出之处，日照之处。上官仪《五言春日侍宴望海应诏》："青丘横日域，碧海贯乾纲。"

⑩御四时：制约四季。御：本义：驾驶车马。《说文》："御，使马也。"后泛指驾驭一切运行或飞行之物。此当指制约、控制。

⑪虞：企望；期待。　兴戎：使少数民族兴旺。

⑫绳墨：木工打直线的墨线。比喻规矩或法度。屈原《离骚》："背绳墨以追曲兮，竞周容以为度。"

⑬州伯：州郡的老大。伯：本义，排行第一的，老大。《说文》："伯，长也。"此指州郡长官。李白《送岑征君归鸣皋山》："至人达机兆，高揖九州伯。"　荷天

宠:肩负、担负起皇帝的恩宠。

⑭翊(yì):辅佐拥戴。　　丹墀(chí):宫殿前的红色台阶及台阶上的空地。李世民《春日玄武门宴群臣》:“紫庭文珮满,丹墀衮绂连。”指官府的台阶。江淹《张司空华离情》:“秋月映帘栊,悬光入丹墀。”

⑮磷缁(zī):即“缁尘”,比喻世俗的污垢。

⑯玩:研讨;反复体会。　　国士:一国中才能最优秀的人物。《左传·成公十六年》:“皆曰:国士在,且厚,不可当也。”虞羲《敬赠萧谘议诗》之十:“吾人下走,国士见知。”

卢　纶

卢纶(约737—约799),字允言。河中蒲坂(今属山西)人。玄宗天宝末进士,遇乱不第。官至检校户部郎中。“大历十才子”之一,有《卢户部诗集》10卷,《全唐诗》录诗5卷。

奉和陕州十四翁中丞寄雷州二十翁司户①

联飞独不前,迥落海南天②。贾傅竟行矣,邵公唯泫然③。
瘴开山更远,路极水无边。沉劣本多感④,况闻原上篇。

【注释】

①陕州:县名。秦置陕县,属三川郡。汉属弘农郡。北魏太和中置陕州。自唐乾元至五代常置节度、观察、防御诸使,以州为治所。清为直隶州,属今河南省。　　中丞:官名。即“大中丞”。

②迥:《说文》:“迥,远也。”

③邵公:名虎,周王朝卿士,谥穆公。邵:一作召。《国语·周语上》载其谏厉王止谤事。　　泫(xuàn)然:水滴落的样子。伤心流泪的样子。陶渊明《咏三良诗》:“良人不可赎,泫然沾我衣。”

④沉劣:埋没于恶劣之地。

夜中得循州赵司马侍郎书因寄回使①

瘴海寄双鱼②，中宵达我居③。两行灯下泪，一纸岭南书。地说炎蒸极，人称老病余。殷勤报一作祝贾傅，莫共酒杯疏。

【注释】

①循州：地名。隋开皇十年（590）置，因循江而得名，治所在归善（今广东省惠州市东）。五代南汉移治龙川（今广东省龙川县）。

②双鱼：古代木制成双鱼形的信函。此指书信。李白《赠汉阳辅录事二首》之二：“汉口双鱼白锦鳞，令传尺素报情人。”

③中宵：半夜，深夜。陶渊明《戊申岁六月中遇火诗》：“中宵伫遥念，一盼周九天。”

孟　郊

孟郊（751—814），字东野。湖州武康（今属浙江）人。德宗贞元间（其时46岁）进士。诗歌用字追求“瘦”、“硬”，时称“元和体”之一种，苏轼称为“郊寒（贾）岛瘦”，后以孟郊、贾岛并称为苦吟诗人。有《孟东野诗集》。

连州吟

春风朝夕起，吹绿日日深。试为连州吟，泪下不可禁。连山何连连①，连天碧岑一作嵚岑②。哀猿哭花死，子规裂客心③。兰芷结新佩④，潇湘遗旧音⑤。怨声能翦弦⑥，坐抚零落琴。羽翼不自有，相追力难任。唯凭方寸灵⑦，独夜万里寻。方寻魂飘飖⑧，南梦山岖嵚⑨。仿佛惊魍魉⑩，悉窣闻枫林。正直被放者，鬼魅无所侵⑪。贤人多安排，俗士多虚钦⑫一作歆。孤怀吐明月，众毁铄黄金。愿君保玄曜⑬，壮志无自沉⑭。朝亦连州吟，暮亦连州吟。连州果有信，一纸万里心。开缄白云断，明月堕衣襟。南风断舜琯，苦竹动猿音。万里愁一色，潇湘雨淫淫⑮。两剑忽相触，双蛟恣浮沉。斗水正回斡⑯，倒流安可禁。空愁江海信，惊浪隔相寻。

【注释】

①连连：不断。《诗·大雅·皇矣》："执讯连连，攸馘安安。"

②岑岑：形容山高。

③子规：杜鹃鸟。李白《蜀道难》："又闻子规啼夜月，愁空山。"

④兰芷：兰花与白芷。宋之问《自洪府舟行直书其事》："敝庐嵩山下，空谷茂兰芷。"

⑤潇湘：湘江与潇水的并称，多借指今湖南地区。

⑥翦（jiǎn）弦：犹拨弄弦线。翦：剪整齐，此指弹拨整理。

⑦方寸：心神。李白《箜篌谣》："他人方寸间，山海几千重。"

⑧飘飖：飘泊摇扬，流荡无定。卢照邻《赠益府群官》："答言寒乡子，飘飖万馀里。"

⑨岖嵚（qū qīn）：山势高耸而险峻的样子。张九龄《祠紫盖山经玉泉山寺》："观奇逐幽映，历险忘岖嵚。"

⑩魍魉（wǎng liǎng）：传说中的一种怪物。杜甫《白水县崔少府十九翁高斋三十韵》："烟氛蔼崷崒，魍魉森惨戚。"

⑪鬼魅（mèi）：泛指鬼怪之物。

⑫虚钦：谦虚而恭敬的样子。

⑬玄曜：玄色的光辉。

⑭自沉：本言屈原沉江自尽。《楚辞·七谏·沉江》："怀沙砾而自沉兮，不忍见君之蔽壅。"此指自我沉沦坠落。张九龄《郡舍南有园畦杂树聊以永日》："我愿从归翼，无然坐自沉。"

⑮淫淫：过多、过甚貌。《楚辞·大招》："雾雨淫淫，白皓胶只。"

⑯回斡（wò）：回旋流转。杜甫《三川观水涨二十韵》："乘陵破山门，回斡裂地轴。"

权德舆

权德舆（759—818），字载之。天水略阳（今属甘肃）人。后徙润州丹徒（今属江苏）。顺宗永贞元年（805），改户部侍郎，历兵部、吏部侍郎。

元和五年(810),自太常卿拜礼部侍郎同中书门下平章事;十三年,卒于山南东道节度使任所,赠左仆射,谥"文"。有《权文公文集》,《全唐诗》录诗10卷。

李十韶州寄途中绝句使者取报修书之际口号酬赠[①]

诏下忽临山水郡,不妨从事恣攀登。莫言向北千行雁,别有图南六月鹏。

【注释】

①口号:古诗标题用语。表示随口吟成,和"口占"相似。鲍照有诗,题为《还都口号诗》;王维有诗,题为《九弟欲往南山马上口号与别》。颂诗的一种。多指献给皇帝的颂诗。张九龄有诗,题为《和圣制度潼关口号》。

窦　巩

窦巩(约762—821),字友封。京兆金城人。宪宗元和二年(807)进士。存诗39首。

南游感兴

伤心欲问前朝事,惟见江流去不回。日暮东风春草绿,鹧鸪飞上越王台。

王　建

王建(约767—831),字仲初。颍川(今属河南)人。代宗大历十年(775)进士。文宗大和三年(829),出为陕州司马,世称"王司马"。工乐府,与张籍齐名;宫词百首,尤传诵人口。

南中

天南多鸟声,州县半无城。野市依蛮姓[①],山村逐水名。瘴烟沙上起，阴火雨中生。独有求珠客②，年年入海行。

【注释】

①野市：乡间市集。耿沣《登钟山馆》："野市鱼盐隘，江村竹苇深。"

②求珠客：设法得到珍珠的人，此指买卖珍珠的商贩。

送迁客①

万里潮州一逐臣②，悠悠青草海边春③。天涯莫道无回日，上岭还逢向北人④。

【注释】

①迁客：遭贬迁的官员。崔湜《至桃林塞作》："塞上同迁客，江潭异逐臣。"

②潮州：地名，汉南海郡。隋平陈，置潮州。寻废。元改路。明清为潮州府。今为广东省潮州市。

③悠悠：连绵不尽貌。张九龄《江上》："长林何缭绕，远水复悠悠。"

④向北人：北归的人们。

崔子向

崔子向，生卒年不详，名中，以字行。金陵(今属南京)人。德宗建中、贞元年间，历监察御史，终南海节度从事。《全唐诗》、《全唐诗续拾》共录诗4首。

题越王台

越井岗头松柏老①，越王台上生秋草。古木多年无子孙，牛羊一作野人践踏成官道。

【注释】

①越井岗头：即今广州市的越秀山。南越国时，曾于其上建越王宫。相传南

越王赵佗在岗南的越王台下掘井，井呈方池状，宽丈余，称越王井，亦称越台井。屈大均《广东新语·水语》："广州诸井，此最古。"

张　籍

张籍（约767—约830），字文昌。原籍吴郡（今属江苏），后迁居和州乌江（今属安徽）。德宗贞元十五年（799）进士。历任水部员外郎、主客郎中，终国子司业。时称"张水部"或"张司业"。与白居易、孟郊等所作的诗歌被称"元和体"。有《张司业集》。

岭表一作外逢故人

过岭万余里，旅游经此稀。相逢去家远，共说几时归。海上见花发，瘴中唯鸟飞。炎州望乡伴，自识北人衣。

送郑尚书出镇南海各用来字

远镇承新命，王程不假催。班行争路送，恩赐并一作一时来。牙旆从城展，兵符到府开。蛮声喧夜市，海色浸潮一作润朝台朝台，一作南台。画角天边月，寒关岭上梅。共知公望重，多是隔年回。

送侯判官赴广州从军一作事

年少才高求自展，将身万里赴军门。辟书远到开呈客，公服新成著谢恩。驿舫过江分白堠，戍亭一作楼当岭见红幡。海花蛮草连冬有，行处无家不满园。

韩 愈

韩愈(768—824),字退之。河阳(今属河南)人。自称昌黎韩愈,世称韩昌黎;晚年任吏部侍郎,又称韩吏部。德宗贞元八年(792)进士;十九年,任监察御史,因上书《论天旱人饥状》,贬阳山县令。宪宗元和十四年(819)上《论佛骨表》,贬为潮州刺史。穆宗长庆四年(824)十二月二日,因病卒于长安。与柳宗元是当时古文运动的倡导者,合称"韩柳"。为诗豪放,不避粗险,格之变亦自愈始焉。有《昌黎先生集》。

同冠峡①贞元十九年贬阳山后作②

南方二月半,春物亦已少③。维舟山水间④,晨坐听百鸟。
宿云尚含姿,朝日忽升晓⑤。羁旅感和鸣⑥,囚拘念轻矫⑦。
潺湲泪久迸,诘曲思增绕⑧。行矣且无然⑨,盖棺事乃了⑩。

【注释】

①同冠峡:珠江水系北江支流连江(古名湟水)流经阳山县的峡谷。

②阳山:地名,秦始皇统一中国,在岭南设置南海、桂林、象郡三郡,并设置阳山关。汉元鼎六年(前111),武帝统一岭南,设置阳山县。韩愈被贬任阳山县令时,曾以"吾州之山水名天下"赞美阳山。《送区册序》:"阳山,天下之穷处也。"旧注:"阳山,县名,属连州。""穷",当言尽,非贫穷之"穷"。

③春物:春天的景物。谢朓《直中书省诗》:"朋情以郁陶,春物方骀荡。"

④维舟:系船靠岸停泊。沈约《从军行》:"维舟无鸟岛,秣骥乏平莎。"

⑤升晓:犹破晓。

⑥和鸣:互相应和而鸣。《诗经·周颂·有瞽》:"喤喤厥声,肃雝和鸣。"

⑦囚拘:拘禁。此指放逐。　矫:飞。《广雅·释诂三》:"矫,飞也。"

⑧诘(jié)曲:屈曲,曲折。　增绕:更加弯曲。傅毅《舞赋》:"眉连娟以增绕兮,目流涕而横波。"增:副词,更加。

⑨无然:不相宜,不正确。《诗·唐风·采苓》:"舍旃舍旃,苟亦无然。"

⑩盖棺:指身故。杜甫《自京赴奉先县咏怀五百字》:"盖棺事则已,此志常觊豁。"谓一个人一生的是非功过到死后才能作出定论。

贞女峡在连州桂阳县,秦时有女子化石,在东岸穴中①

江盘峡束春湍豪②,风雷一作雷风战斗鱼龙逃③。悬流轰轰射水府[4]，一泻百里翻云涛。漂船摆石万瓦裂，咫尺性命轻鸿毛[5]。

【注释】

①《水经注·洭水》："水出桂阳县西北上驿山卢溪，为卢溪水，东南流迳桂阳县故城，谓之洭水。《地理志》曰：'洭水出桂阳，南至四会是也。洭水又东南流，峤水注之，水出萌渚峤之溪，溪水下流，历峡南出，是峡谓之贞女峡。峡西岸高岩，名贞女山。山下际有石，如人形，高七尺，状如女子，故名贞女峡。'古来相传，有数女取螺于此，遇风雨如晦，忽化为石。"

②盘：盘绕曲折。屈原《离骚》："夕归次于穷石兮，朝濯发乎洧盘。"　束：管束。

③战斗：此指搏斗，争斗，争胜负，比高低。

④轰轰：象声词，形容流水、雷鸣、爆炸等响声。江总《长安道》："轰轰紫陌上，蔼蔼红尘飞。"　水府：水神管辖的区域。亦指水底。谢朓《祀敬亭山春雨》："水府众灵出，石室宝图开。"

⑤咫（zhǐ）尺：比喻微小。徐干《答刘桢诗》："虽路在咫只，难涉如九关。"　轻鸿毛：比鸿雁的毛要轻，比喻极轻。李白《梁甫吟》："智者可卷愚者豪，世人见我轻鸿毛。"

杏花[1]

居邻北郭古寺空，杏花两株能白红。曲江满园不可到[2]，看此宁避雨与风。二年流窜出岭外，所见草木多异同。冬寒不严地恒泄，阳气发乱无全功。浮花浪蕊镇长有[3]，才开还落瘴雾中。山榴踯躅少意思[4]，照耀黄紫徒为丛[5]。鹧鸪钩辀猿叫歇[6]，杳杳深谷攒青枫。岂如此树一来玩，若在京国情何穷。今旦胡为忽惆怅，万片飘泊随西东。明年更发应更好道人谓，寺僧莫忘邻家翁自谓。

【注释】

①杏花：木名，杏树。落叶乔木，叶子宽卵形。花单性，白色或粉红色。果实

圆形，熟时黄红色，味酸甜。

②曲江：此指曲江池，在今陕西省西安市东南。秦为宜春苑，汉为乐游原，有河水曲折而过，故称曲江，隋文帝更名芙蓉园。唐复名曲江，开元年间，加以疏浚，时为游赏胜地。

③镇长：时间久长。

④山榴：即石榴。灌木或小乔木，一般开红花，果实球状，内有很多种子，种子的肉可食，根、皮入药。　踯躅(zhí zhú)：此为花名，羊踯躅、山踯躅的简称。即杜鹃花。韦应物《送黎六郎赴阳翟少府》："试吏向崇阳，春山踯躅芳。"

⑤黄紫：相传为姚魏培育的良种牡丹。邓肃《玩芳亭》："纷纷姚魏争黄紫，醉眼虽观心似水。"

⑥钩輈(zhōu)：鹧鸪鸣声。

县斋读书在阳山作

出宰山水县①，读书松桂林。萧条捐末事②，邂逅得初心③。哀狖醒俗耳④，清泉洁尘襟。诗成有共一作与赋，酒熟无孤斟。青竹时默钓，白云日幽寻。南方本多毒，北客恒惧侵。谪谴甘自守，滞留愧难任。投章类缟带⑤，伫答逾兼金⑥。

【注释】

①出宰：由京官外出任地方长官。李颀《送刘四赴夏县》："一朝出宰汾河间，明府下车人吏闲。"

②末事：微不足道的小事。

③邂逅：不期而遇。《诗·唐风·绸缪》："今夕何夕，见此邂逅。"　初心：本意，最初的心意。萧统《讲席将毕赋三十韵依次用》："后焰难紧明，初心易惊缩。"

④哀狖(yòu)：长尾猿的哀声高叫。此比喻民间的疾苦呼声。谢灵运《入彭蠡湖口诗》："乘月听哀狖，浥露馥芳荪。"狖：古书上说的一种长尾猿。

⑤投章：投赠文章。鲍照《和王护军秋夕诗》："投章心蕴结，千里途轻纨。"　缟带：白色的绢带，比喻如雪洁白。陆云《赠郑曼季诗·鸣鹤》："安得鞶藻，改尔缟带。"

⑥伫答：长时间站立着应答。　逾兼金：超过倍金（古时货币单位）。

送李翱翱娶愈兄弇之女，与愈善。杨於陵为广州刺史，表翱佐其府。

广州万里途，山重江逶迤。行行何时到，谁能定归期。揖我出门去，颜色异恒时。虽云有追一作迎送，足迹绝自兹。人生一世间，不自张与弛。譬如浮江木，纵横岂自知。宁怀别时苦，勿作别后思。

泷吏

南行逾六旬，始下昌乐泷。韶州乐昌有昌山，有乐石泷，在县上十里。险恶不可状，船石相舂撞[1]。往问泷头吏，潮州尚几里。行当何时到，土风复何似。泷吏垂手笑[2]，官何问之愚。譬官居京邑[3]一作譬如官居北，何由知东吴。东吴游宦乡，官知自有由。潮州底处所，有罪乃窜流。侬幸无负犯[4]，何由到而知。官今行自到，那遽妄问为。不虞卒见困[5]，汗出愧且骇。吏曰聊戏官，侬尝使往罢。岭南大抵同，官去道苦辽。下此三千里，有州始名潮。恶溪瘴毒聚[6]，雷电常汹汹。鳄鱼大于船，牙眼怖杀侬。州南数十里，有海一作水无天地。飓风有时作，掀簸真差去声事。圣人于天下，于物无不容。比闻此州囚，亦在生还侬。官无嫌此州，固罪人所徙。阁本作官嫌此州恶，固人之所徙。官当明时来，事不待说委。官不自谨慎，宜即引分往。胡为此水边，神色久戃慌[7]。瓨音岗大瓶罂小，所任自有宜。官何不自量，满溢以取斯。工农虽小人，事业各有守。不知官在朝，有益国家不。得无虱其间，商君以仁义礼乐为虱官，曰六虱成俗，兵必大败。不武亦不文。仁义饬其躬，巧奸败群伦。叩头谢吏言，始惭今更羞。历官二十余，国恩并未酬。凡吏之所诃[8]，嗟实颇有之。不即金木诛，敢不识恩私。潮州虽云远，虽恶不可过。于身实已多，敢不持自贺。

【注释】

①舂撞：冲撞；冲击。

②垂手：手下垂。表示恭敬。王褒《高句丽》："倾杯覆碗漼漼，垂手奋袖婆娑。"

③譬：譬如，打比方。

④负犯：担负过错之责。

⑤不虞：意料不到。杜甫《醉为马坠诸公携酒相看》："不虞一蹶终损伤，人生快意多所辱。"

⑥恶溪：即韩江。

⑦傥（tǎng）慌：失意忧愁的样子。《楚辞·九叹·逢纷》："心傥慌其不我与兮，躬速速其不吾亲。"

⑧诃：同"呵"，呵斥，斥责。梁武帝萧衍《赠逸民诗》之七："无疑无难，谁诃谁禁。"

初南食贻元十八协律

鲎音后实如惠文[1]，骨眼相负行。《地理志》：鲎形如惠文冠，《岭表录异》：鲎眼在背，雌负雄而行。蠔相黏为山，百十各自生。《岭表录异》：蠔即牡蛎也，初生海边，如拳石，四面渐长，高一二丈者，巉岩如山。蒲鱼尾如蛇[2]，口眼不相营。蒲鱼即魶鱼。营一作萦。蛤即是虾蟆，同实浪异名。《本草注》：青蛙、蛙蛤、长脚蠷子，皆虾蟆之类。章举有八脚，身上有肉如臼，亦曰章鱼。马甲柱[3]即江瑶柱，斗以怪自呈。其余数十种，莫不可叹惊。我来御魑魅，自宜味南烹。调以咸与酸，芼以椒与橙[4]。腥臊始发越，咀吞面汗骍[5]。惟蛇旧所识，实惮口眼狞。开笼听其去，郁屈尚不平。卖尔非我罪，不屠岂非情。不祈灵珠报，幸无嫌怨并。聊歌以记之，又以告同行。

【注释】

①鲎：鲎鱼，亦称中国鲎、东方鲎。属节肢动物，头胸甲宽而呈新月形，复眼及两单眼长于背面，腹面生出六对步足，中部具一口，有一短小的腹部，腹部与头胸甲有关节相接，腹节愈合成一片，游泳足上附着扁平叶片状鳃，有一长而硬的可动关节的尾剑。　　惠文：惠文冠之简。惠文冠即武冠，古代武官之冠，亦称武弁大冠、繁冠。相传是战国赵武灵王效胡时始用。汉侍中、中常侍加黄金珰，附蝉为文，貂尾为饰，名赵惠文冠。或加插双鹖尾，竖左右，称鹖冠。权德舆《献岁送李十兄赴黔中酒后绝句》："志士感恩无远近，异时应戴惠文冠。"

②蒲鱼：鱼名，即鳟鱼。

③章举：章鱼。　　马甲柱：海味名，即江瑶柱。贝类。也名马甲、马颊，又名江珧、玉珧。形如月，供食用，入药。

④芼(mào)：菜。指可食用的野菜或水草。

⑤骍(xīng)：赤色的马和牛，亦泛指赤色。此指面色发红。

宿曾江口示侄孙湘二首①

湘，字北渚，老成之子，愈兄弇之孙。此赴潮州作也。

一

云昏水奔流，天水漭相围②。三江灭无口，曾江有三江合流，今混为一，不见江口。其谁识涯圻。暮宿投民村，高处水半扉。犬鸡俱上屋，不复走与飞。篙舟入其家，暝闻屋中唏③。问知岁常然，哀此为生微。海风吹寒晴，波扬众星辉。仰视北斗高，不知路所归。

二

舟行忘故道，屈曲高林间。林间无所有，奔流但潺潺。嗟我亦拙谋，致身落南蛮。茫然失所诣，无路何能还。

【注释】

①曾江：即增江，源于广东省龙门县七星岭，流至正果后称增江，至增城大楼山纳派潭河，经广东省增城市区，于新加埔汇入东江北干流，全长203公里。

②漭（mǎng）：宽广辽阔。《楚辞·大招》："魂乎无西！西方流沙，漭洋洋只。"

③唏（xī）：哀叹。

次同一作弄，又作巫冠峡赴阳山作

今日是何朝，天晴物色饶。落英千尺堕，游丝百丈飘。泄乳交岩脉，悬流揭浪标。无心思岭北，猿鸟莫相撩。

送郑尚书权赴南海

番音潘禺音愚军府盛[1]，欲说暂停杯[2]。盖海旂幢出[3]，连天观阁开。衙时龙户集[4]，上日马人来[5]。风静鶢鶋去[6]，官廉蚌蛤回[7]。货通师子国[8]，乐奏武王台。事事皆殊异，无嫌屈大才。

【注释】

①军府：驻军与地方衙署。白居易《泛太湖书事，寄微之》："军府威容从道盛，江山气色定知同。"军：唐于设兵戍守之地，设置军、守捉、镇、戍等。安史之乱后，内地也设军。军、守捉的将领称使；镇、戍的将领称镇将。　　盛，此指管辖的范围广大。

②"欲说"句：真的要说起来，得暂停手中杯。

③"盖海"句：犹言旌旗仪仗列队，其声威要镇住呼啸的海涛。沈君攸《桂楫泛河中》："飞云盖海远凌烟，莲舟渡沙转不碍。"

④衙时：衙参时日。　　龙户：也称疍（dàn）户、蛋户，旧时南方的水上居民。

⑤上日：佳日、节日。杜甫《苏端、薛复筵简薛华醉歌》："爱客满堂尽豪翰，开筵上日思芳草。"　　马人：即马流人。古民族名。相传为汉马援南征所卒将士的后代。

⑥鹓鶋（yúan jū）：古书记载所说的一种海鸟。杜甫《白凫行》："鲁门鹓鶋亦蹭蹬，闻道如今犹避风。"

⑦蚌蛤（bàng gé）：海蚌与蛤蜊。蚌：一种长于咸淡水的软体动物，有的能产珍珠。蛤：蛤蜊，长于浅海泥沙中，肉可食。

⑧师子国：最早见于东晋僧人法显往印度寻求佛教戒律，归国后所写的游记《佛国记》（又名《法显传》），卷四题为"师子国记游"；又，《大唐西域记》卷十一称之为僧迦罗国。前者意译，后者音译，为今之斯里兰卡。

题临泷寺①

不觉离家已五千，仍将衰病入泷船②。潮阳一作州未到吾能一作人先说③，海气昏昏水拍天④。

【注释】

①临泷寺：故址在今广东省乐昌市砰石镇武江河九泷十八滩河段岸边。

②衰病：衰弱抱病。邢邵《冬日伤志篇》："繁华夙芳改，衰病一时来。"　泷船：急流中行驶的船只。

③潮阳：汉置海阳县，晋改为潮阳县，以于大海之北而名。今属广东省潮州市。

④昏昏：昏暗，阴暗的样子。庾信《燕歌行》："代北云气昼昏昏，千里飞蓬无复根。"

刘禹锡

刘禹锡（772—842），字梦得。苏州嘉兴（今属浙江）人。因晚年任太子宾客，故称"刘宾客"。德宗贞元九年（793）进士，又举博学鸿词科。宪宗即位，王叔文改革失败，贬为连州刺史。宪宗元和十年（815），游玄都观作《元和十年自朗州承召至京戏赠看花诸君子》，贬为播州刺史，改授连州刺史。文宗开成元年（836）秋，改任太子宾客，分司东都，加检校礼部尚书、秘书监等虚衔，故又称"秘书刘尚"。有《刘梦得文集》。

莫瑶一作徭歌①

莫瑶自生长，名字无符籍。市易杂鲛人，婚姻通木客②。星居占泉眼③，火种开山脊④。夜渡千仞谷，含沙不能射⑤。

【注释】

①莫瑶：即莫徭。

②木客：伐木工。张祜《送韦整尉长沙》："木客提蔬束，江乌接饭丸。"传说中的深山精怪，实则可能为久居深山的野人。因与世隔绝，故古人多有此附会。《太平御览》卷八八四引邓德明《南康记》："木客，头面语声亦不全异人，但手脚爪如钩利，高岩绝峰然后居之。"

③星居：分散布列。刘长卿《送州人孙沅自本州却归句章新营所居》："火种山田薄，星居海岛寒。"

④火种：火耕。一种原始的耕作方法。烧去草木就地种植作物。

⑤含沙：蜮，又名射工、射影。相传居于水中，听到人声，以气为矢，因激水，或含沙射人。被中者皮肤生疮，中影者亦病。鲍照《代苦热行》："含沙射流影，吹虫病行晖。"

插田歌①并引（节录）

连州城下，俯接村墟。偶登郡楼，适有所感。遂书其事为俚歌，以俟采诗者。

冈头花草齐②，燕子东西飞。田塍望如线③，白水光参差④。农妇白纻裙，农父绿蓑衣⑤。齐唱郢一作田中歌⑥，嘤伫如竹枝⑦。但闻怨响音，不辨俚语词。时时一大笑，此必相嘲嗤⑧。水平苗漠漠⑨，烟火生墟落⑩。黄犬往复还，赤鸡鸣且啄。

【注释】

①插田：即插秧。将水稻秧苗移栽到水田里。邵定翁《插田》："明朝蚤蚤起插田，东方未明云漫漫。"

②冈头：犹"冈子"，低矮坡小的山丘。《先秦汉魏晋南北朝诗·汉诗卷十二·古五杂俎诗》："五杂俎，冈头草。"

③田塍(chéng):田间的土埂、小路。

④参差(cēncī):不齐。《诗·周南·关雎》:"参差荇菜,左右流之。"

⑤蓑(suō)衣:用蒲葵或棕毛作材料制作的雨器。

⑥郢中歌:此指酷似楚地的歌谣。李白《淮海对雪赠傅霭》:"寄君郢中歌,曲罢心断绝。"郢:古代中国楚国的都城,今湖北省江陵县附近。

⑦"嘤伫(yīng zhù)"句:既像鸟鸣又像啼泣的嘤嘤之声,停止下来,才觉得好像是竹枝词的调子。

⑧嘲嗤(cháo chī):讥笑。

⑨漠漠:密布,布满。陆机《君子有所思行》:"廛里一何盛,街巷纷漠漠。"

⑩墟落:墟里,村墟,指村落。王维《渭川田家》:"斜阳照墟落,穷巷牛羊归。"

蛮子歌①

蛮语钩辀音一作钩辀语音蛮,一作蛮语音钩辀,蛮一作身衣斑斓布②。熏狸一作狐掘沙鼠,时节祠盘瓠③。忽逢乘马客,恍若惊麏一作麝顾④。腰斧上高山,意行无旧路。

【注释】

①蛮子:蛮族。

②斑斓:色彩错杂灿烂的样子。权德舆《送别沅泛》:"斑斓五彩服,前路春物熙。"

③祠:春祭。《说文》:"春祭曰祠,品物少,多文辞也。"引申为祭祀。　盘瓠(hù):《水经注》:"盘瓠者,高辛氏之畜狗也,其毛五色,高辛氏患犬戎之暴,乃募天下有能得犬戎之将吴将军头者,妻以少女。下令之后,盘瓠遂衔吴将军之首于阙下,帝大喜,未知所报。女闻之以为信不可违,请行,乃以配之,盘瓠负女入南山,上石室中。所处险绝,人迹不至。帝悲思之,遣使不得进,经二年,生六男六女。"

④恍若:仿佛;好像。韩愈《赠张籍》:"感荷君子德,恍若乘朽栈。"　麏(jūn):古同"麇",指獐子。

踏潮歌①

元和十年(815)夏五月,终风驾涛(一作大风驾潮),南海泛(一作羡)溢。南人云,踏潮也,率三岁一有之。客或言其状,因歌之。

屯门积日无回飙②,沧波不归成踏潮。轰如鞭石矻且摇③,亘空欲驾鼋鼍桥④。惊湍蹙缩悍而骄,大陵高岸失岧峣⑤。四边无阻音响调,背负元气掀重霄。介鲸得性方逍遥,仰鼻嘘吸扬朱翘。海人狂顾迭相招,罽衣髽首声哓哓⑥。征南将军登丽谯,赤旗指麾不敢嚣。翌日风回沴气消⑦,归涛纳纳景昭昭⑧。乌泥白沙复满海,海色不动如青瑶⑨。

【注释】

①踏潮:从自序看,似指天文大潮。

②屯门:此指广州外港屯门,在今香港新界青山湾,为天然避风良港。韩愈《赠别元十八协律六首》:"屯门虽云高,亦映波浪没。" 积日:犹多日。傅玄《雨诗》:"厥初月离毕,积日遂滂沱。" 回飙:回旋的暴风。李白《与诸公送陈郎将归衡阳》:"回飙吹散五峰雪,往往飞花落洞庭。"

③矻(kū):勤作不懈,此指不停地动。

④鼋鼍(yuán tuó)桥:语出《拾遗记》:"鼋鼍以为桥梁。"以鼋鼍为桥梁。形容帝王出驾行列之盛大。此形容大潮水之大。

⑤岧峣(tiáo yáo):山高峻貌。韦应物《广陵行》:"雄藩镇楚郊,地势郁岧峣。"

⑥罽(jì)衣:鱼网为衣。《说文》:"罽,鱼网也。" 髽首:以麻束扎头发。哓哓(xiāo xiāo):因为害怕而乱嚷乱叫的声音。《诗·豳风·鸱枭》:"风雨所漂摇,予维音哓哓!"

⑦沴(lì)气:灾害不祥之气。《先秦汉魏晋南北朝诗·北周诗卷六·仙道·白帝歌》:"沴气既已息,万天俄而安。"

⑧纳纳:广大包容的样子。杜甫《野望》:"纳纳乾坤大,行行郡国遥。" 昭昭:明丽的样子。《先秦诗·渔父歌》:"日月昭昭乎寖已驰,与子期乎芦之漪。"

⑨青瑶:青玉。韩愈《送灵师》:"手持南曹叙,字重青瑶镌。"

连州腊日观莫徭猎西山①

海天杀气薄②，蛮军步一作部伍嚣③。林红叶尽变，原黑草初烧。围合繁钲息④，禽兴大旆摇⑤。张罗依道口⑥，嗾犬上山腰⑦。猜鹰虑奋迅⑧，惊鹿一作麏时踘跳⑨。瘴云四面起，腊雪半空消。箭头余鹄血，鞍傍见雉翘。日暮还城邑，金笳发丽谯⑩。

【注释】

①腊日：古时腊祭之日。农历十二月初八。杜甫《早花》："腊日巴江曲，山花已自开。"　莫徭：即莫瑶。

②薄(bó)：迫近；急迫。

③嚣：强悍。

④钲(zhēng)：古代乐器，形如铃，有柄可执，行军时用。《说文》："钲，铙也，似铃，柄上下通。"

⑤旆(pèi)：古代旗末端状如燕尾的垂旒。《说文》："旆，继旐之帛也。"《诗·小雅·六月》："白旆央央。"泛指旌旗。

⑥张罗：张网。《晋诗·紫玉歌》："南山有鸟，北山张罗。"

⑦嗾(sǒu)犬：叫唤狗犬。

⑧奋迅：迅速振羽展翅飞起。嵇康《五言赠秀才诗》："奋迅势不便，六翮无所施。"

⑨踘(jú)跳：慌张不安的样子。

⑩金笳：美称乐器笳，指代其吹奏的音乐。武元衡《汴河闻笳》："何处金笳月里悲，悠悠边客梦先知。"　丽谯：华丽的高楼。骆宾王《同崔驸马晓初登楼思京》："丽谯通四望，繁忧起万端。"

唐秀才赠端州紫石砚以诗答之

端州石砚人间重，赠我因知正草玄①。阙里庙堂空旧物，开方灶下岂天然。玉蜍吐水霞光静②，彩翰摇风绛锦鲜。此日佣工记名姓③，因君数到一作致墨池前④。

【注释】

①正草玄：指书法艺术。

②玉蜍：玉雕的蟾蜍。

③彩翰：犹彩笔。　　摇风：谓风吹摆动。此指挥笔生风。

④数（shuò）：屡次，多次。《楚辞·惜誓》："梅伯数谏而至醢兮，来革顺志而用国。"

阳山庙观赛神①

梁松南征至此，遂为其神，在朗州②

汉家都尉旧征蛮③，血食如今配此山④。曲盖幽深苍桧下，洞箫愁绝一作吹绝翠屏间。荆巫脉脉传神语⑤，野老婆娑一作娑娑起醉颜⑥。日落风生庙门外，几人连蹋竹歌还⑦。

【注释】

①赛神：祭祀以报答神明。

②梁松南征：梁松，字伯孙，统子。少为郎，尚光武女舞阴长公主，袭封陵乡侯，再迁虎贲中郎将。曾随马援征五溪蛮。永平初，迁太仆，坐罪免。汉明帝永平四年（61）十二月下狱死。　　朗州：州名。春秋战国时楚地，汉为武陵郡，隋改为朗州，唐天宝初又称武陵郡，乾元初复为朗州。治所在武陵县，今属湖南省常德市。

③"汉家"句：言汉朝都尉征伐南方少数民族。　　汉家：汉朝。李白《战城南》："秦家筑城备胡处，汉家还有烽火燃。"　　都尉：官名，次于将军的军官。李白《走笔赠独孤驸马》："都尉朝天跃马归，香风吹人花乱飞。"

④血食：谓受享祭品。古代杀牲取血以祭，故称。《汉书·高帝纪下》："故粤王亡诸世奉粤祀，秦侵夺其地，使其社稷不得血食。"颜师古注："祭者尚血腥，故曰血食也。"王昌龄《小敷谷龙潭祠作》："生人载山川，血食报原隰。"

⑤脉脉：默默地用眼神或行动表达情意。《古诗十九首》之十："盈盈一水间，脉脉不得语。"

⑥婆娑：舞貌。《尔雅》："婆娑，舞也。"《诗·陈风·东门之枌》："子仲之子，婆娑其下。"

⑦连蹋（tà）：歌舞时一起以足踏地为节。《后汉书·东夷传》："舞辄数十人相

随,蹋地为节。”　竹歌:和着八音竹的乐曲歌唱。竹:古代八音之一。

海阳十咏[1]并引

元次山始作海阳湖,后之人或立亭树,率无指名。及余而大备,每疏凿构置,必揣称以标之,人咸曰有旨。异日迁官,裴侍御为十咏以示余,颇明丽而不虚美。因招拾裴诗所未道者,从而和之。

吏隐亭

结构得奇势[2],朱门交碧浔[3]。外来始一望,写尽平生心。日轩漾波影,月砌镂松阴。几度欲归去,回眸情更深[4]。

切云亭[5]

迥破林烟出,俯窥石潭空。波摇杏梁日,松韵碧窗风。隔水生别岛,带桥如断虹。九疑南面事,尽入寸眸中[6]。

云英潭

芳幄覆云屏,石奁开碧镜。支流日飞洒,深处自疑莹[7]。潜去不见迹,清音常满听[8]。有时病朝酲,来此心神醒。

玄览亭

潇洒青林际,夤缘碧潭隈[9]。淙流冒石下,轻波触砌回。香风逼人度,幽花覆水开。故令无四壁,晴夜月光来。

裴　溪时御史已遇新恩

楚客忆关中[10],疏溪想汾水[11]。萦纡非一曲[12],意态如千里[13]。倒影罗文动[14],微波一作浪笑颜起。君今赐环归,何人承玉趾[15]。

飞练瀑

晶晶掷岩端,洁光如可把。琼枝曲不折,云片晴犹下。石坚激清响,叶动承余洒。前时一作池明月中,见是银河泻。

蒙　池

潆渟幽壁下[16],深净如无力。风起不成文,月来同一色。地灵草木瘦,人远烟霞逼。往往疑列仙,围棋在岩侧。

棼丝瀑[17]

飞流透嵌隙，喷洒如丝棼。含晕迎初旭，翻光破夕曛。余波绕石去，碎响隔溪闻。却望琼沙际，逶迤见脉分。

双　溪

流水绕双岛，碧溪相并深。浮花拥曲处，远影落中心。闲鹭久独立，曝龟惊复沉。蘋风有时起，满谷箫韶音[18]。

月　窟

溅溅漱幽石，注入团圆处[19]。有如常满杯，承彼清夜露。岩曲月斜照，林寒春晚煦。游人不敢触，恐有蛟龙护。

【注释】

①海阳：县名。东晋咸和中置，因南滨大海得名，治所在今广东省潮安。

②奇势：奇特的形貌。湛方生《游园咏》："谅兹境之可怀，究川阜之奇势。"

③碧浔：绿水边。杨师道《咏饮马应诏》："躞蹀依春涧，联翩度碧浔。"

④回眸：转动眼珠，流盼。

⑤切云：上摩青云。极言其高。《楚辞·哀时命》："冠崔嵬而切云兮，剑淋离而从横。"

⑥寸眸：眼睛的代称。储光羲《夏日寻蓝田唐丞登高宴集》："山河临咫尺，宇宙穷寸眸。"

⑦疑：类似；好像。

⑧满听：满耳。韩愈《送文畅师北游》："出其囊中文，满听实清越。"

⑨夤缘：循依而行。宋之问《宿云门寺》："夤缘绿篠岸，遂得青莲宫。"

⑩关中：指陕西渭河流域一带。李白《登广武古战场怀古》："赤精斩白帝，叱咤入关中。"

⑪汾水：即汾河，在山西省中部，为黄河第二大支流。

⑫萦纡：盘旋弯曲；回旋曲折。元结《题孟中丞茅阁》："小山为郡城，随水能萦纡。"

⑬意态：神情姿态。

⑭罗文：罗状的花纹。李世民《赋得含峰云》："横天结阵影，逐吹起罗文。"

⑮玉趾：白嫩如玉的脚，对人脚的敬称。王康琚《反招隐诗》："凝霜凋朱颜，寒泉伤

玉趾。”

⑯潆渟：回旋而静止的积水。

⑰棼丝：乱丝。阎朝隐《饯唐永昌》：“洛阳难理若棼丝，椎破连环定不疑。”

⑱箫韶：舜时乐舞，由九段组成，所谓“箫韶九成”也，周代用以祭祀四方。后世泛指美妙的仙乐。《楚辞·九叹·忧苦》：“恶虞氏之箫韶兮，好遗风之激楚。”

⑲团圆：圆貌。卢纶《送张成季往江上赋得垂杨》：“露繁光的皪，日丽影团圆。”

南海马大夫远示著述兼酬拙诗辄著微诚再有长句时蔡戎未弭故见于篇末[①]

汉家旄节付雄才，百越南溟统外台[②]。身在绛纱传六艺[③]，腰悬青绶亚三台[④]。连天浪静长鲸息，映日帆多宝舶来。闻道楚氛犹未灭[⑤]，终须旌旆扫云雷。

【注释】

①拙诗：称自己诗作的谦词。此指诗人赠予马大夫的诗。

②统外台：统一（派置）刺史。外台：东汉刺史，为州郡长官，置别驾、治中，诸曹掾属，号为外台。

③绛纱：红色纱帐。东汉马融常坐高堂，施绛纱帐，前授生徒，后列女乐。后因用绛帐作师长或讲座的代称。钱起《登刘宾客高斋》：“日陪鲤也趋文苑，谁道门生隔绛纱。”　六艺：儒家所谓的礼（礼仪）、乐（音乐）、射（射箭）、御（驾车）、书（识字）、数（计算）等六种才艺。刘商《赋得射雉歌送杨协律表弟赴婚期》：“六艺从师得机要，百发穿杨含绝妙。”古代称《诗》、《书》、《礼》、《乐》、《易》和《春秋》六种经书；也泛指各种经书为六艺。王莽时六种字体，即古文（战国时通行于六国的文字）、奇字、篆书、左书、缪篆、鸟虫书。

④三台：官名。汉因秦制，设尚书为中台，御史为宪台，谒者为外台，合称三台。

⑤楚氛：语出《左传·襄公二十七年》：“伯夙谓赵孟曰：‘楚氛甚恶，惧难。’”注：“氛，气也。言楚有袭晋之气。”后也用以比喻俗恶之气。

白居易

白居易(772—846),字乐天,晚号香山居士。祖籍山西太原,生于巩县(今属河南)。德宗贞元十六年(800)进士。宪宗元和十年(815),贬江州司马。穆宗长庆间,任杭州刺史。敬宗宝历二年(826),调苏州刺史。武宗会昌二年(842),以刑部尚书致仕,卒于洛阳香山。晚年放意诗酒,号“醉吟先生”。为新乐府运动倡导者。初与元稹相酬咏,号为“元白”;晚年又与刘禹锡唱和,人称为“刘白”。尊号为“诗魔”。自编《白氏文集》(初名《白氏长庆集》),收诗文 3800 多篇,后散乱。现存最早的《白氏文集》乃南宋绍兴刻本,收诗文 3600 多篇。

送客春游岭南二十韵

因叙岭南方物以谕之,并拟微之送崔二十二之作

已讶游何远①,仍嗟别太频②。离容君蹙促③,赠语我殷勤④。迢递天南面⑤,苍茫海北濆⑥。诃陵国分界⑦,交趾郡为邻。蓊郁三光晦⑨,温暾四气匀⑨。阴晴变寒暑,昏晓错星辰。瘴地难为老,蛮陬不易驯⑩。土民稀白首⑪,洞主尽黄巾。战舰犹惊浪,戎车未息尘。时黄家贼方动。红旗围卉服,紫绶裹文身⑫。面苦桄榔裛一作制,浆酸橄榄新⑬。牙樯迎海舶⑭,铜鼓赛江神。不冻贪泉暖,无霜毒草春。云烟蟒蛇气,刀剑鳄鱼鳞。路足羁栖客,官多谪逐臣。天黄生飓母,飓母如断虹,欲大风即见。雨黑长枫人。枫人因夜雷雨辄暗长数丈。回使先传语,征轩早返轮⑮。须防杯里蛊⑯,南方蛊毒多置酒中。莫爱橐中珍⑰。北与南殊俗,身将货孰亲。尝闻君子诫,忧道不忧贫。

【注释】

①讶(yà):诧异,感到意外。鲍泉《咏剪彩花诗》:“花生剪刀里,从来讶逼真。”

②嗟(jiē):叹息。《诗·王风·中谷有蓷》:“啜其泣矣,何嗟及矣。”

③蹙(cù)促：愁苦、不安的样子。

④殷勤：情意深厚。王维《伊州歌》："征人去日殷勤嘱，归雁来时数附书。"

⑤迢递：遥远渺茫。王维《和使君五郎西楼望远思归》："惆怅极浦外，迢递孤烟出。"

⑥苍茫：空旷辽远。王昌龄《别刘谞》："天地寒更雨，苍茫楚城阴。"　漘(chún)：水边。《说文》："漘，水厓也。"《诗·魏风·伐檀》："坎坎伐檀兮，置之河之漘兮。"

⑦诃陵：即古代的瘏婆国。皮日休有诗，题为《五贶诗·诃陵樽》。

⑧蓊郁(wěng yù)：形容草木茂盛。　三光：古时指日、月、星。《楚辞·九思·守志》："天庭明兮云霓藏，三光朗兮镜万方。"

⑨温暾：煖而不热。王建《宫词一百首》："新晴草色绿温暾，山雪初消渐出浑。"　四气：四季呈现的自然气候现象。顾况《相和歌辞·短歌行六首》之一："今人昔人共长叹，四气相催节回换。"

⑩蛮陬(zōu)：蛮人聚居之地。武元衡《酬李十一尚书西亭暇日书怀见寄十二韵之作》："烟尘开僰道，旌节护蛮陬。"陬：本义，山的角落，《说文》："陬，阪隅也。"。　驯：本义，马驯服。《说文》："驯，马训也。"亦指鸟兽驯服。泛指顺服。

⑪稀：少，不多。《玉台新咏·为焦仲卿妻作》："贱妾留空房，相见常日稀。"　白首：白头，年长者。骆宾王《畴昔篇》："垂钓甘成白首翁，负薪何处逢知己。"

⑫绶(shòu)：丝带。《说文》："绶，绂维也。"　文身：在肌肤上刺画花纹或图案，古代荆楚、南越一带的习俗。曹操《善哉行》："行施百世，断发文身。"

⑬橄榄：常绿乔木，种子可榨油，树脂供药用。果实绿色，长圆形，亦称"青果"，可食，亦可入药。原产中国。

⑭牙樯(qiáng)：饰有象牙桅杆的船只。杜甫《清明》："金镫下山红粉晚，牙樯捩柁青楼远。"樯：本义，桅杆。引申为帆或帆船，借指船只。　海舶(bó)：航海的大船。陈元光《落成会咏二首》之二："山畬遥猎虎，海舶近通盐。"舶：本义，大船，海船。

⑮征轩：远行的车辆。孟浩然《送贾升主簿之荆府》："征轩明日远，空望郢门间。"征：本义，到很远的地方去，远行。轩：古代一种有围棚或帷幕的车。泛指华美的车子。

⑯蛊(gǔ)：本义，人肚子里的寄生虫。《说文》："蛊，腹中虫也。"传说中的一种人工培养的毒虫，专用来害人。

⑰橐(tuó)：《说文》："橐，囊也。"口袋。《诗·小雅·公刘》："乃裹糇粮，于橐于囊，思辑用光。"

得潮州杨相公继之书并诗以此寄之

诗情书意两殷勤，来自天南瘴海滨。初睹银钩还启齿①，细吟琼什欲沾巾②。凤池隔绝三千里③，蜗舍沉冥十五春④。唯有新昌故园月⑤，至今分照两乡人。凤池，属杨相也。蜗居，自谓也。

【注释】

①银钩：银制之钩。用以形容书法笔姿遒劲。此指书信。刘长卿《送邵州判官往南》："早晚裁书寄，银钩伫八行。" 启齿：指笑。刘禹锡《韩十八侍御见示岳阳楼别窦司直诗国令属和重以自述故足成六十二韵》："兴酣更抵掌，乐极同启齿。"

②琼什：犹雅什，指书信。什：即十，古时诗文以十篇为一卷，指书篇。

③凤池：凤凰池之简，禁苑中池沼。魏晋南北朝设中书省于禁苑，掌管机要，接近皇帝，故称中书省为凤凰池。唐制，宰相称同中书门下平章事，故诗文中多以凤凰池指宰相。张说《同贺八送兖公赴荆州》："畴昔同声友，骞飞出凤池。"

④蜗舍：窄小的住所。钱起《重赠赵给事》："能迂驺驭寻蜗舍，不惜瑶华报木桃。" 沉冥：低沉冥寂。孟浩然《题终南翠微寺空上人房》："闭关久沉冥，杖策一登眺。"

⑤新昌：今属安徽省滁县。白居易曾居于此地。白居易《竹窗》诗云："今春二月初，卜居在新昌。"又有诗，题为《题新昌所居》。

李 绅

李绅(772—846)，字公垂。祖籍安徽亳州。宪宗元和元年(806)进士；四年，赴京任校书郎，与元稹、白居易共倡"新乐府运动"；卷入牛李党争，任御史中丞、户部侍郎等要职。李党失势，穆宗长庆四年(824)，贬为端州司马。文宗开成五年(840)任淮南节度使，后入京拜相，任中书郎、同中书门下平章事，继又晋升为尚书右仆射门下侍郎，封赵国公。居相位四年。武宗会昌六年(846)，病逝扬州。赠太尉，谥"文肃"。有《追昔游诗》、《杂诗》。

逾岭峤止荒陬抵高要[1]

天将南北分寒燠[2]，北被羔裘南卉服[3]。寒气凝为戎虏骄[4]，炎蒸结作虫虺毒[5]。周王止化惟荆蛮[6]，汉武凿远通孱颜[7]。南标铜柱限荒徼[8]，五岭从兹穷险艰[9]。衡山截断炎方北，回雁峰南瘴烟黑。万壑奔伤溢作泷，湍飞浪激如绳直[10]。南人谓水为泷，如原瀑流，自郴南到韶北，有八泷。其名神泷、伤泷、鸡附等泷，皆急险不可上。南中轻舟迅疾可入此水者，因名泷船，善游者为泷夫。千崖傍耸猿啸悲，丹蛇玄虺潜蜲蛇[11]。泷夫拟楫劈高浪，瞥忽浮沉如电随。岭头刺竹蒙笼密，火拆红蕉焰烧日。岭上泉分南北流，行人照水愁肠骨。阴森石路盘萦纡，雨寒日暖常斯须[12]。瘴云暂卷火山外，苍茫海气穷番禺。鹧鸪猿鸟声相续，椎髻哓呼同戚促[13]。百处谿滩异雨晴，四时雷电迷昏旭。鱼肠雁足望缄封，地远三江岭万重[14]。鱼跃岂通清远一作遂峡，雁飞难渡漳江东[15]。余在南中日，知家累以其年九月九日发衡州，因寄云："菊花开日有人逢，知过衡阳雁回峰。江树送秋黄叶少，海天迎远碧云重。音书断达听蛮鹊，风水多虞祝媪龙。想见病身浑不识，自磨青镜照哀容。"慨然追感，以疏其下。又端州界有清远峡，深险莫测，皆言水府为鱼龙之限云。云蒸地热无霜霰，桃李冬华匪时变。天际长垂饮涧虹，檐前不去衔泥燕。南中虹四时长见，见数则多飓风，燕不归蛰，燕泥多沙。人惧其沾污于人，每逐其巢也。幸逢雷雨荡妖昏，提挈悲欢出海门。西日眼明看少长，北风身醒辨寒温。贾生谪去因前席[16]，痛哭书成竟何益。物忌忠良表是非，朝驱绛灌为雠敌[17]。明皇圣德异文皇，不使无辜困鬼方。汉日一作口傅臣终委弃，如今衰叟重辉光[18]。高明白日恩深海，齿发虽残壮心在。空愧驽骀异一毛[19]，无令朽骨惭一作仍千载。

【注释】

①逾:越过,经过。　　止:停留,逗留。　　荒陬:荒芜而边远偏僻之地。　　高要(yāo):汉置县。今属广东省肇庆市代管。

②寒燠(yù):冷热。张说《游老君洞》:“岩前日月自朝夕,物外乾坤岂寒燠。”

③羔裘:古代诸侯用作朝服的小羊皮袍,后指小羊皮袍。《诗·郑风·羔裘》:“羔裘如濡,洵直且侯。”

④戎虏:古时蔑称中国西北部的少数民族。李白《古风·胡关饶风沙》:“木落秋草黄,登高望戎虏。”

⑤虫虺(huī):昆虫与毒蛇。

⑥“周王”句:周王教化进程中断的只有荆楚一带的少数民族。

⑦“汉武”句:汉武帝,汉景帝之子,承文景之业,对内实行经济改革,对外开拓疆土,创军事经济文化之极盛时代。　　凿远:开通偏僻之地。犹言开拓疆土。　　孱颜:同“巉岩”,高峻貌。刘禹锡《浙西李大夫述梦四十韵并浙东元湘公酬和斐然继声》:“孱颜傲林薄,飞动向雷霆。”

⑧“南标”句:在南方竖立铜柱作为偏僻边境的门槛。　　限:门槛。

⑨穷:穷尽,终止。

⑩“万壑”二句:万条沟壑奔突漫溢成湍急的溪流,湍流急如飞,浪涌如绳直。　　奔伤:犹奔触。

⑪蝼蛇:同“委蛇”、“逶迤”,蜿蜒曲折,拐来拐去。

⑫斯须:一会儿工夫,片刻。杜甫《可叹》:“天上浮云如白衣,斯须改变如苍狗。”

⑬椎髻:盘于头顶的椎形发髻。柳宗元《南省转牒欲具江国图令尽通风俗故事》:“椎髻老人难借问,黄茆深峒敢留连。”　　哓(xiāo)呼:惊叫。　　戚促:忧伤地嗟叹。李白《空城雀》:“嗷嗷空城雀,身计何戚促。”

⑭三江:长江流经武汉地区附近的主流与支流等众多水道的总称。骆宾王《冬日野望》:“三江归望断,千里故乡遥。”

⑮漳江:古州名。唐垂拱二年(686)置,治所在福建省漳浦县,乾元初,移治龙溪,今属福建省漳州市。

⑯贾生:指汉代贾谊。张九龄《酬王六寒朝见诒》:“贾生流寓日,扬子寂寥时。”

⑰绛灌:指周勃、灌婴。韩愈《陪杜侍御游湘西两寺独宿有题一首,因献杨常侍》:“椒兰争妒忌,绛灌共谗谄。”绛:绛侯。周勃在铲除诸吕中立被封“绛侯”。

⑱衰叟:老翁。刘长卿《岁日作》:“春衣试稚子,寿酒劝衰翁。”

⑲驽骀(dài):劣等马匹。《楚辞·七谏·谬谏》:“郤骐骥而不乘兮,策驽骀而取路。”

朱槿花

瘴烟长暖无霜雪,槿艳繁花满树红。每叹芳菲四时厌①,不知开落有春风。

【注释】

①四时:四季。《易·恒》:“四时变化而能久成。”《礼记·孔子闲居》:“天有四时,春秋冬夏。”汉武帝刘彻《柏梁诗》:“日月星辰和四时,骖驾驷马从梁来。”

红蕉花

红蕉花样炎方识,瘴水溪边色最深。叶满丛深殷似火,不唯烧眼更烧心①。

【注释】

①烧眼:耀眼。　　烧心:言强烈地刺激人心的精神。李咸用《赠友弟》:“萤焰烧心雪眼劳,未逢佳梦见三刀。”

端州江亭得家书二首

一

雨中鹊语喧江树,风处蛛丝飏水浔。开拆远书何事喜,数行家信抵千金。

二

长安别日春风早,岭外今来白露秋。莫道淮南悲木叶,不闻摇落更堪愁①。

【注释】

①摇落：凋落，零落。《楚辞·九辩》：“悲哉秋之为气也，萧瑟兮草木摇落而变衰。”

元稹

元稹（779—831），字微之，别字威明。洛阳（今属河南）人。德宗贞元九年（793）擢较进士科简易的明经科第。穆宗长庆二年（822），拜同平章事，一度成为宰相。文宗大和五年（831），病逝。赠尚书右仆射。有《元氏长庆集》。早年和白居易共同提倡“新乐府”，与白居易并称“元白”。

和乐天送客游岭南二十韵①次用本韵

我自离乡久，君那度岭频？一杯魂惨澹②，万里路艰辛。江馆连沙市，泷船泊水滨。骑田回北顾③，铜柱指南邻。大壑浮三岛④，周天过五均⑤。波心涌楼阁，规外布星辰⑥。交广间南极浸高，北极浸低，圆规度外，星辰至众，大如五曜，皆不在《星经》。狒狒穿筒格，猩猩置屐驯。郭璞云：狒狒，交广山谷间有之。南人俗法，尝用竹筒穿臂以受之。狒狒执臂辄笑，笑则唇蔽两目。人因自筒中出手，以钉钉之于树。猩猩嗜酒，好屐，南人尝以美酒置于其所，且排十数屐。猩猩见之，骤相谓曰：吾既就擒矣，然而渐饮至醉，醉则穿破屐而行，既不能去，相与泣而见获。故《吴都赋》曰：猩猩啼而就擒，狒狒笑而被格。盖为此。贡兼蛟女绢⑦，俗重语儿巾⑧。南方去京华绝远，冠冕不到，唯海路稍通。吴中商肆多榜云：此有语儿巾子。舶主腰藏宝，南方呼波斯为舶主。胡人异宝，多自怀藏，以避强丐。黄家砦柴去声。南夷之区落。起尘⑨。歌钟排象背，炊爨上鱼身⑩。夷民大陈设，则巨象背上作乐。大鱼出浮，身若洲岛，海人泊舟于旁，因而炊爨其上，鱼不之觉。电白雷山接，旗红贼舰新。岛夷徐市种⑪，庙觋赵佗神⑫。鸢跕方知瘴[13],蛇苏不待春[14]。曙潮云斩斩[15],夜海火磷磷[16]。海水夜击之,则尽如火。盖阴火潜然之谓也。冠冕中华客,梯航异域臣。果然皮胜锦,吉了舌如人。风黖一作黕秋茅叶[17],烟埋晓月轮。定应玄发变,焉用翠毛珍。句漏沙须买[18],贪泉货莫亲。能传稚川术[19],何患隐之贫[20]。

【注释】

①乐天:白居易,字乐天。

②惨澹:同"惨淡",悲惨凄凉。

③骑田:骑田岭,五岭之一。

④三岛:即三神山,秦汉方士称东海中仙人所居之地,其形像壶,又叫三壶。王维《赠焦道士》:"海上游三岛,淮南预八公。"

⑤五均:五声韵调。均:通"韵"。

⑥规外:古有规天矩地之说,象征圆的天和方的地。规外犹规天,圆形的天空。钱谦益《广陵登福缘佛阁》之三:"轮中回日月,规外抚星辰。"

⑦蛟女绡:蛟女:蛟人之女,传说蛟人生活在海中,其泪珠能变成珍珠,所织的丝织品即蛟绡,极薄,后用以泛指薄纱。绡:泛指绢帛即鲛绡。神话传说中的人。蛟人亦作"鲛人",蛟绡亦作"鲛绡"。

⑧语儿巾:南方少数民族的头巾名。

⑨砦(zhài):同"寨",用以防卫的栅栏、营垒。　起尘:指歌筵舞会。公乘亿《春风扇微和》:"舞席潜回雪,歌筵暗起尘。"或解,比喻门庭若市,车马过往频繁扬起尘土。

⑩炊爨(cuàn):烧火做饭。

⑪徐市:秦时方士,后逃往海岛。李白《古风·秦皇扫六合》:"徐市载秦女,楼船几时回。"

⑫觋(xí):男称"觋"或"祝",女称"巫"。以装神弄鬼替人祈祷为职业的人。

⑬跕(dié):下坠的样子。权德舆《奉和许阁老酬淮南崔十七端公见寄》:"空悲鸢跕水,翻羡雁衔芦。"

⑭蛇苏:蛇虫冬眠苏醒。

⑮斩斩:一闪一闪的样子。

⑯磷磷:纷繁闪烁的样子。

⑰翳(xì):昏暗不明。

⑱句(gòu)漏沙:葛洪曾为句漏令,故以“句漏沙”指代道士所炼的丹砂。温庭筠《送陈嘏之侯官兼简李常侍》:“纵得步兵无绿蚁,不缘句漏有丹砂。”

⑲稚川术:葛洪,字稚川,故以“稚川术”指代道教学说。

⑳隐之:即吴隐之(? —414),著名廉吏。字处默,东晋濮阳甄城人,曾任中书侍郎、左卫将军、广州刺史等职。有著名的《酌贪泉》诗。

送岭南崔侍御

我是北人长北望,每嗟南雁更南飞。君今又作岭南别,南雁北归君未归。洞主参承惊豸角[1],岛夷安集慕霜威[2]。黄家贼用镩刀利[3],白水郎行旱地稀。蜃吐朝光楼隐隐,鳌吹细浪雨霏霏。毒龙蜕骨轰雷鼓,野象埋牙劚石矶[4]。火布垢尘须火浣[5],木绵温软当绵衣。桄榔面碜槟榔涩,海气常昏海日微。蛟老变为妖妇女,舶来多卖假珠玑[6]。此中无限相忧事,请为殷勤事事依。

【注释】

①参承:参拜侍候。表示恭敬。　　豸(zhì)角:豸角冠之简,当为“豸冠”,古代执法官吏所戴之冠。韦应物《送阎寀赴东川辟》:“只承简书命,俯仰豸角冠。”此指代执法官。

②霜威:指寒霜肃杀的威力;比喻严厉的威势。沈佺期《李舍人山园送庞邵》:“高幨去勿缓,人吏待霜威。”

③镩刀:当指如短矛的刀具。镩(cuān):用来凿冰的器具,尖头如锥,有倒钩。短矛。

④劚(zhú):锄一类的农具。韩愈《忆昨行和张十一》:“头轻目朗肌骨健,古剑新劚磨尘埃。”用锄一类工具砍削。掘;挖。

⑤火布:即火浣布。石棉织成的布。《列子·汤问》:“周穆王大征西戎,西戎献锟铻之剑,火浣之布……浣之必投于火,布则火色,垢则布色,出火而振之,皓然疑乎雪。”王褒《日出东南隅行》:“单衣火浣布,利剑水精珠。”

⑥舶来:用船从国外运来;外来。

杨　衡

杨衡,字仲师。吴兴(今属浙江)人。玄宗天宝间,避地至江西,与符载、李群、李渤等同隐庐山,结草堂于五老峰下,号“山中四友”。官至大理评事。有诗集一卷。

经端溪峡中

阴岸东流水①,上有微风生。素羽漾翠涧②,碧苔敷丹英③。重林宿雨晦,远岫孤霞明。飞猱相攀牵,白云乱纵横④。有客溯轻楫,阅胜匪羁程。逍遥一息间⑤,粪土五侯荣⑥。搴茗庶蠲热⑦,漱泉聊析酲⑧。《礼乐志》:秦尊枯浆析朝酲。寄言丝竹者,讵识松风声⑨?

【注释】

①阴岸:江河的南岸。

②素羽:白鸟。羽:鸟毛,特指鸟的长毛。指代鸟类。萧统《玄圃讲诗》:“林际素羽翾,漪闲赪尾吸。”

③丹英:红花。江淹《渡西塞望江上诸山诗》:“霞光铄丹英,望古一凝思。”

④纵横:竖和横互相交错。裴度《喜遇刘二十八》:“笑语纵横作,杯觞络绎飞。”

⑤一息间:一呼一吸之间,比喻时间短暂。一会儿,顷刻。

⑥五侯:公侯伯子男。后泛称权贵之家为五侯家。李白《流夜郎赠辛判官》:“昔在长安醉花柳,五侯七贵同杯酒。”

⑦搴(qiān)茗:采茶。　　蠲(juān)热:清除热气。

⑧析酲(chéng):解酒,醒酒。

⑨讵(jù):岂,难道,用于表示反问。

南海苦雨寄赠王四侍御

炎风杂海气①，暑雨每成霖②。涂泥亲杖屦③，苔藓渍衣襟④。念近剧怀远，涉浅定知深。暗沟夜滴滴，荒庭昼霪霪。折简展离旷⑤，理径俟招寻⑥。处阴诚多惨，况乃触隅禽。

【注释】

①炎风：热风，酷热的风。岑参《使交河郡，郡在火山脚，其地苦热无雨雪，献封大夫》："九月尚流汗，炎风吹沙埃。"

②每：常常，经常。《诗·秦风·权舆》："今也每食无余。"　霖：本义，久下不停的雨。《说文》："霖，雨三日以往也。"

③亲：犹亲傍，亲近；套近乎。《楚辞·七谏·怨世》："蓬艾亲入御于床笫兮，马兰踸踔而日加。"　杖屦(jù)：手杖和鞋子。杜甫《祠南夕望》："兴来犹杖屦，目断更云沙。"

④渍(zì)：短时间浸泡。《说文》："渍，沤也。"渍污，污染。

⑤折(zhé)简：折札。书信。　离旷：相距遥远。

⑥俟(sì)：等待。《诗·邶风·静女》："静女其姝，俟我于城隅。"　招寻：犹招振，招致擢用。卢照邻《酬张少府柬之》："十年睽赏慰，万里隔招寻。"

游峡山寺

结构天南畔①，胜绝固难俦②。幸蒙时所漏③，遂得恣闲游④。路石荫松盖，槛藤维鹤舟。雨霁花木润，风和景气柔。宝殿敞丹扉，灵幡垂绛旒⑤。照曜芙蓉壶⑥，金人居上头。翔禽拂危刹，落日避层楼。端溪弥漫驶⑦，曲涧潺湲流⑧。高居何重沓⑨，登览自夷犹⑩。烟霞无隐态，岩洞讵遗幽⑪。奔驷非久耀，驰波肯暂留。会从香火缘，灭迹此山丘⑫。

【注释】

①结构：构筑；建造。孟浩然《题大禹寺义公禅房》："义公习禅处，结构

依空林。”

②“胜绝”句：绝妙确实难以找到与之相比的。　胜绝：绝妙。权德舆《与沈十九拾遗同游栖霞寺上方于亮上人院会宿二首》之一：“摄山标胜绝，暇日谐想瞩。”　俦，相比。

③幸蒙：幸运地受到。王昌龄《放歌行》：“幸蒙国士识，因脱负薪裘。”　时所漏：犹言岁月无意间留给空闲。

④闲游：悠闲自在地游历。刘禹锡《酬令狐相公见寄》：“闲游占得嵩山色，醉卧高听洛水声。”

⑤绛旒（jiàng liú）：下垂的红色装饰品。

⑥照曜（yào）：照耀。

⑦端：正，不歪，此指江面平静。

⑧潺湲（yuán）：河水慢慢流动的样子。屈原《湘夫人》：“荒忽兮远望，观流水兮潺湲。”

⑨重沓（tà）：重叠堆积。江淹《悦曲池》：“山峦屼兮水环合，水环合兮石重沓。”

⑩夷犹：从容不迫。王维《泛前陂》：“此夜任孤棹，夷犹殊未还。”

⑪讵：副词，曾。潘岳《悼亡诗》：“尔祭讵几时，朔望忽复尽。”

⑫灭迹：从世俗社会中消失行迹。也指退隐。谢灵运《酬从弟惠连诗》：“寝瘵谢人徒，灭迹入云峰。”

张　碧

张碧，字太碧。里籍及生卒年不详。德宗贞元年间人，能诗，风格受李白、李贺、贯休影响，擅长古风，多抨击黑暗现实，同情人民疾苦。有《歌行集》。

贫女

岂是昧容华①，岂不知机织。自是生寒门②，良媒不相识③。

【注释】

①昧：不明白，不晓得。李白《答长安崔少府叔封游终南翠微寺太宗皇帝金

沙泉见寄》:“小物味远图,宁知通方士。” 容华:好的容貌。曹植《美女篇》:“容华耀朝日,谁不希令颜。”

②寒门:贫寒微贱的家庭。李白《北风行》:“烛龙栖寒门,光曜犹旦开。”

③良媒:好媒人。《诗·卫风·氓》:“匪我愆期,子无良媒。”

农父

运锄耕劚侵星起①,陇亩丰盈满家喜②。到头禾黍属他人,不知何处抛妻子③。

【注释】

①侵星:犹侵晓。拂晓。鲍照《上浔阳还都道中作诗》:“侵星赴早路,毕景逐前俦。”

②丰盈:年谷丰熟丰收。

③妻子:妻子和儿女。张说《送郭大夫元振再使吐蕃》:“五年一见家,妻子不相识。”

徐凝

徐凝,生卒年不详。睦州人。宪宗元和十五年(820)进士。元和中官至侍郎。

相思林

游客远游新过岭,每逢芳树问芳名。长林遍是相思树,争遣愁人独自行。

山鹧鸪词

南越岭头山鹧鸪,传是当时守贞女。化为飞鸟怨何人,犹有啼声带蛮语。

春雨

花时闷见联绵雨，云入人家水毁堤。昨日春风源上路，可怜红绵枉抛泥①。

【注释】

①红绵：即红棉、木棉，也叫攀枝花、英雄树。

红蕉①

红蕉曾到岭南看，校小芭蕉几一般②。差是斜刀剪红绢③，卷来开去叶中安。

【注释】

①红蕉：即美人蕉。叶形叶序像芭蕉，开鲜红色花。皇甫松《江上送别》：“别离惆怅泪，江路湿红蕉。”

②“校(jiào)小”句：比较起芭蕉来，只是小了些，其他几乎是一模一样的。　校：比较。　芭蕉：禾科植物，叶宽大，叶柄一层一层紧裹着茎。果实似香蕉。韦应物《闲居寄诸弟》：“尽日高斋无一事，芭蕉叶上独题诗。”

③差(chā)：区别，不同。

李德裕

李德裕(787—849)，字文饶。真定赞皇(今属河北)人，宪宗元和宰相李吉甫子。文宗大和七年(833)、开成五年(840)两度为相。李德裕与李宗闵及牛僧孺为首的“牛李党争”延续40年。宣宗即位，初贬荆南，次贬潮州。宣宗大中二年(848)，再贬崖州司户；次年正月抵达；三年十二月，卒于贬所。十年后追封为太子少保、卫国公，赠尚书左仆射。有《会昌一品集》。《全唐诗》录诗一卷。中国象棋发明者。

谪岭南道中作

岭水争分路转迷，桄榔椰叶暗蛮溪①。愁冲毒雾逢蛇草，畏落沙虫避燕泥②。五月畬田收火米③，三更津吏报潮鸡④。不堪肠断思乡处，红槿花中越鸟啼⑤。

【注释】

①椰叶：椰子树的叶子。椰子，常绿乔木，产于热带，树干很高，核果椭圆形，果肉白色多汁，可食，亦可榨油。果壳可做各种器皿，叶可盖屋、编席、制扇等。

②沙虫：居于沙土内的毛虫。李白《古风·容颜若飞电》："君子变猿鹤，小人为沙虫。"　燕泥：燕子筑巢所衔的泥；燕巢上的泥；燕子衔泥筑巢。薛道衡《昔昔盐》："暗牖悬蛛网，空梁落燕泥。"

③畬(shē)田：采用刀耕火种的方法耕种的田地。岑参《早上五盘岭》："栈道豁雨滑，畬田原草干。"　火米：旱稻。《本草纲目》："西南夷亦有烧山地为畬田，种旱稻者，谓之火米。

④津吏：掌管桥梁及河流渡口的官吏。曹植《鼙舞歌五首·精微篇》："简子南渡河，津吏废舟船。"　潮鸡：报告潮汛的雄鸡。梁元帝萧绎《泛芜湖诗》："帆随迎雨燕，鼓逐伺潮鸡。"

⑤槿(jǐn)：落叶灌木或小乔木，叶卵形互生，花钟形，单生，通常有红、白、紫等颜色。茎的纤维可造纸或做蓑衣，花和种子可入药。

岭外守岁①一作李德业诗

冬逐更筹尽②，春随斗柄回③。寒暄一夜隔④，客鬓两年催。

【注释】

①守岁：农历除夕终夜不睡，候迎新年的到来。谢良辅《忆长安·十二月》："取酒虾蟆陵下，家家守岁传卮。"

②更筹：古时夜晚计记更次的用具。庾肩吾《奉和春夜应令诗》："烧香知夜漏，刻烛验更筹。"筹：计数用具，多竹制，亦有牙制。

③斗柄：构成北斗星座柄部的三星。司空曙《酬卫长林岁日见呈》："地暖雪花摧，天春斗柄回。"

④寒暄:问寒问暖。

许　浑

许浑(约791—约858),字用晦,一作仲晦。祖籍安州安陆,寓居润州丹阳(今属江苏)。文宗大和六年(832)进士。历任当涂、太平令。后入为监察御史,复任润州司马。历虞部员外郎,转睦、郢二州刺史。晚年归丹阳丁卯桥村舍闲居。其诗五七律多,句法圆熟工稳,声调平仄自成一格,即所谓"丁卯体",多写"水",故有"许浑千首湿"之讽。自编诗集《丁卯集》。《全唐诗》录诗11卷。

冬日登越王台怀归

月沉高岫宿云开①,万里归心独上来。河畔雪飞扬子宅②,海边花盛越王台。泷分桂岭鱼难过③,瘴近衡峰雁却回④。乡信渐稀人渐老,只应频看一作醉一一作北枝梅⑤。

【注释】

①月沉:月落。孟郊《听琴》:"月沉乱峰西,寥落三四星。"

②"河畔"句:珠江河畔雪飞杨孚故居。杨孚,字孝元。番禺(今广州市)人。活动于东汉章帝、和帝时期,官至临海太守。著有《异物志》。故居在今广州市海珠区下渡头村,相传其自崇山移松柏植于宅畔,是年冬,即有"雪巢其巅",成为岭南佳话。

③桂岭:五岭之一。柳宗元《别舍弟宗一》:"桂岭瘴来云似墨,洞庭春尽水如天。"

④衡峰:指衡山。刘长卿《洞庭驿逢郴州使还,寄李汤司马》:"洞庭秋水阔,南望过衡峰。"

⑤一枝梅:盛弘之《荆州记》:"陆凯与范晔相善,自江南寄梅花一枝,诣长安,与晔,并赠花诗曰:'折花逢驿使,寄与陇头人。江南无所有,聊赠一枝春。'后以一枝春指代梅花。唐人亦自张祜起,直说'一枝梅',其诗《春莺啭》云:'兴庆池南柳未开,太真先把一枝梅。'"

朝台送客有怀[1]

赵佗西拜已登坛，马援南征土宇宽[2]。越国旧无唐印绶[3]，蛮乡今有汉衣冠。江云带日秋偏一作应热，海雨随风夏亦寒。岭北归人莫回首，蓼花枫叶万重滩。

【注释】

①朝台：台名，又称朝汉台。故址在今广州市。相传汉文帝遣陆贾出使南越，晓之以义，感之以诚，南越王赵佗遂称臣。因冈作台，北面朝汉，朔望升拜。故名。刘禹锡《和杨侍郎初至郴州纪事书情题郡斋八韵》："旌节下朝台，分圭从北回。"

②马援（前14—49）：东汉初扶风茂陵（今属陕西省兴平）人，字文渊。汉建武十一年（41），任伏波将军，进击武陵"五溪蛮"，病死军中。

③唐：传说中古帝尧政权的称号，唐尧，喾之子。初封于陶，号陶唐氏。其号曰尧；史称唐尧，又称放勋，继其兄挚为天子，有德政，后即传位于舜，在位98年卒。　　印绶：印：图章印章；绶：丝带，用以拴玉和印；"印绶"代表权力。

韶州韶阳楼夜宴一作题韶州驿楼

待月西一作江楼卷翠罗，玉杯瑶瑟近星河[1]。帘前碧树穷秋密，窗外青山薄暮一作雾多。鸲鹆未知狂客醉一作舞，鹧鸪先让美人歌。使君莫一作不惜通宵饮一作醉，刀笔初从马伏波[2]。

【注释】

①瑶瑟：用玉装饰的琴瑟。　　星河：银河。李白《和卢侍御通塘曲》："长吟白雪望星河，双垂两足扬素波。"

②刀笔：古代在竹简上刻字记事，用刀子刮去错字，因此把有关案牍的事叫作刀笔。汉武帝刘彻《柏梁诗》："和抚四夷不易哉，刀笔之吏臣执之。"

登尉佗楼

刘项持兵鹿未穷①，自乘黄屋岛夷中②。南来作尉任嚣力，北向称臣陆贾功。箫鼓尚陈一作存今世庙，旌旗犹镇一作锁昔时宫。越人未必知虞舜③，一奏薰弦万古风④。

【注释】

①刘项：刘邦、项羽。

②黄屋：帝王车盖，以黄缯为盖里，故名。汉制，唯皇帝得用。杜甫《将适吴楚，留别章使君留后，兼幕府诸公，得柳字》："中原消息断，黄屋今安否。"

③虞舜：中国传说中父系氏族社会后期部落联盟领袖。姚姓，名重华，史称虞舜。《楚辞·九叹·远游》："旋车逝于崇山兮，奏虞舜于苍梧。"

④薰弦：《孔子家语·辩乐》："昔者舜弹五弦之琴，造《南风》之诗。其诗曰：'南风之薰兮，可以解吾民之愠兮；南风之时兮，可以阜吾民之财兮。'"后以"薰弦"指《南风歌》。

韶州驿楼宴罢

檐外千帆背夕阳，归心杳杳鬓苍苍①。岭猿群宿夜山静，沙鸟独飞秋水凉。露堕桂花棋局湿，风吹荷叶酒瓶香。主人不醉下楼去，月在南轩更漏长②。

【注释】

①归心：即归思。卢照邻《九月九日登玄武山》："九月九日眺山川，归心归望积风烟。"　杳杳：深沉的样子。权德舆《和九华观见怀贡院八韵》："拘限心杳杳，欢言望依依。"　苍苍：灰白色的。白居易《卖炭翁》："满面尘灰烟火色，两鬓苍苍十指黑。"

②更漏：古时夜间计时报更的漏壶。杜甫《江边星月二首》之一："余光隐更漏，况乃露华凝。"

岁暮自广江至新兴往复中题峡山寺四首①

一

夜醉晨方醒，孤吟恐一作乍先群。海鳝潮上见②，江鹄雾中闻。未腊梅先实③一作绽，经一作终冬草自薰。树随山崦合④，泉到石棱分。虎迹空林雨，猿声绝一作暮岭云。萧萧异乡鬓⑤，明日共丝棼。

二

薄暮缘一作沿西峡，停桡一访僧。鹭巢行卧柳，猿饮倒垂藤。水曲岩千叠，云深树百层。山风寒殿磬，溪雨夜船灯。滩涨危槎没，泉冲一作春怪石崩。中台一襟泪，岁杪别良朋。

三

密树分苍壁，长溪抱碧岑。海一作山风闻鹤远，潭日见鱼深。松盖环清韵，榕根架绿阴。南方有大叶榕，枝垂入地生根。洞丁多斫石，蛮女一作客半淘金。端州斫石，涂涯县淘金为业。南浦惊春至，西楼送月沉。江流不过岭，何处寄归心。

四

月在行人起，千峰复万峰。海虚争翡翠，溪逻斗芙蓉。南方呼市为虚，呼戍为逻，新州有翡翠虚、芙蓉逻。古木高一作空生槲，阴池满种松。木槲花生于他树槎枿，池沼多松，谓之为松。火探深洞燕，香送远潭龙。南方持火于乳洞国，取燕而食。康州悦城县，有温媪龙，即水蛇也，随火往舟船至人家，或千里外。皆以香酒果送之。蓝坞寒先烧，禾堂晚并舂。种蓝多在坞中，先烧其池，人以木槽舂禾，谓之禾堂。更投何处宿，西峡隔云钟。

【注释】

①广江：待考。　新兴：县名。位于广东省中部偏西。三国时，吴国黄武五年(226)，临允县改隶苍梧郡，易名新宁县。东晋永和七年(351)，苍梧郡析出新

宁郡，改新宁为新兴县。南朝梁于新宇郡设置新州，唐时新州时废时复。

②海鳝：古代传说的大鱼。《水经》："海鳝鱼，长数千里，穴居海底，入穴则海水为潮，出穴则潮退。"

③未腊：未到腊月。　先实：此指先于其他花木而着花蕾。

④山崦（yān）：山曲。元稹《寄乐天》："灵氾桥前百里镜，石帆山崦五云溪。"

⑤萧萧：（头发）花白稀疏的样子。

南海使院对菊怀丁卯别墅[1]

何处曾移菊，溪桥鹤岭东。篱疏还有艳[2]，园小亦无丛。日晚秋烟里，星繁晓露中。影摇金涧水，香染玉潭风。罢酒惭陶令[3]，题诗答谢公[4]。朝来数花发，身在尉佗宫。

【注释】

①丁卯别墅：润州有丁卯桥，许浑别墅在焉。

②有艳：当言此时菊花仍在开。

③陶令：指陶渊明。刘长卿《九日登李明府北楼》："无劳白衣酒，陶令自相携。"

④谢公：当指谢灵运。

马　戴

马戴（799—869），字虞臣。定州曲阳（今属江苏）人。武宗会昌四年（844）进士。其诗以五言律诗著称。有《会昌进士集》。《全唐诗》录诗172首，编为2卷。

寄广州杨参军

南方春景好，念子缓归心。身方脱野服[1]，冠未系朝簪[2]。足恣平生赏，无虞外役侵[3]。汀洲观鸟戏，向月和猿吟。税驾楚山广[4]，扬帆湘水深。采奇搜石穴，怀胜即枫林。怅望极霞际，流情堕海阴⑤。前朝杳难问，叹息洒鸣琴。

【注释】

①野服：对官服而言。乡居朴素的服装。顾况《送使君》："山亭倾别酒，野服间朝衣。"

②朝簪：上朝佩戴的物件。张说《襄州景空寺题融上人兰若》："何由侣飞锡，从此脱朝簪。"

③无虞：没有忧患，太平无事。杜甫《后出塞五首》之四："献凯日继踵，两蕃静无虞。"　外役：谓在外服役。语出《左传·昭公二十年》："寡君之下臣，君之牧圉也。若不获扞外役，是不有寡君也。"卢谌《赠刘琨诗》："事与愿违，当忝外役。"李善注："役，谓别驾也。对琨故谓之外。"

④税驾：犹解驾，停车。谓休息或归宿。税：通"挩"、"脱"。杜甫《别张十三建封》："旧丘岂税驾，大厦倾宜扶。"

⑤海阴：大海之南。水北为阳，水南为阴。

吴武陵

吴武陵（？—835），本名侃。信州（今属江西）人。宪宗元和二年（807）进士。文宗太和初年（827）入京为太学博士；后出任韶州刺史；八年，遭构陷，贬为潘州司户参军。有《十三代史驳议》。

贡院楼北新栽小松①

拂槛爱贞容②，移根自远峰。已曾经草没，终不任苔封。叶少初陵雪③，鳞生欲化龙。乘春濯雨露，得地近垣墉④。逐吹香微动，含烟色渐浓。时回日月照⑤，为谢小山松⑥。

【注释】

①贡院：科举时乡试或会试的地方。王起《和周侍郎见寄》："贡院离来二十霜，谁知更忝主文场。"

②拂槛：轻轻掠过栏杆。李白《清平词三首》之一："云想衣裳花想容，春风拂槛露华浓。"槛，泛指栏杆。　贞容：谓常青不凋的容色。王勃《涧底寒松

赋》:"嗟英览之希遇,保贞容之未缺。"

③陵雪:被动用法,被雪陵,"陵"同"凌",被雪欺凌。此指经历了冬天寒冷的考验。

④垣墉(yuán yōng):垣墙,泛指墙。元稹《度门寺》:"诸岩分院宇,双岭抱垣墉。"

⑤时回:随时。

⑥为谢:应当感谢。岑参《送祁乐归河东》:"君到故山时,为谢五老翁。"

李群玉

李群玉(808—862),字文山。澧州(今属湖南)人。曾应进士不第,"一上而止",有诗才,风格"诗笔妍丽,才力遒健"。有集 3 卷,后集 5 卷。《全唐诗》录诗 3 卷。

登蒲涧寺后二岩[1](三首)

一

五仙骑五羊,何代降兹乡[2]。涧有尧年韭,山余禹日粮[3]。楼台笼海色,草树发一作美天香[4]。浩一作吟啸波一作秋光里[5],浮溟兴甚长[6]。

二

行尽崎岖路[7],惊从汗漫游[8]。青天豁眼快一作客,碧海醒心秋。便欲寻河汉[9],因之犯斗牛。九霄身自致[10]一作到,何必遇一作向浮丘[11]。一作扬帆赴飞鸟,一济日边舟。

三

南溟吞越绝,极望碧鸿濛[12]。龙渡潮声里,雷喧雨气中。赵佗丘垄灭[13],马援鼓鼙空。遐想鱼鹏化,开襟九万风[14]。

【注释】

①蒲涧寺:在广州市白云山蒲涧的上游,寺前相传为秦代安期生炼丹

处。　二岩：一为滴水岩，水滴成池，蒲涧百尺飞流，九曲而下。二为郑岩，相传为安期生采药坠落飞升处。

②兹乡：此处，此间，这里。

③"涧有"两句："尧年"与"禹日"对应为互文，指太平盛世。　尧年：古代传说尧时天下太平，因以尧年比喻太平盛世。尧，中国古代皇帝陶唐氏之号，生于伊，嗣后耆，故称伊耆氏；初封陶，后徙唐，又称"伊唐氏"。韦承庆《直中书省》："寄谢巢由客，尧年正在斯。"　韭：韭菜，《说文》："韭，菜名，一种而久者，故谓之韭。"多年生草本植物，叶细长而扁，夏秋间开小白花；叶和花嫩时可食，种子可入药。　禹：夏后氏部落领袖，史称禹、大禹、伯禹。姒姓。鲧的儿子。相传禹继承父亲的治水事业，以疏导的办法，历十三年，三过家门而不入，水患悉平。

④天香：原指用木屑掺上香料做成、可点燃的细条状物品，用以祭天、敬神、祀祖。此指天然的香味。宋之问《雨从箕山来》："向夕闻天香，淹留不能去。"

⑤浩啸：振响广远的呼叫。

⑥浮溟：漂浮在海面。犹渡海。李白《送崔十二游天竺寺》："待我来岁引，相随浮溟渤。"

⑦崎岖路：地面高低不平的路径。

⑧汗漫：广泛、漫无边际。贺知章《奉和圣制送张说上集贤学士赐宴赋得谟字》："迹同游汗漫，荣是出泥涂。"

⑨河汉：银河。李白《过汪氏别业二首》："叠岭碍河汉，连峰横斗牛。"

⑩九霄：天之极高处；高空。此指道家所言仙人居处。沈约《游沈道士馆诗》："锐意三山由，托慕九霄中。"

⑪浮丘：指浮丘公，传说黄帝时仙人。郭璞《游仙诗十九首》之三："左挹浮丘袖，右拍洪崖肩。"注："《列仙传》曰：'浮丘公接王子乔以上嵩高山。'"刘禹锡《酬令狐相公见寄》："何时得把浮丘袖，白日将升第九天。"

⑫鸿濛：形容烟雾弥漫，景色模糊。广阔而迷茫的样子。储光羲《述华清宫五首》之五："山开鸿濛色，天转招摇星。"

⑬丘垄灭：坟墓消失。庾信《经陈思王墓诗》："公子独忧生，丘垄擅余名。"丘垄亦作"丘陇"，指坟墓。

⑭"遐想"二句：用《庄子·逍遥游》典："北冥有鱼，化为鹏，鹏之徙于南冥也，水击三千里，抟扶摇而上者九万里。"　遐想：超越现实作高远的想象。王勃《忽梦游仙》："寥廓沉遐想，周遑奉遗诲。"　九万风：九万里长风。李商隐《东

下三旬苦于风土马上戏作》:“天池辽阔谁相待,日日虚乘九万风。”

中秋越台看月[1]

海雨洗尘一作烟埃,月从空碧来[2]。水光笼草树,练影挂楼台[3]。皓曜迷鲸目[4],晶荧失蚌胎[5]。宵分凭槛望,应合见蓬莱。

【注释】

①越台:即越王台,亦称粤王台。

②空碧:指澄碧的天空。上官仪《早春桂林殿应诏》:“风光翻露文,雪华上空碧。”

③练影:指日、月、水波等白色光影。冷朝阳《瀑布泉》:“风激珠光碎,山欹练影偏。”

④皓曜:亦作“皓耀”、“皜曜”,明亮的日光。此指洁白光亮的月光。韦应物《酬韩质舟行阻冻》:“皓曜群玉发,凄清孤景凝。”

⑤失蚌胎:谓晶莹的月光,令珍珠也失去了光泽。　蚌胎:指珍珠。古人以为蚌孕珠如人怀妊,并与月的盈亏有关,故称。语出扬雄《羽猎赋》:“方椎夜光之流离,剖明月之珠胎。”李善注:“明月珠,蚌子珠,为蚌所怀,故曰胎。”高适《和贺兰判官望北海作》:“日出见鱼目,月圆知蚌胎。”

凉公从叔春祭广利王庙[1]

龙骧伐鼓下长川[2],直济云涛古庙前。海客敛威惊火旆[3],天吴收浪避楼船。阴灵向作南溟主[4],祀典高齐五岳肩。从此华夷封域静[5],潜熏玉烛奉尧年。

【注释】

①广利王:南海海神祝融的封号。《旧唐书·仪礼志四》:“(天宝)十载(751)正月,四海并封王。遣……太子中允李随祭东海广德王,义王府长史张九章祭南海广利王,太子中允柳奕祭西海广润王,太子洗马李齐荣祭北海广泽王。”韩愈《南海神庙碑》:“由是册尊南海神为广利王,祝号祭式与次俱升。”广利王庙:

即南海神庙，始建于隋文帝开皇十四年(594)。现存的是清代建筑。位于南海之滨珠江口的扶胥镇(今庙头村)，离广州城约40公里。

②龙骧：晋代王濬曾为大将龙骧将军，故以龙骧指代王濬。李隆基《过王濬墓》："吴国分牛斗，晋室命龙骧。"李白《永王东巡歌》之八："君看帝子浮江日，何似龙骧出峡来。"王琦注引《晋书·武帝纪》："咸宁五年(279)十一月大举伐吴，遣龙骧将军王濬、广武将军唐彬率巴蜀之兵浮江而下。"此役，王濬曾造大船。故以龙骧指代大船。梅陶《赠温峤诗五章》之四："轻舟龙骧，武旅云布。"

③海客：指海商。李白《估客乐》："海客乘天风，将船远行役。"

④阴灵：指祝融。韩愈《南海神庙碑》："考于传记，而南海神次最贵，在北东西三神河伯之上，号为祝融。"　　向：从开始到现在。

⑤封域：疆域，领地。杜牧《感怀诗一首》："安得封域内，长有扈苗征。"

广州陪凉公从叔越台宴集①

一径松梢踏石梯，步穷身在白云西②。日衔赤浪金车没③，天拂沧波翠幕一作笠低④。高鸟散一作四飞惊大旆⑤，长风万里卷秋鼙⑥。玉钩挂海笙歌合⑦，珠履三千半似泥⑧。

【注释】

①宴集：犹宴会雅集。请人聚会在一起吃饭喝酒。韦应物《酬阎员外陟》："宴集观农暇，笙歌听讼余。"

②步穷：步行至顶端。此指攀登到顶。

③金车：用铜装饰的车子。

④翠幕：翠色的帐幕。此指天空。

⑤大旆(pèi)：大旗。旆：旐旗末端燕形垂旒飘带。泛指旌旗。皇甫曾《送王相公赴幽州》："暮日平沙迥，秋风大旆翻。"

⑥鼙(pí)：鼙鼓，古代军队使用的小鼓，汉以后称骑鼓。《说文》："鼙，骑鼓也。"李颀《郑樱桃歌》："鸣鼙走马接飞鸟，铜驮瑟瑟随去尘。"

⑦玉钩：比喻月初的月亮。李白《挂席江上待月有怀》："倏忽城西郭，青天悬玉钩。"　　笙(shēng)歌：和笙之歌。泛指奏乐唱歌。元稹《再酬复言》："绕郭笙歌夜景徂，稽山迴带月轮孤。"

⑧珠履:以珍珠为饰的鞋子。用孟尝君之典,此指宾客众多。《史记·春申君列传》:“春申君客三千余人,其上客皆蹑珠履。”李白《江上赠窦长史》:“不同珠履三千客,别欲论交一片心。” 似泥:犹“如泥”,“烂醉如泥”之省。语本《后汉书·儒林传下·周泽》:“一岁三百六十日,三百五十九日斋。”李贤注:“《汉官仪》此下云:‘一日不斋醉如泥。’”

石门戍

到此空思吴隐之①,潮痕草蔓上幽碑。人来皆望珠玑去②,谁咏贪泉四句诗③。

【注释】

①空:只;仅。崔颢《黄鹤楼》:“昔人已乘黄鹤去,此地空余黄鹤楼。”

②珠玑:宝珠;珠宝。《楚辞·七谏·谬谏》:“玉与石其同匮乏,贯鱼眼与珠玑。”

③贪泉四句诗:即吴隐之《酌贪泉》:“古人云此水,一歃怀千金。试使夷齐饮,终当不易心。”

李商隐

李商隐(812—858),字义山。祖籍怀州河内(今属河南),生于河南荥阳(今属河南)。文宗开成三年(838)进士。与杜牧齐名,并称“小李杜”;与李贺、李白,合称“三李”;与温庭筠,合称“温李”;因诗文风格与段成式、温庭筠近,且均排行第十六,并称“三十六体”。有《李义山诗集》。

异俗 原注:时从事岭南①(二首选一)

鬼疟朝朝避,春寒夜夜添。未惊雷破柱,不报水齐檐。虎箭侵肤毒,鱼钩刺骨铦②。鸟言成谍诉③,多是恨彤幨④一作襜。

【注释】

①从事：官名。汉制，州刺史之佐吏如别驾、治中、主簿、功曹等，均称为从事史。又有部郡国从事史，每郡各一人，主管文书，察举非法。王维《送方城韦明府》："若见州从事，无嫌手板迎。"

②铦（xiān）：利器。

③谍诉：形容语言不通难懂。

④彤幨（chān）：车辆上的红色帷幔。钱起《送张员外出牧岳州》："自怜黄阁知音在，不厌彤幨出守频。"

张又新

张又新，字孔昭。深州陆泽（今属河北）人。举博学鸿词科第一。宪宗元和九年（814）状元，三元及第，时号"张三头"。历官左右补阙，依附李逢吉，为"八关十六子"之目，荐为司马。有《煎茶水记》。

罗浮山

江北重峦积翠浓，绮霞遥映碧芙蓉。不知末后沧溟上，减却瀛洲第几峰。

卢　肇

卢肇（818—882），字子发。宜春（今属江西）人。武宗会昌三年（843）状元。勤于笔耕，著述颇多，有《文标集》、《届堂龟鉴》、《卢子史录》、《逸史》、《愈风集》、《大统赋注》等。《全唐诗》录诗一卷。

被谪连州①

黄绢外孙翻得罪②，华颠故老莫相嗤③。连州万里无亲戚，旧识唯应有荔枝④。

【注释】

①卢肇中状元后，官至集贤院直学士，于唐咸通九年（868），被谪为连州刺史。

②黄绢外孙：即“黄绢幼妇，外孙齑臼”之略，为“绝妙”之隐语。语自《世说新语·捷悟第十一》：“魏武尝过曹娥碑下，杨修从。碑背上见题作‘黄绢幼妇，外孙齑臼’八字，魏武谓修曰：‘卿解不？’答曰：‘解。’魏武曰：‘卿未可言，待我思之。’行三十里，魏武乃曰：‘吾已得。’令修别记所知。修曰：‘黄绢，色丝也，于字为绝；幼妇，少女也，于字为妙；外孙，女子也，于字为好；齑臼，受辛也，于字为辞；所谓绝妙好辞也。’魏武亦记之，与修同，乃叹曰：‘我才不及卿，乃觉三十里。’”

③华颠：白发。指年老。权德舆《早春南亭即事》：“振衣惭艾绶，窥镜叹华颠。”　故老：故交旧友。周弘正《还草堂寻处士弟诗》：“故老多零落，山僧尽凋散。”　嗤（chī）：笑，此指讥笑，嘲笑。

④旧识：旧时相识。李白《对酒二首》之二：“桃李如旧识，倾花向我开。”

题清远峡观音院二首[1]

一

清潭洞澈深千丈，危岫攀萝上几层[2]。秋尽更无黄叶树，夜阑唯对白头僧[3]。

二

风入古松添急雨，月临虚槛背残灯[4]。老猿啸狖还欺客[5]，来撼窗前百尺藤。

【注释】

①观音院：当指飞来寺之观音殿。《清远县志》载：飞来寺由广庆寺、飞来古寺、帝子祠、六祖殿、观音殿组合而成。

②危岫：高峻的山峰。卢照邻《宴梓州南亭得池字》：“亭阁分危岫，楼台绕曲池。”

③夜阑：夜深；夜将尽时。蔡琰《胡笳十八拍》：“山高地阔兮见汝无期，更深夜阑兮梦汝来斯。”

④虚槛：栏杆。夏侯湛《秋可哀》：“拊轻衾而不寐，临虚槛而褰裳。”

⑤狖：古书上说的一种长尾猿。《楚辞·九章》：“深林杳以冥冥兮，乃猿狖之所居。”

谪连州书春牛榜子

阳和未解逐民忧①，雪满群山对白头②。不得职田饥欲死③，儿侬何事打春牛④。

【注释】

①阳和：春天的暖气。借指春天。柳宗元《诏追赴都二月至灞亭上》："诏书许逐阳和至，驿路开花处处新。"

②白头：白头发，多指年老。此当诗人自指。李嘉祐《送马将军奏事毕归滑州使幕》："吴门别后蹈沧州，帝里相逢俱白头。"

③职田：官吏在职时配给的土地。魏野《赠陕县薛偕主簿》："亲科公舍竹，教种职田蔬。"

④儿：孩童。　依：你们。　打春牛：亦称"鞭春"。田俗，立春前一日，用土牛打春，以示迎春和劝农。打春之牛，后亦以苇或纸制。

殷尧藩

殷尧藩，苏州嘉兴（今属江苏）人。宪宗元和九年（814）进士。终官侍御史。有《诗集》一卷。

送刘禹锡侍御出刺连州

遐荒迢递五羊城①，归兴浓消客里情②。家近似忘山路险，土甘殊觉瘴烟轻③。梅花清入罗浮梦，荔子红分广海程。此去定知偿隐趣④，石田春雨读书耕。

【注释】

①遐荒：遥远偏僻。李白《留别曹南群官之江南》："仙人驾彩凤，志在穷遐荒。"

②浓消：使浓烈消退。

③土甘：土地肥美。　殊觉：特别感到。

④隐趣：避世情趣。权德舆《新月与儿女夜坐听琴举酒》：“乃知大隐趣，宛若沧洲心。”

裴夷直

裴夷直，字礼卿。吴（今属江苏）人，郡望河东（今属山西）。宪宗元和十年（815）进士。宣宗大中十年（856）授苏州刺史，次年转华州刺史、潼关防御、镇国军等使，官终散骑常侍。《全唐诗》录诗57首，编为一卷。

江上见月怀古

月上江平夜不风，伏波遗迹半成空。今宵倍欲悲陵谷①，铜柱分明在水中。

【注释】

①陵谷：丘陵和山谷。孟浩然《伤岘山云表观主》：“归来一登眺，陵谷尚依然。”比喻自然界或世事巨变。庾信《周大将军司马裔神道碑》：“是以勒此丰碑，惧从陵谷，植之松柏，不忍凋枯。”刘长卿《登余干古县城》：“沙鸟不知陵谷变，朝飞暮去弋阳溪。”

忆家

天海相连无尽处，梦魂来往尚应难。谁言南海无霜雪，试向愁人两鬓看。

袁不约

袁不约，字还朴。穆宗长庆三年（823）进士。

送人至岭南

度岭春风暖，花多不识名。瘴烟迷月色，巴路傍溪声①。畏药将银试，防蛟避水行。知君怜酒兴，莫杀醉猩猩。

【注释】

①巴路：原指三巴路途。此指通往岭南的道路。

张　祜

张祜，字承吉。出生于清河（今属河北）张氏望族，人称张公子。初寓姑苏，后至长安，穆宗长庆间，令狐楚表荐之，不报。辟诸侯府，后至淮南，爱丹阳曲阿地，隐居以终。有集10卷，《全唐诗》录诗2卷。

送苏绍之归岭南

孤舟一作身越客吟，万里旷离襟一作衿。夜月江流阔，春云岭路深。珠繁杨氏果①，翠耀孔家禽②。无复天南梦，相思空树林。

【注释】

①杨氏果：疑指水果杨桃。

②孔家禽：疑指孔雀。

朱庆馀

朱庆馀，名可久。越州（今属浙江）人。敬宗宝历二年（826）进士。官至秘书省校书郎。其诗多为赠别酬答、行旅题咏之作。尤善五律，诗风清新细腻。《全唐诗》录诗2卷。

南岭一作岭南路

越岭向南风景异，人人传说到京城。经冬来往不踏雪，尽在刺桐花下行①。

【注释】

①刺桐:又名海桐、山芙蓉。广东等地有栽植。早春先叶抽出总状花序,花密集,有黄红、紫红等色。张籍《送汀州源使君》:“地僻寻常来客少,刺桐花发共谁看。”

郑 愚

郑愚,番禺(今属广东)人。文宗开成二年(837)进士。僖宗咸通三年(863),授岭南西道节度使任邕州刺史兼御史大夫。平定黄巢之乱后,僖宗命郑愚出镇南海,在任三年,病故于任上。存诗6首。

泛石岐海①

此日携琴剑②,飘然事远游③。台山初罢雾,岐海正分流。渔浦飏来笛,鸿逵翼去舟④。鬓愁蒲柳早,衣怯芰荷秋。未卜虞翻宅,休登王粲楼。悠然怀伴侣⑤,徒尔赋离忧⑥。

【注释】

①石岐:地名。今属广东省中山市。

②琴剑:琴与剑。两者为古时文人随身之物,以寓刚柔相济之意。

③飘然:飘飘欲飞的样子。卢纶《和裴延龄尚书寄题果州谢舍人仙居》:“飘然去谒八仙翁,自地从天香满空。”

④鸿逵:语出《易·渐》:“鸿渐于陆,其羽可用为仪,吉。”朱熹本义:“胡氏、程氏皆云陆当作逵,谓云路也。今以韵读之,良是。”后遂以“鸿逵”称贤达君子的高超举止。

⑤悠然:韵味未尽。此当指情意深沉。储光羲《闲居》:“悠然念故乡,乃在天一隅。”

⑥离忧:离别的忧思;离人的忧伤。杜甫《长沙送李十一》:“李杜齐名真忝窃,朔云寒菊倍离忧。”仇兆鳌注:“离忧,离别生忧也。”

项　斯

项斯，字子迁。江东人。武宗会昌四年(844)擢第，为润州丹阳县尉，卒于任所。《全唐诗》录诗98首，编为一卷。

蛮家一作马戴诗

领得卖珠钱，还归铜柱边。看儿调小象，打鼓试新船。醉后眠神树，耕时语瘴烟。不逢寒便老，相问莫知年。

李明远

李明远，宣宗大中年间监察御史。《全唐诗》录诗一首。

送韦觐谪潘州①

北鸟飞不到②，南人谁去游。天涯浮瘴水，岭外向潘州。草木春秋暮，猿猱日夜愁。定知迁客泪③，应只对君流。

【注释】

①潘州：唐贞观八年(634)置。在今广东省高州市境。

②北鸟：北方的鸟。此当指大雁。

③迁客：遭贬迁的官员。李白《鹦鹉洲》："迁客此时徒极目，长洲孤月向谁明。"

曹　松

曹松(828—903)，字梦征。舒州(今属安徽)人。早年曾避乱栖居洪都西山，后依建州刺史李频。后流落江湖，无所遇合。唐昭宗天复初年(901)进士，年已七十余，特授秘书省正字。有《曹梦征诗集》3卷。《全唐诗》录诗140首，编为2卷。

岭南道中

百花成实未成归①，未必归心与志违。但有壶觞资逸咏②，尽交风景入清机③。半川阴雾藏高木，一道晴蜺杂落晖④。游子马前芳草合，鹧鸪啼歇又南飞。

【注释】

①实：果实；种子。《诗·周颂·载芟》："播厥百谷，实函斯活。"

②壶觞：统称盛酒器，指饮酒作乐。陶渊明《归去来兮辞》："有酒盈樽，引壶觞以自酌。"壶，古代宴饮时投壶的用具，即投壶。据《大戴礼记》载："壶脰修七寸，口径二寸半，壶高尺二寸，受豆斗五升，壶腹修五寸。"觞，古代盛酒器。

③清机：纯洁的微质。刘长卿《早春赠别赵居士还江左，时长卿下第归嵩阳旧居》："素愿徒自勤，清机本难逮。"机，通"几"，指细微的质素。《列子·天瑞》："万物皆出于机，皆入于机。"张湛注："机者，群有之始。"

④蜺（ní）：通"霓"，在虹的外圈，称副虹，又称雌虹、雌蜺。张九龄《出为豫章郡途次庐山东岩下》："下有蛟螭伏，上与虹蜺寻。"

南海旅次

忆归休上越王台，归思临高不易裁。为客正当无雁处，故园谁道有书来。城头早角吹霜尽，郭里残潮荡月回。心似百花开未得，年年争发被春催。

南海①

倾腾界汉沃诸蛮②，立望何如画此看。无地不同方觉远，共天无别始知宽。文魮隔雾朝含碧③，老蚌凌波夜吐丹。万状千形皆得意，长鲸独自转身难。

【注释】

①南海：亚洲东部三大边缘海之一。位于中国广东、广西之南和马来群岛

之间，面积360万平方公里，平均深度1212米。是太平洋至印度洋的必经海域。《诗·大雅·江汉》：“于疆于理，至于南海。”

②“倾腾”句：南海波涛侧伏翻腾直至汉朝疆境的尽头，从而润泽了众多的南方蛮族。　倾：倾斜。此指起伏。　腾：翻腾。　界汉：汉朝的边境。　沃：润泽。

③文魮（pí）：身上有纹理的鳑鲏鱼。

霍山在龙川县①

七千七百七十丈，丈丈藤萝势入天。未必展来空似翅，不妨开去也成莲。月将河汉分岩转，僧与龙蛇共窟眠。直是画工须阁笔②，况无名画可流传。

【注释】

①霍山：在今广东省龙川县境。　　龙川县：秦置，属南海郡。秦末，赵佗为龙川县令。隋置龙川郡，唐天授初年（690），改置雷乡县，属循州。五代南汉改为龙川县。

②阁（gē）笔：即搁笔。放下笔；（写作、绘画）停笔。权德舆《桃源篇》：“忽闻丽曲金玉声，便使老夫思阁笔。”

南海陪郑司空游荔园①

荔枝时节出旌斿②，南国名园尽兴游③。乱结罗纹照襟袖，别含琼露爽咽喉。叶中新火欺寒食，树上丹砂胜锦州④。他日为霖不将去⑤，也须图画取风流⑥。

【注释】

①郑司空：郑从谠（dǎng）。时任广州刺史、岭南节度使。唐代无大司空官，而检校刑部尚书相当于周代大司空，郑曾任检校刑部尚书一职，故言“郑司空”。

②出旌斿（liú）：打起节度使流苏旗帜出行。《说文》：“旌，游车载旌析羽。”

斿，古同"旒"，古代旌旗下边或边缘上悬垂的装饰品。

③尽兴：让兴趣得到充分满足。李白《春日游罗敷潭》："淹留未尽兴，日落群峰西。"

④"乱结"以下四句：描写荔枝。　罗纹：描写荔枝果壳；琼露：比喻荔枝肉鲜美的糖汁；新火、丹砂：比喻荔枝的色泽。

⑤为霖：《尚书》载殷高宗欲用傅说为相曰："若岁大旱，尔作霖雨。"后以"为霖"指代宰相。方干《寄灵武胡常侍》："欲遣为霖安九有，先令作相赞东宫。"将(jiāng)，相当于"拿"、"取"。

⑥"也须"句：而应当把它作成图画，以记取荔枝的风度与韵致。　风流：风度与韵致。

莫宣卿

莫宣卿(834—867)，字仲节，号片玉。封州开建(今属广东)人。宣宗大中五年(851)状元，授台州别驾。未至任所而病卒故里，谥孝肃。《全唐诗》录诗3首。

七岁戏题沙上

英俊天下有①，谁能佐圣君②。我本南山凤，岂同凡鸟群。

【注释】

①英俊：才智杰出的人。杜甫《陈拾遗故宅》："同游英俊人，多秉辅佐权。"

②佐：辅助。李白《东武吟》："方希佐明主，长揖辞成功。"

皮日休

皮日休，生于834—839年间，卒于902年以后。字袭美，一字逸少。居鹿门山，自号鹿门子，又号间气布衣、醉吟先生。襄阳(今属湖北)人。懿宗咸通八年(867)，进士及第。曾参加黄巢起义军，任翰林学士。巢败，不知所终。《全唐诗》录诗9卷。

寄题罗浮轩辕先生所居

乱峰四百三十二罗浮山峰数，欲问征君何处寻①。红翠山鸟名数声瑶室响，山有璇房瑶室七十有一。真檀一炷石楼深②。山都遣负沽来酒③，樵客容看化后金。从此谒师知不远④，求官先有葛洪心⑤。

【注释】

①征君：亦作征士。指不接受朝廷征聘的隐士。蔡邕《陈太丘碑文》："征士陈君，禀岳渎之精，苞灵曜之纯。"颜延之《陶征士诔》："有晋征士，寻阳陶渊明，南岳之幽居者也。"张铣题注："陶潜隐居，有诏礼征为著作郎，不就，故谓征士。"孟浩然《仲夏归汉南园，寄京邑耆旧》："尝读高士传，最嘉陶征君。"皮日休《奉献致政裴秘监》诗："何胤本征士，高情动天地。"

②真檀：指香木檀所制之香，檀香。

③"山都"句：犹言山峰也被派遣，并负起买酒之职。　遣负：此指分派承担起。

④谒：进见。　师：对僧、尼、道士的尊称，如称"禅师"；此指道师。

⑤葛洪(284—364)：东晋道家、医学家、炼丹术家。字稚川，自号抱朴子。丹阳句容(今属江苏)人。自幼好神仙导养之法。先后从郑隐、鲍玄学炼丹术和道术。后闻交趾出丹砂，求为勾漏令。携子侄至广州，止于罗浮山炼丹。著有《抱朴子》、《金匮药方》、《神仙传》、《西京杂记》等。

高　骈

高骈，字千里，南平郡王崇文之孙，家世禁卫。懿宗咸通七年(866)，镇安南，为静海军节度使，曾整治安南至广州江道，通交广水运。《全唐诗》录诗一卷。

南海神祠

沧溟八千里①，今古畏波涛。此日征南将，安然渡万艘②。

【注释】

①沧溟：沧海，碧绿的大海。李白《发白马》："箫鼓聒川岳，沧溟涌涛波。"

②安然：平安无事地。周朴《望中怀古》："从此安然寰海内，后来无复谩相倾。"

于　渍

于渍，字子漪。懿宗咸通二年(861)进士。仕终泗州判官。有集一卷。

南越谣①

迢迢东南天，巨浸无津堧②。雄风卷昏雾③，干戈满楼船④。此时尉佗心，儿童待幽燕⑤。三寸陆贾舌，万里汉山川。若令交趾货，尽生虞芮田⑥。天意苟如此，遐人谁肯怜⑦。

【注释】

①南越：亦作南粤，古族名，南方越人一支。魏征《出关》："请缨羁南越，凭轼下东藩。"

②巨浸：大水。指大海。刘得仁《送新罗人归本国》："鸡林隔巨浸，一住一年行。"　津堧(ruán)：水边地；涯岸。

③雄风：强劲的风。威武出众的气概。李白《临江王节士歌》："壮士愤，雄风生。"

④干戈：干与戈，古代常用兵器。比喻战争。岑参《行军诗二首》之一："干戈碍乡国，豺虎满城堡。"

⑤幽燕：古称今河北北部及辽宁一带。唐以前属幽州，战国时期属燕国。

⑥虞芮(ruì)：春秋时的虞国(山西平陆)和芮国(陕西大荔)。相传两国有人因争地兴讼，到周求西伯姬昌平断。《诗·大雅·绵》："虞芮质厥成，文王蹶厥生。"

⑦遐人：边远地区之人。嵇康《四言赠兄秀才入军诗十八首》之五："伊我之劳，有怀遐人。"

邵　谒

邵谒，韶州翁源(今属广东)人。少为县厅吏。懿宗咸通七年(866)，至京师，为国子生。唐代"岭南五才子"之一。有诗集一卷。

寒女行

寒女命自薄，生来多贱微。家贫人不聘，一身无所归。养蚕多苦心，茧熟他人丝。织素徒苦力，素成他人衣。青楼富家女，才生便有主。终日著罗绮，何曾识机杼。清夜闻歌声，听之泪如雨。他人如何欢，我意又何苦。所以问皇天，皇天竟无语。

陆龟蒙

陆龟蒙(？—881)，字鲁望。苏州(今属江苏)人。隐居松江甫里，别号天随子、江湖散人、甫里先生。昭宗光化三年(900)，追赠右补阙。与皮日休为友，世称“皮陆”，有与皮日休唱和《松陵集》10卷、《甫里集》20卷。《全唐诗》录诗14卷。

奉和袭美吴中言怀寄南海二同年

曾见凌风上赤霄[①]，尽将华藻赴嘉招[②]。城连虎踞山图丽[③]，路入龙编海舶遥[④]。江客渔歌冲白苻[⑤]，野禽人语映红蕉。庭中必有君迁树[⑥]，莫向空台望汉朝。《交州记》云：有君迁树，有朝台，尉陀望汉所筑。

【注释】

①凌风：犹乘风。韩愈《鸣雁行》：“违忧怀息性匪他，凌风一举君谓何。”赤霄：红色的天际。高适《同群公秋登琴台》：“万象归白帝，平川横赤霄。”

②华藻：华美的词藻。孙万寿《答杨世子诗》：“华藻殊辉焕，虽则滥吹嘘。”嘉招：邀请的美称。权德舆《送人使之江陵》：“嘉招不辞远，捧檄利攸往。”

③虎踞：老虎盘踞，比喻形势险要。李白《金陵歌送别范宣》：“石头巉岩如虎踞，凌波欲过沧江去。”

④龙编：地名。今越南河内附近。汉武帝元鼎六年(前111)平南越国，将其分为南海、交趾等九郡，设交趾刺史部统率，治所在龙编。沈佺期诗，题为《度安

海人龙编》。

⑤白荇(xìng)：白色荇菜。荇，多年水生草本植物，叶形略圆，蒴果椭圆。夏开黄花，全草可入药。《诗·周南·关雎》："参差荇菜，左右流之。"

⑥君迁树：果木名。又称君迁子、黑枣、软枣、羊矢枣。树冠圆形，叶互生，椭圆，夏季开花，色淡黄或淡红。浆果长椭圆形，熟时蓝黑色。我国各地都有野生。可用作嫁接柿树的砧木。

奉和袭美送李明府之任南海

春尽之官直到秋[①]，岭云深处凭泷楼[②]。居人爱近沉珠浦[③]，候吏多来拾翠洲[④]。赍税尽应输紫贝[⑤]，蛮童多学佩金钩。知君不恋南枝久，抛却经冬白罽裘[⑥]。

【注释】

①之官：上任，前往任所。杜甫《夏夜李尚书筵送宇文石首赴县联句》："爱客尚书贵，之官宅相贤。"

②泷楼：泛指滨水的楼台。

③居人：住在家里的人。此指当地人。杨炯《送郑州周司空》："居人下珠泪，宾御促骊歌。"

④候吏：迎送宾客的候人。　拾翠洲：拾取用以制作首饰的翠鸟羽毛之河洲。

⑤赍(cóng)税：中国秦汉时期南方少数民族所缴的一种赋税。代指此地人的赋税。　紫贝：也称文见、蚜螺。珍贵的贝壳。《楚辞·九歌·河伯》："鱼鳞屋兮龙堂，紫贝阙兮朱宫。"

⑥罽(jì)裘：毛织与皮制的御寒衣服。

胡　曾

胡曾，邵阳(今属湖南)人。以咏史诗著称，共150首，皆七绝，以地名为题，评咏历史人物和历史事件。有《安定集》。《全唐诗》录诗一卷。

自岭下泛鹢到清远峡作①

乘船浮鹢下韶水②，绝境方知在岭南③。薜荔一作萝薜雨余山自黛，蒹葭烟尽岛如蓝④。旦游萧帝新松寺，夜宿嫦娥桂影一作旧桂潭。不为箧中书未献，便来兹地结茅庵⑤。

【注释】

①泛鹢(yì)：泛舟，乘船。宋之问《宿云门寺》："云门若邪里，泛鹢路才通。"鹢，船头画着鹢鸟的船只，泛指船。

②韶水：指流经韶州的浈江。

③绝境：风景绝佳之处。李白《鲁郡尧祠送窦明府薄华还西京》："笑夸故人指绝境，山光水色青于蓝。"

④蒹葭：水草。蒹，未秀穗的芦荻；葭，初生的芦苇。《诗·秦风·蒹葭》："蒹葭苍苍，白露为霜。"

⑤茅庵：用茅草搭盖的庵堂，喻其之简陋。白居易《村居寄张殷衡》："闻君欲发江东去，能到茅庵访别无。"

周　朴

周朴，字见素，一作太朴。吴兴(今属浙江湖州)人；一作福州长乐人。有《周朴诗集》。《全唐诗》录诗15首，编为一卷。

春中途中寄南巴一作巴东崔使君①

旅人游汲汲，春气又融融。农事蛙声里，归程草色中。独惭出谷雨，未变暖天风。子玉和予去，应怜恨不穷。

【注释】

①南巴：古郡名。南朝梁大通二年(528)置，治所在今广东省电白县麻岗南巴坡。

李 洞

李洞，字才江，京兆人，诸王孙。不第，游蜀卒。《全唐诗》录诗3卷。

送僧游南海一作送云卿上人游安南

春往海南边，秋闻半夜蝉。鲸吞洗钵水，犀触点灯船①。岛屿分诸国，星河共一天。长安却回日，松偃旧房前②。

【注释】

①犀：此指水犀，古代传说的水兽，出入有光，水为之分开。赵翼《岭南物产图》："水犀角在鼻，石羊胆藏足。"

②偃：倒下。倒伏。

陈万言

陈万言，封州(今属广东)人。僖宗乾符二年(875)进士。官歙州刺史。晚年归隐渔村。

渔村杂咏

剩有蓬茅接要津①，绝无车马聒闲人②。潮回月白家家晓，雨过莎青处处春。笛弄烟丝长是醉，罾连霞绮不为贫。堪嗤吕望贪名去③，留得芦花满渭滨。

【注释】

①蓬茅：蓬蒿与茅草。亦指蓬居。韩愈《送文畅师北游》："庇身指蓬茅，逞志纵猃猲。"

②聒：吵扰。李白《发白马》："箫鼓聒川岳，沧溟涌涛波。"

③堪嗤：可笑。白居易《叙德书情四十韵，上宣歙翟中丞》："盛时贫可耻，壮岁病堪嗤。" 吕望：即太公望，周初人。姜姓，吕氏，名尚。相传钓于渭滨，周文王出猎相遇，同载而归，曰："吾太公望子久矣！"因号太公望，立为师。武王即

位,尊为师尚父。辅助武王灭殷,周朝既建,封于济,为齐国始祖。《楚辞·七谏·沉江》:“纣暴虐以失位兮,周得佐乎吕望。”

张　鸿

张鸿,连州桂阳(今属广东)人。哀宗天祐二年(905)进士。诗清纯,著述甚富,有集12卷,今不存。

贞女石 相传秦时有数女游,卒遇风雨,一女化为石

当时非望夫,亦不采蘼芜①。自化为贞质②,因兹入画图。风恬潭镜明③,云散石房孤。寄语郴江妇,初心相似无。

【注释】

①采蘼芜:语出徐陵辑《玉台新咏》:“上山采蘼芜,下山逢故夫。”是首写弃妇的诗。此谓不是被抛弃的妇女。蘼芜:一种香草,叶子风干可以做香料。古人相信蘼芜可使妇人多子。

②贞质:坚贞的资质。质坚之美石。杜甫《石研诗》:“比公头上冠,贞质未为贱。”李勋《泗滨得石磬》:“出水见贞质,在悬含玉音。”

③风恬:风静。《广雅》:“恬,静也。”宋之问《洞庭湖》:“风恬鱼自跃,云夕雁相呼。”

无　可

无可,诗僧。俗姓贾,范阳(今属河北)人,贾岛从弟。文宗大和年间,为白阁寺僧。诗多五言,与贾岛、周贺齐名。亦以能书名,善楷书,效柳公权体。开成间,段成式所撰寂照和尚碑,为其所书。

中秋月彩如昼寄上南海从翁侍御

海静天高景气殊,鲸睛失彩蚌潜珠。不知今夜越台上,望见瀛洲方丈无①。

【注释】

①瀛洲方丈：传说中的仙山。《史记·秦始皇本纪》："齐人徐市等上书，言海中有三神山，名蓬莱、方丈、瀛洲，仙人居之。"亦有说五神山，《列子·汤问》："渤海之东，不知几亿万里……其中有五山焉，一曰岱舆，二曰员峤，三曰方壶，四曰瀛洲，五曰蓬莱……所居之人，皆仙圣之种。"

五代十国

[后梁]杜荀鹤

杜荀鹤(846—904),字彦之,自号九华山人。池州(今属安徽)人。唐昭宗大顺二年(891)进士。后梁太祖朱温厚遇之,表授翰林学士、主客员外郎、知制诰。寻卒。有《唐风集》。《全唐诗》录诗3卷。

送友人游南海

南海南边路,君游只为贫。山川多少地,郡邑几何人。花鸟名皆别,寒暄气不均①。相期早晚见②,莫待瘴侵身。

【注释】

①寒暄:指冷暖。皇甫冉《巫山峡》:“朝暮泉声落,寒暄树色同。”白居易《桐花》:“地气反寒暄,天时倒生杀。”

②相期:期待;相约。李白《赠郭季鹰》:“一击九千仞,相期凌紫氛。”

[后梁]许　鼎

许鼎,后梁末帝贞明六年(920)登第。诗二首。

登岭望

淼淼三江水,悠悠五岭关。雁飞犹不度,人去若为还。

[后周]孟　贯

孟贯,字一之。建安(今属福建)人。初客江南。后周世宗闻诗名,赐进士而不授官。后不知所终。《全唐诗》录诗一卷。

送江为归岭南①

旧山临海色②,归路到天涯。此别各多事,重逢是几时?江行晴望远,岭宿夜吟迟。珍重南方客,清风失所思。

【注释】

①江为:宋州人,避乱家建阳。游庐山,师陈贶为诗。集一卷。《全唐诗》录诗8首。

②旧山:故乡,故居。谢灵运《过始宁墅》:“剖竹守沧海。枉帆过旧山。”吕延济注:“谓枉曲船帆,来过旧居。”

[吴]孙 鲂

孙鲂,字伯鱼。乐安(今属江西,《全唐诗》作南昌)人。吴天祚三年(937)十月,徐知诰废吴帝,改国号为南唐,授宗正郎。

题梅岭泉①

梅岭旧闻传,林亭势岿然②。登临真不易,幽胜恐无先③。楚野平千里,吴江曲一边。标形都大别,洞府岂知焉。飞阁横空去,征帆落面前。南雄雉堞峻④,北壮凤台连。烂熳三春媚,参差百卉妍。风桃诸处锦,洛竹半溪烟。燕入晴梁语,莺从暖谷迁。石根朝霭碧,帘际晚霞鲜。径柳行难约,庭莎醉好眠。清明时更异,造化意疑偏。不独宜韶景⑤,尤须看暑天。药苗繁似结,萝蔓猛如编。珠亚垂枝果,冰澄汲井泉。粉墙蜩蜕落,丹槛雀雏颠。炎气微茫觉,清飙左右穿。云峰从勃起,葵叶岂劳扇?又见秋天丽,浑将夏日悬。红鬟著霜树,香老卧池边。菱芡谁铺绣,莓苔自学钱。暗虫依砌响，明月逗帘圆。小砌滋新菊，高轩噪暮蝉。雨声寒飒飒，雁影晓联联。释此何堪玩，深冬更可怜。窗中看短景，树里见重川。冈阜分明出，杉松气概全。讴成白雪曲，吟是早梅篇。创制谁人解？根基太守贤。或时留皂盖，尽日簇华筵。谁咏忧黎庶⑥，狂游泥管弦。交加丰玉食，来去迸金船⑦。侍从非常客，俳谐像列仙⑧。画旗张赫奕⑨，妖妓舞婵娟。罢宴心犹恋，将归兴尚牵。只应愁逼夜⑩，宁厌赏经年。孤贱今何幸，跻攀奈有缘。展眉惊豁达⑪，徐步喜周旋。讽咏虽知苦⑫，推功靡极玄。聊书四十韵，甘责未精专。

【注释】

①梅岭：即大庾岭，古时岭上多植梅，故名。

②嵔（wéi）：古同“嵬”，高耸的样子。

③幽胜：幽雅的名胜。齐己《经安公寺》：“此游幽胜后，来梦亦应重。”

④南雄：县名，唐光宅元年(684)置浈昌县，南汉乾亨四年(920)置雄州，宋开宝四年(971)改为南雄州。

⑤韶景：美丽的春光。卢纶《送从叔牧永州》：“彼方韶景无时节，山水诸花恣开发。”

⑥黎庶：众民，民众。杜甫《同元使君舂陵行》：“道州忧黎庶，词气浩纵横。”

⑦金船：一种金质的盛酒器。庾信《北园新斋成应赵王教》：“玉节调笙管，金船代酒卮。”

⑧俳谐：诙谐戏谑；诙谐戏谑的言辞。

⑨赫奕：显耀盛大的样子。李世民《正日临朝》：“赫奕俨冠盖，纷纶盛服章。”

⑩逼夜：深夜。白居易《晚归早出》：“退衙归逼夜，拜表出侵晨。”

⑪展眉：眉开眼笑。比喻心情愉快。元稹《晴日》：“多病苦虚羸，晴明强展眉。”

⑫讽咏：诵诗。岑参《敬酬杜华淇上见赠，兼呈熊曜》：“赖蒙瑶华赠，讽咏慰怀抱。”

[吴]沈　彬

沈彬，字子文。高安人。事吴为秘书郎，以吏部郎中致仕。年八十余。李璟以旧恩召见，赐粟帛，官其子。存诗19首。

送人游南海

白烟和月藏峦洞①，明月随潮入瘴村②。更想临高见佳景③，越王台上酒盈樽。

【注释】

①和月：融和着月色。吴融《御沟十六韵》："回风还潋潋，和月更悠悠。"　峦洞：山洞。

②瘴村：南方瘴气笼罩的乡村。郑谷《颜惠詹事即孤侄舅氏谪官黔巫舟中相遇怆然有寄》："瘴村三月暮，雨熟野梅黄。"

③临高：登临高处。白居易《登灵应台北望》："临高始见人寰小，对远方知色界空。"　佳景：美景。杜牧《秋夕有怀》："前年此佳景，兰棹醉横塘。"

[南唐]徐　铉

徐铉（916—991），字鼎臣。广陵（今属江苏）人。仕吴为秘书郎。仕南唐，历中书舍人、翰林学士、吏部尚书。后随李煜归宋，官至散骑常侍，世称徐骑省。有集30卷，《全唐诗》录诗6卷。

以端溪砚酬张员外水精珠兼和来篇①

请以端溪润，酬君水玉明②。方圆虽异器③，功用信俱呈。自得山川秀，能分日月精。巾箱各珍重④，所贵在交情⑤。

【注释】

①员外：官名。全称"员外郎"。六朝以来，始有员外郎，以别于郎中，指正员以外之官员，唐以后，直至明清，各部均有员外郎，位郎中之次。

②水玉：此指水晶。李贺《听颖师琴歌》："暗珮清臣敲水玉，渡海蛾眉牵白鹿。"

③方圆：方指端砚，圆指水精珠。

④巾箱：古时装头巾或存放书卷、文件等物品的小箱子。元稹《表夏十首》之二："僮儿拂巾箱，鸦轧深林井。"

⑤交情：互相交往而产生的情谊。卢照邻《行路难》："寄言坐客神仙署，一

生一死交情处。”

清明日清远峡作

岭外春过半，途中火又新。殷勤清远峡①，留恋北归人②。

【注释】

①殷勤：情意深厚。韦应物《突厥三台》：“日旰山西逢驿使，殷勤南北送征衣。”

②留恋：舍不得离开。韩愈《感春五首》之五：“迎繁送谢别有意，谁肯留恋少环回。”

送李补阙知韶州①

南国求良牧②，中朝辍谏官③。君思偏念远，臣节岂辞难。骑影过梅岭，溪声上赣滩。曲江宜访古，韶石好凭栏。诗影缘情远，民心逐政宽。衰翁寻旧分④，为致葛洪丹。

【注释】

①补阙：官名。唐武后垂拱中置，职务为侍从讽谏。分左右补阙，左补阙属门下省，右补阙属中书省。宋改补阙为司谏。王维曾当过右补阙，其诗《春日直门下省早朝》，自注“时为右补阙”。

②牧：古代州的长官。权德舆《酬冯绛州早秋绛台感怀见寄》：“良牧闲无事，层台思眇然。”

③中朝：朝廷、朝中。刘长卿《集梁耿开元寺所居院》：“岂得长高枕，中朝正用才。”　辍：中途停止、废止。　谏官：古代专规劝天子改正过失的官。掌谏诤的官员。杜甫《敬赠郑谏议十韵》：“谏官非不达，诗义早知名。”

④衰翁：老翁。刘长卿《岁日作》：“春衣试稚子，寿酒劝衰翁。”　旧分：往昔的情分。旧交。李频《寄范评事》：“雅知难更遇，旧分合长思。”

［南唐］陈　陶

陈陶，字嵩伯，自号三教布衣。世居岭表。南唐升元中，将求见烈祖李昇,自度不合,隐洪州西山,后不知所终。有诗 10 卷。《全唐诗》录诗 2 卷。

早发始兴

云里山已曙,舟中火初爇①。绿浦待行桡,玄猿催落月。沿流信多美,况复秋风发。挂席借前期②,晨鸡莫嘲哳③。

【注释】

①火初爇:炉火刚刚生好。爇:烧。

②“挂席”句:借着前一阶段走过的路程,继续起航。 挂席:犹挂帆。李白《梁园吟》:“我浮黄云去京阙,挂席欲进波连山。”

③嘲哳(zhāo zhā):形容声音杂乱细碎。刘长卿《山鸲鹆歌》:“嘲哳相呼响空谷,哀鸣万变如成曲。”

番禺道中作

博罗程远近,海塞愁先入①。瘴雨出虹蝀②,蛮江渡山急。常闻岛夷俗③,犀象满城邑④。雁至草犹春,潮回樯半湿。丹丘凤凰隐,水庙蛟龙集。何处树能言,几乡珠是粒。千年赵佗国,霸气委原隰⑤。龌龊笑终军,长缨祸先及⑥。

【注释】

①海塞:滨海边境。李白《邺中赠王大》:“君王制六合,海塞无交兵。”

②虹蝀(dōng):雨后天空出现的弧形彩晕,亦称“螮蝀”。《说文》:“虹,螮蝀也,状似虫。”戎昱《江城秋霁》:“远天螮蝀收残雨,映水鸬鹚近夕阳。”

③夷俗:我国古代东部各民族的风土人情。柳宗元《种白蘘荷》:“血虫化为疠,夷俗多所神。”

④犀象:犀牛与大象。此指犀角和象牙。李肇《唐国史补》卷上:“李汧公勉为岭南节度使,罢镇。行到石门停舟,悉搜家人犀象,投于江中而去。”

⑤委:积聚。《楚辞·九怀·匡机》:“宝金兮委积,美玉兮盈堂。” 原隰:平原与低下的地方。《诗·小雅·皇皇者华》:“皇皇者华,于彼原隰。”

⑥“龌龊(wò chuò)”二句：用终军使越故事。据《汉书·严硃吾丘主父徐严终王贾传第三十四》载：终军，军字子云，济南(今属山东省)人。年十八，选为博士弟子。汉武帝异其文，拜谒者给事中，擢为谏大夫。南越与汉和亲，军自请使南越：“愿受长缨，必羁南越王而致之阙下。”军遂往说越王，越王听许，请举国内属。汉武帝大说，赐南越大臣印绶，一用汉法，以新改其俗，令使者留填抚之。越相吕嘉不欲内属，发兵攻杀其王及汉使者，皆死。军死时年二十余，故世谓之“终童”。杜牧《东兵长句十韵》：“雄如马武皆弹剑，少似终军亦请缨。” 龌龊：形容气量狭小，拘于小节。白居易《自题小草亭》：“龌龊豪家笑，酸寒富室欺。” 长缨：长绳子，比喻军队。刘长卿《太行苦热行》：“何劳短兵接，自有长缨缚。”

南海石门戍怀古

汉家征百越，落地丧貔貅①。大野朱旗没，长江赤血流。鬼神寻覆族②，宫庙变荒丘③。唯有朝台月，千年照戍楼④。

【注释】

①貔貅(pí xiū)：古书说的一种吉祥瑞兽。此比喻骁勇的部队。刘禹锡《送唐舍人出镇闽中》：“暂辞鸳鹭出蓬瀛，忽拥貔貅镇粤城。”

②覆族：灭族。

③宫庙：犹宗庙。江淹《袁太尉淑从驾》：“宫庙礼哀敬，枌邑道严玄。”

④戍楼：边防驻军的瞭望楼。王维《陇头吟》：“长安少年游侠客，夜上戍楼看太白。”

[闽]黄　滔

黄滔(?—911)，字文江。莆田(今属福建)人。唐昭宗乾宁二年(895)进士。天复元年(901)，应主闽的王审知聘用，官至监察御史里行、威武军节度推官，历时八年。有《黄御史集》。《全唐诗》录诗编为3卷。

广州试越台怀古

南越千年事，兴怀一旦来①。歌钟非旧俗，烟月有层台。北望人何在，东流水不回。吹窗风杂瘴，沾槛雨经梅。壮气曾难揖②，空名信可哀③。不堪登览处，花落与花开。

【注释】

①一旦：一天之间，表示在非常短的时间内；不确定的时间。白居易《舟行》："平生沧浪意，一旦来游此。"

②壮气：豪壮的意气、抱负。卢照邻《咏史四首》之四："直发上冲冠，壮气横三秋。"　揖(yī)：让出，逊主。沈佺期《自考功员外授给事中》："上台行揖让，中禁动光辉。"

③空名：空泛、虚构的名声。骆宾王《艳情代郭氏答卢照邻》："良人何处醉纵横，直如循默守空名。"

闺怨

妾家五岭南，君戍三城北。雁来虽有书，衡阳越不得①。别久情易料，岂在窥翰墨②。塞上无烟花③，宁思妾颜色。

【注释】

①衡阳：地名，在今湖南省中东部，位于五岳之一的南岳衡山之南，故名。

②窥：《说文》："窥，小视也。"暗中察看。亦泛指观看。

③塞上：指边疆要塞。李贺《雁门太守行》："角声满天秋色里，塞上燕支凝夜紫。"　烟花：即烟火，亦叫焰火，燃放时放射出各种颜色的火花，供人观赏。李白《宫中行乐词》之三："烟花宜落日，丝管醉春风。"

[闽]徐　夤

徐夤，字昭梦。莆田(今属福建)人。登唐昭宗乾宁进士第，授秘书省正字。依王审知，礼待简略，遂拂衣去，归隐延寿溪。有《探龙》、《钓矶》二集，《全唐诗》录诗 265 首，编为 4 卷。

荔枝(选其一)

朱弹星丸粲日光①,绿琼枝散小香囊②。龙绡壳绽红纹栗③,鱼目珠涵白膜浆。梅熟已过南岭雨,橘酸空待洞庭霜④。蛮山蹋晓和烟摘⑤,拜捧金盘奉越王⑥。

【注释】

①朱弹星丸:红色如星的弹丸。陆龟蒙《开元杂题七首·杂伎》:"拜象驯犀角抵豪,星丸霜剑出花高。" 粲:鲜明亮丽。《诗·唐风·绸缪》:"子兮子兮,如此粲者何。"

②绿琼:绿玉。李商隐《和韩录事送宫人入道》:"星使追还不自由,双童捧上绿琼辀。"琼:本义,赤色玉,泛指美玉。《诗·卫风·木瓜》:"投我以木瓜,报之以琼琚。" 香囊:装着香料的袋子。《玉台新咏·为焦仲卿妻作》:"红罗复斗帐,四角垂香囊。"

③龙绡:即鲛绡。韦应物《鼋头山神女歌》:"阴深灵气静凝美,的皪龙绡杂琼佩。" 绽:饱满。庾信《杏花诗》:"春色方盈野,枝枝绽翠英。"

④"梅熟"二句:言荔枝成熟季节,比梅子稍迟,比橘子要早。

⑤蹋晓:趁着拂晓进入荔园。蹋:同"踏",践踏;踩。《说文》:"蹋,践也。" 和烟:带着雾气露水。张祜《杨柳枝》:"那胜妃子朝元阁,玉手和烟弄一枝。"

⑥越王:此指南越王赵佗。

郊村独游

岁闰堪怜历候迟①,出门惟与野云期。惊鱼掷上绿荷芰,栖鸟啄余红荔枝。末路可能长薄命②,修途应合有良时③。市头相者休相戏④,蹵膝先生半自知。

【注释】

①历候:节令与物候。

②末路:路途的终点,比喻衰亡没落的境地。刘长卿《送行军张司马罢使回》:"末路三江去,当时百战心。" 薄命:生来命运不好,福分不大。杜甫《锦树行》:"自古圣贤多薄命,奸雄恶少皆封侯。"

③修途：亦作“修涂”，长途。张华《情诗》之四：“悬邈极修途，山川阻且深。”　良时：美好的时光。吉时。杜甫《随章留后新亭会送诸君》：“新亭有高会，行子得良时。”

④市头：市井；市场。元稹《估客乐》：“一解市头语，便无邻里情”　相者：指以相术供职或为业的人。

尚书命题瓦砚

远向端溪得，皆因郢匠成①。凿山青霭断，琢石紫花轻。散墨松香起②，濡毫藻句清③。入台知价重，著匣恐尘生。守黑还全器④，临池早著名。春闱携就处，军幕载将行。不独雄文阵，兼能助笔耕⑤。莫嫌涓滴润，深染古今情。洗处无瑕玷⑥，添时识满盈⑦。兰亭如见用⑧，敲戛有金声⑨。

【注释】

①郢(yǐng)匠：古代楚国都城工匠。皇甫冉《上礼部杨侍郎》：“郢匠抡材日，辕轮必尽呈。”此指代名工巧匠。

②散墨：犹研墨。

③濡毫：沾墨于笔毫。杜牧《和野人殷潜之题筹笔驿十四韵》：“画地乾坤在，濡毫胜负知。”

④守黑：道家主无为，言处世对是非黑白，虽白，当如暗昧无所见，如是可以全生免祸，为天下法式。《老子·反朴》：“知其白，守其黑，为天下式。”汉河上公注：“白以喻昭昭，黑以喻默默。人虽自知昭昭明白，当复守之以默默，如暗昧无所见，如是则可为天下法式。”

⑤笔耕：旧指依靠抄写或写文章等手段谋生；泛指勤奋写作。顾况《范山人画山水歌》：“漫漫汗汗一笔耕，一草一木栖神明。”

⑥瑕玷：玉上面的斑点，喻缺点或过失。孟浩然《陪张丞相登荆城楼因寄蓟州张使君及浪泊戍主刘家》：“白璧无瑕玷，青松有岁寒。”

⑦满盈：全部占满、充满。韦应物《扈亭西陂燕赏》：“有酒今满盈，愿君尽弘量。”

⑧兰亭：在会稽山阴，晋王羲之在穆帝永和九年(353)三月三日同谢安等

41人修祓禊之礼于此。王羲之作《兰亭序》。

⑨敲戛(jiá):轻轻敲打。

[南汉]梁 嵩

梁嵩,字子高,又字仲邱。浔州平南人。南汉白龙元年(925)状元。上奏请免其家乡丁赋一年。回乡时,"急于见亲,野渡无舟,乘白马过河",人马均淹死。

殿试荔枝诗①

露湿臙脂拂眼明②,红袍千裹画难成。佳人胜尽盘中味,天意偏教岭外生。橘柚远惭登贡籍③,盐梅应合共和羹。金门若得栽培地④,须占人间第一名。

【注释】

①殿试:科举制度中最高一级的考试,在宫廷举行,皇帝亲临主持。姚秘《题义门胡氏华林书院》:"门旌孝义为人范,殿试贤能是国华。"

②臙脂:即胭脂。一种红色颜料,可作化妆用品,亦是国画色。

③贡籍:贡物的征籍。姚合《酬万年张郎中见寄》:"贡籍常同府,周行今一时。"

④金门:指皇宫。孟浩然《自浔阳泛舟经明海》:"魏阙心恒在,金门诏不忘。"

[南汉]文 丙

文丙,南汉间曾官岭南。

罗浮山

罗浮多胜境①,梦到固无因。知有长生药,谁为不死人。根虽盘地脉,势自倚天津②。未便甘休去③,须栖老此身④。

【注释】

①胜境:优美的景致。李白《送别》:"胜境由来人共传,君到南中自称美。"

②天津:银河渡口。屈原《离骚》:"朝发轫于天津兮,夕余至乎西极。"

③甘休:自己愿意罢休,停止。李咸用《和彭进士感怀》:"人生谁肯便甘休,遇酒逢花且共游。"

④老此身:终结这一生。老:死的讳称。刘商《醉后》:"春草秋风老此身,一瓢长醉任家贫。"

[南汉]蒋　吉

蒋吉,岭南人。

大庾驿有怀

一囊书重百余斤,邮吏宁知去计贫①。莫讶偏吟望乡句②,明朝便见岭南人。

【注释】

①邮吏:驿站管邮递的小官。白居易《醉封诗筒寄微之》:"为向两州邮吏道,莫辞来去递诗筒。"　去:同"驱",驱逐。此作被动用法,被驱逐。　计:活计。生计。谋生手段。

②莫讶:不要惊讶。顾况《寄淮上柳十三》:"莫讶春潮阔,鸥边可泊舟。"　偏:表示出乎意料或与意愿相反。

[南汉]刘言史

刘言史(约742—813,一作?—812),籍贯赵州(今属河南)。初客镇冀,王武俊任成德军节度使为之请官,诏授枣强令,世称"刘枣强"。但并未就任。后客南汉。《全唐诗》录诗79首。

广州王园寺伏日即事寄北中亲友①

南越逢初伏②，东林度一朝。曲池煎畏景，高阁绝微飙③。竹簟移先洒，蒲葵破复摇。地偏毛瘴近，山毒火威饶④。裛汗絺如濯⑤，亲床枕并烧。坠枝伤翠羽，萎叶惜红蕉。且困流金炽⑥，难成独酌谣⑦。望霖窥润础⑧，思吹候生一作鸣条。旅恨生乌浒⑨，乡心系洛桥⑩。谁怜在炎客，一夕壮容销⑪。

【注释】

①王园寺：即光孝寺。初为南越王赵建德（赵佗孙）故宅。三国吴，虞翻住此讲学。虞死献宅建寺，名“制止寺”。东晋时期，改“王苑延寺”，又称“王园寺”。明宪宗成化二年（1466）始称“光孝寺”。　　伏日：夏至后第三个庚日起至立秋后第二个庚日前一天（阳历7月中旬至8月下旬），分为初伏、中伏、末伏，统称“三伏”。姚合《送僧默然》：“伏日江头别，秋风槛下眠。”

②初伏：亦称“头伏”，夏至后的第三个庚日起至第四个庚日前一天。潘岳《在怀县作诗二首》：“初伏启新节，隆暑方赫羲。”

③微飙（biāo）：微风。李白《赠韦侍御黄裳二首》：“天与百尺高，岂为微飙折。”

④火威饶：炎热的威力极强。饶：富，极多。此当指强烈。

⑤絺（chī）：本义，细葛布。《说文》：“絺，细葛也。”此指葛布衣服。

⑥流金：谓高温熔化金属。《楚辞·招魂》：“十日代出，流金铄石些。”

⑦谣：行歌，乐曲。《诗·魏风·园有桃》：“心之忧矣，我歌且谣。”

⑧望霖：盼望久雨不止。

⑨乌浒（hǔ）：日边。乌：太阳的代称。古代神话传说太阳中有三足乌，故代称。

⑩洛桥：洛阳市天津桥。桥在洛水上，故亦称洛桥。白居易《长相思》：“妾住洛桥北，君住洛桥南。”

⑪一夕：一个晚上。指很短的时间。屈原《抽思》：“惟郢路之辽远兮，魂一夕而九逝。”

越井台望

独立阳台望广州，更添羁客异乡愁。晚潮未至早潮落，井邑暂依沙上头。

[南汉]林　衢

林衢，长乐(今属广东)人。南汉时人。

题广州光孝寺

开池曾记虞翻苑①，列树今存建德门。无客不观丞相砚②，有人曾悟祖师幡③。旧煎诃子泉犹冽④，新种菩提叶又繁⑤。无奈益州经卷好⑥，千丝丝缕未消痕⑦。

【注释】

①虞翻苑：三国吴经学家虞翻的园苑。

②丞相砚：相传为唐丞相张九龄所用的砚台。

③祖师幡：用惠能“不是幡动，不是风动，仁者心动”典。此论辩发生于光孝寺。

④诃子：亦称“藏青果”。常绿乔木，果实似橄榄，入药。

⑤菩提：音译，佛教指豁然开朗的彻悟境界，又指觉悟的智慧和途径。常绿乔木，树汁可制硬性橡胶。原产于印度。皮日休《寄题天台国清寺齐梁体》：“十里松门国清路，饭猿台上菩提树。”

⑥益州：今属四川省。李商隐《送崔珏往西川》：“一条雪浪吼巫峡，千里火云烧益州。”

⑦丝缕：统称蚕丝、线缕。

[南汉]周　渍

周渍，连州(今属广东)人。

山下水

背云冲石出深山，浅碧泠泠一带寒①。不独有声流出此，会归沧海助波澜。

【注释】

①泠泠：形容声音清越、悠扬。陆机《招隐诗》之二："山溜何泠泠，飞泉漱鸣玉。"

[南汉]素　馨

素馨，南汉刘张美人。卒后葬于广州河南南花田。

登城北山楼

城北山楼拥白云，雄图海国望中分。仙湖锦绣西湖接，上苑笙歌阆苑闻①。嘉穗献来仙子宅，夜珠光出美人坟②。太平有象山川秀③，一曲南薰可赠君。

【注释】

①上苑：供帝王打猎、游玩的园林。李世民《冬狩》："金鞍移上苑，玉勒骋平畴。"　阆苑：阆风山之苑，传说中神仙居住的地方，旧时诗文中常用来指宫苑。李商隐《九成宫》："十二层城阆苑西，平时避暑拂虹霓。"

②坟：大。《诗·小雅·苕之华》："牂羊坟首，三星在罶。"《周礼·司烜氏》："共坟烛庭燎。"注："大也。"

③太平有象：社会安定。

[前蜀]贯　休

贯休(823—912)，字德隐，俗姓姜氏。兰溪人。7岁出家，年81岁终于蜀。初有《西岳集》，后弟子昙域更名《宝月集》，散佚。

送轩辕先生归罗浮山

玉房花洞接三清①，谩指罗浮是去程②。龙马便携筇竹杖，山童常使茯苓精。曾教庄子抛卑吏[3]，却唤轩皇作老兄[4]。
再见先生又何日，只应频梦紫金城[5]。

【注释】

①三清：道教认为人天两界外，还有三清：玉清、太清、上清，乃神仙居所。李白《冬日归旧山》：“此时重一去，去合到三清。”道教亦仿佛教如来三身之说，以老子为太清太上老君，又造玉清元始天尊、上清天上道君，并设三像，称为三清。陆龟蒙《上元日道室焚修寄袭美》：“三清今日聚灵官，玉刺齐抽谒广寒。”

②谩指：莫指，不要指。张祜《题径山大觉禅师影堂》：“谩指堂中影，谁言影似真。”

③庄子抛卑吏：庄子，即庄周（约前369—前286），战国宋蒙人。曾为漆园吏。相传楚威王以厚币迎为相，辞不就。

④轩皇：黄帝轩辕。

⑤紫金城：犹紫房，道家谓仙人居所。

南海晚望

海上聊一望，舶帆天际飞。狂蛮莫挂甲[1]，圣主正垂衣[2]。
风恶巨鱼出，山昏群獠归。无人知此意，吟到月腾辉。

【注释】

①挂甲：穿上铠甲。比喻出征作战。

②垂衣：亦作垂裳，“垂衣裳”之简。《易·系辞》下：“黄帝尧舜垂衣裳而天下治，盖取诸乾坤。”称颂帝王无为而治的套语。

[荆南]尚　颜

尚颜，生卒年不详，俗姓薛，字茂圣。汾州人。出家荆门。工五言诗。

宿清远峡山寺

寺近朝天路[1]，多闻玉佩音。鉴人开慧眼[2]，归鸟息禅心[3]。

磬接星河曙，窗连夏木深。此中能宴坐[4]，何必在云林。

【注释】

①朝大路：登大之路。齐己《宿江寺》："曾尤梦入朝大路，忆有诗题隔海山。"亦指进京进见皇帝之路。姚合《西掖寓直春晓闻残漏》："我识朝天路，从容自整冠。"

②鉴人：照人。欧阳詹《福州送郑楚材赴京，时监察刘公亮有感激郑意》："有伊光鉴人，惜兹瑶蕙薰。"

③禅心：佛教指静思。宋之问《奉和幸大荐福寺》："水入禅心定，云从宝思飞。"

④宴坐：静坐，安坐。孔焘《往虎窟山寺诗》："兼觌息心者，宴坐临清潭。"

[荆南]齐　己

齐己(863—937)，俗名胡得生。潭州益阳(今湖南宁乡)人。在南岳佛门修持，先后住持上封寺、福严寺。后梁末帝龙德元年(921)，应四川寺僧之约赴剑南，因战乱中途折回，路过湖北江陵时被荆南节度使高季兴挽留，任龙兴寺僧正，圆寂于江陵。

谢人惠端溪砚[1]

端人凿断碧溪浔，善价争教惜万金[2]。砻琢已曾经敏手[3]，研磨终见透坚心。安排得主难移动，含贮随时任浅深。保重更求装钿匣，闲将濡染寄知音[4]。

【注释】

①惠：惠赠。李白《西岳云台歌，送丹丘子》："玉浆倘惠故人饮，骑二茅龙上天飞。"

②善价：好价钱。温庭筠《病中书怀呈友人》："适与群英集，将期善价沽。"

③砻琢：磨炼。　　敏手：指敏捷聪慧的行家里手。韩偓《八月六日作四首》："日离黄道十年昏，敏手重开造化门。"

④濡染：浸湿。常指运笔写字作画。李商隐《韩碑》："公退斋戒坐小阁，濡染大笔何淋漓。"

宋

古成之

古成之(947—1007),字亚奭。原籍惠州河源(今属广东),避地寄籍增城(今属广东省广州市)。曾于罗浮山隐居读书十多年。端拱二年(989)进士。有《古成之集》。

五仙观二首①

一

拨破浮一作红尘入紫烟②,五羊坛上访神仙。人间自觉无闲地,城里谁知有洞天。竹叶影繁笼药圃,桃花香煖映芝田③。吟余池畔聊攲枕,风雨萧萧吹白莲。

二

玄元分古观④,南镇越王城。五石空留瑞,群仙不记名。丹砂虽久炼,鸡犬自长生。槛簇鳌头景⑤,门通鹤颈程。烟霞随一作沿砌起,花木逐时荣。古井涵虚碧⑥,疏钟入户一作竹清。荒芜怜夜色一作芳芜延野色,寒溜引秋声。丹灶封苔老,芝田积雨平。风光齐岳麓⑦,音信接朱明⑧。愿将一作得身从此,乘云到玉京⑨。

【注释】

①五仙观:广州市名胜景点,在今广州市惠福西路。据宋张励《五仙观记》转引《南务岭表记》及《图经》所载,汉晋时,"初有五仙人毕手持谷穗,一茎六出,乘五羊而至,仙人之服与羊各异,色如五方,既遗穗与广人,仙忽飞升以去,羊留化为石。广人因即其地为祠祀之"。这即是五仙观前身。广州别称羊城、穗城亦源于此。

②浮尘:空中飘扬的尘土。杜牧《宿长庆寺》:“南行步步远浮尘,更近青山昨夜邻。”紫烟:古人因相传老子有紫气,故以紫为祥瑞的颜色。此指祥瑞之气。王勃《三月曲水宴得烟字》:“列室窥丹洞,分楼瞰紫烟。”

③芝田:传说中仙人种灵芝的地方。梁简文帝萧纲《赋得舞鹤诗》:“来自芝田远,飞渡武溪深。”

④玄元:谓道。元稹《阳城驿》:“吾闻玄元教,日月冥九幽。”唐初追号老子为太上玄元皇帝,简称玄元。白居易《海漫漫——戒求仙也》:“何况玄元圣祖五千言,不言药,不言仙,不言白日升青天。”

⑤鳌头:皇宫大殿前石阶上刻鳌鱼头,高中者可以踏上。后用“独占鳌头”比喻得第一或居首位。张瀛《赠琴棋僧歌》:“我尝听师禅一观,浪溢鳌头蟾魄满。”

⑥虚碧:清澈碧蓝的天空。韩愈《送僧澄观》:“影沉潭底龙惊遁,当昼无云跨虚碧。”

⑦岳麓:山麓。南岳衡山山麓。杜荀鹤《冬末同友人泛潇湘》:“猿到夜深啼岳麓,雁知春近别衡阳。”

⑧朱明:此指罗浮山朱明观。

⑨玉京:天阙,道家称三十二帝之都,在无为天。许敬宗《游清都观寻沈道士得清字》:“纵心驰贝阙,怡神想玉京。”指帝都。王勃《上巳浮江宴韵得址字》:“披观玉京路,驻赏金台址。”

忆罗浮

忆昔罗浮最一作海上峰,当年曾得寄仙一作遗踪。凭阑月色出沧海,欹枕秋声入古松。采药静寻一作临幽涧洗,寄书闲仗一作背白云封。红尘一下拘名利,不听山间午夜钟。

向敏中

向敏中(949—1020),字常之。开封(今属河南)人。太宗太平兴国五年(980)进士。真宗咸平四年(1001),拜同平章事,充集贤殿大学士。大中祥符五年(1012)复拜同平章事。谥“文简”,累赠燕王。

峡山飞来寺

峡山胜地安禅处，万仞危桥压要津。世上岂知名利路，浪中空笑往来人。倚门怪石狂遮面，入座寒云碎绕身。日暮西风懒回首，满林幽鸟语声频。

邵　奕

邵奕，字日华。桂阳人。太宗太平兴国八年(983)进士。解褐郡阳主簿，以光禄卿出使交州。真宗大中祥符初，知兖州；四年(1011)知广州。

游真祺观[1]

肩舆迢递访游仙，自是山中别有天。松影参差笼玉殿，鹤声嘹哓下芝田[2]。青苍巇色临门外，断续泉流绕槛前。便可相从解簪绂[3]，时清难恋薜萝烟[4]。

【注释】

①真祺观：故址在今广东省连州市。

②嘹哓：同“嘹亮”，声音响亮。

③解簪绂：拨下冠簪，解下帽带。簪：冠簪。绂：系住帽子的丝带。

④时清：时代清明，风气良好。张九龄《巡属县道中作》：“岂伊念邦政，尔实在时清。”　　薜萝烟：薜荔藤萝缠绕的云烟，指代隐者的住所。周繇《题金陵栖霞寺赠月公》：“欲结茅庵伴师住，肯饶多少薜萝烟。”

丘　濬《诗话总龟》作丘璿

丘濬(960—1279)，字道源。黟县(今属安徽)人。仁宗天圣五年(1027)进士。

赠五羊太守

碧睛蛮婢头蒙布，黑面胡儿耳带环。几处楼台皆枕水，四周城郭半围山。

寇 准

寇准(961—1023),字平仲。华州下邽(今属陕西)人。太宗太平兴国五年(980)进士。真宗景德元年(1004),拜同平章事;二年,升任中书侍郎兼工部尚书;三年,因王钦若等人排挤,辞去相位。天禧元年(1017),复宰相职。被丁谓等人排挤,乾兴元年(1022)放逐雷州司户,徙衡州司马。仁宗天圣元年(1023)卒于雷州。赠中书令,谥"忠愍"。有《寇忠愍诗集》3卷。

留题郡楼

千里关河一望间,登临长到夕阳还。欲驱征旆归朝去,更倚高楼看暮山。

临海驿夏日

岭外炎蒸一作炎当盛暑,雨余新馆觉微凉。最怜夏木青阴合,时有莺声似故乡。

海康西馆有怀①

风露凄清西馆静,悄然怀旧一长叹。海云销尽金波冷,半夜无人独凭一作倚栏。

【注释】

①海康:县名,本汉徐闻县地,属合浦郡。隋平陈后,置海康县。现为广东省雷州市。　　西馆,旧址在市区西,寇准贬雷州寓居之所。

陈尧佐

陈尧佐(963—1044),字希元,号知余子。阆州阆中(今属四川)人。太宗端拱元年(998)进士。真宗咸平初年(998),任潮州通判;二年(999)建韩吏部祠于金山麓夫子庙正室东厢。仁宗景祐四年(1037),拜同中书门下平章事。庆历四年(1044)卒。赠司空兼侍中,谥"文惠"。有《潮阳编》、《野庐编》、《遣兴集》、《愚邱集》等。其亦为书法家、画家。

赴潮阳倅二首

一

沉醉犹难别帝州①,满城春色重淹留。公闲预想消魂处,望阙频登海上楼。

二

休把空言较短长②,算来齐物也无妨③。蛮民解唱升平曲,愿领闲愁入醉乡④。

【注释】

①沉醉:大醉。韩翃《送高别驾归汴州》:"寒雨送归千里外,东风沉醉百花前。" 帝州:帝王居住的地方。韦庄《绥州作》:"雕阴无树水难流,雉堞连云古帝州。"

②空言:虚构的话,只说而不以行动兑现的话。李商隐《无题四首》之一:"来是空言去绝踪,月斜楼上五更钟。"

③齐物:以大道的眼光看万事万物,虽无生死、成毁、美丑之异,但却有存在的价值及发生的意义。白居易《读庄子》:"庄生齐物同归一,我道同中有不同。"

④闲愁:无端的愁绪。牟融《沈存尚林亭夜宴》:"终日忘情能自乐,清尊应得遣闲愁。" 醉乡:沉湎于美酒之中。李贺《少年乐》:"芳草落花如锦地,二十长游醉乡里。"

潮阳作二首

一

景淡花初落,寒生海上潮。门前归北路,微雨柳垂条。

二

静院莺啼竹,幽阑蝶在花。登临转惆怅,斜日两三家。

游西湖《广东通志》作游惠阳西湖

附郭水连山①,公余独往还。疏烟鱼艇远,斜日寺楼闲。系马芭蕉外,移舟菡萏间②。天涯逢此景,谁信自开颜③。

【注释】

①附郭:近城的地方;郊外。牟融《陈使君山庄》:“数椽潇洒临溪屋,十亩膏腴附郭田。”

②菡萏(hàn dàn):荷花的别称。《诗·陈风·泽陂》:“彼泽之陂,有蒲菡萏。”

③开颜:露出微笑。杜甫《赠李十五丈别》:“绝域谁慰怀,开颜喜名贤。”

野吏亭

野吏厌公堂,开轩出郡墙。残花炎帝圃①,斜日尉佗乡。叠巘分诸粤,重城截大荒②。耕桑蛮聚落,烟火汉封疆。云势飘蓬岛,天形压夜郎。扁舟闲得侣,嘉树远成行。梅雨千林秋一作暮,春风百草香。人家浮浩淼③,鸟道没青苍④。爽垲吟魂健⑤,虚明夏景凉⑥。他年重回首,牢落愧甘棠。

【注释】

①炎帝:一说黄河流域姜姓部落首领。号烈山氏、厉山氏。原居西北高原姜水流域(今属陕西),后到达中原地区。曾与黄帝部落在阪泉(今属河北)大战。战败后两部落结成联盟,由黄帝率领在涿鹿(今属河北)大战南方九黎族,击败并擒杀其首领蚩尤。炎黄两部结合成为中原各族主干,故炎帝黄帝并称为中原各族的共同祖先。一说炎帝即神农氏,制作耒耜,最早发明农业,并尝百草,发现药材,教人治病。韩愈《和水部张员外宣政衙赐百官樱桃诗》:“汉家旧种明光殿,炎帝还书本草经。”

②大荒:《山海经·大荒西经》:“大荒之中,有山名曰大荒之山……是谓大荒之野。”后指辽阔原野或边远之地。李白《渡荆门送别》:“山随平野尽,江入大荒流。”

③浮浩淼:浮游在广阔的水面之上。

④鸟道:只有鸟才能飞越的路。比喻狭窄陡峭的山间小道。李白《蜀道难》:“西当太白有鸟道,可以横绝峨眉巅。” 没青苍:高入云天。

⑤爽垲:高爽。梁简文帝萧纲《往虎窟山寺诗》:“兹地信爽垲,墟垄暖阡眠。”

⑥虚明:空明。张说《杂诗四首》之四:“初心灭阳艳,复见湛虚明。”

送王生及第归潮阳①

休嗟城邑住天荒②,已是仙枝耀故乡③。从此方舆载人物④,海边邹鲁是潮阳。

【注释】

①及第:指科举考试考中,特指考中进士。韩愈《送侯参谋赴河中幕》:“忆昔初及第,各以少年称。”

②城邑:城市。李涉《山居送僧》:“若逢城邑人相问,报道花时也不闲。”天荒:边远荒僻。王充《论衡·恢国》:“匈奴时扰,正朔不及,天荒之地,王功不加兵,今皆内附,贡献牛马。”

③仙枝:犹月宫桂枝。比喻及第。杜荀鹤《出关投孙侍御》:“青云寸禄心耕早,明月仙枝分种迟。”

④方舆:大地。权德舆《安语》:“岩岩五岳镇方舆,八极廓清氛祲除。”

张士逊

张士逊(964—1049),字顺之。阴城(今属湖北)人。太宗淳化三年(992)进士。历江南、广东河北转运使。仁宗天圣六年(1028)三月,加礼部尚书、同中书门下平章事;七年二月,以刑部尚书知江宁府。明道元年(1032)二月,复同平章事;二年十月,以尚书左仆射判河南。宝元元年(1038),再拜同平章事。康定元年(1040),拜太傅,封邓国公致仕。皇祐元年(1049)卒,谥“文懿”。

峡山寺一作游峡山飞来寺

峡寺一停桡，新秋暑乍消。幽怀徒易释[①]，肥遁固难招[②]。翠拟千峰活，红分数叶凋。优游虚岁月，何以报清朝。

【注释】

①幽怀：深远或高雅的情怀。白居易《开元寺东池早春》："芳物感幽怀，一动平生念。"

②肥遁：亦作飞遁。《易·遁》："上九，肥遁，无不利。"孔颖达疏："上九最在外极，无应于内，心无疑顾，是遁之最优，故曰肥遁。"后因称退隐为肥遁。白居易《晚归香山寺因咏所怀》："岂唯乐肥遁，聊复祛忧患。"

高　绅

高绅，江东人。太宗至道二年(996)，官秘书丞、直史馆。真宗天禧元年(1017)出知越州；三年，致仕。

游峡山飞来寺

古寺清江上，维舟夕照前。山根盘到海，塔影直侵天。萝月空禅石，霜钟落客船。秋风懒回首，送目入云烟。

林　逋

林逋(968—1028)，字君复。杭州钱塘(今属浙江)人。早年漫游江淮间，后隐居杭州西湖，结庐孤山。仁宗赐谥"和靖先生"。

送史殿丞之任封州[①]

炎方将命选朝伦[②]，治行何尝下古人。拥旆肯辞临远都，登舻还喜奉慈亲③。水连芳草湖南地，烟隔寒梅岭上春。若过中途值归雁，慰怀能与致音尘④。

【注释】

①封州：古州名。隋文帝开皇十年(590)，撤新会郡，并新夷、初宾二县入义宁县，并始康县入封平县，并原盆允、永昌、宋元、新熙、始成、招集六县为新会县，置封州。十一年改封州为允州，十三年复为冈州。隋炀帝大业元年(605)，撤冈州改苍梧郡(后为临封郡)。唐武德四年(621)，复为冈州。治所义宁县在今广东省新兴县东南、开平市西。州境东西约69公里、南北约150公里。

②炎方：泛指南方炎热地区。此指岭南封州。　朝伦：犹朝班。泛指朝廷官员。刘禹锡《送华阴尉张苕赴邕府使幕》："翊圣崇国本，像贤正朝伦。"

③舻：大船。《说文》："舻，舳舻也。从舟，卢声。一曰船头。"　慈亲：慈爱双亲。李白《杭州送裴大泽赴庐州长史》："去割慈亲恋，行忧报国心。"

④音尘：音信；消息。白居易《忆微之》："三年隔阔音尘断，两地飘零气味同。"

吴世范

吴世范，连州(今属广东)人。真宗咸平三年(1000)进士。大中祥符年间为漳浦令。后以太子舍迁殿中丞。

廖仙岩①

治民因得道，浮世学应难。自是神仙骨，非干龙虎丹②。松篁排洞罅③，楼阁倚云端。此日朝真去，惭为五品官④。

【注释】

①廖仙岩：位于广东省连州市东陂镇仙岩脚背村。廖冲(472—568)，字清虚，祖籍山西太原，连州保安人。南朝梁武帝大通三年(529)，廖冲被招为西曹祭酒。中大通三年(531)，59岁的廖冲辞官，退隐今连州静福山，开山修炼，97岁白日仙逝。后人将廖冲隐居的岩洞称为"廖仙岩"。

②龙虎丹：中医方剂名。《太平惠民和剂局方》等医药古籍有载。吕岩《七

夕》:"坎离二物君收得,龙虎丹行运水银。"

③篁:竹田,竹园。《说文》:"篁,竹田也。"泛指竹子。　　罅(xià):缝隙,裂缝。

④五品官:中国官僚体制有"品"从黄初元年(220)开始,魏国由侍中尚书陈群负责制定"九品官人之法",即"九品中正制",把被选的官员按其家世、才能、道德修养,由高到低分成九个品级:上上、上中、上下、中上、中中、中下、下上、下中、下下。唐朝文官还是九个品,但品中又有阶的分别,如正五品上,正五品下,从五品上,从五品下,一品不分从,二品、三品只分正从,四品正从之中又分上下阶。由正一品(三师、三公)始,到最末一级"从九品下(下县尉)",总共是九品三十等。宋朝基本沿袭了唐朝官制。

杨　亿

杨亿(974—1020),字大年。建州浦城(今属福建)人。太宗雍熙元年(984),年十一召试诗赋,授秘书省正字。淳化三年(992),赐进士及第。谥"文",人称杨文公。"西昆体"诗派代表诗人。

职方彭员外惟节知韶州①

仙经旧得还丹诀②,郎位高分列宿光③。太守双旌指南越,使君千骑冠东方。饮冰清白临遐俗,昼锦辉荣过故乡。曾是重华张乐地,九韶闻处味应忘④。

【注释】

①职方:官名。《周礼·夏官》有职方氏,掌天下地图,主四方以时入员的贡物。隋设职方侍郎,唐宋兵部下有职方侍中、职方员外。孙逖《送赵大夫护边》:"外域分都护,中台命职方。"窦常有诗题为《奉送职方崔员外摄中丞新罗册使》,宋祁有诗题为《答彭州职方朱员外公绰》。

②丹诀:炼丹术。王维《送张道士归山》:"别妇留丹诀,驱鸡入白云。"

③宿:星座的古名。星宿。二十八宿:坐落在黄道(日在星际运行的轨迹)的星宿,按照中国古代的分法,共有28个。刘禹锡《酬令狐相公寄贺迁拜之什》:"遭回二纪重为郎,洛下遥分列宿光。"

④味:佛教语。六尘之一,指味尘,谓饮食之五味能使人起贪欲而污真性。

白居易《和微之诗二十三首·和送刘道士游天台》:“尚是色香味,六尘之所熏。”

宗人大著令问通判广州[1]

兰台大著作[2],族派共关西[3]。南海分忧寄[4],东门叙解携。离城冲腊雪,宿馆听晨鸡。画鹢江波远,鸣驺岭路迷[5]。陆梅香已尽,越鸟暖初啼。入境风生扇,行春柳拂堤。杀青前事在[6],饮水古人齐。卧理应多暇[7],无忘寄尺题[8]。

【注释】

①令问:好名声。虞羲《敬赠萧谘议诗》之二:“令问令望,如琼如玖。”

②兰台:本为汉代宫廷藏书处,设御史中丞掌管,后置兰台令史,掌书奏。东汉以御史大夫官属省入兰台,置御史中丞,故御史府也称兰台寺,御史台亦称兰台。班固曾任兰台令史,故后世也称史官为兰台。

③关西:指函谷关以西之地。王昌龄《别辛渐》:“酒酣不识关西道,却望春江云尚残。”

④分忧寄:将分担、排解忧患,使其摆脱困境的责任托付。方干《献浙东王大夫二首》之一:“四方皆是分忧寄,独有东南戴二天。”

⑤鸣驺(zōu):古时官吏出行,驺人引马开道传呼。驺:主驾车马的小吏。岑参《送颜平原》:“海风掣金戟,导吏呼鸣驺。”

⑥杀青:古时把书写在竹简上,为防虫蛀须先用火烤干水分,叫“杀青”。后泛指写定著作。陆龟蒙《寄怀华阳道士》:“凝神密室多生白,叙事联编尽杀青。”

⑦卧理:躺着理事。指无为而治。同“卧治”。皇甫曾《韦使君宅海榴咏》:“淮阳卧理有清风,腊月榴花带雪红。”

⑧尺题:犹尺书、尺素。信件,信札。

史馆凌职方知广州 曾任岭南转运[1]

番禺出守重,汉殿拜恩初。华省郎官宿[2],名山太史书[3]。剖符从锁闼,持节上轺车。左顾金龟印,前驱书隼旟[4]。由来百粤地，曾督九年储。卉服要荒外，棠阴惠爱余。齐装天子赐，封部岛夷居。羽檄招溪洞⑤，壶浆慰里闾⑥。国风今已变，民瘼到应除⑦。江海思归否，蓬山有直庐⑧。

【注释】

①转运：官名。中国唐代以后各王朝主管运输事务的中央或地方官职。

②华省：指高贵显要者的官署。李白《江夏使君叔席上赠史郎中》：“多惭华省贵，不以逐臣疏。”

③太史书：指司马迁所著的《史记》。王维《和尹谏议史馆山池》：“洞有仙人箓，山藏太史书。”太史：官名。西周、春秋时太史掌记载史事、编写史书、起草文书，兼管国家典籍和天文历法等。秦汉曰太史令，汉属太常，掌天时星历。魏晋以后，修史之职归著作郎，太史专掌历法。隋改称太史监。唐改为太史局。宋有太史局、司天监、天文院等名称。元改称太史院。明清称钦天监，修史之职归之翰林院，故俗称翰林为太史。（参阅《通典·职官八》、《续通典·职官司八》）

④隼旟（sǔn yú）：画有隼鸟的旗帜。古代为州郡长官所建。语本《周礼·春官·司常》：“鸟隼为旟，龟蛇为旐……州里建旟，县鄙建旐。”刘禹锡《泰娘歌》：“风流太守韦尚书，路傍忽见停隼旟。”

⑤羽檄：古代军事文书，插鸟羽以示紧急，必须迅速传递。曹植《白马篇》：“羽檄从北来，厉马登高提。”　溪洞：亦作“溪峒”。古代指南方少数部族及其聚居地区。《隋书·炀帝纪下》：“高凉通守洗珤彻举兵作乱，岭南溪洞多应之。”崔致远《生祠》：“万代圣朝青史上，独传溪洞立生祠。”

⑥壶浆：茶水、酒浆。以壶盛之，故称。陶渊明《癸卯岁始春怀古田舍诗二首》之二：“日入相与归，壶浆劳近邻。”

⑦民瘼：民众的疾苦。语本《诗·大雅·皇矣》：“监观四方，求民之莫。”李世民《出猎》：“所为除民瘼，非是悦林丛。”

⑧蓬山：即蓬莱山。相传为仙人所居。鲍照《白云诗》：“风歌山林阙，龙驾戾蓬山。”　直庐：旧时侍臣值宿之处。庾信《奉和永丰殿下言志诗十首》之八：“绿槐垂学市，长杨映直庐。”

章得象

章得象(978—1048),字希信。世居泉州。真宗咸平五年(1002)进士,知邵武军归化县,历南雄州,徙洪州。宝元元年(1038),拜同中书门下平章事。庆历七年(1047),封郇国公。守司空致仕。谥"文宪",皇祐中改谥"文简"。

植萱亭

凌江清浅绕城流,庾岭南边第一州①。惟有梅花传远信,只凭萱草缓离忧②。

【注释】

①第一州:当指南雄州。

②萱草:简称"萱",亦称"金针菜",多年生草本植物,叶条状披针形,花黄色或红黄色,供观赏。古人认为,食萱草能令人忘忧。胡皓《大漠行》:"北堂萱草不寄来,东园桃李长相忆。"　缓:宽松。刘希夷《故园置酒》:"愿逢千日醉,得缓百年忧。"

峡山飞来寺

澄江诘曲峡中天①,远使归时驻画船。久别忽经星一纪②,暂来才见月三弦。劳生草草真徒尔③,陈迹依依亦怆然④。回首越城何处是,山南渺莽只云烟⑤。

【注释】

①诘(jié)曲:屈曲,曲折。刘禹锡《登司马错古城》:"楚塞郁重叠,蛮溪纷诘曲。"

②纪:十二年为一纪。陶渊明《饮酒诗二十首》之十九:"冉冉星气流,亭亭复一纪。"

③劳生:语出《庄子·大宗师》:"夫大块载我以形,劳我以生,佚我以老,息我以死。"后以"劳生"指辛劳的生活。骆宾王《在江南赠宋五之问》:"撲拙迷三省,劳生昧两忘。"

④怆然：悲伤的样子。陈子昂《登幽州台歌》："念天地之悠悠，独怆然而涕下。"

⑤渺莽：烟波辽阔无际的样子。温庭筠《昆明池水战词》："渺莽残阳钓艇归，绿头江鸭眠沙草。"

许　申

许申，字维之，号化州。潮阳(今属广东)人。真宗大中祥符三年(1010)，应殿试，擢上第。历知韶州、吉州、柳州、建州。任广南东路转运使，官终刑部郎中。有《高阳集》。

张相公祠[①]

铁胎重整英仪峻[②]，燕厦新成暑气凉[③]。韶石遍图辉壁落，荔枝分植映房廊。开元旧事丰碑在，家笥犹传故笏囊[④]。

【注释】

①张相公：张九龄。

②铁胎：指塑像。　　英仪：美好的仪容。

③燕厦：安乐的大厦。厍狄履温《夏晚初霁南省寓直用余字》："燕厦欣成托，鹓行滥所如。"

④家笥：家藏。　　笏囊：盛笏板的袋子。笏：笏板，古代臣子上朝时手中所拿的狭长板子，按品第分别用玉、象牙或竹制成，以为指画及记事之用。

黄仲通

黄仲通(986—1059)，名正，字仲通。韶州(今属广东)人。仁宗天圣二年(1024)进士。授信州司理参军，累改著作佐郎、监广州军。迁屯田郎中。

惠州野吏亭[1]并序

故相国颍公，咸平二年以太平常丞典惠阳郡，酷爱其四顾谿山景物尤胜，创亭于城之上，目曰野吏，作五言十韵律诗一章。天圣十载，以给事中人入参大政，复作五言小诗两章寄题是亭。未几，宠加圣注，位正台席，时至接宾翘馆，论及奇胜，必以惠州野吏亭为称，足见相国眷眷介怀于兹矣。夫昔贤刺宣城郡，架层构于百雉，观叠嶂于四垂，其奇之心一也。皇祐五年，仲通假守兹郡，治亭旧基，以前之词章第刊于石，庶乎来者知亭之与自陈相国始……（略去陈尧佐三首诗——编者注）仲通载葺是亭，备纪遗烈，因此芜缀，附于末焉。

危亭治旧基，登览一何奇。万态罗浮景，三章宰辅诗[2]。岚光如画处，霁色乍开时。味此休间趣，惟予野吏知。原注：至和元年十月三日立，进士黄岳书，僧□□刊字。

【注释】

①惠州：位于广东省东南部，珠江三角洲东北端。隋开皇九年（589），废梁化郡，在今市境置循州。隋大业三年（607），循州改称龙川郡。唐武德五年（622）复为循州。宋天禧四年（1020）改称惠州。

②宰辅：辅政的大臣。一般指宰相。储光羲《敬酬陈掾亲家翁秋夜有赠》："仲举凳宰辅，太丘荣缙绅。"此指陈尧佐。

齐　唐

齐唐（988—1074），字迎之。越州（今属浙江）人。仁宗天禧二年（1030）进士。知杭州富阳县，改南雄州签判，以职方员外郎致仕。

南雄城楼

汉初开郡出南夷，万壑千岩足崄巇[1]。天上斗牛应共域，人间江岭自分歧。尉佗椎髻遗风俗，马援飞鸢堕水时。疑缺末二句。

【注释】

①崄巇（xī）：险阻崎岖，形容路途危险。谢灵运《泰山吟》："岩崿既崄巇，触

石辄芊绵。”

王陶

王陶(1020—1080),字子元。曲江(今属广东)人。仁宗天圣五年(1027)进士。为信州军事推官。官至京东提刑。

游碧落洞[①]

寻幽碧落外,此境真洞天[②]。乳窦穿碧涧,葆树蒙塞烟。迹与氛壒绝[③],身亡名利缠。日暮懒回首,迟拍洪崖肩。

【注释】

①碧落洞:位于广东省英德市英城镇南。洞长90米,宽38米,高18米。洞内现存自唐长庆二年(822)至民国三十六年(1947)的摩岩石刻99方。碧落:天空。骆宾王《于紫云观赠道士》:“碧落澄秋景,玄门启曙关。”

②洞天:道教指神仙居住的地方,意思是洞中别有天地,后借指引人入胜的境地。李白《奉饯高尊师如贵道士传道箓毕归北海》:“道隐不可见,灵书藏洞天。”

③氛壒(ài):凶气与尘埃。

包拯

包拯(999—1062),字希仁。合肥(今属安徽)人。仁宗天圣五年(1027)进士。历知建昌、天长县,徙知端州,迁殿中丞。皇祐四年(1052),除龙图阁直学士、河北都转运使。嘉祐元年(1056),为右司郎中,权知开封府;七年卒,谥“孝肃”。

书端州郡斋壁

清心为治本[①],直道是身谋[②]。秀干终成一作直干终成栋,精一作衡钢不作钩。仓充鼠雀喜,草尽兔狐愁。史册《粤东金石略》卷九作注牒有遗训，毋贻来者羞[3]。

【注释】

①清心：纯正之心。丘迟《题琴朴》："清心有素体，直干无曲枝。" 治本：指治理之根本。从根本上医治。陆游《家居自戒》之四："疾病当治本，神医古难遭。"

②直道：正直正义。骆宾王《春日离长安客中言怀》："自惟安直道，守拙忌因人。"沈佺期《被弹》："平生守直道，遂为众所嫉。"

③贻：遗留。

余　靖

余靖(1000—1064)，本名希古，字安道，号武溪。韶州曲江(今属广东)人。仁宗天圣二年(1024)进士。景祐间，贬监筠州酒税，迁知英州。嘉祐六年（1061）以尚书左丞知广州。官至工部尚书。英宗治平元年(1064)卒，谥"襄"。有《武溪集》。

送曲江知县赵节推

命将久征蛮，骚然数载间。自注：郴韶共屯兵夫七千余人。一言巢穴破，千里鼓旗闲。刀盾无私蓄，耕桑有复还。自注：猺人兵器尽输官库，避寇之民并即归业。居民此休息，遗惠重丘山。

寄题广州田谏议颐堂

退食公堂暇，应无俗虑侵。帘开双燕外，吏散百花阴。海域逍遥境，荣途淡泊心。政成先养正，惠爱及民深。

荔香亭

虚亭何所赏[1]，为爱果中奇。气禀南方秀[2]，生当火王时。

渡淮嫌橘变③，经庾笑梅衰④。不共花争艳，残莺莫傍枝⑤。

【注释】

①虚亭：虚空的亭子。处于荒野、空旷无人之处的亭子。殷仲文《送东阳太守诗》："虚亭无留宾，东川缅逶迤。"

②气禀：天地之气赋予。韦纾《赋得风动万年枝》："气禀祯祥异，荣沾雨露同。"

③"渡淮"句：橘树过了淮河就变异了。事见《晏子春秋·杂下之十》。

④经庾：过了大庾岭，即到了岭南。

⑤残莺：暮春时节的黄莺。白居易《青龙寺早夏》："残莺意思尽，新叶阴凉多。"

寄题田待制广州西园①

善政遍修举②，增完池馆清。地含春气早，月映暮潮生。石有群星象，自注：庭际罗立，旧名九曜石。花多外国名。自注：异名丝皆舶上所夹，岭北无之。与民同雉兔③，邀客醉蓬瀛④。翰墨资吟兴，云泉适野情。镇应持左蟹⑤，快欲鲙长鲸⑥。积霭藏楼阁，驯鸥识旆旌。甘棠留美荫⑦，高倚越王城。

【注释】

①待制：唐太宗时，命京官五品以上，轮值中书、门下两省，以备访问。至宋，于各殿阁皆置待制之官，如龙图阁天章阁待制之类，为典守文物之官，位于直学士之下。元明因之。华岳《头巾》："先因待制推将起，又被同知拽下来。"西园：故址在今广州市荔湾区荔湾湖附近。

②善政：妥善的政令。杜荀鹤《送青阳李明府》："善政无惭色，吟归似等闲。"　修举：兴建造之举动。

③同雉兔：语出《孟子·梁惠王下》："文王之囿方七十里，刍荛者往焉，雉兔者往焉，与民同之。"雉兔：野鸡和兔子。亦指猎取野鸡和兔子。

④蓬瀛：蓬莱与瀛洲。李白《赠僧崖公》："何日更携手，乘杯向蓬瀛。"

⑤左蟹：泛指佐酒美食。宋庠《别墅冬霁》："衔杯思左蟹，舒啸忆东皋。"

⑥鲙(kuài):同"脍",细切肉。曹丕《大墙上蒿行》:"酌桂酒,鲙鲤鲂。"

⑦甘棠:木名。《说文》:"棠,牡曰棠,牝曰杜。"甘棠,有红、白两种。红者曰杜,白者曰棠。果实酸美可食。李白《题瓜州新河饯族叔舍人贲》:"爱此如甘棠,谁云敢攀折。"

游韶石[①](节录)

世务常喧嚣[②],物外有真赏[③]。结友探胜概[④],放情谐素想。韶山南国镇,灵踪传自曩[⑤]。双阙倚天秀,一径寻云上。长江远萦带[⑥],众峦疑负襁[⑦]。千里眇平视,万形罗怪象。日影避昆仑[⑧],鳌头冠方丈[⑨]。青螺佛髻高,群玉仙都敞。霞城晴煜爚[⑩],桃溪春浩荡[⑪]。仰攀霄汉近,俯瞰神魂怳[⑫]。涧深溜如织,岩虚动成响。造化与真质,妙画胡能仿。

【注释】

①韶石:山岩名。在广东省韶关市曲江区(旧属韶州)。传说舜游登此石,奏韶乐,故名。

②世务:当世关于国计民生之事。储光羲《使过弹筝峡作》:"达士忧世务,鄙夫念王程。"此指事务。　　喧嚣:声音杂乱,不清静。司空图《杂题九首》之三:"不须频怅望,且喜脱喧嚣。"

③物外:世外;世俗之外。钱起《和人秋归终南山别业》:"物外凌云操,谁能继此心。"

④胜概:美好的风光景物。刘长卿《早春赠别赵居士还江左,时长卿下第归嵩阳旧居》:"且将穷妙理,兼欲寻胜概。"

⑤传自曩(nǎng):流传在从前。

⑥萦带:回旋缠绕如衣带。白居易《泛溢水》:"可怜似萦带,中有随风舟。"

⑦负襁:背负婴儿。

⑧昆仑:即昆仑山,在中国新疆维吾尔自治区、西藏自治区和青海省交界处。

⑨方丈:佛寺或道观中住持住的房间,因住持的居室四方各为一丈,故名。亦指佛寺或道观的住持。曹植《远游篇》:"灵鳌戴方丈,神狱俨嵯峨。"

⑩煜爚(yuè)：光彩照射。辛延年《羽林郎诗》："银鞍何煜爚，翠盖空踟蹰。"

⑪浩荡：形容水势汹涌壮阔。此形容春光绚丽无处不在。上官仪《酬薛舍人万年宫晚景寓直怀友》："清切丹禁静，浩荡文河注。"

⑫怳(huǎng)：心神不宁。刘孝孙《早发成皋望河》："回瞰黄河上，惝怳屡飞魂。"

南斋新植牡丹初冬忽开数朵爱玩不已因而感咏呈知郡中舍

峤南足暄候[1]，秋叶不凋霜[2]。孤根自北来，绣蕊忽葩张[3]。嗟尔本国艳，秀色含天香。淑气入春萼，园苑生辉光。豪家走钿车，珠翠妍新妆。贵门陈广宴，金碧开华堂[4]。惟恐风雨至，不羞歌舞狂。意态占韶景，众媚曷能妨。今兹植荒圃，空斋围短墙。节物寒蝉后，林木野梅傍。胡为吐奇卉，特此昧温凉。只知逢日暖，岂测非春阳。蜂蝶不尔采，坏栏啼夜螀[5]。伊予久杜门[6]，荆榛三径荒。独酌难成醉，徙倚徒徬徨。怜尔守常性，幽丛不改芳。

【注释】

①峤南：指岭南。《后汉书·马援传》："援将楼船大小二千余艘、战二万余人，……峤南悉平。"　　暄候：温暖的气候。

②凋霜：因霜冻而受到损伤。杜牧《华清宫三十韵》："碧檐斜送日，殷叶半凋霜。"

③葩张：花开。《说文》："葩，华也。"

④金碧：指中国画颜料中的泥金、石青和石绿。凡以此三种颜色为主色的山水画，称"金碧山水"，比"青绿山水"多泥金一色。孟郊《游城南韩氏庄》："浪簇霄汉羽，岸芳金碧丛。"

⑤螀(jiāng)：亦称寒蝉，蝉之一种。体型稍小，墨色，有黄绿色斑点，秋天来鸣叫。李白《陌上桑》："寒螀爱碧草，鸣凤栖青梧。"

⑥杜门：闭门。司空图《狂题十八首》："初时拄杖向邻村，渐到清明亦杜门。"

游大峒山①(游山五题之四)

予尝概游观山川，皆前贤所称、图籍所著者耳，未能索幽访异，舆音马迹之外，得古人所遗绝境一寓其目，状其名物，与好事者传之无穷也。韶之境富于山水，而佛刹占胜，相望于野，其名声洽于四方者无几。因闲居里舍，与上饶从事子元王君撷其遗概，得大垌焉。始自州治水行七十里，得月华山，舍舟楫、肩篮舆、道樵径，又十五里乃至是山，观其磅礴耸峭，秀倚天际，绝顶之上，千里在目，日浮月沉，雷惊虹断，随方下睨，晦明异壑，则虽丘垤众山，蚊虻聚落，不足谕其高也。相与拂幽石，翳修林，涧声泠泠，清入毛骨。真可遗世而绝俗，岂独摅忧赏异而已耶！各为诗以志之。自汉武帝元鼎六年庚午岁，始为郡县，凡一千七十年。至皇朝建隆元年庚申岁，始有僧建刹而居之。又七十九年，始为什方院。又二祀，康定元年庚辰岁，始有衣冠游者，岂天作地藏有所待哉！王君暨同游本郡布衣李访、月华山罗浮达二禅师，咸书名于长老习公方丈壁云。

十里松桧风，万仞斗峭壁。阳崖雷自奔，阴壑雪犹积。势争衡霍雄，地控楚越扼。胡为千载间，名未光图籍。物乃因人彰，闻人于在昔②。不逢巢许高③，箕山亦顽碧④。我今共游览，逍遥非俗格。剧论穷古今，玄谈叩虚寂。攀萝蹑孤峰，和云坐幽石。濯缨清泠泉，留为不朽迹。

【注释】

①大峒山：从诗序可知，距韶州城八十多里。

②闻人：有名望的人。《荀子·宥坐》："夫少正卯，鲁之闻人也。"杨倞注："闻人，谓有名为人所闻知者也。"

③巢许：古时隐者巢父和许由的并称。指代隐者。白居易《赠张处士山人》："世说三生如不谬，共疑巢许是前身。"

④箕山：此当指山东的箕山，为鄄城四山之一，由于历史上黄河多次决口，被逐渐淤没于地下。《濮州志·山川考》："箕山在州治东五十里，相传许由所居。"

和王子元过大庾岭

秦皇戍五岭，兹为楚越隘。尉佗去黄屋，舟车通海外。峭巘倚云汉①，推轮日倾害②。贤哉张令君③，镌凿济行迈。地失千仞险，途开九野泰④。安得时人心，尽夷阴险阂⑤。

【注释】

①云汉：银河。《诗·大雅·云汉》："倬彼云汉，昭回于天。"高空。《楚辞·九思·遭厄》："越云汉兮南济，秣余马兮河鼓。"

②推轮：推动车轮轴，使车前进。比喻促使事物发展变化。

③张令君：指张九龄。

④九野：九州地域。张华《壮士篇》："长剑横九野，高冠拂玄穹。"中央与八方，即九天。

⑤"安得"二句：怎么样才能让现时的人心，也如五岭南北全部铲平了因地势险峻造成的阻隔一样。　夷：平，使平。苏颋《奉和圣制登太行山中言志应制》："按跸夷关险，张旗亘井泉。"　阴：《说文》："阴，闇也。山之北，水之南也。"泛指北面。此言通向岭北。　险：地势高低悬殊，难以通行。《说文》："险，阻难也。"　阂(hé)：阻隔，不畅通；妨碍。

和董职方见示初到番禺诗

五方殊俗古难并①，千载犹存古越城。自注：今子城及东有故垒，俗号赵佗城。客听潮鸡迷早夜，自注：三更潮上即鸡鸣。人瞻飓母识阴晴。自注：飓风欲至，西黑云起，谓之飓母。波涛汹涌天边阔，犀象斓斒徼外生②。太守不才当远寄，惟忧南亩废农耕③。

【注释】

①五方：东、西、南、北、中五个方位。虞世基《秋日赠王中舍诗》："五方多异俗，四海皆行路。"　并：相同。屈原《怀沙》："古固有不并兮，岂知何其故！"

②斓斒(bān)：同"斑斓"，色彩错杂灿烂的样子。韩翃《少年行》："千点斓斒喷玉骢，青丝结尾绣缠鬃。"　徼外：边界外，国外。权德舆《送黔中裴中丞阁老赴任(回字)》："胜理环中得，殊琛徼外来。"

③南亩：谓农田。南坡向阳，利于作物生长，古人田地多向南开辟，故称。《诗·大雅·大田》："俶载南亩，播厥百谷。"

题庾岭三亭诗

叱驭楼

山巅层构与云平，贤者新题叱驭名。为要澄清归治道[①]，不辞艰险表忠诚。南枝初见梅林秀，九折遥思剑栈横[②]。若使当时嫌远宦，海隅何得有欢声。

来雁亭

南方旧说无燕雁，岁序严凝亦暂来[③]。天外每随寒雨过，春前先逐暖风回。人稀弋射矰休避[④]，俗厌鱼餐纲莫猜[⑤]。况是弟兄封境接，登临因此几徘徊。

通越亭

行尽章江庾水滨[⑥]，南逾梅馆陟嶙峋。城中绍祚千年圣[⑦]，海外占风九译人[⑧]。峤岭古来称绝徼[⑨]，梯山从此识通津。舆琛辇赆无虚岁[⑩]，徒说周朝白雉驯[⑪]。

【注释】

①澄清：此指揭示真相；消除混乱。　　归治道：归于"治"的正道。

②栈：栈道。

③严凝：犹严重的冰灾。凝：寒冷结冰。白居易《十二年冬江西温暖喜元八寄金石棱到因题此诗》："今冬腊候不严凝，暖雾温风气上腾。"

④弋(yì)射：用带绳子的箭射鸟。　　矰(zēng)：泛指短箭。

⑤厌：饱，满足。后来写作"餍"。　　纲：提网的总绳。

⑥章江：即庾水。亦称章水，赣江的古称。因其源出自大庾岭，故诗说"行尽"是"庾水"。

⑦绍祚：继承流传。潘岳《关中诗十六章》之一："三祖在天，圣皇绍祚。"

⑧九译：言语不通，多次辗转翻译。包佶《送日本国聘贺使晁巨卿东归》：

"九译蕃君使,千年圣主臣。"

⑨峤岭:五岭。

⑩舆琛辇赆:用马车载着珍宝、人力车拉着贡品。

⑪白雉:白色羽毛的野鸡。古时以为瑞鸟。《尚书·大传》卷四:"周公居摄六年,制礼作乐,天下和平。越裳以三象重译而献白雉。"《越裳操》注:越裳操者。周公之所作也。周公辅相成王。成文王之王道。天下太平。万国和会。江黄纳贡。越裳重九译而来献白雉。执贽曰:"吾君在外国也。顷无迅风暴雨。意者中国有圣人乎。故遣臣来。周公于是仰天而叹之。乃援琴而鼓之。"

重游英州碧落峒①

幽景前贤恨到难,泉声清浅出岩间。区区宦路重来此②,尘世难逢特地闲③。

【注释】

①英州:唐初置浈州,领含浈、真阳二县。五代南汉于真阳县置英州。宋为真阳郡。绍兴间升为英德府。元为英德州,明改为英德县,属韶州府。清因之。

②区区:小,细微;平庸不显眼。钱起《过沈氏山居》:"始愿今不从,区区折腰禄。"　宦路:犹宦途,做官的履历。司空图《率题》:"宦路前衔闲不记,醉乡佳境兴方浓。"

③尘世:佛、道二教所指的人世间,即现实世界。元稹《度门寺》:"心源虽了了,尘世苦憧憧。"　特地:特意;特为。杜甫《陪柏中丞观宴将士二首》之一:"几时来翠节,特地引红妆。"

仁化锦石岩①

巉岩绚烂倚云隈②,万玉无香结作堆。不是虬龙眠铁树,原来假石作根荄③。

【注释】

①仁化：县名。本汉曲江县地，南齐置仁化县，后废。唐垂拱四年(688)复分曲江县置，属韶州。元属韶州路，明清属韶州府，今属广东省韶关市。　锦石岩：在今广东省仁化县境。

②绚烂：色彩灿烂多姿。唐无名氏《纪游东观山》："搏噬千怪聚，绚烂五色光。"　云隈(wēi)：犹云端。陈子昂《度荆门望楚》："城分苍野外，树断白云隈。"

③根荄(gāi)：草根。白居易《问友》："根荄相交长，茎叶相附荣。"

周　燮

周燮，道州(今属湖南)人。仁宗天圣八年(1030)进士。庆历三年(1043)，任南丰县令，曾知湟州。嘉祐间知连州。

大云洞

大云山，湟州之胜景也①。畴昔伯氏为郡曹掾，余时随侍，朝游夕赏，未尝倦怠。去此将三十年，来为郡守。始至，命驾晨往，目睹旧物，心休休焉②。然居是山者久非其人，寺宇牢落，物多遯形③。乔松修竹为藤萝延蔓，幽岩怪石为粪壤埋没，复为桥横塞云洞，殆非昔时景趣也。遽命撤桥以敞洞门，于岩之西为亭曰清熙，为燕游之所。芟夷草莽，松篁秀拔；除去粪壤，岩石峭立。不逾浃辰④，清景顿复。因是黜庸举能，精进者遴集。崇师当是举也，舆议许之⑤。吾知大云山从此复兴矣。因吟诗一章，勒于岩石。辞曰：

西出州城五里余，大云仙洞最清虚⑥。近来选得禅师住，是处精蓝尽不如⑦。

【注释】

①湟州：即连州。广东连江上游称湟水，源出连州北部，故以水名称州。

②休休：悠闲的样子；欣悦的样子。曹睿《善哉行》："休休六军，咸同斯武。"

③遯(dùn)形：失去原貌。遯：同"遁"，消失。

④浃辰：十二天。陆云《答兄平原诗》："觐未浃辰，恨其永怀。"

⑤舆议：众议，众人意见。

⑥清虚:清静虚无。李白《游南阳白水登石激作》:“岛屿佳境色,江天涵清虚。”

⑦精蓝:最好的佛寺。裴休《延庆化城寺》:“平生志在野云深,建立精蓝大用心。”蓝:梵语伽蓝的简称,指佛寺。

梅尧臣

梅尧臣(1002—1060),字圣俞。宣州宣城(今属安徽)人。仁宗皇祐三年(1051),召试,赐同进士出身,为国子直讲,历尚书都官员外郎。故世称“梅直讲”、“梅都官”。有《宛陵先生集》。

送储令赴韶州乐昌

尝闻韶石下,虞舜古祠深。至乐久已寂①,况持陶令琴②。炎方不道远,一去值秋霖③。

【注释】

①至乐:指韶乐。

②陶令琴:出自《晋书·隐逸传·陶潜》:“性不解音,而畜素琴一张,弦徽不具,每朋酒之会,则抚而和之,曰:‘但识琴中趣,何劳弦上声。’”后用为典实。

③秋霖:秋雨。王维《宿郑州》:“宛洛望不见,秋霖晦平陆。”

杜挺之赠端溪圆砚

雪压古寺深,中有卧病客。访之语久清,饥马啮庭柏①。案头蛮溪砚,其状若圆璧。指此欲为赠,而将助吟席。非意予敢贪,既拒颇不怿②。大出楮中有,素许当自择。强持慰勤心,归以示明戚。哂曰岂其然③,为汲寒泉涤。涤彼伪饰物,纸干见顽石。清晨走髯奴④,无厌愿求易。拜赐遂如初,明月怀吞蚀。微分鸜目莹⑤,尚渍墨花碧。词答谓我愚,悔复一作复悔料已逆。明日未央朝,执手笑哑哑。

【注释】

①啮(niè):用嘴咬。《说文》:“啮,噬也。”

②怿:喜悦。《说文新附》:“怿,悦也。”《广韵》:“怿,悦也,乐也。”《诗·大雅·板》:“辞之怿矣,民之莫矣。”传:“怿,悦也。”

③哂(shěn):微笑。

④髯奴:指多须的奴仆。

⑤鸜(qú):古同“鸲”,鸟名,全身黑色,头和背部略呈绿色光泽,能模仿人说话,俗称八哥。

送番禺杜杆主簿

行识桄榔树,初窥翡翠巢。地蒸蛮雨接,山润海云交。讼少通华语,虫多入膳庖。不须思朔雪,梅吐腊前梢。

送余中舍监韶州钱监①

孤青水上石,片白苍梧云②。虞舜不可见③,箫韶不可闻。君为汉钱官,凿山管铜矿。韶石不生铜, 留为千古景。

【注释】

①钱监:官署名。监督钱币的铸造和流通。

②苍梧云:指九嶷山上的云。《礼记·檀弓上》:“舜葬于苍梧之野。”李白《梁园吟》:“荒城虚照碧山月,古木尽入苍梧云。”

③虞舜:舜帝,传说中父系氏族社会后期部落联盟领袖。姚姓,有虞氏,名重华,史称虞舜。南巡驾崩苍梧,葬于苍梧之野。

薛利和

薛利和,字天益。兴化(今属福建)人。仁宗景祐五年(1038)进士。历知春、潮、韶三州。神宗熙宁间,通判广州。

韩亭①

岭脊孤亭势倚云，前临城邑后荒村。八千里外人归久，四百年间木尚存。直北恶溪泉滚滚，落南瘴海雾昏昏。先生伟绩传青史，万古民怀逐鳄恩。

【注释】

①韩亭：在今广东省潮州市韩山上。为纪念韩愈而建。

李　京

李京，字伯升。赵州(今属河北)人。仁宗景祐五年(1038)进士。庆历三年(1043)，为监察御史里行，迁监察御史，直集贤院，同管勾国子监，加史馆修撰；七年贬监鄂州税，寻卒于官。

游碧落洞

赏景尘嚣外①，放怀岑寂中②。寒崖映流水，古桧生清风。坐有琴酒乐，路非车马通。何当遂初志，来此期芝翁。

【注释】

①尘嚣：指人世间的烦扰、喧嚣。李隆基《经河上公庙》："迹与尘嚣隔，心将道德并。"

②岑寂：高而静；清冷。张九龄《骊山下逍遥公旧居游集》："岑寂罕人至，幽深获我思。"

唐　介

唐介(1010—1069)，字子方。江陵(今属湖北)人。仁宗天圣八年(1030)进士。皇祐二年(1050)，召为监察御史里行；三年，贬春州别驾；五年，复御史。神宗熙宁元年(1068)，拜参知政事，还迁给事中，除三司使；次年卒。谥"质肃"。

碧落洞

余生本孤拙①,所志在云石。薄宦偶缠锁,未遂林泉适。迩来备台选,幸一当言责。狂愚抵罪辜②,遽从遐徼谪③。区区数千里,车马倦行役。浈阳颇善地,解辔喜安席④。官散无所事,度日多闲隙⑤。太守苏宣甫,邀我访奇迹⑥。西山有石室,疑是灵仙宅。翛然烟径入,讶若天门阙。中泻一溪清,傍映千峰碧。万穴滴瑶乳,两岸张翠幕。爽气来先秋,昏岚生未夕。不知造化意,何为置穷僻。周生说到难,兹文不虚摭⑦。怪容诚莫状,胜迹今始获。暂已莹耳目,久觉生虚白⑧。拂拭缨上尘,回头谢朝客⑨。虽非吾所乐,聊以慰奇只⑩。圣恩未放还,屡游君莫惜⑪。

【注释】

①孤拙:孤高笨拙。贯休《酬王相公见赠》:"孤拙将来岂偶然,不能为漏滴青莲。"

②狂愚:狂妄而又愚蠢。刘商《寄李俌》:"挂却衣冠披薜荔,世人应是笑狂愚。"　　抵罪辜:抵偿罪责,接受应有的惩处。

③遐徼:遥远的边境。李频《哭贾岛》:"一宦终遐徼,千山隔旅坟。"

④安席:安坐;安睡。李白《书怀赠南陵常赞府》:"以此不安席,蹉跎身世违。"

⑤闲隙:此指空闲时间。白居易《寄杨六》:"公门苦鞅掌,尽日无闲隙。"

⑥奇迹:不寻常的胜迹。

⑦摭(zhí):选取,摘取。

⑧虚白:《庄子·人间世》:"虚室生白,吉祥止止。"后用以形容清静的心境。白居易《老来生计》:"烦虑渐消虚白长,一年心胜一年心。"

⑨朝客:到访的客人。张籍《答白杭州郡楼登望画图见寄》:"将展书堂偏觉好,每来朝客尽求看。"

⑩奇只:犹言孤单只影。

⑪惜:吝惜;舍不得。张说《酬崔光禄冬日述怀赠答》:"兴来光不惜,欢往迹如遗。"

祖无择

祖无择(1006—1085),字择之。上蔡(今属河南)人。仁宗景祐五年(1038)进士。皇祐元年(1049),擢广南东路转运使。英宗治平间加龙图阁直学士,权知开封府,进龙图阁学士。神宗熙宁三年(1070),贬忠正军节度副使。元丰六年(1083),分司西京御史台,移知信阳军。

游真阳石室

自注:皇祐元年十一月丙申,任广东提刑日所作。有石刻在英州。

昔读到难篇,乃闻真阳室。亦尝惟斯人,称道或浮实①。邈在数千里②,莫觌烟霞质③。青山有独往,吾志久已必。如何骖俗驾,尚此纡朝绂④。谬分南顾忧,惟刑在钦恤⑤。孤宦虽云远,胜践其敢失。行行访云岩,草树披蒙密。呀然一穴开,势欲吞朝日。岚光屏障展,乳溜龙蛇屈。溪流自清泚⑥,松韵何萧瑟⑦。酌酒饮游客,谓言此可述。周生诚不诬⑧,所纪穷纤悉⑨。惜哉非吾土,无由寄蓬荜⑩。平生丘壑原校:原缺,依《宋诗纪事》补心,与道共湮欝⑪。难进而易退,终当守儒术。自注:唐周蕓作《到难篇》,谓此祠离长安远,故到者难也。

【注释】

①称道:述说;赞扬某事物。张祜《赠柘枝》:"须臾曲罢归何处?称道巫山是我家。" 浮实:虚构或真实。

②邈(miǎo):距离遥远。《楚辞·远游》:"高阳邈以远兮,余将焉所程?"

③觌(dí):见,相见。王维《喜晴联句》王起:"每优陪丽句,何暇觌英姿。" 烟霞:烟雾和云霞,亦指山水胜景。王勃《郊园即事》:"烟霞春旦赏,松竹故年心。"

④朝绂(fú):上朝佩玉用的丝带。绂的颜色依官位品级而不同。李德裕《怀山居邀松阳子同作》:"我未及悬舆,今犹佩朝绂。"

⑤恤(xù):忧虑。

⑥清泚(cǐ):清澈。王维《别綦毋潜》:"严冬爽群木,伊洛方清泚。"

⑦萧瑟：草木被秋风吹袭的声音。李白《独酌》："长松尔何知，萧瑟为谁吟。"

⑧周生：指唐代周夔，其写《到难篇》刻于碧落洞上峭壁上，有句"得贞阳之石室焉"。　诬：无中生有，捏造事实。包佶《翻经台》："野蔓高台下，前朝记不诬。"

⑨纤悉：细致而详尽。孟郊《晚雪吟》："镜海见纤悉，冰天步飘飖。"

⑩蓬荜(bì)：穷人家住的房子。杜甫《北征》："顾惭恩私被，诏许归蓬荜。"

⑪湮欝(yù)："欝"为"郁"异体字。湮欝疑为"郁湮"。《左传·昭公二十九年》："物乃坻伏，郁湮不育。"杜预注："郁，滞也；湮，塞也。"当言滞塞直至埋没。

游韶石

纯音何寂寞①，秀色自崔嵬②。岩草遗箫在，溪禽学凤来。余希探禹穴，人似畏轩台。登眺秋风里，烦襟尽日开③。

【注释】

①纯音：单一的乐音。欧阳修《翠旌诗》："盛礼郊仪肃，纯音帝乐清。"

②崔嵬(wéi)：高大；高耸。屈原《涉江》："带长铗之陆离兮，冠切云之崔嵬。"

③烦襟：双关语，字面说烦乱的衣襟，暗喻烦闷的心境。杜甫《舟中苦热遣怀奉呈阳中丞通简台省诸公》："扣寂豁烦襟，皇天照嗟叹。"

万太傅知惠州

惠州君未到，听我送君吟。去路九韶石，邻封八桂林。下车秋色老，望阙海云深。善政多余暇，无忘惠好音。

送新州陈式虞部

大庾岭南郡，新兴事若何①。还珠合浦近②，辟恶密香多。主圣天如履，时平海不波。更逢贤太守，应有袴襦歌③。

【注释】

①若何：如何；怎样。杜甫《复愁十二首》之三："万国尚防寇，故园今若何。"

②还珠合浦：事见《后汉书·循吏传》："州郡表其能，迁合浦太守。郡不产谷实，而海出珠宝，与交阯比境，常通商贩，贸籴粮食。先时宰守并多贪秽，诡人采求，不知纪极，珠遂渐徙于交阯郡界。于是行旅不至，人物无资，贫者饿死于道。尝到官，革易前敝，求民病利。曾未逾岁，去珠复还，百姓皆反其业，商货流通，称为神明。"

③袴襦歌：亦作襦袴歌，东汉廉范为蜀郡太守，政治清明，百姓富庶，时人作歌曰："廉叔度，来何暮？不禁火，民安作。平生无襦，今五裤。"后遂以"襦袴歌"称颂官吏惠民德政。

张　俞

张俞，字少愚，又字才叔，号白云先生。益州郫（今属四川）人。仁宗宝元初，西夏事起，上书朝廷论边防事。经试录为秘书省校书郎，不就。后隐居筑室青城山白云溪。游历山水三十余年。有《白云集》。

广州

越地春生草，春城瞰渺茫①。朔风惊瘴海②，雾雨破南荒。巨舶通蕃国③，孤云远帝乡④。

【注释】

①瞰：远望。谢灵运《郡东山望溟海诗》："荡志将愉乐，瞰海庶忘忧。"　渺茫：烟波辽阔的样子。殷尧藩《送客游吴》："吴国水中央，波涛白渺茫。"

②朔风：北风。李白《酬殷明佐见赠五云裘歌》："我吟谢朓诗上语，朔风飒飒吹飞雨。"

③蕃国：同"番国"，外国。

④帝乡：传说中天帝住的地方。陶渊明《归去来兮辞》："富贵非吾愿，帝乡不可期。"此指京城。江总《并州羊肠坂诗》："三春别帝乡，五月度羊肠。"

蔡 襄

蔡襄(1012—1067),字君谟。仙游(今属福建)人。仁宗天圣八年(1030)进士,累官宋馆阁校勘、知谏院、直史馆、知制诰、龙图阁直学士。庆历、嘉祐间,曾两知福州、泉州。嘉祐六年(1061),拜翰林学士权理三司使。英宗即位,为三司使。英宗治平二年(1065),出知杭州,拜端明殿学士;四年卒,赠礼部侍郎,谥"忠惠"。

寄南海李龙图兑求素馨含笑花

二草曾观岭外图,开时尝与暑风俱。使君已自怜清分,分得新条过海无。

颜庶几

颜庶几,仁宗庆历四年(1044),以父战死,恩补三班奉职。皇祐二年(1050),监元氏县酒税。

游碧落洞同李駪诸公

神地秘灵室,壶天锁翠微①。歌咏极今古,登临忘是非。况有麇鹿侣,堪纫兰蕙衣。得志此何远,岂复怀尘机②。

【注释】

①壶天:事见《后汉书·方术传下·费长房》。东汉费长房为市掾时,市中有老翁卖药,悬一壶于肆头,市罢,跳入壶中。长房于楼上见之,知非常人。次日复诣翁,翁与俱入壶中,唯见玉堂严丽,旨酒甘肴盈衍其中,共饮毕而出。后以谓仙境、胜境。

②尘机:世俗心机。孟浩然《腊月八日于剡县石城寺礼拜》:"愿承功德水,从此濯尘机。"

陶　弼

陶弼(1017—1080),字商翁。永州(今属湖南)人。有集18卷。

端研诗赠王欲[1]

端石一作砚如池状,润疑云雨通。粗官不识字[2],好去伴诗翁[3]。

【注释】

①端研:端砚。

②粗官:唐代重内轻外,不经台省而出为节镇者,人称粗官。亦作“麤官”,古代重文轻武,称武官为麤官。孙光宪《北梦琐言》:“薛能以文章自负,累出戎镇,尝郁郁叹息,其诗云‘麤官乞与真抛却,赖有诗情合得尝。’盖以节度为麤官也”。

③好(hào):喜爱,与“恶”相对。

广州(二首)

一

地穷山亦断,烟水是封圻[1]。外国衣装盛,中原气象非。

二

石门见月随潮早,洸口闻猿上峡迟[2]。新酒满篘蛮姬店[3],古碑当道海神祠。

【注释】

①封圻:疆界。孙逖《登越州城》:“封圻沧海合,廛市碧湖明。”

②洸(guāng)口:波光粼粼的江口。洸:水波动荡发出的闪闪亮光。《说文》:“洸,水涌光也。”《诗·邶风·谷风》:“有洸有溃,既诒我肄。”

③满篘(chōu):彻底地用竹编器具过滤。方干《山中言事八韵寄李支使》:“旧诗改处空留韵,新酝尝来不满篘。”

连州天际岭

南来未见此高峰，下际沧溟上际空①。辛苦限蛮成底事，坐看嵩华作三公②。

【注释】

①沧溟：大海。元稹《侠客行》："此客此心师海鲸，海鲸露背横沧溟。"
②嵩华：嵩山与华山。

周敦颐

周敦颐（1017—1073），字茂叔，号濂溪。道州（今属湖南）人。年二十，其舅向皇帝保奏，初仕分宁主簿。后历知桂阳、南昌县，合州判官、虔州通判。迁广东转运判官、提点刑狱。理学派开山鼻祖，有《周子全书》；曾在莲花峰下开设濂溪书院，世称"濂溪先生"。

按部至春州①

按部广东经数郡，若言岚瘴更无春。度山烟锁埋清昼，为国天终护吉人。万里诏音频原作颂，据沅湘耆旧集改降下，一方恩惠尽均匀②。丈夫才略逢时展，仓廪皆无亟富民③。

【注释】

①按部：巡视考察。殷文圭《中秋自宛陵寄池阳太守》："按部况闻秋稼熟，马前迎拜羡并儿。"　春州：唐武德四年（621）置春州，州治阳春县（在今阳春市区），隶属岭南道。天宝元年（742），春州称南陵郡。乾元元年（758），春州复名。宋开宝五年（972）撤销春州，阳春、罗水、流南三县改属恩州。次年，复置春州。大中祥符九年（1016），撤销春州，阳春县改称新春县，属新州辖。天禧四年（1020），再复春州。熙宁六年（1073）废春州，铜陵县并入阳春县，属南恩州。

②恩惠：他人给予的或给予他人的好处。杜甫《宿凿石浦（浦在湘潭县西）》：

“穷途多俊异,乱世少恩惠。”此指皇帝给予的。

③仓廪(lǐn):储藏米谷之所。白居易《归来二周岁》:“时丰实仓廪,春暖葺庖厨。”　亟:快速;迅速;急迫。《广雅》:“亟,急也。”《诗·豳风·七月》:“亟其乘屋,其始播百谷。”

题惠州罗浮山原注:《出罗浮诗集》

红尘白日无闲人,况有鱼绯系此身①。关一作一上罗浮闲送目②,浩然心意复吾真。

【注释】

①鱼绯:红铜鱼符。鱼:唐代作为符信用的铜鱼符。

②关:难度的时机。此指趁“按部”之机。

夜雨书窗一作书窗夜雨

秋风拂一作扫尽热,半夜雨淋漓。绕屋是芭蕉,一枕万响围。恰似钓鱼船,篷底睡觉时。

牧童

东风放牧出长坡,谁识阿童乐趣多。归路转鞭牛背上,笛声吹老太平歌。

春晚

花落柴门掩夕晖,昏鸦数点傍林飞。吟余小立阑干外,遥见樵渔一路归。

文 同

文同(1018—1079),字与可,号笑笑居士、笑笑先生,人称石室先生。梓州(今属四川)人。仁宗皇祐元年(1049)进士。至和二年(1055),调元丰初年,赴湖州就任,卒于途中陈州,年六十二。善画墨竹。

谢杨侍读惠端溪紫石砚

学文二十年,语气殊未成。所以文房中,四谱无一精①。岂不愿收贮②,恐窃好事名③。自愧中槁然④,敢假外物荣。前日下秘阁⑤,谒公来西城。公常顾遇厚,待以为墨卿⑥。延之吐佳论,出口无杂声。语次座上物,砚有紫石英。云在岭使得,渠常美其评。因取手自封,见授嘱所擎。仓皇捧以拜,其喜怀抱盈。归来示家人,众目欢且惊。言并我所有,瓦砾而瑶琼。贵价市珍煤⑦,风前试寒泓⑧。磨知密理润,点觉浮光清。洗濯鉴面莹,弹扣牙音铿。遂剪十袭巾,加以重箧盛。客来有欲观,稍欲不敢呈。愿传之子孙,更重金满籯⑨。作诗叙嘉贶⑩,惭比毫毛轻。

【注释】

①四谱:指笔、墨、纸、砚四种图谱。皆文房用品,亦称四宝。

②收贮:收集贮存,犹今之收藏。白居易《题文集柜》:"收贮谁家集,题云白乐天。"

③好事(hào shì):喜欢多事。孟浩然《齿坐呈山南诸隐》:"以余为好事,携手一来窥。"

④槁然:草木枯干貌,比喻心情冷漠,对一切事情无动于衷。

⑤秘阁:古代禁中藏书之所。亦指尚书省。白居易《和张十八秘书谢裴相公寄马》:"齿齐膘足毛头腻,秘阁张郎叱拨驹。"

⑥墨卿:文人的别称。孟浩然《送袁太祝尉豫章》:"随牒牵黄绶,离群会墨卿。"墨的戏称。

⑦珍煤:珍贵的墨。

⑧寒泓:指砚台。

⑨籯(yíng):竹笼。

⑩嘉贶:亦作“嘉况”,厚赐。《汉书·石奋传》:“乃者封泰山,皇天嘉况,神物并见。”颜师古注:“况,赐也。”钱起《裴侍郎湘川回以青竹筒相遗因而赠之》:“长跪捧嘉贶,岁寒惭所钦。”

曾 巩

曾巩(1019—1083),字子固,世称南丰先生。建昌南丰(今属江西)人。仁宗嘉祐二年(1057)进士。熙宁五年(1072)后,历任齐州、襄州、洪州、福州、明州、亳州等知州。神宗元丰三年(1080),为三班院勾判;四年,为史官修撰,管勾编修院,判太常寺兼礼仪事;五年,拜中书舍人;次年,病逝于江宁府。有《元丰类稿》。

送英州苏秘丞①

远民歌舞戴升平②,碧阁朱楼照眼明。乡馔雨余收白蕈,客樽秋后对红英。泷鸣浈原作真,据元刻本改水遥通海③,路入南山不隔城。材术如君有余暇,出游应数拥双旌。

【注释】

①秘丞:起草文书之官。亦称秘书令、秘书丞。

②戴:《说文》:“分物得增益曰戴。”段玉裁注:“引申之凡加于上皆曰戴。” 升平:太平。上官昭容《驾幸新丰温泉宫献诗三首》之三:“岁岁年年常扈跸,长长久久乐升平。”

③浈水:水名。在今广东省境内。源出南雄县东北大庾岭,西南流经始兴县,至韶关市曲江区与武水汇合,称北江。柳宗元《酬韶州裴曹长使君寄道州吕八大使因以见示二十韵一首》:“疑山看积翠,浈水想澄湾。”

刘敞

刘敞(1019—1068)，字原父，世称公是先生。临江新喻(今属江西)人。仁宗庆历六年(1046)进士。英宗治平三年(1066)，改集贤院学士、判南京留守司御史台。神宗熙宁元年(1068)卒于官。

自恩平还题嵩台宋隆馆二首①

一

四山如画古端州，州在西江欲尽头。漫道江山解留客，老夫归思甚东流。

二

松菊壶山手自栽，二年羁宦客嵩台。无端却被东风误，又作恩平一梦回。

【注释】

①恩平：地名，今为广东省恩平市。三国吴置思平县。南朝陈改为齐安县。唐武德五年(622)改为恩平。

王珪

王珪(1019—1085)，字禹玉。华阳(今属四川)人。仁宗庆历二年(1042)进士。累官知制诰，翰林学士。知开封府，侍读学士。神宗熙宁三年(1070)，拜参知政事；九年，进同中书门下平章事。哲宗即位封"岐国公"，卒于位。谥"文恭"。

南海馆中

岭外经年逐断蓬①，孤吟废馆几宵中②。灯回秋壁耿乡梦③，雨送夜潮飘海风。靖节久抛三径乐④，子云坐汉十金空⑤。何时征棹一归去，江有鲈莼岸有风⑥。

【注释】

①断蓬：犹飞蓬。比喻漂泊无定。王昌龄《从军行二首》之二："断蓬孤自转，寒雁飞相及。"

②宵中：夜半。顾逢《寄四明干月庭厉二友》："几作宵中梦，多生别后愁。"

③耿：心里老想着不能忘。

④靖节："靖节征士"之省，亦称"靖节先生"。即陶渊明，东晋大诗人，字元亮，私谥靖节征士。颜延之《陶征士诔》："若其宽乐令终之美，好廉克己之操……询诸友好，宜谥曰靖节征士。"白居易《春寒》："君不闻靖节先生尊长空，广文先生饭不足。"　　三径：亦作"三迳"。赵岐《三辅决录·逃名》："蒋诩归乡里，荆棘塞门，舍中有三径，不出，唯求仲、羊仲从之游。"后因以"三径"指归隐者的家园。陶渊明《归去来兮辞》："三径就荒，松竹犹存。"

⑤子云：扬雄（前53—公元18），字子云。蜀郡成都（今四川成都）人。家贫，"家产不过十金，乏无儋石之储，晏如也"（《汉书·扬雄传》）。年四十后游京师，以文见召。其《河东赋》、《甘泉赋》、《校猎赋》和《长杨赋》，史称四大名赋。王莽时，任大夫。校书天禄阁。有《方言》、《太玄》、《法言》、《训纂篇》。　　十金：十斤或十镒金，可表价值小，亦可表价值大。

⑥蓴（chún）：同"莼"，多年生水草，浮在水面，叶子椭圆形，开暗红色花。茎和叶背面都有黏液，可食。

连希元

连希元，字才父。建安（今属福建）人。仁宗皇祐元年（1049）进士。哲宗元祐间累官朝奉郎、知循州。

留题碧落洞

神仙谁道杳难穷，老俗相传住此宫。山裂旧分三岛洞，羽飞曾驭九天风。玉为双阙无尘到，云作丹梯有路通。谁问稚川何处在，俨然金灶列壶中。

谢景初

谢景初(1020—1084),字师厚,号今是翁。富阳(今属浙江)人。初以父谢绛荫为太庙斋郎。仁宗庆历六年(1046)进士,知越州余姚县。以屯田郎中致仕。

粤俗

粤俗嗜海物①,鳞介无一遗。虾蠃味已厚②,况乃蟹与蜞。潮来浦屿涨,遮捕张藩篱。潮去沙满滩,拾掇盈篱箕③。杀烹数莫记,琐碎臭且奇。苟务贪咀嚼,宁识暴殄悲。蛟蜃吐云气,腹以人为饴。呀口日肥大④,洪波谁敢窥。

【注释】

①嗜:爱好。《说文》:"嗜,嗜欲,喜之也。"李颀《赠张旭》:"张公性嗜酒,豁达无所营。"　海物:海产品。元稹《采珠行》:"珠为海物海属神,神今自采何况人。"

②蠃(luǒ):蜾(guǒ)蠃,寄生蜂的一种,常用泥土在墙上或树枝上做窝,捕捉螟蛉等小虫存在窝里,留作将来幼虫的食物。

③篱箕:用竹篾、柳条等制成的畚箕。

④呀口:张口。

王安石

王安石(1021—1086),字介甫,号半山。临川(今属江西)人。仁宗庆历二年(1042)进士。神宗即位,诏知江宁府,旋召为翰林学士。熙宁二年(1069)擢参知政事;三年,任同中书门下平章事,封荆国公;熙宁九年罢相后,隐居,自号半山老人。哲宗元祐元年(1086)病死江宁钟山,谥"文"。

次韵答丁端州

莫嗟荒僻又离群,且喜风谣岭北闻。铜柱虽然蛮徼接,竹符还是汉家分。春书来逐衡阳雁,秋骑归看陇首云。相见会知南望苦，病骸今似沈休文[1]。

【注释】

①沈休文：沈约(441—513)，字休文，南朝吴兴武康(今浙江德清)人，先后仕宋、齐、梁三朝。撰成《晋书》120卷。奉诏修《宋书》。

送崔左藏之广东[1]

怪石巉巉上泬寥[2]，昔人于此奏箫韶[3]。水清但有嘉鱼出[4]，风暖何曾毒草摇。今日掩留君按节[5]，当时嬉戏我垂髫[6]。因寻旧政询遗老，为作新诗变俚谣[7]。

【注释】

①左藏：国库之一，以其在左右，故称左藏。唐代左右藏皆置令丞，左藏掌钱帛、杂彩、天下赋调。宋初诸州贡赋均输左藏。南宋又设左藏南库。李商隐《行次西郊作一百韵》："因今左藏库，摧毁惟空垣。"

②巉巉：高峻陡峭的样子。岑参《送李卿，赋得孤岛石》："一片他山石，巉巉映小池。"　泬(xuè)寥：空旷清朗。白居易《西楼》："青芜卑湿地，白露泬寥天。"

③昔人：指舜帝。　箫韶：大磬，泛指乐器；又指舜的乐曲，借指乐声。《楚辞·九叹·忧苦》："恶虞氏之箫韶兮，好遗风之激楚。"

④嘉鱼：即卷口鱼。《诗·小雅·南有嘉鱼》："南有嘉鱼，烝然罩罩。"

⑤"今日"句：今天挽留惜别，为的是你就要按节赴任了。　掩留：犹挽留。　按节：停挥马鞭。表示徐行或停行。李白《送长沙陈太守二首》之一："荣君按节去，不及远相从。"

⑥嬉戏：游戏，玩耍。白居易《官舍》："稚女弄庭果，嬉戏牵人裾。"　垂髫：未行冠礼的儿童，头发下垂，代指童年或儿童。陶渊明《桃花源记》："黄发垂髫，并怡然自乐。"

⑦俚：中国古代少数民族之一。东汉至隋唐屡见于史籍，常与僚并称，主要分布在今广东西南沿海及广西东南等地。少数移入桂西。刘禹锡《武陵书怀五十韵》："照山畲火动，踏月俚歌喧。"

谭掞

谭掞，字文初。曲江（今属广东）人。少与王安石同学；安石拜相，引荐掞入局为郎官，掞不从。神宗元丰二年（1079），乡贡进士；七年，由广西经略司勾当公事、连州推官改京官。哲宗绍圣初，知梅州。元符二年（1099），迁户部员外郎。累迁广文馆学士，广南东西路转运副使，移本路提刑。后知南恩州。

清淑堂

群峰合势曲江头，二水交流夹一州。地有九嶷清淑气，人无五岭郁蒸愁。

安昌期

安昌期，昭州恭城（今属广西）人。仁宗皇祐间进士。初为横州永定县尉，以事去官来广州，放旷山林间。嘉祐五年（1060），至惠州与胡济（时为海丰令）游从。英宗治平二年（1065），居峡山广庆寺。

题清远峡和光洞

蕙帐将辞去①，猨猱不忍啼②。琴书自为乐，朋友孰相携。丹灶非无药，青云别有梯。峡山余暂隐，人莫拟夷齐。

【注释】

①蕙帐：帐的美称。白居易《题赠郑秘书征君石沟溪隐居》：“蕙帐夜琴澹，桂尊春酒浓。”

②猨猱（yuán náo）：猨同猿；猱为猿属。身体便捷，善攀援。又名“狨”，或“猕猴”。

刘攽

刘攽（1023—1089），字贡夫，一作贡父、赣父，号公非。临江新喻

(今属江西)人。仁宗庆历六年(1046)进士,历任知曹州、兖州、亳州、蔡州等州县20年,始至国子监直讲。哲宗即位,入秘书监,后数月,召拜中书舍人。哲宗元祐四年(1089)卒。

惠州丰湖

昔在葛稚川,求为勾漏令。丹砂颇易得,罗浮聚仙圣。穷荒非人情,适己自无竞。千岁若须臾,斯人已辽敻。忽闻惠州守,修旧有佳政。涨泉作丰湖,百顷湛明镜。芰荷争秀发,鱼鸟恣潜泳。新畴日已多,耕者乐其盛。高斋面空阔,写影穷绿净。长啸来清风,炎蒸亦无病。勤忧本劭农,爽豁赖怡性。宁须学神仙,岂必谢朝请。明珠还合浦,夙昔人相庆。君有近郭田[1],足继甘棠咏[2]。

【注释】

①近郭田:即负郭田。指近郊良田。《史记·苏秦列传》:"苏秦喟然叹曰:'此一人之身,富贵则亲戚畏惧之,贫贱则轻易之,况众人乎!且使我有雒阳负郭田二顷,吾岂能佩六国相印乎!'"司马贞索隐:"负者,背也,枕也。近城之地,沃润流洋,最为膏腴,故曰'负郭'也。"后因以"负郭田"为典。亦泛指田。

②甘棠咏:《史记·燕召公世家》:"召公之治西方,甚得兆民和。召公巡行乡邑,有棠树,决狱政事其下,自侯伯至庶人各得其所,无失职者。召公卒,而民人思召公之政,怀棠树不敢伐,哥咏之,作甘棠之诗。"后遂以"甘棠"称颂循吏的美政和遗爱。

送人之官岭南

过岭几千里,孤城近海涯。地温饶瘴毒,民恶半蛮家。并日初开市,非春亦有花。知君望星斗,西北认京华。

陈之方

陈之方(?—1085),舒州(今属安徽)人。神宗熙宁六年(1073),知英州浛光县,改清远县。元丰八年(1085),为礼部贡院点校试官。时礼部贡院寓开宝寺,因寺失火,而致烧死。

祠南海神庙

汤汤南溟,百川所潴。有赫其灵,有严其居。神宅于幽,诚格者应。其应维何,皇帝仁圣。幢旌鼓铙,畴往祇祠。揭揭程公,神之听之。祀事之既,神明欢喜。飚驰龙翔,一息万里。衍涸濡焦,既盈既优。庙社亿年,血食均休。

李　岩

李岩,字子章。乐昌(今属广东)人。仁宗皇祐四年(1052)赐同进士出身。官至朝奉郎、知象州。

韩泷①

重泛仙槎忆旧游,酒酣乘兴独登楼。隔溪好鸟啼烟树,断岸残阳送客舟。千古崎岖烟雨幻,一生事业浪花浮。昌黎胜迹今何在,惟有寒泷向东流。

【注释】

①韩泷:在今广东省乐昌市境九泷十八滩罗家渡河段。

龙山读书草堂①一作草堂读书行

草堂新创龙山谷,夜把诗书向灯读。柴门昼掩政无人,惟有白云相伴宿。春日南溪垂钓归,花笑莺语芳草绿。鸣鹤昂昂愁夜多②，杜鹃啼尽猿声哭。日暖芭林风入帏③，携琴吕弄仙家曲④。曲中哀怨谁知妙，子期能识宫商调⑤。鱼未成龙剑未挥，家贫谈学人多笑。男儿立志须稽古⑥，莫恨窗前读书苦。自古功名未遇时，逍遥掩却山中户。

【注释】

①龙山读书草堂：故址待考。

②昂昂：形容气度不凡的样子。《楚辞·卜居》："宁昂昂若千里之驹乎？将氾氾若水中之凫乎？"

③芭林：芭蕉林。

④吕弄：弹奏六吕曲。我国古代音乐，以管的长短，确定音的不同高度。从低音管算起，成奇数的六个管，称"律"；成偶数的六个管，称"吕"。总称"六吕"、"六律"，简称"律吕"。

⑤子期：钟子期。《楚辞·七谏·谬谏》："伯牙之绝弦兮，无钟子期而听之。"宫商调：五音的其中二音。最古的音阶仅用五音："宫、商、角、徵、羽。"古人通常以"宫"作为音阶的第一级音。杨衡《赋得直如朱丝弦》："文武音初合，宫商调屡更。"

⑥稽古：考察研习古代的事理。张说《春晚侍宴丽正殿探得开字》："圣政惟稽古，宾门引上才。"

康　卫

康卫，字宝臣。知端州、康州。神宗熙宁二年(1069)，为广南东路提点刑狱，又为广南西路转运使，知潭州；九年，擢提举诸司库务。

七星岩①

天坠北斗精，人间书景福。岩石骈七峰，漠漠太古色②。磅礴压洪濛③，崒嵂磨苍碧④。中涵大穴洞，外与风云隔。千夫廓有容，万状成叵测。谽谺露肝胆⑤，槎牙列矛戟⑥。伏如龙虎卧，起若将士立。西窍通天关，虚明数千尺⑦。豁然一罅入，寂闲燃灯奥。幽秘若为藏，阇阏不可极[8]。龙床一鸟觳[9]，宛若蛇蜒迹。龙井下太阴[10]，仿佛被元幄。岂伊鬼神祕，乃是造化力。江寒烈水涯，春盎回阳律[11]。炎光流大地，凄凉入人骨。四时斡元气，可燕复可息。平生谢康乐，不废登山屐。蓬莱在人世，昧者恒弗识。达人昔来游，题诗满青壁。骎骎岁月深[12]，惨惨烟霞积[13]。绝唱者何人，清新压元白[14]。镌石苟无分[15]，灵怪亦我惜。缅思融结初，六丁万斧擘[16]。

【注释】

①七星岩：位于广东省肇庆市区北约5公里处。景区现有8平方公里，由五湖、六岗、七岩、八洞组成，以喀斯特溶岩地貌的岩峰、湖泊景观为主要特色，其摩崖石刻是南中国保存得最多最集中的群落。

②漠漠：密布、布满的样子。储光羲《同张侍御宴北楼》："西山漠漠崦嵫色，北渚沉沉江汉流。"

③磅礴：气势盛大貌。沈佺期《辛丑岁十月上幸长安时扈从出西岳作》："磅礴压洪源，巍峨壮清昊。" 洪濛：亦作"洪蒙"，指太空，宇宙。张乔《试月中桂》："与月转洪濛，扶疏万古同。"

④崒嵂(zú lǜ)：山高峻的样子。此指高山。 苍碧：天空。

⑤谽谺(hān xiā)：山谷空旷貌。卢照邻《五悲·悲昔游》："当谽谺之洞壑，临决咽之奔泉。"

⑥槎牙：亦作"槎枒"、"槎岈"。形容错落不齐之状。刘禹锡《客有为余话登天坛遇雨之状因以赋之》："滉瀁雪海翻，槎牙玉山碎。"

⑦虚明：空明；清澈明亮。杜甫《夏夜叹》："虚明见纤毫，羽虫亦飞扬。"

⑧阏(è)：阻塞。《说文》："阏，遮拥也。从门，於声。"

⑨觳(hú)：古代量器名；射具名。

⑩太阴：指月亮。储光羲《同诸公秋日游昆明池思古》："太阴连晦朔，雨与天根违。"

⑪阳律：指阳气。宋庠《人日》："阳律初回七日春，谁将灵品占佳辰。"

⑫骎骎(qīn qīn)：马跑得很快的样子。形容时光逝去疾速。梁简文帝萧统《纳凉》："斜日晚骎骎，池塘半生阴。"

⑬惨惨：昏暗貌。李白《远别离》："日惨惨兮云冥冥，猩猩啼烟兮鬼啸雨。"

⑭元白：唐代诗人元稹、白居易的并称。《旧唐书·元稹传》："（稹）工为诗，善状咏风态物色，当时言诗者称元白焉。"泛指诗友。

⑮镌石：记功的碑文或其他石刻文字。此指摩崖石刻，现存最早的有唐李邕《端州石室记》。

⑯六丁：道教认为六丁（丁卯、丁巳、丁未、丁酉、丁亥、丁丑）为阴神，可用符箓召请，以供驱使。韩愈《调张籍》："仙官敕六丁，雷电下取将。"　擘（bò）：砍，劈击。

再经旧游偶成拙句呈知郡殿丞按：知郡殿丞即陈怿过端州

峡外烟云迤逦开①，人家门户小楼台。青山渌水应相记，二十年前到此来。

【注释】

①迤逦：连绵延伸貌。梁武帝萧衍《游钟山大爱敬寺诗》："棱层叠嶂远，迤逦隥道悬。"

杨杰

杨杰，字次公，自号无为子。无为军（今属安徽）人。仁宗嘉祐四年（1059）进士。神宗元丰间官太常博士。哲宗元祐间为礼部员外郎，出知润州，除两浙提点刑狱。卒年七十。

丰湖歌

惠州风土隔世埃①，使我南望长徘徊。昔年霹雳轰蓬莱②，六鳌踉跄海面开③。一峰崒屼九霄落④，万里怒涛推拥来。至今浮在罗山畔，玉阁石梁插天半。世人可见莫可登，雪栈云梯知几层。近闻更有丰湖好，环匝亭台映洲岛。野叟忘机鸥鹭闲，寒潭无浪蛟龙老。云归洞府月满湾，客卷纶车鱼在藻。白玉抽苗万盖圆，翠光期压王孙草。天高日暖荔枝香，风撼一川红玛瑙。主人丹鼎飞金虎[5]，丰湖无根岂能住。一日地轴如走丸[6]，随逐浮山还旧处。

【注释】

①世埃：世俗尘埃。宋祁《和天休舍人奉祠太一宫见寄》："顺祝斋琳馆，翛然隔世埃。"

②霹雳：响雷，震雷。杜甫《种莴苣》："山泉落沧江，霹雳犹在耳。"

③踉跄（liàng qiàng）：跌跌撞撞。孟郊《戏赠无本》："有时踉跄行，人惊鹤阿师。"

④崒屼（zú wù ）：同"崒兀"，亦作"崪屼"。险峻貌；高耸貌。张祜《题苏州思益寺》："两峰高崒屼，一水下滢滲。"

⑤金虎：器物上的虎形金属装饰。李贺《梁台古愁》："撞钟饮酒行射天，金虎蹙裘喷血斑。"

⑥地轴：古代传说中大地的轴。泛指大地。杨师道《奉和圣制春日望海》："洪波回地轴，孤屿映云光。"

程之才

程之才，字正辅。眉山（今属四川）人。仁宗嘉祐进士。官广南东路提刑。

碧落洞

名因物之累，物尝不厌名。标之曰到难，日有车马声。苍崖匪镌凿[1]，石乳悬旒缨。溪流淇其中，吞吐日月精。其源咫尺耳，盥濯未尝经。我来先振衣，色变水石清。倚杖聊四顾，高低古今铭。颇恨辙迹多，不益云萝情[2]。西南有复岭，烟霞昼晦冥。呼僧指问之，山外或小平。茅茨构石壁，兔鹿浑微生。沉吟幽栖地，雅兴宿志并。何时一椽屋，散发入岩坰③。脱略五千言④，坐忘六尺形⑤。看云会所适，以此休馀龄。

【注释】

①輓（wǎn）：古同“挽”，牵引。

②云萝：藤萝。即紫藤。因藤茎屈曲攀绕如云之缭绕，故称。指隐居之处。郑谷《题嵩高隐者居》：“岂易访仙踪，云萝千万重。”

③岩坰（jiōng）：犹山野。白居易《和答诗十首·答桐花》：“如何有此用，幽滞在岩坰。”

④脱略：脱去。皎然《答苏州韦应物》：“脱略文字累，免为外物撄。”　五千言：《史记·老子韩非列传》：“老子乃著书上下篇，言道德之意五千余言而去，莫知所终。”后以“五千言”为老子《道德经》的代称。白居易《养拙》：“逍遥无所为，时窥五千言。”

④六尺形：指人的身体，亦指自我。

蒋之奇

蒋之奇（1031—1104），字颖叔。常州宜兴（今属江苏）人。仁宗嘉祐二年（1057）进士。神宗熙宁间，历任江西、河北、陕西、江、淮、荆、浙发运副使。哲宗元祐初年（1086），晋升为天章阁待制，知潭州、广州、瀛州、熙州。绍圣间，召为中书舍人，改知开封府，进龙图阁直学士，拜翰林学士兼侍读。徽宗建中靖国间，复为翰林学士，拜同知枢密院；次年，为枢密院正职。崇宁元年（1102），为观文殿学士、知杭州。告老回乡，终年74岁。

南雄昌乐驿 欲以见驿名亦以昌乐也

城东浈水碧渊洄，杨仆楼船向此来①。我亦编蓬今下濑，拟寻韶石上崔嵬。

【注释】

①杨仆楼船:《史记·南越列传》:"元鼎五年秋……主爵都尉杨仆为楼船将军,出豫章,下横浦。"弃舟行陆路,越过大庾岭,在浈凌两江交汇处,伐木造船,再建楼船,顺水而下。历时一年多,平定了南越之乱。

望韶石

常日昌黎系缆初,曾瞻双阙整冠裾。致君尧舜今谁是[①],想像闻韶更起予[②]。

【注释】

①致君:辅佐国君,使其成为明主。杜甫《可叹》:"死为星辰终不灭,致君尧舜焉肯朽。"

②起予:语出《论语·八佾》:"子曰:'起予者,商也,始可与言诗已矣。'"后因用为启发自己之意。权德舆《酬李二十二兄主簿马迹山见寄》:"新诗来起予,璀璨六义全。"

峡山

昨从浈阳来,暮过峡山寺。适闻新昌寇,道路传者沸。余时不敢留,一苇翻然逝[①]。虽经绝妙境,已负清幽意。卷帘坐船舷,极目望苍翠。有如逢珍宝,不暇贮箧笥[②]。又如过屠门[③],大嚼涎垂喙。每欲问其详,曾莫得图志。道人山中来,为我谈一二。犀去金锁沉,猿归玉环坠。赵胡垂钓石,岿然出江际。穆王双车辙,想像常按辔。汉晋五仙人,曾骑五羊至。俊驾一禅师,神力与迎驭。岧峣五岳塔,初自昆仑施。三祖石堪奇,僧粲尝所憩。上方狮子台,下视见云气。异花成帐幄,红紫嫣然媚。蒙茸绿崖草,茎叶相复被。或黄如金钗,或白如珠珥。造化穷天巧,肖像名殊异。

梁间许浑诗，壁上李翱记。但知考事迹，何暇评文字。清远古中宿[4]，俯压南海澨[5]。退之贬潮阳，亦曾经此地。幢碎逢飓风，雷电助其势。我来幸无恙，恬然不忧畏。祥飙送轻帆[6]，默已荷神赐。昆归会有日，维舟就津次。当为小盘桓，历览赏夙志。

【注释】

①一苇：《诗·卫风·河广》："谁谓河广，一苇杭之。"孔颖达疏："言一苇者，谓一束也，可以浮之水上而渡，若桴栰然，非一根苇也。"后以"一苇"为小船的代称。白居易《初入峡有感》："苍苍两岸间，阔狭容一苇。"

②箧笥：收藏物品的竹器。白居易《闻歌者唱微之诗》："新诗绝笔声名歇，旧卷生尘箧笥深。"

③屠门：肉市。《先秦汉魏晋南北朝诗·汉诗卷三·谚语·桓谭引关东鄙语》："知肉味美，对屠门而大嚼。"

④中宿：中宿峡，清远飞来峡的别名。

⑤澨(shì)：水边。屈原《湘夫人》："朝驰余马兮江皋，夕济兮西澨。"

⑥祥飙：同"祥飚"。瑞风。颜延之《车驾幸京口三月三日侍游曲阿后湖作》："雕云丽璇盖，祥飚被彩斿。"

朝汉台

不终强屈蛮夷上，稍复低回礼仪中。自昔一时成霸业，至今千载仰英风。

菖蒲涧[1]

拨破红尘入紫烟，五羊坛上访神仙。人间自觉无闲地，城里谁知有洞天。

【注释】

①菖蒲涧:亦称"蒲涧"。广州市白云山风景区内的溪河。古代羊城八景有"蒲涧濂泉"。

越王台

近城故有武王台,拂云千尺高崔嵬。谓之朝汉乃非是,岁时嘉会倾尊罍。

孙 载

孙载,字积中。昆山(今属江苏)人。英宗治平二年(1065)进士。哲宗元祐初,通判陕州;六年,移广东转运判官。大观间致仕。卒,年七十。

景泰禅阁①

二山环合壁相重,禅阁攲危杳霭中。云塔孤景标绝巘,石楼双峙耸晴空。灵泉冷透千岩翠,古木阴生万壑风。自笑尘劳促归思,懒将身世问禅翁。

【注释】

①景泰禅阁:旧址当在今广州市白云山风景区。"景泰僧归"为古代羊城八景之一。

郭祥正

郭祥正(1035—1113),字功父,一作功甫,自号谢公山人、醉吟居士、净空居士、漳南浪士。当涂(今属安徽)人。仁宗皇祐五年(1053)进士。哲宗元祐三年(1088),起为端州知州;四年,阶至朝清大夫致仕,返乡隐居达24年。诗1400余首,有《青山集》。诗风纵横奔放,酷似李白(梅尧臣:"真太白后身")。

韶石行

扁舟未下连虞滩，韶石罗列谁雕刓①。化工有意露怪变，待彼虞舜来观玩。泊舟登岸始远览，两峰直裂诸峰巑②。青鸾低回欲下饮，翠凤却舞抟修翰。蛰龙攫雷怒奋角，帝子出震初峨冠③。日光扑扑散金蕊，莲花透澈琉璃盘。行衣十里仙雾湿，暝色一抹轻绡寒。我将沿崖想韶乐，北风忽变阴漫漫。松摇长空吼万壑，溪走石脚淙惊湍。遗音自与天地响，听不以耳精神完。重瞳一去无复还④，随风波兮陟云间。潇湘洞庭亦何有，竹上血泪千年斑。九成不作至道息⑤，纷纷后世畴能攀。登韶石兮情飘飘而未尽，俙彼柴车兮且将造乎苍梧九疑之深山。

【注释】

①雕刓(wán)：雕琢刻镂。

②巑(cuán)：山、石耸列的样子。尹懋《秋夜陪张丞相赵侍御游灉湖二首》之一："江上饶奇山，巑罗云水间。"

③出震：八卦中的"震"卦位应东方，出震，即出于东方。许敬宗《奉和过旧宅应制》："飞云临紫极，出震表青光。"

④重瞳：代称虞舜或项羽。此代称舜。卢仝《月蚀诗》："黄帝有二目，帝舜重瞳明。"

⑤九成：犹九阕。乐曲终止叫成。《书·益稷》："箫韶九成，凤凰来仪。"孔颖达疏："成犹终也，每曲一终，必变更奏。故《经》言九成，《传》言九奏，《周礼》谓之九变，其实一也。"

和颖叔游浮丘观①

潭潭洞天门②，孰一作势出朱明右③。突疑云翼张，竦见冰骨瘦④。飞仙时往来，别有通海窦⑤。此事仅传闻，世人岂能覯。攲簷榛荆台，坏壁青红旧。汲泉炼丹处，颓毁无完甃。

不逢博物人，妙迹谁复究。黄冠禀使指⑥，乘时力营构⑦。飞阁凌沧波，诛林逐群狖⑧。松萝翠欲滴，兰茝分可嗅。秋蟾助余魄⑨，蓬岛分小岫。披披宿霭散⑩，泠泠诸籁奏。超然俗念息原作急，据道光本改，挥手出宇宙。况逢老集仙，气夺天下秀。落笔成千言，霹雳震白昼。于兹惜分携⑪，作恶一作心须掺袖⑫。

【注释】

①浮丘：石名，原在今广州市中山七路与光复北路交界处一带，与海珠、海印合称广州三石，其实浮丘是个小岛，南海人浮丘至罗浮山得道，常往来广州西门外，在小岛上建朱明观。后人称之为浮丘山。

②潭潭：深广貌。韩愈《符读书城南》："一为公与相，潭潭府中居。"

③孰出：反问句中，示抉择，有比较的意思。　　右：古代称等级高的。

④竦：《说文》："竦，敬也。"段注："敬者，肃也。"

⑤窦：孔穴。

⑥黄冠：黄色的冠帽，多为道士戴用。指代道人。杜甫《遣兴五首》之四："上疏乞骸骨，黄冠归故乡。"　　禀所指：犹向上报告浮丘观颓毁的情况。

⑦乘时：乘机；趁势。温庭筠《过新丰》："一剑乘时帝业成，沛中乡里到咸京。"

⑧诛林：砍伐林木。

⑨秋蟾：秋月。姚合《秋夜月中登天坛》："秋蟾流异彩，斋洁上坛行。"　　余魄：月始生或将灭时的微光。

⑩披披：飘动貌。韩愈《送张道士》："宁当不俟报，归袖风披披。"

⑪分携：离别。李商隐《饮席戏赠同舍》："洞中屐响省分携，不是花迷客自迷。"

⑫作恶：《世说新语·言语》："谢太傅语王右军曰：'中年伤于哀乐，与亲友别，辄作数日恶。'"后称悒郁不快为"作恶"。宋祁《送客》："长年伤别甚，作恶叵能欢。"　　掺（shǎn）袖：同掺袂。执袖，犹握别。掺：执持，握持。《诗·郑风·遵大路》："掺执子之祛兮。"

广州越王台呈蒋帅待制

番禺城北越王台，登临下瞰何壮哉。三城连环铁为瓮，睥睨百世无倾摧①。蕃坊翠塔卓椽笔②，欲醮河汉濡烟煤。沧溟忽见飓风作，雪山崩倒随惊雷。有时一碧渟原作停，据道光本改万里③，洗濯日月光明开。屯门钲铙杂大鼓④，舶船接尾天南回。斛量珠玑若市米⑤，担束犀象如肩柴。越王胡为易驯服，陆生辨与秦仪偕。当时贡物竞何有，汉家宫殿今蒿莱。邦人每逢二月二，熙熙载酒倾城来。元戎广宴命宾客，即时海若收风霾。群心愈喜召和气，百伎尽人呈优俳。乐声珊珊送妙舞，春色盎盎浮樽罍。鬼奴金盘献羊卨⑥，蔷薇瓶水倾诸怀。嗟余老钝已茅塞⑦，坐视敝履惭追陪。青蝇何知附骥尾，伯乐底事矜驽骀。番禺虽盛公岂爱，亭亭自是岩廊材。千年故事写长句，指画造化回枯荄。昌黎气焰便低缩，瓦砾未足当琼瑰。仙姿劝公莫妄想，元鼎久待调盐梅⑧。

【注释】

①睥睨(bì nì)：此指城墙上锯齿形的短墙；女墙。王维《早朝》："城乌睥睨晓，宫井辘轳声。"

②蕃坊：唐宋时代供外国商人聚居的场所。广州、扬州、泉州等港口城市均有设置。蕃：通"番"。　翠塔：当指光塔。

③渟：水积聚不流。董京《答孙楚诗》："动如川之流，静如川之渟。"

④钲铙：铜锣。宗懔《和岁首寒望诗》："旅骑出平原。钲铙遍野喧。"

⑤斛(hú)：中国旧量器名，亦是容量单位，一斛本为十斗，后来改为五斗。乔知之《绿珠篇》："石家金谷重新声，明珠十斛买娉婷。"　若市米：好像交易大米似的。

⑥鬼奴：宋时广州富人掠夺海外黑人为奴，并侮称之为鬼奴。宋人朱彧《萍洲可谈》卷二："广中富人多蓄鬼奴，绝有力，可负数百斤……色黑如墨，唇红齿白，发鬈而黄。"　卨(xiè)："离"的俗字，虫名。《说文》："离，虫也。"

⑦茅塞:《孟子·尽心下》:“山径之蹊间,介然用之而成路;为闲不用,则茅塞之矣。今茅塞子之心矣!”茅塞,谓为茅草所堵塞。后用孟子语意,比喻思路闭塞,或愚昧无知;且多作为自谦之词。王令《谢李常伯》:“今而去之久,茅塞心丛茨。”

⑧盐梅:盐和梅子。盐味咸,梅味酸,均为调味所需。亦喻指国家所需的贤才。李隆基《端午》:“盐梅已佐鼎,曲糵且传觞。”

蒲涧奉呈蒋帅待制

菖蒲涧底生九节,流水遂作菖蒲香。安期服之已仙去,漫脱双舄留秦皇①。秦皇杀伐自无度,年龄社稷何由长。蓬莱毕竟不可见,十祠千载聊想望。散发追之又无迹,后来诡谲传崔郎②。至今正月二十五,城北夹道珠帘张。元戎要贤槌大鼓③,老蛮献馔烧肥羊。倾城尽作蒲涧饮,美俗眷恋神仙乡。穿云丝竹度别浦,绕山金翠明残阳。我乘款段到已晚④,越台仅得参壶觞。公携大句使我读,冰澌戛齿清琅琅⑤。张侯继作亦精敏,兰茝相倚传芬芳。却寻陈事考僭迹,死佗称帝钱称王。基山控海恃远险,大明一出旋消亡。岂如戴主效臣节,白骨虽朽忠名彰。只今神孙太母圣,天下击壤歌时康⑥。佳期不邀墓中鬼,乐民之乐真循良。勒词苍崖告万古,蒲涧之会无淫荒⑦。

【注释】

①“安期”二句:言仙人安其生事。安期,亦称“安其生”。仙人名。秦汉间齐人,一说琅琊阜乡人。传说他曾从河上丈人习黄帝、老子之说,卖药东海边。秦始皇东游,与语三日夜,赐金璧数千万,皆置之阜乡亭而去,留书及赤玉舄一双为报。　玉舄(xì):玉制的柱脚石。李白《古风·昔我游齐都》:“终留赤玉舄,东上蓬莱路。”

②“蓬莱”四句:言徐市事。徐市,即徐福,秦方士,齐人。《史记·秦始皇本纪》:“齐人徐市等上书,言海中有三神山,名曰蓬莱、方丈、瀛洲,仙人居之。请

得斋戒，与童男女求之。于是遣徐市发童男女数千人，入海求仙人。”一去不返。 诡谲：离奇古怪。李白《上云乐》：“不睹诡谲貌，岂知造化神。”

③元戎：主将。《诗·小雅·六月》：“元戎十乘，以先启行。”

④款段：借指马。李白《江夏赠韦南陵冰》：“昔骑天子大宛马，今乘款段诸侯门。”

⑤冰澌：同“冰凘”。冰棱。顾野王《饯友之绥安诗》：“兰芽被平皋，冰澌泮微濑。” 戛齿：亦作“戞齿”。上下齿相击。

⑥击壤：古代的一种游戏。把一块鞋子状的木片侧放地上，在三四十步处用另一块木片去投掷它，击中的就算得胜。《艺文类聚》卷十一引晋皇甫谧《帝王世纪》：“（帝尧之世）天下大和，百姓无事，有五十老人击壤于道。”后因以“击壤”为颂太平盛世的典故。谢灵运《初去郡》诗：“即是羲唐化，获我击壤情。”

⑦淫荒：耽于逸乐；纵欲放荡。李白《雪谗诗赠友人》：“秦皇太后，毒亦淫荒。”

九曜石奉呈同游蒋帅颖叔吴漕翼道①

番禺西城偏，九石名九曜。危根插沧浪②，古魄镇临眺③。何人试巧手，凿此混沌窍④。森森毛发散⑤，伟伟仪形肖⑥。葱苍翠雾湿，玲珑秋月照。痕添海潮上，声酸朔风叫。龙归忧利剑，鳌泣怖长钓。曾非借霹雳，安得离自注：去。岩峤。菱溪与太湖⑦，所得信未妙。谁将置濠隍⑧，我愿植廊庙⑨。坚贞以类举⑩，邪僻令遁越⑪。濡毫勒阴崖，卑语君莫诮⑫。

【注释】

①九曜（yào）石：在广州市教育路九曜园内。南汉时为刘宫苑，多植花药，故名药洲。石凡九，遂以九曜称之。

②沧浪：指青绿的水。李白《和卢侍御通塘曲》：“何处沧浪垂钓翁，鼓棹渔歌趣非一。”

③临眺：登高远望。杜甫《登兖州城楼》：“从来多古意，临眺独踌躇。”

④混沌窍：古代传说中央之帝混沌，又称浑沌，生无七窍，日凿一窍，七日

凿成而死。比喻自然淳朴的状态。

⑤森森：此形容繁密。杜甫《蜀相》：“丞相祠堂何处寻，锦官城外柏森森。”

⑥伟伟：高大壮美的样子。仙道《葛玄空中歌三首》之三：“伟伟众真会，渺渺凌重玄。”

⑦“菱溪”句：菱溪与太湖奇石。此二地皆出奇石，园林布景工程，常用以叠造假山。

⑧濠隍：护城河。

⑨廊庙：殿下屋和太庙。指朝廷。杜甫《奉赠萧二十使君》：“巢许山林志，夔龙廊庙珍。”

⑩坚贞：谓质地坚硬纯正，经久不变。陈子昂《与东方左史虬修竹篇》：“始愿与金石，终古保坚贞。”

⑪趒（tiào）：古同“跳”，táo音，同“逃”。

⑫卑语：谦词，卑人之言，地位低下人的言语。　　诮：嘲讽。

志游呈蒋帅颖叔

焚香瞻五仙，登楼瞰沧海。题轩名双林，却酒饭蔬菜。自注：五仙观山海楼、兴化寺二轩。还趋法性寺，烂漫发幽晦①。房公润经处，兰茝遗芳在。自注：房融润色《楞严经》之地。老木已千年，成林播佳话。自注：药止所种，云此树下尝有菩萨受戒，度人成林。危坛半颓缺，曾传祖师戒。自注：即六祖也。今为明禅寺。达多与制止，石像各潇洒②。归时已残阳，心渊生沆瀣③。兰亭世俗饮④，尚足传异代。佛境清静缘，浩劫永不坏⑤。聊志一日游，结交何方外。自注：是日与颖叔二人同游。

【注释】

①烂漫：情感真挚坦率。杜甫《与鄠县源大少府宴渼陂得寒字》：“主人情烂熳，持答翠琅玕。”　　幽晦：不显露。

②潇洒：洒脱不拘、超逸绝俗貌。李白《答从弟幼成过西园见赠》：“一身自

潇洒，万物何嚣喧。”

③沆瀣（hàng xiè）：夜间露水。旧谓仙人所饮。引申指珍贵饮料。曹植《五游咏》：“带我琼瑶佩，漱我沆瀣浆。”

④兰亭：“兰亭春”之省称，宋代官酿酒名。陆游《兰亭道上》诗之三：“兰亭酒美逢人醉，花坞茶新满市香。”自注：“兰亭，官酤名也。”

⑤浩劫：极长的时间。佛经谓天地从形成至毁灭为一大劫。裴休《题泐潭》：“浩劫有穷日，真风无坠时。”

英州烟雨楼

江路分韶广，城楼压郡东。妓歌星汉上，客醉水云中。泼墨天涵暝，铺绡月映空。登临逢此景，不复念璠玙①。

【注释】

①璠玙（fán yú）：美玉名。《初学记》载为鲁之宝玉。泛指珠宝。曹植《赠徐干诗》：“亮怀璠玙美，积久德愈宣。”

南雄望远亭本朝章郇公所作公尝为郡太守种荔子二株今方茂实而后人所种皆不成东美要予致酒亭上为赋四韵

城角危亭面面开，尘侵丞相旧诗牌。凌江欲转鲸鱼活，荔子成阴玉树埋。庾岭乍过无瘴雾，长安不见奈愁怀。几倾浊酒承高论，秋水何由辨渚涯。

入清远峡

舟绕苍崖转碧津，层层云树画屏新。分明便是桃源路，底事无花不见人？

出清远峡

轧轧孤舟两橹鸣，悠悠山阔白沙平。回瞻苍峡来时路，只得银潢半日行。

韶州武溪亭

滔滔武溪一何深，鸟飞莫渡兽莫临。山色欲学翠凤舞，笛声自作苍龙吟。樽罍谩借春力暖，鬓发未免霜华侵。形容不上凌烟阁[1]，马革裹尸那可寻[2]。

【注释】

①凌烟阁：封建王朝为表彰功臣而建筑的绘有功臣图像的高阁。庾信《周柱国大将军纥干弘神道碑》："天子画凌烟之阁，言念旧臣；出平乐之宫，实思贤傅。"可见北周时期便有引举。唐太宗贞观十七年(643)画功臣像于凌烟阁之事最著名(见刘肃《大唐新语·褒锡》)。李贺《南园十三首》之五："请君暂上凌烟阁，若个书生万户侯。"

(2)马革裹尸：用马皮把尸体包裹起来。谓英勇作战，死于战场。语出《后汉书·马援传》："男儿要当死于边野，以马革裹尸还葬耳，何能卧床上在儿女手中邪？"黄伯枢《读马援传》："马革裹尸犹不恨，何须胜瘴与轻身。"

李 秫

李秫(1036—1093)，字世京。济州(今属山东)人。以父荫补太庙室长，大名府元城主簿，调泰州司法参军，开封府中牟县尉，南京留守府司录参军；通判徐、兖二州，摄知济南府，官至朝散郎、知成州。

游碧落洞

遐迩开胜概[1]，幢幢往来侵[2]。共认融结意[3]，独符仁智心[4]。得侣赏清尘[5]，弥日穷幽深[6]。奇哉周羽皇[7]，雄文无古今。

【注释】

①遐迩：远近，偏义复词，此指遥远。傅玄《答程晓诗》："遐迩同欢，赫赫明明。"　胜概：非常美好的风景、环境。

②幢幢：回旋不绝貌。鲍溶《途中旅思二首》之二："天光见地色，上路车幢幢。"

③融结：融合凝聚。张固《独秀山》："曾得乾坤融结意，擎天一柱在南州。"

④仁智：仁与智。语出《孟子·公孙丑下》："仁智，周公未之尽也，而况于王乎？"

⑤清尘：比喻清静无为的境界。《楚辞·远游》："闻赤松之清尘兮，愿承风乎遗则。"姜亮夫校注："清尘，《章句》训徽美。寅按即指上之虚静、恬愉、无为自得之境界也。"

⑥弥日：终日。语出《后汉书·文苑传下·边让》："登瑶台以回望兮，冀弥日而消忧。"李贤注："弥，终也。"

⑦周羽皇：疑指《到难篇》作者周夔。

冯　愍

冯愍（mǐn），哲宗时人，与李铣有唱和。

游碧落洞同李铣诸公

绝景尘不到，暂游神已清。云岫敛晴色，风桂含秋声。自得泉石兴①，谁贪轩冕荣②。巢由值兹室，必无箕颍名③。

【注释】

①泉石：指山水。李世民《秋日二首》之二："蓬瀛不可望，泉石且娱心。"

②轩冕：古时大夫以上官员的车乘和冕服。指为官。王维《春夜竹亭赠钱少府归蓝田》："羡君明发去，采蕨轻轩冕。"

③箕颍：箕山和颍水。相传尧时，贤者许由曾隐居箕山之下，颍水之阳。后因以"箕颍"指隐居者或隐居之地。杜甫《贻阮隐居》："足明箕颍客，荣贵如粪土。"

蔡　确

蔡确(1037—1093)，字持正。泉州(今属福建)人。仁宗嘉祐四年(1059)进士。神宗元丰初，拜参知政事；五年(1082)，拜尚书右仆射兼中书侍郎。哲宗即位(1086)，转左仆射兼门下侍郎。寻被罢，出知陈州，徙安州、邓州，又因《游车盖亭》诗语事被追贬英州别驾、新州安置。卒于贬所。

新兴即事

仁义桥边杨柳斜，洗亭岗畔种桑麻。龙山水绕祖师塔①，夏院云埋宰相家②。十仙园里寻常到，恰似桃源一洞花。

【注释】

①龙山：位于今广东省云浮市新兴县集成镇境内，有国恩寺。该寺始建于唐代高宗弘道元年(683)。唐中宗神龙二年(706)武则天下诏赐名为国恩寺亲书“敕赐国恩寺”匾额。它与六祖惠能祝发道场广州光孝寺、毕生弘法道场曲江曹溪南华寺鼎足而立，并称六祖三大祖庭。

②宰相家：指张九龄家乡始兴。

苏　轼

苏轼(1037—1101)，字子瞻，又字和仲，号东坡居士，世称苏东坡。眉州眉山(今属四川)人。洵长子。仁宗嘉祐二年(1057)进士。神宗熙宁间任杭州通判，历知密州、徐州、湖州。元丰二年(1079)，因“乌台诗案”，降为黄州团练副使；四年移汝州团练副使。哲宗元祐元年(1086)迁中书舍人，改翰林学士；历知杭、颍、扬、定四州。绍圣元年(1094)，别为宁远军节度副使，贬惠州；四年再贬儋州。徽宗立，赦还，提举玉局观。微宗建中靖国元年(1101)，卒于常州。孝宗朝，赠太师，谥“文忠”。

过大庾岭

一念失垢圬①，身心洞清净。浩然天地间，惟我独也正。今日岭上一作外行，身世永相忘②。仙人拊我顶③，结发受一作授长生。

【注释】

①垢圬：污秽不洁。

②身世：自身与世界。李白《金门答苏秀才》："身世如两忘，从君老烟水。"

③拊：抚摸。《说文》："拊，揗也。"段注："揗者，摩也。古作'拊揗'，今作'抚循'，古今字也。尧典曰：'击石拊石'，拊轻击重，故分言之。"此借用李白诗句"仙人抚我顶，结发受长生"。

碧落洞在英州下十五里

槎牙乱峰合[1]，晃荡绝壁横[2]。遥知紫翠间，古来仙释并。阳崖射朝日，高处连玉京。阴谷吓白月，梦中游化城[3]。果然石门一作洞开，中有银河倾。幽龛一作洞入窈窕[4]，别户穿虚明。泉流一作旒下珠琲[5]，乳湔一作盖交缦缨[6]。我行畏人知，恐为仙者迎。小语辄响答，空山白云一作自雷惊。策杖归去来，治具烦方平[7]。

【注释】

①槎牙：形容错落不齐之状。用于山、云、石等。刘禹锡《客有为余话登天坛遇雨之状，因以赋之》："滉漾雪海翻，槎牙玉山碎。"

②晃荡：形容空旷高远，空荡荡。《先秦汉魏晋南北朝诗·晋诗卷十九·清商曲辞·冬歌十七首》之十三："晃荡无四壁，严霜冻杀我。"

③化城：佛教语。一时幻化的城郭，比喻小乘所能达到的境界。戴叔伦《二灵寺守岁》："已悟化城非乐界，不知今夕是何年。"后称佛寺为化城。王勃《观佛迹寺》："共嗟陵谷远，俄视化城虚。"

④窈窕：（宫室、山水）幽深的样子。骆宾王《帝京篇》："桂殿嵚岑对玉楼，椒房窈窕连金屋。"

⑤珠琲：成串的珠子。卢仝《走笔谢孟谏议寄新茶》："仁风暗结珠琲瓃，先春抽出黄金芽。"

⑥“乳湔（jiān）”句：言碳酸质的钟乳滴水濯洗交汇凝成缦缨。　湔，洗。　缦缨：即“缦胡缨”，武士冠缨。亦指武服。

⑦治具：此指备办酒食；设宴。《史记·魏其武安侯列传》：“将军昨日幸许过魏其，魏其夫妻治具，自旦至今，未敢尝食。”　方平：传说中汉桓帝时神仙王远的字。因代指仙人。李郢《秋晚寄题陆勋校书义兴禅居时淮南从事》：“惠远烟霞在，方平杖履随。”

峡山寺传奇所记恪袁氏事，即此寺，至今有人见白猿者

天开清远峡，地转凝碧湾。我行无迟速①，摄衣步孱颜。山僧本幽独，乞食况未还。云碓水自舂②，松门风为关。石泉解娱客，琴筑鸣空山。佳一作幽人剑翁孙，游戏暂人间。忽忆啸云侣，赋诗留玉环③。林深一作空不可见，雾雨霾髻鬟④。

【注释】

①无迟速：不慢不快。

②碓：木石做成的捣米装置、设备。

③“忽忆”两句，想起裴铏《传奇·孙恪》的故事。　啸云侣：因以裴作为典，称野猿为啸云侣。

④霾：风夹着尘土。此指打湿。

舟行至清远县见顾秀才极谈惠州风物之美

到处聚观香案吏①，此邦宜著玉堂仙。江云漠漠桂花湿，海一作梅雨翛翛荔子然②。闻道黄柑常抵鹊，不容朱橘更论钱③。恰从神武来弘景④，便向罗浮觅一作见稚川。

【注释】

①香案吏：指信徒、香客。元稹《以州宅夸于乐天》：“我是玉皇香案吏，谪居犹得住蓬莱。”香案：香几，用来放香炉的长方形桌子。

②然：同“燃”。李白《安州应城玉女汤作》：“气浮兰芳满，色涨桃花然。”此形容荔红如火烧。

③“闻道”二句：听说黄柑常比作玉璞。却容不得朱橘论价钱。喻同一类者，却待遇不同。　　抵鹊：言出桓宽《盐铁论·崇礼》：“南越以孔雀珥门户，崐山之旁以玉璞抵乌鹊。”本指中原所贵者，边陲贱之。后因比喻大材小用。费昶《赠徐郎诗》：“汉水如鸡，昆山抵鹊。”

④“恰从”句：诗人被贬惠州，却以南朝陶弘景挂衣冠上书辞禄自比作慰。神武：古宫门名。即南朝时建康皇宫西首之神虎门。唐初因避太祖李虎讳而改“虎”为“武”或“兽”。　　弘景：即陶弘景。字通明。丹阳秣陵人。未弱冠为齐“诸王侍读，除奉朝请。虽在朱门，闭影不交外物，唯以披阅为务”。“永明十年(492)，脱朝服挂神武门，上表辞禄。诏许之，赐以束帛，敕所在月给伏苓五斤，白蜜二升，以供服饵。”“止于句容之句曲山”，“自号华阳陶隐居”。(《南史·陶弘景传》)

广州蒲涧寺地产菖蒲，十二节。相传安期生之故居，始皇访之于此。

不用山僧导我前，自寻云外出山泉。千章古木临无地①，百尺飞涛写漏天②。昔日菖蒲方士宅③，后来薝蔔祖师禅④。而今只有花含笑，笑道秦皇欲学仙。自注：山（一作寺）中多含笑花。

【注释】

①千章：棵，根。《史记·货殖列传》：“山居千章之材。”蔡戡《登榕溪阁》：“古木千章环美荫，危亭百尺枕清流。”

②漏天：谓如天泄漏。比喻飞泉盛大状。

③方士：炼制丹药以求得道成仙的术士。许敬宗《游清都观寻沈道士得清字》：“幽人蹈箕颍，方士访蓬瀛。”

④薝蔔(zhān bǔ)：梵语，音译，又译薝卜、瞻卜伽、旃波迦、瞻波等；义译为郁金花。

发广州

朝市日已远①，此身良自如②。三杯软饱后③，自注：浙人谓饮酒为软饱。一枕黑甜余④。自注:俗谓睡为黑甜。蒲涧疏钟外,黄湾落木初⑤。天涯未觉远,处处各樵渔⑥。

【注释】

①朝市:早市。白居易《过紫霞兰若》:"朝市日喧隘,云林长悄寂。"

②良:很。　　自如:动作或操作灵活自然。杜牧《齐安郡晚秋》:"云容水态还堪赏,啸志歌怀亦自如。"

③软饱:当指喝足了酒。

④黑甜:酣睡。

⑤黄湾:在今广州市黄埔区东。

⑥樵渔:樵夫和渔夫。亦乏指村舍中人。此指打柴捕鱼。李白《答从弟幼成过西园见赠》:"上陈樵渔事,下叙农圃言。"

浴日亭在南海庙前

剑气峥嵘夜插天,瑞光明灭到黄湾①。坐看旸谷浮金晕,遥想钱塘涌雪山②。已觉苍凉苏病骨③,更烦沆瀣洗衰颜。忽惊乌合注:嘉定间石刻作马动行人起,飞上千峰紫翠间。

【注释】

①瑞光:吉祥之光。权德舆《和张秘监阁老献岁过蒋大拾遗因呈两省诸公并见示》:"竹风晴翠动,松雪瑞光鲜。"

②钱塘:钱塘江之省称。发源于安徽省大尖山岭北麓,经杭州湾注入东海。江口呈喇叭状,海潮倒灌,成著名的钱塘潮。黄滔《寄罗郎中隐》:"休向中兴雪至冤,钱塘江上看涛翻。"

③苍凉:寒凉、寒冷。温庭筠《宿松门寺》:"落月苍凉登阁在,晓钟摇荡隔江闻。"　　苏:唤醒。白居易《放鱼》:"脱泉虽已久,得水犹可苏。"

十月二日初到惠州

仿佛曾游岂梦中,欣然鸡犬识新丰①。吏民惊怪坐何事,父老相携迎此翁。苏武岂一作定知还漠北②,管宁自欲老辽东③。岭南万户皆春色,自注:岭南万户酒。会有幽人客寓公。

【注释】

①"仿佛"二句:以仿如梦见汉高祖七年(前200)置新丰县的情景,写初到惠州受到热烈的欢迎。汉高祖定都关中,其父太上皇居长安宫中,思乡心切,郁郁不乐。高祖乃依故乡丰邑街里房舍格局改筑骊邑,并迁来丰民,改称新丰。据说士女老幼各知其室,从迁的犬羊鸡鸭亦竞识其家。太上皇居新丰,日与故人饮酒高会,心情愉快。后乃用作新兴贵族游宴作乐及富贵后与故人聚饮叙旧之典。新丰,治所在今陕西省临潼县西北。

②"苏武"句:苏武是汉武帝委派出使匈奴的使者,因事变被拘留,在匈奴牧羊19年,受尽威逼利诱,但气节不变,终返汉朝,为历代士人所推重。李白《千里思》:"李陵没胡沙,苏武还汉家。"

③管宁:被称为独行君子,而处默于辽海。有德行,据《世说新语·德行第一》载:"管宁、华歆共园中锄菜,见地有片金,管挥锄与瓦石不异,华捉而掷去之。又尝同席读书,有乘轩冕过门者,宁读如故,歆废书出看,宁割席分坐,曰:'子非吾友也!'"杜甫《严中丞枉驾见过》:"扁舟不独如张翰,白帽还应似管宁。"

寓居合江楼①

海山葱昽气佳哉②,二江合处朱楼开。蓬莱方丈应不远,肯为苏子浮江来。江风初凉睡正美,楼上啼鸦呼我起。我今身世两相违③,西流白日东流水④。楼中老人日清新,天上岂有痴仙人。三山咫尺不归去⑤,一杯付一作笑与罗浮春。自注:予家酿酒名罗浮春。

【注释】

①合江楼:故址在今广东省惠州市。

②葱昽(lóng):明丽貌。

③相违:相互违逆。刘希夷《代闺人春日》:"佳期杨柳陌,携手莫相违。"

④“西流”句：言流落四方。

⑤三山：指传说中的三座神山。

白水山佛迹岩罗浮山之东麓也，在惠州东北二十里

何人守蓬莱，夜半失左股。浮山若鹏蹲，忽展垂天羽。根株互连络，崖峤争吞吐。神工自炉鞲①，融液一作冰相缀补②。至今余隙罅③，流出千斛乳。方其欲合时，天匠麾月斧④。帝觞分余沥，山骨醉后土⑤。峰峦尚开阖⑥，涧谷犹呼舞。海风吹未凝，古佛来布武⑦。当时汪冈氏，投足不盖拇⑧。青莲虽不见，千古落花雨。双溪汇九折，万马一作里腾一鼓。奔雷溅玉雪，潭洞开水府。潜鳞有饥蛟，掉尾取渴虎。我来方醉后，濯足聊戏侮。回风卷飞雹，掠面过强弩。山灵莫恶剧⑨，微命安足赌。此山吾欲老，慎勿厌求取。溪流变春酒，与我相宾主。当连青竹竿，下灌黄精圃。

【注释】

①炉鞲(gōu)：火炉与风箱。顾云《池阳醉酒歌赠匡庐处士姚岩杰》：“肺枯似著炉鞲煽，脑热如遭锤凿钉。”

②融液：犹言融为一体。吕温《道州观野火》：“积秽皆荡除，和气始融液。”　相缀补：相互补充。犹互补。缀：缝，补。

③隙罅(xì xià)：缝隙；裂隙。白居易《九日宴集醉题郡楼兼呈周殷二判官》：“人烟树色无隙罅，十里一片青茫茫。”

④麾(huī)：同“挥”。

⑤山骨：山中岩石。贯休《秋末入匡山船行八首》之八：“雨淙山骨出，槔擱岸形卑。”　后土：古代称大地。杜甫《秋雨叹三首》之三：“秋来未曾见白日，泥污后土何时干。”亦指土地神。白居易《贺雨》：“皇天与后土，所感无不通。”

⑥开阖：开启与闭合。许翙《郭四朝叩船歌四首》之四：“风云合成一，开阖幽门户。”

⑦布武：足迹分散不重叠。谓疾走。泛指行进，行走。刘孝绰《侍宴集贤堂应

令诗》:"布武登玉墀,委坐陪瑶席。"

⑧投足:踏步;举步。温庭筠《感旧陈情五十韵献淮南李仆射》:"投足乖蹊径,冥心向简编。"

⑨恶剧:恶作剧。段成式《酉阳杂俎·盗侠》:"僧前行百馀步,韦知其盗也,乃弹之,正中其脑。僧初不觉。凡五发中之,僧始扪中处,徐曰:'郎君莫作恶剧。'"

江郊并引

惠州归善县治之北数百步抵江,少西有盘石小潭,可以垂钓,作《江郊》诗云。

江郊葱昽,云水蒨绚[①]。碕岸斗入[②],洄潭轮转。先生悦之,布席闲燕[③]。初日下照,潜鳞俯见[④]。意钓忘鱼,乐此竿线。优哉悠哉,玩物之变[⑤]。

【注释】

①蒨绚:鲜明绚丽。

②碕(qí)岸:曲折的河岸。孟郊《寒江吟》:"荻洲素浩渺,碕岸澌崚嶒。"

③闲燕:语出《国语·齐语》:"昔圣王之处士也,使就闲燕;处工,就官府;处商,就市井;处农,就田野。"韦昭注:"闲燕,犹清净也。"诗人"布席"于此,是为图个清静也。

④潜鳞:即鱼。王粲《赠蔡子笃诗》:"潜鳞在渊,归雁载轩。"

⑤玩物:观赏景物。高适《同敬八卢五泛河间清河》:"同济惬数公,玩物欣良时。"

上元夜惠州作

前年侍玉辇[①],端门万枝灯[②]。璧月挂罘罳[③],珠星缀觚棱[④]。去年中山府,老病亦宵兴。牙旗穿夜市,铁马响春冰。今年江海上,云房寄山僧。亦复举膏火[⑤],松间见层层。散策桄榔林,林疏月鬅鬙[⑥]。使君置酒罢,箫鼓转松陵。狂生来索酒，自注：贾道人也。一举辄数升。浩歌出门去⑦，我亦归瞢腾⑧。

【注释】

①玉辇(niǎn)：天子乘坐的车辆，以玉作饰。李白《上皇西巡南京歌十首》之九："万国烟花随玉辇，西来添作锦江春。"

②端门：宫殿的正南门。蔡襄《上元进诗》："叠耸青峰宝炬森，端门初晚翠华临。"

③罘罳(fú sī)：古代设在门外或城角上的网状建筑，用以守望和防御。或设在屋檐或窗上以防鸟雀的金属网或丝网。温庭筠《咏寒宵》："曲琼垂翡翠，斜月到罘罳。"

④觚(gū)棱：亦作"柧棱"。宫阙(后亦指其他建筑)上转角处的瓦脊成方角棱瓣之形。花蕊夫人《宫词》："夜色楼台月数层，金猊烟穗绕觚棱。"亦借指宫阙。借指京城。杜牧《长安杂题长句六首》之一："觚棱金碧照山高，万国珪璋捧赭袍。"

⑤膏火：照明用的油火。阮籍《咏怀诗八十二首》之六："膏火自煎熬，多财为患害。"

⑥鬅鬙(péng sēng)：此喻月光下疏林参差散乱。

⑦浩歌：放声高歌，大声歌唱。屈原《少司命》："望美人兮未来，临风怳兮浩歌。"

⑧瞢(méng)腾：形容模模糊糊，神志不清。

游博罗香积寺①并引

寺去县七里，三山犬牙，夹道皆美田，麦禾甚茂。寺下溪水可作碓磨，若筑塘百步闸而落之，可得两轮举四杵也。以属县令林抃，使督成之。

二年流落蛙鱼乡，朝来喜见麦吐芒。东风摇波舞净绿，初日泫露酣娇黄。汪汪春泥已没膝，剡剡秋谷初分秧②。谁言万里出无友，见此二美喜欲狂。三山屏拥僧舍小，一溪雷转松阴凉。要令水力供臼磨，与相地脉增堤防。霏霏落雪看收面，隐隐叠鼓闻舂糠③。散流一啜云子白④，炊裂十字琼肌香⑤。岂惟牢丸荐古味，自注：束皙《饼赋》云馒头薄持，起搜牢丸。要使真一流天一作仙浆⑥。诗成捧腹便绝倒⑦，书生说食真膏肓⑧。

【注释】

①博罗：县名。秦始皇三十三年(前214)置县。有罗浮山，自会稽浮至博罗山，故置博罗县。位于今广东省东南部，属惠州市。

②焱焱(yǎn yǎn)：闪烁貌。屈原《离骚》："皇剡剡其扬灵兮，告余以吉故。"

③隐隐：微弱的。侯夫人《自感诗三首》之一："隐隐闻箫鼓，君恩何处多。"

④散流：液体四散而流。此比喻煮熟的面条。

⑤十字：语出《晋书·何曾传》："(曾)务在华侈……蒸饼上不拆作十字不食。"当指蒸饼。

⑥真一：道教语，本指保持本性，自然无为。后多用以指养生的方法。宋太宗《逍遥咏·修炼求真一》："修炼求真一，冲和本自然。"

⑦绝倒：前仰后合地大笑，不能自持。韦庄《边上逢薛秀才话旧》："前年同醉武陵亭，绝倒闲谭坐到明。"

⑧膏肓(huāng)：古代医学以心尖脂肪为膏，心脏与膈膜之间为肓。比喻事物的要害或关键。

新年(五首选三)

一

晓一作小雨暗人日，春愁连上元。水生挑菜渚①，烟湿落梅村。小一作晚市人归尽，孤一作去舟鹤踏翻。犹堪慰寂寞，渔火乱黄昏。

二

北渚集群鹭，新年何所之。尽归乔木寺，分占结巢枝。生物会有役，谋生一作身各一作要及时。何当禁毕弋②，看引雪衣儿③。

三

海国空自暖，春山无限清。冰溪结瘴雨，雪菌到江城。更待轻雷发，先催冻笋生。丰湖有藤菜④，似可敌莼羹⑤。

【注释】

①挑菜：挑菜节。旧俗，农历二月初二日，仕女出郊拾菜，士民游观其间，谓之挑菜节。郑谷《蜀中春日》："和暖又逢挑菜日，寂寥未是探花人。"

②毕弋：代指打猎。毕：捕兽网具；弋：射鸟的系绳箭。《诗·齐风·卢令序》："襄公好田猎毕弋，而不修民事，百姓苦之。"郑玄笺："毕，噣也；弋，缴射也。"

③雪衣儿：即雪衣。儿，读音儿化。泛指某些白色鸟类。此指白鹭。

④藤菜：学名藤三七，为落葵科多年生肉质小藤本，根系发达，可形成地下块茎。茎圆形，嫩茎绿色，老熟茎变成棕褐色，节上易生不定。珠江三角洲地区以珠芽及叶片为食。

⑤蒪（pò）蘘：用《楚辞·大招》意。"大招"篇有句"脍苴蒪只"，注："杂用脍炙，切蘘荷以为香。"蒪，苴蒪，又名蘘荷，草本植物，花穗和嫩芽可食。

食荔支（二首选一）并序

惠州太守东堂，祠故相陈文惠公，堂下有公手植荔支一株，郡人谓之将军树。今岁大熟，尝啖之余，下逮吏卒，其高不可致者，纵猿取之。

罗浮山下四时春，卢橘杨梅次第新。日啖荔支三百颗，不辞一作妨长作岭南人。

和陶拟古①（九首选一）

题冼夫人庙②

冯冼古烈妇，翁媪国于兹③。策封梁武后，开府隋文时。三世更险易④一作难，一心无磷缁⑤。锦伞平积乱⑥，犀渠破余疑⑦。庙貌空复存，碑版漫无辞。我欲作铭志，慰此父母思。遗民不可问，偻句莫予欺⑧。犦牲菌鸡卜⑨，我当一访之。铜鼓葫芦笙，歌此迎送诗。

【注释】

①和陶渊明的拟古诗。

②此诗被镌刻在明万历年间重修的广东省高州市冼庙(今仍存)内。后录入清光绪年间修订的《茂名县志》,故拟此题。

③"冯冼"二句:古代冯冼夫人烈妇,故乡在这。冼夫人,南北朝时高凉(今属广东省高州市)人,嫁梁高凉太守冯宝。宝卒,统领数郡军民,保境安民,维护统一。陈广州刺史欧阳纥谋反,夫人起兵平定,被封石龙太夫人。陈亡,岭南数郡共奉为圣母。隋文帝封为宋康郡夫人,后进封为谯国夫人。《隋书》有《谯国夫人传》。冼庙遍及粤西、海南等地,甚至朝鲜亦建有冼庙。

④三世:指夫人历南朝梁、陈和隋三朝。

⑤磷缁:微尘丝缁,犹丝毫。杜甫《别崔潩因寄薛据、孟云卿(内弟潩赴湖南幕职)》:"如何久磨砺,但取不磷缁。"

⑥锦伞:锦绣做的大伞。白居易《黑潭龙——疾贪吏也》:"神之来兮风飘飘,纸钱动兮锦伞摇。"此指夫人出征时坐于架设锦伞的指挥车上。　积乱:指广州刺史欧阳纥之乱。

⑦犀渠:外蒙薄犀皮的盾牌。权德舆《太原郑尚书远寄新诗,走笔酬赠,因代书贺》:"时看介士阅犀渠,每狎儒生冠章甫。"渠:盾。

⑧偻句:犹急就,匆忙写的诗句。宋祁《偶书·病骨岩岩怯早衰》:"避风宁望鹓鹍享,出卜频遭偻句欺。"

⑨"犦牲"二句:曾备祭品到庙中拜祭并作鸡卜。　犦:犎牛,颈背部隆起的野牛。　牲:古代特指供宴飨祭祀用的牛、羊、猪。　菌:蘑菇。　鸡卜:古人占卜之一种方式。元稹《春分投简阳明洞天作》:"雕题虽少有,鸡卜尚多巫。"

东楼①

白发苍颜自照盆,董生端合是前身②。独栖高阁多辞客,为著新书未绝麟③。小醉易醒风力软,安眠无梦雨声新。长歌自调 真堪笑④,底处人间是欣欣④。

【注释】

①此诗为次韵和苏辙《东楼》诗。　东楼,故址在今广东省雷州市城东,曾为苏辙谪雷州时之寓居。

②董生:指西汉哲学家董仲舒。　端合:果真匹配。　前身:佛教用

语，指轮回前的上世。刘禹锡《答张侍御贾喜再登科后自洛赴上都赠别》："知君忆得前身事，分付莺花与后生。"

③绝麟：相传孔子著《春秋》绝笔于"春，西狩获麟"，因称著书完成曰"绝麟"。此当指苏辙尚未完成的《春秋传》。

④自诬（wǎng）：自己欺骗自己。

⑤底处：何处。杜甫《舟泛洞庭》："云山千万叠，底处上仙槎。"　欣欣：高兴自得的样子。屈原《东皇太一》："五音兮繁会，君欣欣兮乐康。"

雨夜宿净行院①

芒鞋不踏利名场②，一叶轻一作虚舟寄淼茫③。林下对床听夜雨，静无灯火照凄凉一作僧房。

【注释】

①净行院：位于雷州与廉州途中的兴廉村。苏轼有诗，题为《自雷适廉，宿于兴廉村净行院》。

②芒鞋：用芒茎外皮编成的鞋。亦泛指草鞋。张祜《题灵隐寺师一上人十韵》："朗吟挥竹拂，高楫曳芒鞋。"　利名场：能得到利益和名位的场所。晏殊《喜迁莺·花不尽，柳无穷》："天若有情应老。劝君看取利名场。今古梦茫茫。"

③淼茫：水广远貌。孟浩然《送杜十四之江南》："荆吴相接水为乡，君去春江正淼茫。"

三月二十九日二首

一

南岭过云开紫翠，北江飞雨送凄凉。酒醒梦回春尽日，闭门隐几坐烧香。

二

门外橘花犹的皪①，墙头荔子已斓斑②。树暗草深人静处，卷帘攲枕卧看山。

【注释】

①的皪(lì):明亮,鲜明。贺知章《奉和御制春台望》:“华滋的皪丹青树,颢气氤氲金玉堂。”

②斓斑:颜色驳杂。李贺《河南府试十二月乐词·九月》:“露花飞飞风草草,翠锦斓斑满层道。”

鲜于师中

鲜于师中,神宗熙宁元年(1068)为原州临泾县令;七年,以秘书丞权通判河州,擢知河州;十年,贬监阆州商科。元丰四年(1081),为夔州转运副使。

题滴水岩原注:在广州府番禺县

岩前山溜洒如倾,三峡都无此景清①。坐对秦宫垂箔影②,自注:《三秦记》云:明光石硗,光以为箔。静闻鲛室落盘声③。好追祓禊兰亭会④,自注:岩下有流觞曲水。疑到神仙洞府行。每羡渝南二千原误作十石⑤,频来幽境驻双旌。

【注释】

①三峡:长江三峡的简称,即瞿塘峡、巫峡和西陵峡的合称,在白帝城与南津关之间,长193公里。李白《峨眉山月歌》:“夜发清溪向三峡,思君不见下渝州。”

②秦宫:秦朝宫殿。李白《流夜郎赠辛判官》:“函谷忽惊胡马来,秦宫桃李向明开。”

③鲛室:鲛人水中居室。戴叔伦《送东阳顾明府罢归》:“祖帐临鲛室,黎人拥鹢舟。”

④祓禊:犹祓除。占祭名。源于古代“除恶之祭”。或濯于水滨,或秉火求福。魏以前多在三月上巳,魏以后但在三月三日。然亦有延至秋季者。

⑤二千石:汉制,郡守俸禄为二千石,即月俸百二十斛。世因称郡守为“二

千石”。李白《豳歌行上新平长史兄粲》:“中宵出饮三百杯,明朝归揖二千石。”

苏 辙

苏辙(1039—1112),字子由,又字同叔,晚年号颍滨遗老。眉州眉山(今属四川)人。仁宗嘉祐二年(1057)进士。哲宗元祐元年(1086)为右司谏,历官御史中丞、尚书右丞、门下侍郎。因事忤哲宗及元丰诸臣,出知汝州,再谪雷州安置;移化州别驾,贬循州。徽宗立,徙永州、岳州复太中大夫,又降居许州,致仕。卒,谥“文定”。与父洵、兄轼齐名,合称“三苏”。

寓居六咏(选三)

一

手植天随菊①,晨添苜蓿盘②。从长怜夏苦,花晚怯秋寒。素食旧所愧,长斋今未阑。殷勤拾落蕊,眼暗读书难。

二

邻家三亩竹,萧散倚东墙③。谁谓非吾有,时能惠我凉。雪深闻毁折,风作任披猖④。事过还依旧,相看意愈长。

三

弱榴生掩冉,插竹强支叉。旋叠封根石⑤,能开著子花。扶持物遂性,缀缉我成家⑥。故国田园少,何须恨海涯。

【注释】

①天随菊:枸杞菊。

②苜蓿盘:形容小官清苦冷落的生活。薛令之有《自悼》诗:“朝日上团团,照见先生盘。盘中何所有,苜蓿长阑干。饭涩匙难绾,羹稀箸易宽。只可谋朝夕,何由保岁寒。”五代王定保《唐摭言·闽中进士》载:“薛令之……累迁左庶子。时开元东宫官僚清淡,令之以诗自悼,复纪于公署……”此当指寓居的生活清苦。

③萧散:闲散舒适。戴叔伦《潭州使院书情寄江夏贺兰副端》:“云雨一萧散,悠悠关复河。”

④披猖：飞扬。唐彦谦《春深独行马上有作》：“日烈风高野草香，百花狼籍柳披猖。”

⑤旋叠：围绕垒叠。黄庶《和白云庵七首·白石涧》：“林间旋叠石为路，日日自汲涧底泉。”

⑥缀缉：同“缀葺”，修补。韩愈《招杨之罘》：“先王遗文章，缀缉实在余。”

寓居二首

东亭[1]

十口南迁粗有归，一轩临路阅奔驰。市人不惯频回首，坐客相谙便解颐[2]。惭愧天涯善知识，增添城外小茅茨[3]。华严未读河沙偈[4]，偃仰明窗手自披[5]。

东楼

月从海上涌金盆[6]，直入东楼照病身。久已无心问南北，时能闭目待仪麟[7]。飓风不作三农喜，舶客初来百物新。归去有时无定在，漫随俚俗共欣欣。

【注释】

①东亭：故址在今广东省雷州市。

②相谙：相互熟悉。张籍《送严大夫之桂州》：“听歌疑似曲，风俗自相谙。”　解颐：开颜欢笑；欢笑。苏颋《陈仓别陇州司户李维深》：“京国自携手，同途欣解颐。”

③茅茨：茅草屋。王维《赠房卢氏琯》：“或可累安邑，茅茨君试营。”

④华严：指佛经，华严经。白居易《僧院花》：“细看便是华严偈，方便风开智慧花。”

⑤偃仰：俯仰。《诗·小雅·北山》：“或栖迟偃仰，或王事鞅掌。”比喻随世俗沉浮或进退。韦应物《寄冯著》：“偃仰遂真性，所求惟斗储。”

⑥金盆：比喻月亮。花蕊夫人《宫词》：“天外明河翻玉浪，楼西凉月涌金盆。”

⑦待仪麟：指苏辙其时尚未完成的《春秋传》。“仪麟”句式殆同“仪凤”，用《春秋》绝笔于“获麟”的典故，古者以麟凤为瑞兽，杜甫诗《幽云》：“麟凤在赤霄，何当一来仪。”

郑 侠

郑侠(1041—1119),字介夫。福州福清(今属福建)人。英宗治平四年(1067)进士。任光州司法参军,任满入监安上门。因“流民图”事,谪汀州,贬英州。哲宗立,为泉州教授。元符间再贬英州。徽宗即位后放还,官复前职。宣和元年(1119)卒。光宗追赠“朝奉郎”,宁宗赐谥“介”。

示潮州吴宅三甥[1]

大郎性纯淑[2],至宝受磨琢[3]。二郎资秀美[4],白璧光闪烁。三郎神照藏[5],宛若雏在壳[6]。五彩翔凤翰,参差见班驳[7]。三人吾令甥,亦尝从吾学。昊穹有显通[8],报应无舛错[9]。未有祖庆厚,而招子孙簿。二亲又善教,曾不闲饮啄。甥虽多似舅,三子自超卓[10]。为文要根理,鉴古务详博。不惟子三人,万世同矩矱[11]。慎勿学舅疾,直指世奸恶。心虽在规益,世谁受忠谔[12]。立身既不危,青云在拿攫[13]。

【注释】

①甥:姐妹的儿子。《说文》:“甥,谓我舅者,我谓之甥。”

②性纯淑:性格纯粹、善良。

③至宝:极其稀有的珍宝。韩愈《醉赠张秘书》:“至宝不雕琢,神功谢锄耘。” 磨琢:犹琢磨。王涣《上裴侍郎》:“玉经磨琢多成器,剑拔沉埋更倚天。”

④资:资质。

⑤神照藏:神采显露出内涵。

⑥“宛若”句:宛如将要破壳而出的雏凤。

⑦班驳(bó):传说中的一种形似马而能吃虎豹的野兽。

⑧昊穹:昊苍,苍天。

⑨舛(chuǎn)错:差错;错误。《楚辞·九叹·惜贤》:“心怦恨以冤结兮,情舛错以曼忧。”

⑩超卓:超凡。

⑪矩擭(huò):同“矩矱”,规矩法度。

⑫忠谔:忠诚正直。

⑬拿攫(jué):把握、抓住(机遇)。

连州斛岭寨井

斛岭寨,行云际,下视长江入地底①。汲江登岭行三里,跻扳峻险为艰尔。将率居民几半千②,度岁终年苦无水。爰自庆历达元符③,循旧安常谁拟议④。元符太守何公贤,爱民虑事诚而至,以为山顶流泉鲜其事。吾观古人行师动万亿,所至岂必皆平地。军必有井井未达,将渴不敢闻众耳。阴阳者流,以水照星。星之所聚,泉所委行。行浚凿三日,遇泉井成矣。乃今三井如鼎趾,岂特当年负瓶操绠⑤,仆仆往还之人为慰喜⑥。吾欲后之人,知井所以起,敬守前功无委圮⑦。必使甃砌长如今日之清泚⑧,万万斯年施何已,故作此歌勒诸斛岭之市⑨。

【注释】

①长江:此指山下的河流。

②率:古代行政管理的户籍编制,五家为轨,六轨为邑,十邑为率。

③爰:改易。庆历,北宋仁宗年号(1041—1048),元符,北宋哲宗年号(1098—1100),沿近六十年,其间改易仁宗、英宗、神宗、哲宗四朝。

④循旧安常:遵循旧制,习惯常规。

⑤瓶:汲水器。古代比缶小的容器,用以汲水。《说文》:“瓶,瓮也(瓮,汲瓶也)。” 操绠:操作井绳。刘禹锡《武陵观火诗》:“操绠不暇汲,循墙还避逾。”绠:井绳。《说文》:“绠,汲井索也。”

⑥仆仆:劳顿。

⑦委圮(pǐ):弃之而毁坏坍塌。

⑧甃(zhòu)砌:以砖石砌的井壁。此指水井。

⑨诸:之于。

和英州太守何智翁次韵冯仲礼麻江桥

叠石梁空太守贤,一年功力倍千年。惠从今日流终古,智是当时决九川。有竞轮蹄何杂沓,无情风月亦流连。红灯焰焰三更市,从此吴江不直钱。

彭汝砺

彭汝砺(1042—1095),字器资。饶州鄱阳(今属江西)人。英宗治平二年(1065)进士。神宗熙宁初,为监察御史。哲宗元祐二年(1087),任起居舍人;三年,迁中书舍人。因蔡确案,落职徐州。旋回京,加集贤殿修撰,入权兵、刑两部侍郎,徙礼部,拜吏部侍郎,进权吏部尚书。因刘挚事,知江州。绍圣二年 (1095),召为枢密都承旨,未赴而卒。

金星砚行

星出云之端,石在溪之浔①,天上地下相绝几百千万里,砚中安得有星点点明如金。既非瑕掩瑜,又似徽在琴。我疑星之飞流运动或不居,精采误落黑多流深。不然神灵悯恻学士久濡滞②,故借光景资清吟。或有感此理,杳默难推寻。君不见虢山之石团圆有桂在中象圆月,又不见该庐江之石扶疏有木相樛为寒林。无重言③,但置寒窗笔札往古研于今。大刚无睢睢④,至明无阴阴⑤。君也能如此,是真金星砚之知音。

【注释】

①浔:水之深处。

②悯恻:哀怜。沈炯《六甲诗》:"辛酸多悯恻,寂寞少逢迎。" 濡滞:迟滞。

③重言：再次申说。《列子·说符》："吾知之矣，子勿重言。"

④大刚：同"大纲"，总纲、要点。　睢睢：仰视的样子。韩愈《寄崔二十六立之》："久欲辞谢去，休令众睢睢。"

⑤至明：极光明。元稹《春月》："春月虽至明，终有霭霭光。"　阴阴：幽暗貌。谢朓《直中书省诗》："紫殿肃阴阴，彤庭赫弘敞。"

许彦先

许彦先，一名光，字觉之。始兴（今属广东）人。仁宗天圣二年（1024）进士。神宗熙宁间，历官广南东路转运判官、提点刑狱、转运副使。元丰二年（1079），降为监吉州酒税。哲宗元祐二年（1087），知随州。

药洲熙宁甲寅上巳①

花药氛氲海上洲②，水中云影带沙流。直应路与银潢接③，槎客时来犯斗牛④。

【注释】

①熙宁甲寅：宋神宗熙宁甲寅，即1073年。

②氛氲：雾霭云气与阳光色彩混合在一起的晃动样子。李隆基《初入秦川路逢寒食》："烟雾氛氲水殿开，暂拂香轮归去来。"

③银潢（huáng）：天河，银河。张先《鹊桥仙·星桥火树》："重城闭月，青楼夸乐，人在银潢影里。"

④犯：触犯，冒犯。《说文》："犯，侵也。"　斗牛：二十八宿中的斗宿和牛宿。虞世南《赋得吴都》："画野通淮泗，星躔应斗牛。"

再游阳春通真岩熙宁丁巳孟夏①

壁倚乾宁碣②，龛笼大业僧③。七年驰使路④，两蹑石梯层。

【注释】

①通真岩：在今广东省阳春市春湾圩东南约1公里的铜石山上，是古代铜石寺的遗址。　熙宁丁巳：宋神宗熙宁丁巳，即1077年。　孟夏：夏季的第一个月，即农历四月。屈原《抽思》："望孟夏之短夜兮，何晦明之若岁！"

②乾宁碣:唐乾宁年间的碑石。

③大业僧:隋大业年间的僧侣。

④驰使:急驰出使。文同《冤妇行》:“驰使执贱役,课责日夜加。”

游碧落洞二首熙宁十年丁巳八月[①]

一

崖卷层霄阔[②],溪穿碧玉横。银河一派水[③],终日泻天声。

二

玉峰刳不尽[④],满室碧琅玕[⑤]。太始藏灵气[⑥],寥寥五月寒[⑦]。

【注释】

①熙宁十年丁巳:宋神宗熙宁丁巳年为熙宁年号排序第十年,即1077年。

②层霄:指云气。权德舆《酬崔舍人阁老冬至日宿直省中奉简两掖阁老并见示》:“层霄翔迅羽,广陌驻归轮。”

③一派:一条支流或水流。李端《送夏中丞赴宁国任》:“楚县入青枫,长江一派通。”

④刳(kū):剖,剖开。

⑤琅玕:像珠子的美石。曹植《美女篇》:“头上金爵钗,腰佩翠琅玕。”

⑥太始:古代指天地开辟,万物开始时代。方回《读素问十六首》之十五:“鬼臾区所陈,太始天元册。”

⑦寥寥:空寂。张说《闻雨》:“多雨绝尘事,寥寥入太玄。”

湖上十亭

昔年曾见海阳图,巧状湖山恐见诬。今日登临真可爱,画图翻觉少功夫。

题金山见远亭

山上危亭薙草茅[①],揭阳州望极南交[②]。千苞射日垂珠弹,万竹回风舞玉梢。沧海微茫浮蜃阁，扶桑依约露乌巢[3]。七年三度登临处，共扫青苔写石坳。

【注释】

①薙(tì)：除草。《说文》："薙，除草也。从艸，雉声。"李白《献从叔当涂宰阳冰》："居人若薙草，扫地无纤茎。"

②南交：古地区名，泛指五岭以南。因地处南方，故称。

③依约：同"隐约"。白居易《答苏庶子》："蓬山闲气味，依约似龙楼。"　乌巢：此指太阳升起的地方。古代神话传说太阳中有三足乌，因以"乌"为太阳的代称。又，扶桑，日本国在中国之东；日出东方。

潮泉

万仞峰头涌势雄，沧溟潮汐两相通。须知泛泛朝东去[1]，与此灵源本不同[2]。

【注释】

①泛泛：水流动的样子。刘桢《赠从弟》："泛泛东流水，磷磷水中石。"

②灵源：灵性的源流。张九龄《奉和圣制龙池篇》："天启神龙生碧泉，泉水灵源浸迤延。"

范　镗

范镗，字宏甫。浦城(今属福建)人。神宗熙宁六年(1073)进士。

游浈阳峡

峡流触石石欲裂，峡舟泝水心寸拆[1]。系缆心头夜向阑，惊浪沄沄写寒月[2]。风餐水宿知几年，余生可复瘴江边。愁绝不眠起披户[3]，顾视海宇天茫然[4]。

【注释】

①泝(sù)水：逆水。逆流而上。傅察《野宿》："泝水秋风扬短棹，穿林落日击孤舟。"泝：同"溯"。

②沄沄：汹涌貌。韩愈《条山苍》："浪波沄沄去，松柏在山冈。"

③披户：打开窗户。

④茫然：模糊不清的样子。

张 渐

张渐，字子正。始兴(今属广东)人。神宗熙宁九年(1076)进士，崇宁间知端州军州事，历官朝请大夫。

崇宁乙酉元祀卒同僚修禊于七星岩①

妙意其谁运大钧②，玲珑奥室阔天真③。斗临平地精初结④，龙去丹霄穴未堙⑤。洪造故教墟待物⑥，良辰赢得乐同民。我来禊有自然兴，岂羡兰亭曲水滨⑦。

【注释】

①崇宁乙酉元祀：宋徽宗崇宁四年(1105)为乙酉年。元祀即上巳。　同僚：旧称同在一处做官的人。《诗·大雅·板》："我虽异事，及尔同僚。"　修禊(xì)：古代春秋两季在水边举行的清除不祥的祭祀。刘禹锡《三月三日与乐天及河南李尹奉陪裴令公泛洛禊饮各赋十二韵》："洛下今修禊，群贤胜会稽。"

②大钧：指天或自然。陶渊明《神释》："大钧无私力，万物自森著。"

③玲珑：精巧细微。谢灵运《于南山往北山经湖中瞻眺诗》："侧径既窈窕，环洲亦玲珑。"　奥室：内室；深宅。此指深邃的石室。

④精：日月之光。

⑤堙(yīn)：泯灭；埋没。《国语·周语下》："绝后无主堙替隶圉。"韦昭注："堙，没也。"

⑥洪造：犹洪恩。武平一《奉和幸新丰温泉宫应制》："深仁浃夷夏，洪造溢乾坤。"

⑦兰亭曲水滨：用晋王羲之集群贤于兰亭修禊事。

陈觉民

陈觉民，字达野。仙游（今属福建）人。神宗熙宁九年（1076）进士。徽宗政和四年（1114）知广州。

五仙观

古木修篁绝世间①，越王台殿作仙坛。白羊常在玉虚远②，玄鹤不来金井寒③。

【注释】

①绝：冠绝。

②玉虚：仙宫。道教称玉帝居处。常建《第三峰》："莹魄登玉虚，以求鸾鹤踪。"

③金井：井栏上有雕饰的井。王昌龄《长信秋词五首》之一："金井梧桐秋叶黄，珠帘不卷夜来霜。"

欧阳经

欧阳经，连州（今属广东）人。神宗熙宁九年（1076）进士。历任杭州幕官、宣德郎、朝散大夫，知封州。

贞女峡

退之雄文露天巧，梦得清诗挥秀格①。迨今声名三百年②，文字山水相辉赫③。

【注释】

①"退之"两句：从唐代韩愈文章，说到其《贞女峡》诗。　　雄文：有才气、魄力的文章。李颀《寄司勋卢员外》："早晚荐雄文似者，故人今已赋长杨。"　　天巧：天成的精巧构思、手法。韩愈《答孟郊》："规模背时利，文字觑天巧。"　　梦得：刘禹锡，字梦得，人称"诗豪"，元和十年（815）被贬连州刺史。　　秀格：秀

丽的风格。强至《依韵和陆丈瑞香花》:“才开秀格能殊众,到老清香不负名。”

②迨今:至今。权德舆《拜昭陵过咸阳墅》:“乃葺场圃事,迨今三四年。”

③辉赫(hè):光辉显盛。韩偓《及第过堂日作》:“百辟敛容开路看,片时辉赫胜图形。”

刘 弇

刘弇(1048—1102),字伟明。吉州安福(今属江西)人。神宗元丰二年(1079)进士。哲宗绍圣间,知嘉州峨眉县,改太学博士。元符中,除秘书省正字。徽宗时,改著作佐郎、实录检讨官。崇宁元年(1102)卒。

真阳阻水

真阳城下涨春涛,船覆车摧满眼愁。泛泛我非援溺手①,滔滔谁是济川舟②。一城直恐为鱼鳖,四境何缘辨马牛。焉得长鲸浮到海,吸干狂浪得安流。

【注释】

①泛泛:此谓洪水泛滥貌。　援溺手:语出《孟子·离娄上》:“天下溺,援之以道;嫂溺,援之以手。”后概括为“援手援溺”,伸出手救援落水的人。比喻救援苦难的人。

②滔滔:形容大水奔流貌。《诗·齐风·载驱》:“汶水滔滔,行人儦儦。”　济川:犹渡河。语出《书·说命上》:“爰立作相,王置诸其左右。命之曰:‘朝夕纳诲,以辅台德。若金,用汝作砺;若济巨川,用汝作舟楫。’”后因以“济川”喻辅佐帝王。孟浩然《都下送辛大之鄂》:“未逢调鼎用,徒有济川心。”

题广州浴日亭

谁识咸池万顷中①,源流穷处与天通。气蒸古木千岩晓,浪拍扶桑四远红②。焰焰骊珠初出海③,腾腾乌翼渐摩空④。不须更问乘槎客,只此波间是月宫。

【注释】

①咸池：神话中谓日浴之处。屈原《离骚》："饮余马于咸池兮，揔余辔乎扶桑 。"王逸注："咸池，日浴处也。"

②扶桑：神话中的树木名。《山海经·海外东经》："汤谷上有扶桑，十日所浴。"亦作榑桑。《说文》："榑桑，神木，日所出也。"后称东方极远处或太阳出来的地方。杜甫《幽人》："崔嵬扶桑日，照耀珊瑚枝。"　四远：四方。薛存诚《膏泽多丰年》："八方甘雨布，四远报年丰。"

③焰焰：明亮貌；鲜明貌。虞世南《结客少年场行》："焰焰戈霜动，耿耿剑虹浮。"　骊珠：宝珠。传说出自骊龙颔下。《庄子·列御寇》："夫千金之珠，必在九重之渊，而骊龙颔下。"李绅《趋翰苑遭诬构四十六韵》："凤形怜采笔，龙颔借骊珠。"

④腾腾：升腾；飞升。韩翃《经月岩山》："腾腾上天半，玉镜悬飞梯。"　摩空：犹摩天，接触到天空。李贺《高轩过》："殿前作赋声摩空，笔补造化天无功。"

海山楼晚望

登高怀远思依依，目断沧洲旧钓矶。城上两三声画角，天涯千万里斜晖。烟抽绿草随洲转，风递轻烟贴水飞。到此自然堪下泪，不须啼鸟劝如归。

观刘禹锡题湟川记

谁道连州海瘴边，只消禹锡一雄篇。江山草木皆增价，风月烟霞总直钱。十二亭台尘外境，一千疆界洞中天。自经大笔留题后，从此湟川胜洛川。

题增城驻舟亭

一亭潇洒枕江流，水色山光四面浮。多少客帆檐外过，不知谁是济川舟。

刘安世

刘安世(1048—1125),字器之,号读易老人。魏(今属河北)人。从学于司马光,光入相,荐为秘书省正字。哲宗元祐间,为右正言,累迁左谏议大夫,进枢密都承旨,知真定府。章惇用事,贬新州、英州安置;徙移梅州。徽宗立得赦,历知衡、鼎、郓州及镇定府。蔡京为相,七谪至峡州羁管。

南山

山屏石壁共巇嵚①,外锁浮云内日阴。岩净四时捐俗虑,泉声一派洁尘襟。搜吟得助骚人句②,笑傲忘归逸士心③。何日路穿松径僻,杖藜携酒再登临④。

【注释】

①巇嵚(xī qīn):险恶高峻。

②搜吟:寻觅诗句。白居易《和钱员外答卢员外早春独游曲江见寄长句》:"云夫首倡寒玉音,蔚章继和春搜吟。" 骚人:屈原作《离骚》,因称屈原或《楚辞》作者为骚人。后泛指文人、诗人。柳宗元《酬曹侍御过象县见寄》:"破额山前碧玉流,骚人遥驻木兰舟。"

③笑傲:谓戏谑不敬。李白《江上吟》:"兴酣落笔摇五岳,诗成笑傲凌沧洲。"

④杖藜:谓拄着手杖行走。杜甫《绝句漫兴九首》之四:"肠断春江欲尽头,杖藜徐步立芳洲。"

谭 粹

谭粹,字文叔。浈江(今属广东)人。神宗初,知惠州。哲宗元符三年(1100),知英州。

景泰禅阁

二山相传成，禅阁出山半。仰观青冥逼，俯见白石粲。锡杖涌玉泉[①]，铁桥通银汉[②]。巍然概诸天，恍若登彼岸。无人解菩提，松涛自昏旦。

【注释】

①“锡杖”句：谓景泰禅师卓杖泉涌事。《罗浮山志》载，南朝梁武帝大同年间，景泰禅师到罗浮山结茅为庵，山中缺水，景泰卓（立）锡（锡杖）于地，泉涌而出。故名“卓锡泉”。泉水自石下涌出，清洌甘甜，无论旱涝，不干不溢，永齐井口。被苏东坡誉为“岭外诸泉之冠”，从此，卓锡泉声名远播。

②铁桥：罗浮山中有一石梁，望之如桥，因称。苏轼《游罗浮山示儿子过》：“铁桥石柱连空横，杖藜欲趁飞猱轻。”自注：“山有铁桥、石柱，人罕至者。”

建中靖国辛巳八月十日独游碧落洞遂成拙句[①]

碧落嵯峨石室幽[②]，到难嗟我未尝游。两崖卷束云霞满，一水通流秋色浮。宛矣壶中延日驭，凝然乳窦滴泉旒[③]。徘徊注目孱颜久，疑有真仙在上头。

【注释】

①建中靖国辛巳：即 1101 年。建中靖国：宋徽宗年号；辛巳：干支年序。

②嵯峨(cuó é)：形容山势高峻。李白《五松山送殷淑》：“明日别离去，连峰郁嵯峨。”

③滴泉旒(liú)：泉滴如旒。旒：古代帝王礼帽前后悬垂的玉串；旌旗下边或边缘上悬垂的装饰品。

望仙一作山亭成再书一绝

一亭新构耸崔嵬，水墨屏围四面开。洞口白云无锁匙，州人寻胜任频来。

重建南山亭辄成小诗乃建中靖国元年孟冬五日也

南山亭榭复修完，上枕苍崖下碧涧。此景诗人吟为尽，丹青图写也应难。

秦　观

秦观(1049—1100)，字少游，一字太虚，号淮海居士。扬州高邮(今属江苏)人。神宗元丰八年(1085)进士。哲宗元祐间，为秘书省正字，兼国史院编修官。绍圣元年(1094)，出杭州通判，贬为处州监酒税；三年，徙郴州；四年，编管横州。元符元年(1098)，徙雷州；三年放还，至藤州而卒。与黄庭坚、张耒、晁补之合称“苏门四学士”。

雷阳书事①

一

骆越风俗殊②，有疾皆勿药。束带趋祀房③，用一作瞽史巫纷若④。弦歌荐茧栗⑤，奴主洽觞酌。呻吟殊未央⑥，更把鸡骨灼。

二

一笛一腰鼓，鸣声甚悲凉。借问此何为，居人朝送殇⑦。出郭披莽苍，磨刀向猪羊。何须作佳事，鬼去百无殃。

三

旧传日南郡⑧，野女出成群。此去尚应远，东门已如云⑨。蚩氓托丝布，相就通殷勤⑩。可怜秋胡子⑪，不遇卓文君⑫。

【注释】

①雷阳：宋时雷州海康郡的统称。储泳《寄兄玉老》：“雷阳路迢递，回首亦

关心。”

②骆越：百越之一族。丁谓《鼓》：“未辨旲官鹭，谁收骆越铜。”

③祀房：祭祀鬼神的地方。

④瞽史巫：乐官祝史和巫觋。瞽：古代乐师，以目盲者为乐官，故代称之。

⑤茧栗：牛角初生形状，小如茧似栗。此指小牛。韩偓《寄禅师》：“劫灰聚散铢锱黑，日御奔驰茧栗红。”

⑥未央：未已；未尽。屈原《离骚》：“及年岁之未晏兮，时亦犹其未央。”

⑦送殇：送丧。

⑧日南郡：地域在今越南中部地区。

⑨“此去”二句：在这不远处的东门，女子已经多如天上云。《诗·郑风·出其东门》：“出其东门，有女如云。”

⑩“蚩氓”二句：写男女恋爱。《诗·卫风·氓》：“氓之蚩蚩，抱布贸丝。匪来贸丝，来即我谋。”

⑪秋胡子：傅玄《秋胡行》：“秋胡子，娶妇三日，会行仕宦。既享显爵，保兹德音。以禄颐亲，韫此黄金。睹一好妇，采桑路傍。遂下黄金，诱以逢卿。玉磨逾洁，兰动弥馨。源流洁清，水无浊波。奈何秋胡，中道怀邪。美此节妇，高行巍峨。哀哉可愍，自投长河。”

⑫卓文君：汉临邛大富商卓王孙女，好音律，新寡家居。司马相如过饮于卓氏以琴心挑之，文君夜奔相如，同驰归成都。李商隐《杜工部蜀中离席》：“美酒成都堪送老，当垆仍是卓文君。”

海康书事（十首选六）

一

白发坐钩党，南迁海濒州。灌园以糊口，身自杂苍头①。篱落秋暑中，碧花蔓牵牛。谁知把锄人，旧日东陵侯②。

二

荔子无几何，黄柑遽如许。迁臣不惜日，恣意移寒暑。层巢俯云木，信美非吾土。草芳自有时，鹎鹈何关汝③。

三

卜居近流水,小巢依嵚岑[4]。终日数椽间,但闻鸟遗音。炉香入幽梦,海月明孤斟。鹪鹩一枝足[5],所恨非故林。

四

粤女市无常,所至辄成区。一日三四迁,处处售虾鱼。青裙脚不袜,臭味猿与狙。孰云风土恶,白州生绿珠[6]。

五

裔土桑柘希[7],蚕月不纺绩。吴绡与鲁缟[8],取具舸船客[8]。一朝南风发,家室相怵迫[10]。半贾鬻我藏[11],倍称还君息。

六

一雨复一阳,苍茫飓风发。怒号兼昼夜[12],山海为颠蹶[13]。云何大块噫[14],乃尔不可遏。黎明众窍虚[15],白日丽空阔。

【注释】

①苍头:旧指仆人,汉时奴仆皆以深青色巾包头,故名。岑参《玉门关盖将军歌》:"紫绂金章左右趋,问著只是苍头奴。"又指老年人。李咸用《金谷园》:"虽将玉貌同时死,却羡苍头此日生。"

②东陵侯:秦末,邵平为东平侯。汉初于长安东门种瓜度日。李白《古风·庄周梦胡蝶》:"青门种瓜人,旧日东陵侯。"作者于此自比之。

③鹎(bēi):鸟类的一属,羽毛大部为黑褐色,腹白,腿短而细弱,食果实和昆虫。　鵊(jiá):杜鹃鸟的别称。欧阳詹《晨装行》:"村店月西出,山林鹎鵊声。"

④嵚(qīn)岑:小而高的山。《楚辞·招隐士》:"嵚岑碕礒兮硱磳魂硊,树轮相纠兮林木茷骫。"

⑤鹪鹩:鸟名,亦称"桃虫"、"巧妇",体长约十厘米,背赤褐色,腹灰褐色,尾短,捕小虫为食。李白《空城雀》:"本与鹪鹩群,不随凤凰族。"

⑥白州:今属广西博白县。　绿珠:晋朝美女,姓梁,石崇妾。她有《懊侬歌》一首,《古今乐录》:"《懊侬歌》,晋绿珠所作。唯丝布涩难缝一曲而已。"云:"丝布涩难缝,令侬十指穿。黄牛细犊车,游戏出孟津。"

⑦桑柘:桑树与柘树,树叶可喂蚕。李峤《奉教追赴九成宫途中口号》:"郁

郁桑柘繁，油油禾黍积。”

⑧吴绡：吴地产的生丝、生丝织物。张籍《促促词》：“家中姑老子复小，自执吴绡输税钱。”　　鲁缟：鲁地产的细白生绢。杜甫《忆昔二首》：“齐纨鲁缟车班班，男耕女桑不相失。”

⑨舸船：泛指船。

⑩怵迫：恐惧窘迫。

⑪半贾（jià）：通“价”，价格，价值。　　鬻（yù）：卖。

⑫怒号：大声号叫。杜甫《茅屋为秋风所破歌》：“八月秋高风怒号，卷我屋上三重茅。”

⑬颠蹶：颠簸跌宕。韩愈《南山诗》：“褰衣步推马，颠蹶退且复。”

⑭“云何”句：说什么大自然呀。　　大块：大自然。骆宾王《早发淮口望盱眙》：“小山迷隐路，大块切劳生。”

⑮窍：洞穴，指当地人的住处。

李　丹

李丹，字炳文。新昌（今属江西）人。神宗元丰二年（1079）进士。徽宗大观二年（1108），权知英州。

烟雨楼

乾坤交泰气氤氲①，烟雨标名望意云②。自是圣时多瑞霭③，莫疑蛮徼有妖氛④。

【注释】

①交泰：《易·泰》：“天地交，泰。”王弼注：“泰者，物大通之时也。”言天地之气融通，则万物各遂其生，故谓之泰。后以“交泰”指天地之气和祥，万物通泰。陆云《大将军宴会被命作诗》之五：“芒芒宇宙。天地交泰。”　　氤氲：烟气、烟云弥漫的样子；气或光混合动荡的样子。张九龄《湖口望庐山瀑布泉》：“灵山多秀色，空水共氤氲。”

②标名望意云：题名为“望意”。此套用《后汉书·儒林传序》：“若师资所承，宜标名为证者，乃著之云。”

③瑞霭:吉祥之云气。亦以美称烟雾。杨巨源《春日奉献圣寿无疆词》之四:“瑞霭方呈赏,暄风本配仁。”

④妖氛:亦作“妖雰”。不祥的云气。妖气。元稹《青云驿》:“虫蛇吐云气,妖氛变虹霓。”多喻指凶灾、祸乱。

谢举廉

谢举廉,字民师。新淦(今属江西)人。神宗元丰八年(1085)进士。哲宗元符间为广州推官。徽宗政和间,知南康军。

浴日亭

煌煌太阳精①,浴以沧溟水。光润无纤滓②,畏爱从此始③。

【注释】

①煌煌(huáng huáng):明亮辉耀貌;光彩夺目貌。皎然《效古》:“日出天地正,煌煌辟晨曦。”

②纤滓:细微的渣滓。刘禹锡《韩十八侍御见示岳阳楼别窦司直诗国令属和重以自述故足成六十二韵》:“明月出中央,青天绝纤滓。”

③畏爱:语出《礼记·曲礼上》:“贤者狎而敬之,畏而爱之。”敬佩爱戴。欧阳修《水谷夜行寄子美圣俞》:“其间苏与梅,二子可畏爱。”

李熙载

李熙载,字伯先。德庆(今属广东)人。神宗元丰八年(1085)进士。哲宗元符间为广南西路计度转运使。

九里①一作星岩　原注:今属罗定州东安县

岩穴玲珑几度秋,簪峰高插耸鳌头②。化人旧有阿罗汉③,喜客今逢老比尼④。石罅是间甘露滴,山间时见庆云浮。灵岩物为南乡设,从此生贤继不休。

【注释】

①九里:在今广东省德庆县境。

②簪峰:如簪一般的山峰。陶弼《句》:"玉簪峰顶共登仙,铜柱溪头再得贤。"簪:用来绾住头发的一种首饰,古代亦用以把帽子别在头发上。

③化人:施行教化者。《说文》:"化,教行也。"戴表元《梅山》:"路逢耕者问,山寺化人开。" 阿罗汉:佛教用语,梵语音译,指得道者、圣者。

④比尼:比丘尼之省,即尼姑,佛教出家五众之一,指已受具足戒的女性。

时孝孙

时孝孙,安陆(今属湖北)人。哲宗元祐四年(1089)进士。为梓州路转运判官。移广东转运判官。

游碧落洞

昔经龙洞看飞泉,自注:在二泉县。匹练穿岩落半天①。今日挈家来碧落②,萧然秋色满晴川③。自注:男诜侍行,时元祐八年八月初六日也。

【注释】

①匹(pǐ)练:一匹白绢。比喻瀑布。

②挈家:携带家眷。

③晴川:晴天下的江面。崔颢《黄鹤楼》:"晴川历历汉阳树,芳草萋萋鹦鹉洲。"

廖君玉

廖君玉,字国华。荆州(今属湖北)人。哲宗朝"三礼"出身,元祐四年(1089),以朝请郎知循州。绍圣间知英州。

留题碧落洞

一洞清虚锁茂林，我来寻访叹何深。游人刻石有兴废①，流水穿岩无古今。岭上烟云长带雨，路旁松桂日成阴。到难未得言归去，且对金樽满满斟。时元祐己巳孟冬二十三日，挈家游此，男天伊、天况侍行。

【注释】

①兴废：兴衰；兴亡。刘禹锡《金陵怀古》："兴废由人事，山川空地形。"

邹　浩

邹浩（1060—1111），字志完，自号道乡居士。常州晋陵（今属江苏）人。神宗元丰五年（1082）进士。章惇为相时，削官羁管新州。两谪岭表，复直龙图阁。谥"忠"。称道乡先生。有《道乡集》。

食荔枝

曾向新州食荔枝，黄堂酒罢即言归①。含香韫玉还相遇②，定是恩光照客衣③。

【注释】

①黄堂：古代太守衙中的正堂。借指太守。牟融《邵公母》："伤心独有黄堂客，几度临风咏蓼莪。"

②含香韫玉：比喻食荔枝。含香：古代妇女衔香于口以增芬芳之气。韫玉：藏玉。

③恩光：新州有国恩寺，疑指国恩寺佛光。

种荔枝

高堂怀核谩栽培，一一红根破绿苔。携入乡邦吾第一，风流知自岭南来。

杜 扜

杜扜，哲宗朝知连州。

引烟坞

行爱种桃处，濛濛罩轻素。花深人不辨，似入迷仙路。

天泽源

湛碧一泓深①，潺湲泻不断②。高穹沛四时③，派别环周平④。

【注释】

①泓：量词，片、道。

②潺湲：水慢慢流动的样子。屈原《湘夫人》："荒忽兮远望，观流水兮潺湲。"

③高穹：苍天。梅尧臣《同永叔子聪游嵩山赋十二题其十三醉石》："举手薄高穹，清风生两腋。"

④派别：水的支流。王勃《倬彼我系》："分疆锡社，派别支流。" 环周：环绕四周；周围。徐夤《长安即事三首》之一："抛掷清溪旧钓钩，长安寒暑再环周。"

林同叔

林同叔，哲宗绍圣间，知增城县。

黄龙洞

黄龙一洞与天通，仰视星辰目睫中。人去坛虚今已矣，只留手植七株松。

刘　允

刘允(？—1125)，字厚中。潮州海阳(今属广东)人。哲宗绍圣四年(1097)进士。初任循州户曹，改知程乡县，升知化州。徽宗宣和六年(1124)，除知循州，遂致仕。

韩山①

惆怅昌黎去不还，小亭牢落古松间②。月明夜静神游处③，三十二峰江上山。

【注释】

①韩山：在今广东省潮州市境。

②牢落：寥落，荒芜。刘长卿《题魏万成江亭》："萧条方岁晏，牢落对空洲。"孤寂。杜甫《酬高使君相赠》："古寺僧牢落，空房客寓居。"

③神游：身不在某地而在想象或梦境中游历某地。储光羲《樵父词》："荡漾与神游，莫知是与非。"

孙钦臣

孙钦臣，字仲恭。长沙(今属湖南)人。

罗浮即景

巨鳌掀钓去，何代泛蓬瀛。百里风光积，崇朝香气横①。盘根争耸拔，峻岭共峥嵘。缴盖千重出②，笙竽万籁声。望高南镇越，势远北归溟。涧险难穷路，花多不记名。寒流飞白练，怪石叠苍琼。雨向山腰下，云从洞中生。乔松随岁古，异卉逐时荣。近逼天风冷，遥瞻海日明。淡烟轻纠素，修蔓密垂缨。泉涌知无尽，崖危讶欲倾。深沉宜造化，顷刻变阴晴。游客逢崖住，归僧带月行。更寻应有分，再到已忘情。但恐看难遍，须知画不成。惜哉居绝域③，不得视公卿④。

【注释】

①崇朝：终朝。从天亮到早饭的时段；指整个早晨，亦指整天。崇：通"终"。《诗·鄘风·蝃蝀》："朝隮于西，崇朝而雨。"毛传："崇，终也。从旦至食时为终朝。"张九龄《奉和圣制瑞雪篇》："天意岂云遥，雪下不崇朝。"

②繖（sǎn）盖：伞盖。繖：同"伞"。

③绝域：指离京城极远之地。李商隐《桂林》："东南通绝域，西北有高楼。"

④公卿：三公九卿的简称。泛指高官。岑参《下外江舟怀终南旧居》："岩壑归去来，公卿是何物。"

唐　庚

唐庚（1070—1120），字子西，人称鲁国先生。眉州丹棱（今属四川）人。哲宗绍圣元年（1094）进士。徽宗大观间，为宗子博士。授提京畿路提举常平。贬惠州。政和七年（1117），遇赦北归，复官承议郎，提举上清太平宫。后于返蜀道中病逝。

到罗浮始识秧马①

拟向明时受一廛②，着鞭尝恐老农先。行藏已问吾家举③，从此驰君四十年。

【注释】

①秧马：水稻产区的插秧、拔秧工具。北宋开始盛行，并大量使用。外形似小船，头尾翘起，背面像瓦，供一人骑坐于水田。苏轼《秧马歌序》："予昔游武昌，见农夫皆骑秧马。以榆枣为腹，欲其滑；以楸梧为背，欲其轻，腹如舟，昂其首尾，背如覆瓦，以便两髀雀跃于泥中。系束藁其首以缚秧，日行千畦，较之伛偻而作者，劳佚相绝矣。"刘克庄有七首诗用"秧马"一词，如《杂兴十首》之一："日祷泥龙晴自若，昼骑秧马夕方还。"元代以后，各种式样的秧船，皆从秧马演化而来。

②明时：指政治清明时代。王维《早秋山中作》："无才不敢累明时，思向东谿守故篱。"　一廛：《周礼·地官·遂人》："上地，夫一廛，田百亩，莱百亩。"孙诒让正义："古制田百亩而中有廛，因谓百亩之地为一廛。"古时一夫所居之地。泛指一块土地，一处居宅。储光羲《荥阳马氏二子》："待至金园侧，相将居一廛。"

③行藏：指出处或行止。常用以说明人物行止、踪迹和底细等。李咸用《山中夜坐寄故里友生》："祸福既能知倚伏，行藏争不要分明。"

送客之五羊二首

一

不到番禺久，繁雄良自如①。江山禹贡外②，城郭汉兵余。
圆折明珠浦，旁行异域书③。五羊虽足乐，双鲤未宜疏。

二

建国今陈迹④，游人合赋诗。废台樛女后⑤，遗井鲍姑时⑥。
客去通星汉，僧来自月支⑦。凭君黄木口⑧，为致海祠碑。

【注释】

①繁雄：繁华。白居易《初到郡斋寄钱湖州李苏州》："霅溪殊冷僻，茂苑太繁雄。"

②禹贡：《尚书》中的一篇。是战国时魏国的人士托名大禹的著作，因而就以《禹贡》名篇。《禹贡》以自然地理实体（山脉、河流等）为标志，将全国划分为冀、兖、青、徐、扬、荆、豫、梁、雍"九州"，并对每州的疆域、山脉、河流、植被、土壤、物产、贡赋、少数民族、交通等自然和人文地理现象，作了简要的描述，是研究古代历史地理的重要文献。而"南越"在九州之外，故此诗说"江山禹贡外"。

③旁行：横写。《史记·大宛列传》："（安息）画革旁行，以为书记。"　异域：外国。《后汉书·班超传》："大丈夫无他志略，犹当效傅介子、张骞立功异域。"王维《送秘书晁监还日本国》诗："别离方异域，音信若为通。"

④建国：指赵佗建立的南越国。

⑤樛（jiū）女：赵佗孙赵胡为南越王，派太子婴齐入京当"宿卫"，即宫中侍卫，"取邯郸樛氏女，生子兴。及即位，上书请立樛氏女为后，兴为嗣"。

⑥鲍姑(约309—363):名潜光,上党(今属山西长治)人。晋代广东南海太守鲍靓之女,著名炼丹术家、精通灸法,是我国医学史上第一位女灸学家。道教学者、著名炼丹家、医药学家葛洪之妻。在今广东省广州市北越秀山之西有井,传说为鲍姑所汲处,名"鲍姑井"。鲍姑去世后,在越岗院建"鲍姑祠"纪念她。

⑦月支:古族名,曾于西域建月氏国。其族先游牧于敦煌、祁连间。汉文帝时,遭匈奴攻击,西迁塞种故地(今新疆西部伊犁河流域及其迤西一带)。西迁的月氏人称大月氏,少数没有西迁的人入南山(今祁连山),与羌人杂居,称小月氏。

⑧黄木口:古地名。当在南海神庙附近。屈大均《食荔罢柬族叔友》:"舟从黄木口,路指祝融祠。"

苏过

苏过(1072—1123),字叔党,号斜川居士。眉州眉山(今属四川)人。苏轼三子。苏轼谪惠州,复谪儋州,皆随行。轼卒后,依叔父苏辙居颍昌,营湖阴地数亩,名为小斜川。徽宗政和二年(1112),监太原税;五年,知郾城。宣和五年(1123),通判定州,卒。有《斜川集》。

白水岩汤泉

世间诡异那可诘①,地中火出连冈脉。只知骊山天子浴②,未信穷海汤泉出。方池不须绿石甃,小沸自与澄沙白。涓涓微溜架岩谷,郁郁佳气蒸石室。满山松柏香自送,何用椒兰薰四壁。从来佳境与人远,野老山僧那解说。虽云得地古招提③,未遇赏音同汩没④。一篇今得谪仙诗⑤,当与绣岭争雄雌。

【注释】

①诡异:怪异;奇特。

②骊山:位于今陕西省西安临潼区城南,属秦岭山脉的一个支脉。相传周幽王

在此建骊宫，秦始皇时改为“骊山汤”，汉武帝时扩建为离宫，唐太宗营建宫殿取名“汤泉宫”，唐玄宗再次扩建取名“华清宫”，因以温泉为特征，又称“华清池”。张说《奉和圣制初入秦川路寒食应制》：“汉家行树直新丰，秦地骊山抱温谷。”

③招提：梵语，“拓斗提奢”，省作“拓提”，后误为“招提”。义译四方。四方之僧称招提僧，四方僧之住处称为招提僧坊。王维《青龙寺昙璧上人兄院集》：“高处敞招提，虚空讵有倪。”

④汩没：埋没。王安石《望畹山马上作》：“惜哉危绝山，岁久沉汩没。”

⑤谪仙：此指被谪降的官吏。苏过随父来惠州，自当“谪仙”看。

游英州碧落洞

千尺琅玕翠入云，神仙已去洞仍存。寒崖但见悬钟乳，流水无穷泻石门。未到朱明真洞府，先看峡口小昆仑。舍舟欲问桃源路，安得渔人与共论。

李　光

李光（1078—1159），字泰发，一作字泰定，号转物老人。越州上虞（今属浙江）人。徽宗崇宁五年（1106）进士。入为符宝郎，以言事贬监汀州酒税。钦宗即位，擢右司谏，迁侍御史。绍兴八年（1138），拜参知政事；九年，因与秦桧不合，出知绍兴府，改提举洞霄宫；十一年，贬藤州安置；十四年，移琼州；二十年，移昌化军；二十五年，秦桧死，内迁郴州；二十八年，复左朝奉大夫，任便居住；二十九年，致仕，行至江州卒。孝宗即位，赐谥“庄简”。

乐会雷令数惠笋作诗为谢

朝餐敢叹庖无肉，食罢时时自扪腹。肯羡何侯日万钱，不学天随尝杞菊。传闻乐会似淇园[1]，坐想猗猗千亩绿[2]。邦人富比万户侯，县尹清廉仍不俗。尺画远致拟兼金[3]，锦绷解缚排寒玉④。为君急食不敢余，恐被南风吹作竹。

【注释】

①淇园：春秋时期卫国的园林，产竹。在今河南省淇县西北。《史记·河渠书》：“是时东郡烧草，以故薪柴少，而下淇园之竹以为楗。”裴骃集解引晋灼曰：“淇园，卫之苑也，多竹篆。”黄庭坚《次前韵谢与迪惠所作竹五幅》：“猗猗淇园姿，此君有威仪。”

②猗猗(yī yī)：美盛貌。《诗·卫风·淇奥》：“瞻彼淇奥，绿竹猗猗。”毛传：“猗猗，美盛貌。”

③兼金：《孟子·公孙丑下》：“前日于齐，王馈兼金一百而不受。”赵岐注：“兼金，好金也，其价兼倍于常者。”价值倍于一般金子的好金。陈元光《酬裴使君王探公》：“馈我兼金佩，和之美玉箫。”

④锦绷：亦作“绵绷”。锦制的襁褓。此比喻笋壳；竹笋。苏轼《送笋芍药与公择二首》之一：“骈头玉婴儿，一一脱绵绷。”　解缚：解去捆缚。钱起《送原公南游》：“自言难解缚，何日伴师行。”　寒玉：比喻嫩竹笋。

渡海三首

一

三载藤江守药炉①，身轻那复羡飞凫。琼山万里乘风便②，始觉惊涛异坦途。

二

出处从今莫问天，南来跨海岂徒然。须知鲁叟乘桴兴，未似商岩济巨川③。

三

潮回齐唱发船歌，杳渺风帆去若梭④。可是胸中未豪壮，更来沧海看鲸波。

【注释】

①藤江：水名。即今浔江，在今广西藤县界。

②琼山：山名。在今海南省海口市琼山区南。

③商岩：傅说初版筑于傅岩之野，后被商王武丁举以为相。后以商岩指代在野贤士。徐彦伯《送特进李峤入都祔庙》："骑转商岩日，旌摇关塞烟。"

④杳渺：悠远，渺茫貌。白居易《过骆山人野居小池》："拳石苔苍翠，尺波烟杳渺。"

雷化多旷野道傍常闻鹧鸪声①

已过梅岭更南征，渺渺琼山四百程。自注：自雷渡海南四百里。日暖风和寒食路，行人休听鹧鸪声。自注：俗讹其声曰行不得。

【注释】

①雷化：指雷州、化州地区。

李　纲

李纲(1083—1140)，字伯纪，号梁溪先生。邵武(今属福建)人。徽宗政和二年(1112)进士。历官太常少卿。钦宗时，授兵部侍郎、尚书右丞。钦宗靖康元年(1126)金兵侵汴京，任京城四壁守御使，团结军民，击退金兵。高宗即位，为尚书右仆射兼中书侍郎曾力图革新内政，仅77天即遭罢免。贬鄂州，继放到海南儋县万安军。建炎三年(1129)底才获自由；四年，回到邵武居住。绍兴二年(1132)二月至三年，任荆湖广南路宣抚使，兼知潭州，改湖南安抚使；五年十月至七年十一月，任江南西路安抚制置大使，兼知洪州；九年，除知潭州、荆湖南路安抚大使，力辞；十年，卒。

次雷州

华夷图上看雷州①，万里孤城据海陬②。萍迹飘流遂如许，骚辞拟赋畔牢愁③。沧溟浩荡烟云晓，鼓角凄悲风露秋。莫笑炎荒地遐僻，万安更在海南头④。

【注释】

①华夷：指汉族与少数民族。后亦指中国和外国。柳宗元《南省转牒欲具江国图令尽通风俗故事》："华夷图上应初录，风土记中殊未传。"宋元 时指国家的疆域。

②海陬：海隅，海角。泛指沿海地带。韩愈《河之水二首寄子侄老成》："我有孤侄在海陬，三年不见兮使我生忧。"

③畔牢愁：汉扬雄所作辞赋篇名，已佚。《汉书·扬雄传上》："又旁《惜诵》以下至《怀沙》一卷，名曰《畔牢愁》。"颜师古注引李奇曰："畔，离也。牢，聊也。与君相离，愁而无聊也。"借指离愁之作。李商隐《拟意》："书成祓禊帖，唱杀畔牢愁。"

④万安：州名。汉朱崖郡地。唐置万安州。宋熙宁七年(1074)改为万安军，后废，属琼州。明洪武复置万州，治万宁。1914 年改为万宁县，今属海南省。

天宁寺阇提花①(三首选二)

一

阻涉鲸波寇盗森②，中原回首涕成霖③。清愁万斛无消处，唯有幽花慰客心④。

二

深院无人帘幕垂，玉英翠羽灿芳枝⑤。世间颜色难相似，暗雪初残未坠时。

【注释】

①天宁寺：故址在今雷州市西关外。　阇(shé)提花：即金钱花。阇提：佛家语。梵语音译。

②"阻涉"句：李纲于南宋建炎三年(1129)被贬海南为万安军，到雷州时，因琼州海峡海盗猖獗而暂停，渡不了海。　鲸波：巨浪。此指代琼州海峡。

③"中原"句：李纲于南宋建炎元年(1127)召为宰相，整军备战，图复中原，结果因宋高宗动摇及投降派排斥，任职只七十日，被免职。

④幽花：指阇提花。

⑤玉英：比喻白色花朵。李益《登天坛夜见海》："仙人携我搴玉英，坛上夜半东方明。"　　翠羽：翠鸟的绿色羽毛，比喻花叶。杜甫《秋雨叹三首》之一："著叶满枝翠羽盖，开花无数黄金钱。"

谒南海神庙

黄木湾头潮欲平，丛林深处款祠庭。岂知休咎能传戒，但爱昌黎解勒铭。海上波涛呈秘怪，壁间图书杂红青。应怜归客稽留久，风破寒江集百灵。自注：唐休咎禅师为神受戒。

泛舟循惠间山水清绝口号四首①

雨过溪流没旧滩②，舟行竟日画图间③。重重翠绿相环揖，卧看王维著色山④。

烟雨霏霏溪上村，白沙翠竹对柴门。江湖战斗波成血⑤，耕凿樵渔如不闻⑥。

青山碧水白鸥飞，野岸临流有钓矶。便欲诛茅老沧海⑦，于今江浙可忘机。

山下清江匹练横，山头红日半轮明。渔人晚集知多少，静听鸣榔撒网声。

【注释】

①循惠：循州、惠州。

②没(mò)：漫过，淹没。储光羲《采菱词》："潮没具区薮，潦深云梦田。"

③竟日：终日；从早到晚。张循之《送王汶宰江阴》："郡北乘流去，花间竟日行。"

④"卧看"句：言躺在舟中观看沿途风光，仿佛是在欣赏王维的彩色山水画。著色：涂上颜色。李贺《河阳歌》："染罗衣，秋蓝难著色。"

⑤战斗：泛指争斗，斗争。《左传·昭公二十五年》："哀有哭泣，乐有歌舞，喜有施舍，怒有战斗。"

⑥耕凿:《击壤歌》:“日出而作,日入而息,凿井而饮,耕田而食,帝力于我何有哉?”后常用“耕凿”形容人民辛勤劳动,生活安定。骆宾王《畴昔篇》:“挂冠裂冕已辞荣,南亩东皋事耕凿。”

⑦诛茅:亦作“诛茆”。芟除茅草。引申为结庐安居。杜甫《楠树为风雨所拔叹》:“诛茅卜居总为此,五月仿佛闻寒蝉。”

循州道中作

岭海经行涉两年,篮舆触热道龙川。只愁青草黄茅瘴,敢意好风佳月天。山顶濛濛遮薄雾,江心跕跕坠飞鸢。劳生往返何为者,归去躬耕负郭田。

宿兴宁县驿二首①

一

清夜风露冷,月华窗半侵。怀家千里梦,许国一生心②。倦鸟投林急③,潜鱼泳泽深。无人知此意,抱膝自长吟。

二

六月欲徂暑④,又催流火辉⑤。竹闲萤已乱,檐侧飞燕归。岂念弃纨扇,永怀劳铁衣⑥。兵戈犹未息,老尽故山薇⑦。

【注释】

①兴宁:古属龙川县地,东晋咸和六年(331),析置兴宁县,以境内兴宁江命名。今为兴宁市,广东省梅州市代管。

②许国:谓将一身奉献给国家,报效国家。杜甫《前出塞九首》之三:“丈夫誓许国,愤惋复何有。”

③倦鸟:倦飞之鸟。比喻倦游之人。钱起《秋霖曲》:“阴精离毕太淹度,倦鸟将归不知树。”

④徂暑:《诗·小雅·四月》:“四月维夏,六月徂暑。”郑玄笺:“徂,犹始也,四月立夏矣,而六月乃始盛暑。”后因以称盛暑。

⑤流火:《诗·豳风·七月》:"七月流火,九月授衣。"孔颖达疏:"于七月之中,有西流者,是火之星也,知是将寒之渐。"火指大火星(即心宿)。夏历五月的黄昏,火星在中天,七月的黄昏,星的位置由中天逐渐西降。后多借指农历七月暑渐退而秋将至之时。刘言史《立秋》:"兹晨戒流火,商飙早已惊。"

⑥铁衣:用铁甲编成的战衣。《乐府诗集·木兰诗》:"朔气传金柝,寒光照铁衣。"

⑦老尽:谓一生尽力,年老而力衰。　薇:一年生或两年生草本植物,结荚果,中有种子五六粒,可食。嫩茎和叶可做蔬菜。通称"巢菜"、"大巢菜"、"野豌豆"。

吕本中

吕本中(1084—1145),字居仁,世称东莱先生。开封(今属河南)人。幼以荫授承务郎。徽宗朝,官济阴主簿、泰州士曹掾,除枢密院编修。钦宗康元间,迁职方员外郎。高宗绍兴六年(1136),召为起居舍人,赐进士出身;八年,为中书舍人,权直学士院;十年,反对议和,罢职,提举太平观。卒,谥"文清"。

避寇南行

何处田园不是家,尽扶衰病过天涯。山村酒熟人人醉,客路春浓处处花。敢道岭南无贼马①,侧闻江左尚胡沙②。囊空甑倒君休笑③,亦有新诗伴齿牙④。

【注释】

①贼马:此指入侵者的军队。张元干《感事四首丙午冬淮上作》之三:"贼马环京路,朝廷尚议和。"

②江左:古时在地理上以东为左,江左也叫"江东",指长江下游南岸地区。张耒《殷浩》:"固应竹马思元子,江左兴亡不在君。"　胡沙:西方和北方的沙漠或风沙。喻入侵中原的胡兵的势焰。

③甑(zèng):古代蒸饭的一种瓦器。

④齿牙:牙齿。

连州阳山归路三绝

一

苍黄避地出连州，邃谷深崖懒转头。归路始知山水好，少留村驿当闲游。

二

稍离烟瘴近湘潭，疾病衰颓已小堪。儿女不知来避地，强言风物胜江南。

三

岭外从来不识春，青梅年后已尝新。深山忽有残花在，知与清明待北人。

游阳山广庆一作陵寺

泝流荡桨到阳山，寺在云山缥缈间。雨洗竹萌穿野岸①，风吹榕叶落荒湾。僧眠白日钟声静，花送青春鸟语闲②。留醉岭南无所恨，不妨蜡屐恣跻攀③。

【注释】

①竹萌：笋的别称。《诗·尔雅·释草》："笋，竹萌。"邢昺疏："凡草木初生谓之萌，笋则竹之初生者。"

②青春：指春天。春季草木茂盛，其色青绿，故称。《楚辞·大招》："青春受谢，白日昭只。"王逸注："青，东方春位，其色青也。"

③蜡屐：以蜡涂木屐。语出刘义庆《世说新语·雅量》："或有诣阮（阮孚），见自吹火蜡屐，因叹曰：'未知一生当著几量屐！'神色闲畅。"后因以"蜡屐"指悠闲、无所作为的生活。　　跻攀：亦作"跻扳"。犹攀登。杜甫《白水县崔少府十九翁高斋三十韵》："清晨陪跻攀，傲睨俯峭壁。"

连州游隅湖亭

附溪翳嘉木①,濒溪引清流。如何几亩田,委曲林泉幽。乱石际高下,森列如戈矛②。青色染黛浅,映水疑欲浮。危亭跨绝壁,广榭排荒丘。我来雨初过,远山云半收。百花开已尽,桑柘鸣晴鸠。不知汝颍间③,还有此景不。踌躇思痛饮④,沃洗胸中愁⑤。明朝傥未去⑥,提壶再来游。

【注释】

①嘉木:美好的树木。韦应物《西郊游瞩》:"新禽哢暄节,晴光泛嘉木。"

②森列:森严排列。李白《古风·太白何苍苍》:"太白何苍苍,星辰上森列。"

③汝颍:《说文》:"汝水出宏农卢氏,还归山东入淮。""颍,颍水,出颍州阳城乾山东入淮。"岑参《郊行寄杜位》:"秋风引归梦,昨夜到汝颍。"

④踌躇:忐忑不安,极度痛心。孟云卿《伤情》:"出门先踌躇,入户亦彷徨。"

⑤沃洗:洗涤;沃盥。《仪礼·乡饮酒礼》:"主人坐取爵,沃洗者西北面。"《宋史·礼志十七》:"宾主以下各就席坐讫。酒再行,次沃洗。"

⑥傥(tǎng):连词,表示假设,相当于倘若、如果。

章元振

章元振,字叶举。崇安(今属福建)人。徽宗政和五年(1115)进士。高宗绍兴间,知肇庆储,提举广南东路学号平茶事兼东西路盐事。

会诸官韩亭

一

我爱韩亭好,文公像逼真。音容虽已往,英概恍如新。

二

我爱韩亭好,天遥眼界宽。引觞延胜友,笑语出云端。

三

我爱韩亭好,霜空宿霭收。望中江入海,应有济川舟。

郑刚中

郑刚中(1088—1154)，字亨仲。婺州金华(今属浙江)人。高宗绍兴二年(1132)进士，授温州军事判官；六年，除枢密院编修官；八年，迁殿中侍御史；十二年，迁川陕宣抚副使兼营田；十七年，以忤秦桧罢，提举江州太平兴国官，桂阳居住，徙复州、封州安置。有《北山集》。

广人谓取素馨半开囊置卧榻间终夜有香用之果然①

素馨玉洁小窗前，采采轻花置枕边。仿佛梦回何所以，深灰慢火养龙涎②。

【注释】

①广人：广东人。余靖《送陈京廷评》："闽吴荆广人，奔走通昏旦。"

②龙涎：亦名龙泄，名贵的香料，抹香鲸病胃的一种分泌物。以得于海上，因称龙涎。项斯《寄流人》："象迹频藏齿，龙涎远蔽珠。"

广中菩提树取其叶用水浸之叶肉尽溃而脉理独存绡縠不足为其轻也士人能如莲累之号菩提灯见而戏为此绝①

初疑云母光相射，又似秋蝉翼乍枯。智慧有灯千佛共，菩提叶巧一孤灯。

【注释】

①广中：指岭南。　　绡縠(xiāo hú)：薄绸与皱纱。刘禹锡《春日退朝》："瑞气转绡縠，游光泛波澜。"

有客致木绵椅坐为山斋之用

桃歇冬花蕉叶干，寒到广东真是寒。山斋竹椅冷如水，欲以荐坐无蒲团。邻翁未必藉华罽①，顾此流落心所怜。临溪汲水下蓝碧，为染吉贝包木绵②。长针引线作方衲③，软暖厚薄无一偏。虽是凝尘少来客④，瘦骨拄衣身独便。领君此意觉漫甚，我亦虚坐其敢安⑤。家世穷愁岂今日，广文之老先无毡⑥。

【注释】

①华罽(jì)：华贵的毛织毯子。

②吉贝：古代我国东南沿海对棉布的称谓。方勺《泊宅编》卷三："闽广多种木绵，树高七八尺，叶如柞，结实如大菱而色青，秋深即开，露白绵茸然。土人摘取去壳，以铁杖杆尽黑子，徐以小弓弹令纷起，然后纺绩为布，名曰吉贝。"北宋前期，栽种渐广，彭乘《续墨客挥犀·卷一·吉贝布》："士夫竞植之，有至数千株者，采其花为布，号吉贝布。"

③方衲：并排地密针缝纫。

④凝尘：积聚的尘土。李贺《伤心行》："古壁生凝尘，羁魂梦中语。"

⑤虚坐：无欲无为地静坐。张籍《和李仆射西园》："虚坐诗情远，幽探道侣兼。"虚：道教语。指无欲无为的思想境界。《老子》："致虚极。"魏源本义："虚者无欲也。"

⑥广文：一专指郑虔，《新唐书·郑虔传》载，玄宗爱郑虔才，为置广文馆，以之为博士；杜甫称其为"广文先生"。杜甫《醉时歌(赠广文馆博士郑虔)》："诸公衮衮登台省，广文先生官独冷。甲第纷纷厌粱肉，广文先生饭不足。"二泛指清苦闲散的儒学教官。张贲《旅泊吴门》："一舸吴江晚，堪忧病广文。"

壬申年封州自正旦雨至元宵不止(选一)

人图作元夜①，剪纱累红莲。天欲下膏泽②，万瓦飞流泉。烧灯雨何损③，不过市井喧。春若无此雨，从谁觅丰年。

【注释】

①元夜：此指上元夜，即元宵。韩偓《元夜即席》："元宵清景亚元正，丝雨霏霏向晚倾。"

②膏泽：膏雨。滋润作物的雨水。韦应物《新理西斋》："春阳土脉起，膏泽发生初。"

③烧灯：犹点灯，特指元宵节挂的彩灯。王建《宫词一百首》："院院烧灯如白日，沉香火底坐吹笙。"

茉莉[①]（三首选二）

一

涉锸移根带藓苔[②]，暑中相对亦佳哉。素英吐处只如玉，清思牵人全似梅。浅绿剪罗和叶看，真香捣麝逐风来。观君可与酴醾并[③]，高士宁容俗子陪。

二

岭上老梅树，岁晚等风木。霜风吹枯枝，曾有花如玉。茉莉抱何性，犯此炎暑酷。琢玉再为花，承以敷腴绿。怜渠一种香，偏历寒与燠。空庭三更月，酒醒人幽独。有如高世士，含情不虚辱。时于寂默中[④]，至意微相属。鼻观既得趣，就枕便清熟。梦中见灵均[⑤]，九畹皆芬馥[⑥]。

【注释】

①茉莉：花名，常绿灌木，叶卵形，花白色，很香，常用来熏制茶叶。李群玉《法性寺六祖戒坛》："天香开茉莉，梵树落菩提。"

②锸（chā）：铁锹，掘土的工具。

③酴醾（tú mí）：酒名。阎朝隐《奉和圣制春日幸望春宫应制》："彩胜年年逢七日，酴醾岁岁千钟"。花名。以花颜色似酴醾酒，取名。此指酴醾花。崇圣寺鬼《题壁》："禁烟佳节同游此，正值酴醾夹岸香。"

④寂默：静，没有声音。韩愈《送灵师》："四座咸寂默，杳如奏湘弦。"

⑤灵均：屈原的字。屈原《离骚》："名余曰正则兮，字余曰灵均。"

⑥芬馥：香气浓郁。李白《感时留别从兄徐王延年、从弟延陵》："清英神仙骨，芬馥茝兰蕤。"

封州

莫道封州是小州，封州虽小客何愁。荔枝受暑色方好，茉莉背风香更幽。得醉便眠寻梦蝶，俗行还立看沙鸥。向非造物曾留意，谁把余生为我谋。

时官多以封州俸薄井邑萧条居处湫隘为欢观如闻而赋之

相逢都说在天涯，禄似蝇头舍似蜗①。画角楼前皆郭外，虚棚竹上是人家。草深正恐鹿为虎，日暮渐迷鸥与鸦。老子岂知差别相②，高眠饱看荔枝花。

【注释】

①蝇头：原指极小的字。吴融《倒次元韵》："鱼子封笺短，蝇头学字真。"此比喻微不足道的名利。韩元吉《次韵金元鼎新年七十》："危机直虎口，薄利只蝇头。"　舍似蜗：住所如蜗牛的壳那样小。比喻居所狭小。

②差别：区别，分别。白居易《题道宗上人十韵》："一音无差别，四句有诠次。"

田父

老人听读劝农章，扶杖兴言意味长。但愿门前少呼唤，自然工力到耕桑。

洪　皓

洪皓(1088—1155)，字光弼。饶州鄱阳(今属江西)人。徽宗政和五年(1115)进士。高宗建炎三年(1129)，以徽猷阁待制假礼部尚书使金被留，至绍兴十三年(1143)归，迁徽猷阁直学士，提举万寿观，兼权直学士院，寻因忤秦桧，出知饶州；十七年，责授濠州团练副使，英州安置；二十五年，主管台州崇道观。谥"忠宣"。

浈阳寓居

地瘠久荒芜，驱童且荷锄。诛茅仍遣瘴，汲水旋栽蔬。瓟酱调应晚①，莼羹兴渐疏。秋高宜日涉，不必问丹书②。

【注释】

①瓟(bó)：小瓜。同“匏”。一年生草本植物。果实比葫芦大，对半剖开可做水瓢。其果实，俗称“瓢葫芦”。

②丹书：传说中赤雀所衔的瑞书。《吕氏春秋·应同》：“及文王之时，天先见火，赤乌衔丹书集于周社。”《周祀五帝歌十二首·赤帝云门舞》：“赤雀丹书，飞送迎。”

芭蕉

芭蕉非一种，南粤竟成丛。结实陪房绿，舒花焰火红①。象蹄形甚伟，筒葛衽尤工②。羁旅牵愁思，秋窗夜雨中。

【注释】

①舒花：开花。陆罩《采菱曲》：“转叶任香风，舒花影流日。”舒：展开，伸展。

②筒葛：筒裙葛衣。筒：筒状的裙子。　衽(rèn)：袖子。《广雅》：“衽，袖也。”

陈与义

陈与义(1090—1138)，字去非，号简斋。本蜀人，后徙居河南叶县。徽宗政和三年(1113)上舍甲科。寻贬陈留郡酒税监。高宗绍兴元年(1131)为礼部侍郎，寻以徽猷阁直学士知湖州，召为给事中，又以显谟阁直学士提举江州太平观，旋而复为中书舍人、直学士院；六年十一月，拜翰林学士、知制诰；七年正月，授参知政事；八年，以疾乞辞，以资政殿学士知湖州，加提举临安洞霄宫。

和大光道中绝句

一

已费天工十日晴①，今朝小雨送潮生。转头云日还如锦，一抹葱珑画不成②。

二

寂寂孤村竹映沙③，槟榔迎客当煎茶。岭南二月无桃李，夹路松开黄玉花④。

【注释】

①天工：亦作天功，指天的职司。王维《送韦大夫东京留守》："天工寄人英，龙衮瞻君临。"

②葱珑：同"葱茏"，形容草木青翠茂盛。晏殊《寿和圣制除夜》："丹闱肃穆犹凝夕，佳气葱珑渐报春。"

③寂寂：形容寂静。卢照邻《相如琴台》："寂寂啼莺处，空伤游子神。"

④夹路：犹"夹道"。宋之问《泛镜湖南溪》："杳嶂开天小，丛篁夹路迷。"

与大光同登封州小阁

去程欲数莽难知，三日封州更作迟。青嶂足稽天下士①，锦囊今有峤南诗。共登小阁春风里，回望中原夕霭时。万本梅花为我寿，一杯相属未全痴②。

【注释】

①"青嶂"句：青山足以让天下士人停留（游览）。　　稽（jī）：《说文》："留止也。"

②相属：互相倾注。指共聚畅饮。韩愈《八月十五夜赠张功曹》："沙平水息声影绝，一杯相属君当歌。"

叶南仲

叶南仲，字晋明。侯官(今属福建)人。徽宗宣和三年(1121)进士。孝宗淳熙二年(1175)，为福建提刑。终朝奉郎，知新州。

七星岩

斗峰遥认旧嵩台，为劝耕农特地来。短李高名光华壁①，伪刘真迹没苍苔②。洞天日水风埃静③，崖窦云收雾色开。好景最宜供宴赏，操觚欲赋愧非才④。

【注释】

①短李：指唐代诗人李绅。《新唐书·李绅传》："(绅)为人短小精悍，于诗最有名，时号'短李'。"白居易《编集拙诗成一十五卷因题卷末戏赠元九李二十》："每被老元偷格律，苦教短李伏歌行。"　高名：盛名。李白《峨眉山月歌送蜀僧晏入中京》："一振高名满帝都，归时还弄峨眉月。"

②伪刘：指南汉政权。

③风埃：风尘。吴融《长安逢故人》："如何不归去，霜鬓共风埃。"

④非才：无能，不才。指才不堪任。用为自谦之辞。岑参《佐郡思旧游》："同类皆先达，非才独后时。"

朱　翌

朱翌(1097—1167)，字新仲，号潜山居士、省事老人。舒州(今属安徽)人。高宗绍兴十一年(1141)，为中书舍人兼实录修撰；忤秦桧，谪居韶州；二十五年，起充秘阁修撰，出知宣州、平江府。

端午观竞渡曲江

楝花角黍五色缕①，一吊湘累作端午②。越人哀君楫迎汝，呼声动地汗流雨。鱼虾走避无处所，小试勒兵吾有取③。楼船将军下潢浦，佽飞射士彍强弩④。大堤士女立如堵，乐事年年动荆楚。却忆金明三月天⑤，春风引出大龙船。

二十余年成一梦，梦中犹记水秋千⑥。三军罢休各就舍，一江烟雨朱帘夜。隐隐滩声细卷沙，沙浅滩平双鹭下。

【注释】

①楝(liàn)：楝花树，俗名"苦楝子"。乔木，两回羽状复叶大，花芳香、紫色、簇生而开展，果光滑、黄色。种子和树皮都可入药。柳永《多丽·凤凰箫》："纵留得、楝花寒在，啼鸩已无聊。" 角黍(shǔ)：食品名。即粽子。以箬叶或芦苇叶等裹米蒸煮使熟。状如三角，古用粘黍，故称。杨巨源《谢人送粽》："来时三月春犹在，到日端阳节又临。珍重主人意勤腆，满盘角黍细包金。"

②湘累：指屈原。陆龟蒙《袭美先辈以龟蒙所五百言既蒙见和复示荣喝至于千字……》："人谣洞野老，骚怨明湘累。"

③勒兵：治军，操练或指挥军队。杨凭《边塞行》："圣主嗤炎汉，无心自勒兵。"

④佽(cì)飞：亦作佽非。春秋楚国勇士。后亦泛指勇士。汉代武官名。少府属下左弋，自武帝太初元年(前104)取古勇士佽飞名，改为"佽飞"，掌弋射，有九丞两尉。后泛指武官。韦应物《汉武帝杂歌三首》之三："左有佽飞落霜翮，右有孤儿贯犀革。" 彍(guō)：张满弓。宋祁《孟冬驾狩近郊》："彍弩先驱肃，彫戈后队明。"

⑤金明：金明池之简称。池在宋京城开封西郑门西北，周围约九里。《宋史·太宗纪一》："〔太平兴国三年(978)〕诏凿金明池。"孟元老《东京梦华录·三月一日开金明池琼林苑》："三月一日，州西顺天门外，开金明池、琼林苑，每日教习车驾上池仪范。"

⑥水秋千：一种水上杂技表演。孟元老《东京梦华录·驾幸临水殿观争标锡宴》："又有两画船，上立秋千。船尾百戏人上竿，左右军院虞候监教鼓笛相和。又一人上蹴秋千，将平架，筋斗掷身入水，谓之'水秋千'。"

初到曲江(六首选五)

一

度岭三百里，携家五六人。卜居依古寺，爱日向初春。时有逃虚喜①，端无去客嗔。团栾何所作②，不寐守庚申③。

二

灯火光元夕，歌呼亦尽欢。欣闻雪霏白，愁失荔垂丹。老酒莲花曲，甜鱼藿叶盘[4]。万金书若到，便可解忧端。

三

岭外山川最，天涯草木芬。曾经五月狩，俱被一琴薰。韶石静张乐[5]，舜峰高出云[6]。真同适鲁见，何异在齐闻[7]。

四

草断城头路[8]，春未履屡穿。雨余峰染黛，云出岭垂莲。眼傍青林转，愁来白鸟边。中原好消息，问取此江船。

五

嘉卉怀炎德[9]，孤根幸斗临[10]。象蹄交绿润，佛眼瞬红深。含笑香飘坐[11]，素馨娇满簪。老榕虽拥肿，六月十分阴。

【注释】

①逃虚：逃避世俗，寻求清静无欲的境界。王安石《次韵酬吴彦珍见寄二首》之二："白日忆君聊远望，青林嗟我似逃虚。"

②团栾：圆月。比喻团聚。任华《寄杜拾遗》："积翠扈游花匼匝，披香寓直月团栾。"

③守庚申：叶梦得《避暑录话》："道家言人身中有三尸，亦云三彭，记人过失，庚申日，乘人睡，告之上帝，学道者是日不睡，谓守庚申。"温庭筠《山中与诸道友夜坐闻边防不宁因示同志》："风卷蓬根屯戊己，月移松影守庚申。"

④藿叶：豆类植物的叶子，指粗劣的食物。

⑤张乐：置乐；奏乐。陈子昂《与东方左史虬修竹篇》："遂偶云和瑟，张乐奏天庭。"

⑥舜峰：当指韶石的高峰。曾丰《赠别曲江贡士李安之五羊相访》："舜峰久裒精，韶石俄茁秀。"

⑦"真同"两句：鲁、齐皆指山东。

⑧断：《说文》："断，截也。"此指挡住。

⑨嘉卉：美好的花草树木。《诗·小雅·四月》："山有嘉卉，侯栗侯梅。" 炎德：犹火德。《楚辞·远游》："嘉南州之炎德兮，丽桂树之冬荣。"姜亮夫校注："阴阳家旧说，南于五行属火，故曰炎德也。"

⑩斗临:星辰临照。李峤《安辑岭表事平罢归》:"东瓯抗于越,南斗临吴会。"

⑪坐:同"座"。

谢刘宪惠龙眼诗

龙目秋成亦一奇,略无瘴雾损瑶肌①。荔枝韵胜材谁亚,益智名同性即非②。侠士从禽携弹去③,鲛人探海得珠归。不须直待枯成腊④,便遣尊前解褐衣⑤。

【注释】

①略无:全无,毫无。李咸用《分题雪霁望炉峰》:"略无烟作带,独有影沈湖。"

②益智:植物名。《艺文类聚》卷八七《广志》:"益智,叶似丛(蘘)荷,长丈余,其根有小枝,高者八九寸,无叶萼,其子丛生著之,大如枣,中辨黑皮白,核小者曰益智。"《广雅·释木》,释作龙眼别名。

③从禽:追逐禽兽。谓田猎。《易·屯》:"即鹿无虞,以从禽也。"白居易《杂兴三首》之一:"又爱从禽乐,驰骋每相随。"

④直待:一直等到。杜荀鹤《小松》:"时人不识凌云木,直待凌云始道高。"

⑤褐衣:粗布衣服。古代贫贱者所穿。借指贫贱者。张籍《赠主客刘郎中》:"忆昔君登南省日,老夫犹是褐衣身。"此比喻龙眼,因其果壳为褐色。

曹　勋

曹勋(1098—1174),字公显,一字世绩,号松隐。颍昌阳翟(今属河南)人。徽宗宣和五年(1123),以荫补承信郎,特命赴进士廷试,赐甲科。高宗绍兴十一年(1141)、十四年、二十九年三次使金;二十九年,拜昭信军节度使;三十二年加太尉。有《松隐集》。

题潮州黄岗驿

旱作颠风日日吹,冬来浑似麦秋时。土人尚畏生炎瘴,北客闻时泪可知。

潮州赠刘大夫

山绕蒙庵十里阴，两翁逸驾每骎骎。人随衡雁野云薄，梦绕鳄溪秋水深。别后诗章清有思，向来游处剩关心。何妨一笑云萝上①，小约湖边特特寻②。

【注释】

①云萝：藤萝。即紫藤。因藤茎屈曲攀绕如云之缭绕，故称。此指深山隐居之处。钱起《山居新种花药，与道士同游赋诗》："笑指云萝径，樵人那得知。"

②特特：特地。欧阳修《和人三桥》："为爱斜阳好，回舟特特过。"

胡　寅

胡寅（1098—1156），字明仲，学者称致堂先生。建州崇安（今属福建）人。钦宗宣和三年（1121）进士。历官司门员外郎、起居郎、永州邵州、岩州知府、中书舍人、礼部侍郎兼侍讲、徽猷阁直学士。曾乞致仕，归衡州，安置新州。桧死，复官。谥"文忠"。

游龙山寺六祖故居也

范阳卢以仕南迁①，卜宅空山不计年②。间气有钟超象类③，美材无匠制方圆。谁能判断风幡话，等是追随粥饭缘。携客同来又同去，浮屠依旧插苍烟④。

【注释】

①"范阳"句：《六祖坛经》中惠能自述其籍贯为范阳（今北京大兴），其父为范阳卢氏，后贬于岭南，故惠能为范阳卢氏后裔。

②卜宅：犹卜居。用占卜决定建设居所之地。杜甫《为农》："卜宅从兹老，为农去国赊。"

③象类：相像，比拟。张九龄《彭蠡湖上》："象类何交纠，形言岂深悉。"

④浮屠:佛教语,此指佛塔。　　苍烟:苍茫的云雾。陈子昂《岘山怀古》:“野树苍烟断,津楼晚气孤。”

题清远峡山寺丙子

清远峡山寺,几年闻汝名。维舟得眺望,满目慰经行。壁立巉天秀①,溪闲写镜清②。岭云方北上,涛雪漫南倾③。罪垢三熏净④,归风两腋轻⑤。皇慈天共大,睿知日同时。重起阙廷恋,敢怀山水情。生绡无画手,聊此寄真形。

【注释】

①巉(chán):高峻,陡峭。

②镜清:水面平如镜清。李绅《寿阳罢郡日有诗十首与追怀不殊今编于后兼纪瑞物·初出淝口入淮》:“人心莫厌如弦直,淮水长怜似镜清。”

③涛雪:波涛如雪。郑子思《三贤祠》:“寻常任意自出没,砥柱中流喷涛雪。”

④罪垢:过错;诟病。道世《颂六十二首·业风恒泛滥》:“罪垢蒙除结,神珠启暗冥。”

⑤归风:送归的清风。李商隐《访秋》:“江皋当落日,帆席见归风。”

晁公迈

晁公迈,字伯咎,号传密居士。钜野(今属山东)人。以荫补将仕郎。高宗绍兴八年(1138),为广东提举常平;十年,权市舶司,以贪利为大食国进奉使所讼,罢。

峡山寺

地辟天分碧峡嵬,雷奔电激驾潮回。神移古殿名犹在,石架禅房势欲摧。壁月近依朱槛转,冰泉暗度白云来。南游瘴国吾何恨,怀抱多从此地开。

李乔木

李乔木，字楹础。汴梁（今属河南）人。高宗建炎间进士。官至银青光禄大夫、兵部尚书。绍兴间因忤秦桧谪岭南。

舟次南华寺

衣钵相传旧，菩提漫尔栽。好山僧独占，冒暑我初来。野鸟迎人语，溪塘傍竹开。登临问因果，老衲笑相陪。

陈鹏飞

陈鹏飞（1099—1148），字少南。永嘉（今属浙江）人。高宗绍兴十二年（1142）进士。因忤秦桧谪居惠州。

惠州作

手撷春畦爪甲香，黄荑紫笋快先尝①。我今骈邑无三百②，只有园蔬一味长。

【注释】

①黄荑（tí）：黄茅草的嫩芽。　　紫笋：贡茶之一种。白居易《题周皓大夫新亭子二十二韵》："茶香飘紫笋，脍缕落红鳞。"

②"我今"句：如今我聚集起全城的财产也不值三百两。　　骈（pián）：骈聚，聚集。《楚辞·九思·哀岁》："群行兮上下，骈罗兮列陈。"

汪　任

汪任，号凤山居士。鄱阳（今属江西）人。高宗建炎四年（1130）知英州。

游南山

浈阳富佳致[①]，无以过南山。山高雄地理[②]，万丈亲云端。攀援临绝顶，气象非尘寰[③]。神存古庙貌，台敞旧轩栏。青石生龙文，凛凛常风寒[④]。纵目四无际[⑤]，陡觉天地宽。直北二江合，水势中分滩。滩横水亦转，曲折束成湾。群峰自西来，险绝如函关[⑥]。中虚左梵刹[⑦]，地胜苾刍女[⑧]。梵修祝圣寿，额自九重颁。旁有石一障，高下数亩间。或列如屏风，或方如仙坛。或立如驻马，或走如奔帆。或侧如虎卧，或曲如龙蟠。或严如卫吏，或罗如星官。或伛如老人，而枯其形颜。或俨如端士[⑨]，而正其衣冠。或堆如云霞，重叠而聚攒。或涌如波浪，挛属而奔湍[⑩]。或倾而复举，如猎而兽跧[⑪]。或腾而不下，如射而禽翻。或先后相续，如朝赴金銮。或参差不齐，如兵方结圆。或平为几案，而可罗杯盘。或突出皋岸，而能垂钓竿。或背若相恶，或向若相欢。或声若磬响，或色若豹斑。或累而成塔，或砌而成鞍。或疏而分散，或密而弯环。或巧而非怪，或钝而非顽。虽偶不为配，虽单不为鳏。虽近不相狎，虽压不相残。有室可居佛，有灶可炼丹。有洞可休息，有岩可跻攀。爽气自有余，蒸岚不相干。乾坤所开避，断劚非斧刓。游者可意得，名状不易殚。通天与三峡，若是乌能班。今进无王维，睥睨措笔难。静想瑶池仙，岂不停翔鸾。又疑桃源客，步虚潜往还。我有英贤乐，冥搜思不悭。题名或赋诗，鸠工妙手刊[⑫]。惜哉岁月久，几至遍圬漫。山僧不好奇，仁者兴嗟叹。爰有老仙翁，寻幽独忘餐。尘土尽去除，林木间自芟。特道方寸地，旧耕同一观。小亭翼其上，游居兴不阑。于此或围棋，纵横势万般。于此或煮茗，江心汲澄澜。于此或燕坐，尘虑一切拌[13]。谁知得真趣，消此白日闲。胜概益增重，清爽弥骈阗[14]。山石虽无情，似有待而言。又况隐君子，寂寂初无传。或隐于仕禄[15]，或晦于岩泉。知音一提拂[16]，岂与山石肩[17]。尧舜吾君民[18]，勋业垂万年[19]。

【注释】

①佳致：美好的景致。郑损《泛香亭》："流杯处处称佳致，何似斯亭出自然。"

②地理：山川土地的环境形势。《易·系辞上》："仰以观于天文，俯以察于地理。"疏："地有山川原隰，各有条理，故称理也。"

③尘寰：指人世间。齐己《寄居道林寺作》："岚湿南朝殿塔寒，此中因得谢尘寰。"

④凛凛：寒冷。白居易《冬夜与钱员外同直禁中》："夜深草诏罢，霜月凄凛凛。"

⑤纵目：放眼远望。《楚辞·大招》："豕首纵目，被发鬤只。"

⑥函关：函谷关的省称。古关为战国秦置，在今河南省灵宝县境。汉元鼎三年(前114)移至今河南省新安县境，去故关三百里。李白《凤吹笙曲》："绿云紫气向函关，访道应寻缑氏山。"

⑦中虚：指胸腔。指心。此指中心地带。马子严《章岩》："拳石中虚屋数椽，洞门东辟半规圆。"

⑧苾刍(bì chú)：亦作"苾芻"，即比丘。黄庭坚《代书》："惟思苾刍园，脱冠著袈裟。"

⑨端士：犹端人，正直的人。刘孝威《奉和简文帝太子应令诗》："智囊前敛笏，端士后垂缨。"

⑩挛属：蜷曲接连。

⑪兽跧(quán)：野兽身体蜷伏。

⑫鸠工：聚集工匠。李复《源水叹》："我欲鸠工聚长锸，齐平决堤如决纸。"

⑬尘虑：犹俗念。孟浩然《经七里滩》："挥手弄潺湲，从兹洗尘虑。"

⑭骈阗(pián tián)：聚集在一起。章碣《观锡宴》："倾朝朱紫正骈阗，红杏青莎映广筵。"

⑮仕禄：指官职，职务。白居易《同王十七庶子李六员外郑二侍御同年四人游龙门有感而作》："各从仕禄休明代，共感平生知己恩。"

⑯提拂：提携。

⑰肩：相提并论或等齐。

⑱尧舜：尧和舜，中国上古的贤明君主。泛指圣人。李频《浙东献郑大夫》："几时入去调元化，天下同为尧舜人。"

⑲勋业：功业。杜甫《奉寄别马巴州》："勋业终归马伏波，功曹非复汉萧何。"

英德六题[①]

定光室

古有如来号定光[②]，百年真相为重装。面前涌出香炉石，欲使人烧无尽香。

熙熙亭

中天未复旧山河，春日同民强一过。草草杯盘等闲置[③]，愁多易觉醉颜酡。

根辋岩[④]

高岩古木根如辋，辋坏无根何处寻。下有唐人元杰记，读之聊足慰登临。

临清龛

地辟仙龛小亦奇，龛前长泻碧琉璃。我来恰似陶彭泽[⑤]，览景濡毫便赋诗。

煮茗台

石梯千级杖藜行，行到山腰足暂停。旋汲灵泉煮佳茗，渴心滋润困魔醒。

寒翠亭

叠浪千堆霰雪寒，澄渊百尺瑠璃翠。江皋更展石屏风，特为幽亭助嘉致[⑥]。

【注释】

①题目为编者所加。

②如来：梵语意译。如：谓如实。"如来"即从如实之道而来，开示真理的人。为释迦牟尼的十种法号之一。

③草草：草率；苟简。韩愈《送刘师服》："草草具盘馔，不待酒献酬。"

④辋(wǎng)：车轮周围的框子。

⑤陶彭泽：晋陶渊明曾为彭泽(汉始设县。在今江西省北部)令，故称陶彭泽。杜甫《石柜阁》："优游谢康乐，放浪陶彭泽。"

⑥嘉致：犹佳致，美好的景致。刘兼《登郡楼书事》："偶奉纶书莅旭川，郡楼嘉致尽依然。"

陈　焕

陈焕，字少微。博罗(今属广东)人。乡人称陈先生。高宗绍兴二十一年(1151)特奏名，调高要簿，秩满不仕。

罗浮组诗①

茶庵观茶

脚底晴雷殷殷过②，浮山四面布干戈③。枪旗不染阴山血④，留与人间战睡魔⑤。

黄龙洞口道人送茶及筇竹杖

露泣新芽九节筇，芽如雀舌节如龙。烹来习习风生腋⑥，拄上罗浮第一峰。

梅花村咏梅作

雪里溪桥独树春，客来惊起晓姜匀⑦。试从意外看风味，方信留侯似妇人⑧。

【注释】

①题目为编者所加。

②殷殷：象声词，描述雷声、鼓声等。杜甫《雨》："凄凄生余寒，殷殷兼出雷。"

③干戈：干与戈，古代常用兵器。借代战争。此指闪电。杜甫《喜晴》："干戈虽横放，惨澹斗龙蛇。"

④枪旗：茶叶泡开之形状，如旗枪之尖。　阴山：在今内蒙古中部，东西走向，包括狼山、乌拉山、色尔腾山、大青山等山脉。此借代战场。

⑤战睡魔：言喝茶的提神功效。苏轼《赠包安静先生茶二首》之二："奉赠包居士，僧房战睡魔。"

⑥习习：和煦貌。此用卢仝茶诗句"七碗吃不得也，唯觉两腋习习清风生"之典。

⑦姜匀：当指晓色白中带淡黄如姜汁涂匀一般。

⑧"方信"句：用留侯张良"状貌如妇人好女"之典。　留侯：秦末，张良佐刘邦平定天下，以功封留侯。

高州吹角老兵

题谯楼绍兴初，吹角老兵一日忽题此诗于谯楼上，遂遁形而隐①。

画角吹来岁月深②，谯楼无古亦无今。不如归我龙山去③，松柏青青何处寻。

【注释】

①绍兴初：绍兴初年。绍兴：宋高宗年号（1131—1162）。　遁形：隐藏形迹；隐身。窦庠《酬韩愈侍郎登岳阳楼见赠》："万象皆归掌，三光岂遁形。"

②画角：军队报时的吹奏乐器。高适《送浑将军出塞》："城头画角三四声，匣里宝刀昼夜鸣。"　岁月深：时间久。李白《忆旧游，寄谯郡元参军》："行来北凉岁月深，感君贵义轻黄金。"

③龙山：指老兵的家乡。

胡　铨

胡铨（1102—1180），字邦衡，号澹庵。吉州庐陵（今属江西）人。高宗建炎二年(1128)进士。绍兴五年(1135),升任枢密院编修官;十八年,改新州,移吉阳军。历秘书少监、起居郎、侍讲、国史院编修、工部侍郎、兵部侍郎,后以资政殿学士致仕。谥“忠简”。

熙春亭①

井邑峰峦绕郡城,新台高峙见南溟。海澜浩荡连云白,江汉朝宗彻底清。日月往来双羽箭②,乾坤今古一邮亭。年年不改长春景,遥想蓬山作画屏。

【注释】

①熙春亭:故址在今广东省阳江市东山。

②羽箭:箭。因尾部缀鸟羽,故称。李白《北风行》:“中有一双白羽箭,蜘蛛结网生尘埃。”

铜一作峒石山①

是处山皆石,他山尽不知。固非从地出,疑是补天余②。下随一拳小,高凌千仞虚③。奇章应未见④,名不下中书⑤。

【注释】

①铜石山:古铜色的观赏山石。

②补天余:女娲补天时留下来的。苏轼《儋耳山》:“君看道傍石,尽是补天余。”

③“下随”二句:将其往下看,只像拳头一般大;摆高看,好像凌空的千仞大土山。

④奇章:指牛弘,字里仁,安定鹑觚人。隋开皇初,授秘书监,封奇章公。好收集奇石。罗虬《比红儿诗》:“昔年黄阁识奇章,爱说真珠似窈娘。”

⑤“名不”句:名字没有载入皇宫藏书。　中书:皇宫中的藏书。陈元晋《上留提刑寿》之二:“只此阴功谁比大,中书有考可酬无。”

题铁阬①

路入阳春境，杳然非世间②。初疑金菊岭，原是铁阬山。日薄岚气重，天寒酒力悭③。人言兹地恶，我爱碧孱颜。

【注释】

①铁阬：在今广东省阳春市南五公里处。

②杳然：同“窅然”。李白《山中问答》：“桃花流水窅然去，别有天地非人间。”

③悭：缺欠。

次雷州和朱彧秀才韵时欲渡海

何人著眼觑征骖①，赖有新诗作指南。螺髻层层明晚照，蜃楼隐隐倚晴岚。仲连蹈海齐一作徒虚语②，鲁叟乘槎亦谩谈③。争似澹庵乘兴往④，银山千叠酒微酣。

【注释】

①著眼：用眼睛，犹留心、留意。罗隐《除夜寄张达》：“梅花已著眼，竹叶况粘唇。”　觑：瞧；看。　征骖(cān)：远行的车马。张九龄《道逢北使题赠京邑亲知》：“征骖稍靡靡，去国方迟迟。”此指代远行的人。

②仲连：即鲁仲连，战国齐人，曾说秦如称帝，则蹈东海而死。后以“鲁连蹈海”，比拟宁死而不受强敌屈辱的气节。李白《赠宣城宇文太守兼呈崔侍御》：“岧峣广成子，倜傥鲁仲连。”

③鲁叟：孔子，鲁人，晚年居鲁教授弟子，后世称为鲁叟。孔子曾说：“道不行，乘桴浮于海。”桴殆同于槎。李白《嘲鲁儒》：“鲁叟谈五经，白发死章句。”

④澹庵：宋代胡季永，曾被贬新州、崖州。

张　登

张登，福唐(今属福建)人。以左朝请郎知南恩州。

留题熙春亭

熙春亭建为民安，要识熙熙本不难。一日但能先克复①，百年虽久亦胜残。满城和气薰天地，终岁长春忘暑寒。斯道古今无异路，独题待与后贤看。

【注释】

①克复：孔子曰："克己复礼为仁。"杜甫《收京》："克复成如此，安危在数公。"

黄公度

黄公度(1109—1156)，字师宪，号知稼翁。莆田(今属福建)人。高宗绍兴八年(1138)进士第一。后被秦桧诬陷，罢为主管台州崇道观；十九年，差通判肇庆府，摄知南恩州。桧死，复起为尚书考功员外郎兼金部员外郎。

中秋西江上六言

月色今宵万里，笛声何处孤舟。世事堪惊流水，乡心不忍登楼。

题七星岩

天上何时落斗星，化为巨石罗翠屏。洞拆三叉盘空曲，壁立万仞穿青冥①。客寻旧路不知处，龙去千载犹闻腥。欲访仙子问真诀②，岩扃寂寂水泠泠③。

【注释】

①青冥：天空。屈原《悲回风》："据青冥而摅虹兮，遂儵忽而扪天。"

②真诀：真的秘诀(妙诀)。李白《送贺监归四明应制》："真诀自从茅氏得，恩波宁阻洞庭归。"

③扃(jiōng)：门户。　　寂寂：形容寂静。张若虚《代答闺梦还》："梦魂何

处入，寂寂掩重扉。”

赴南恩道间和杨体南三首①

一

再岁大江滨，了无功可程。行行看绝塞②，录录更专城③。不作安巢鸟，应惭出谷莺④。赖同草玄手⑤，时抱一经横⑥。

二

身任东西南北居，心安到处即吾庐。穷途俗眼休相薄，沮洳焉知无大鱼。

三

白鸥应怪旧盟寒，斗粟低徊真强颜。更度桑干隔并土，不堪回首旧家山。

【注释】

①南恩：古州名。唐贞观二十三年(649)设恩州(治今广东省阳江市)。宋庆历八年(1048)改恩州为南恩州。

②绝塞：极远的边塞地区。骆宾王《晚度天山有怀京邑》：“交河浮绝塞，弱水浸流沙。”

③专城：指任主宰一城的州牧、太守等地方长官。王充《论衡·辨祟》：“居位食禄，专城长邑以千万数，其迁徙日未必逢吉时也。”

④出谷莺：从幽谷飞出的鸟。亦喻指升迁之人。李白《荆门浮舟望蜀江》：“雪照聚沙雁，花飞出谷莺。”

⑤草玄：指汉扬雄作《太玄》。后因以“草玄”谓淡于势利，潜心著述。杜甫《酬高使君相赠》：“草玄吾岂敢，赋或似相如。”

⑥一经：一种经书。《史记·乐书》：“通一经之士不能独知其辞，皆集会五经家，相与共讲习读之，乃能通知其意。”李白《悲歌行》：“惠施不肯千万乘，卜式未必穷一经。”

题潮阳石塔寺

投檄真成出瘴乡，篮舆渐喜到僧坊。长风解事吹江雨，乞与行人五月凉。

西园二首①一作隆荫堂

一

清樾才十亩②，炎陬别一天③。华堂依怪石④，老木插飞烟。长夏绝无暑，乘风几欲仙。心闲境自胜，底处觅林泉。

二

意得壶觞外⑤，心清杖屦间⑥。簿书休吏早⑦，花鸟向人闲。旧隐在何许，倦游殊未还⑧。天涯赖有此，退食一开颜。

【注释】

①诗人有《满庭芳·一径叉分》词，其序曰："公自高要倅摄恩平郡事，郡有西园，乃退食游息之地，先尝赋诗（即此二首）"，"和者甚多"。

②清樾（yuè）：清凉遮阴的树木。黄庭坚《次韵答黄与迪》："洒扫清樾下，当为果茗期。"

③炎陬（zōu）：南方远僻之地。

④华堂：华美的堂屋。此指隆荫堂。

⑤壶觞外：娱乐饮酒之外。

⑥杖屦（jù）：拄杖漫步。杜甫《祠南夕望》："兴来犹杖屦，目断更云沙。"

⑦休吏：使吏卒们休息。陈师道《咸平读书堂》："休吏散篇帙，风篁献笙竽。"

⑧倦游：厌于游宦而想辞官。王勃《麻平晚行》："百年怀土望，千里倦游情。"

春思

红入西园早，青归平野多①。日长花欲睡，风软幕微波。万户茅柴酒②，一声欸乃歌③。天涯春漫好④，无奈客愁何？

【注释】

①“青归”句：春天来了，平坦原野上的植物大多返青。杜甫《奉酬李都督表丈早春作》：“红入桃花嫩，青归柳叶新。”

②茅柴酒：乡间土法酿造的酒。杨万里《和余处恭尚书清凉寺劝农》：“叟携群稚稚扶叟，一生只识茅柴酒。”

③欸乃（ǎi nǎi）歌：即渔夫所唱的船歌。吴潜《水云乡和制机刘自昭韵三首》之二：“问君身世欲如何，付与渔翁欸乃歌。”

④漫好：犹长好。罗隐《思故人》：“惆怅友朋尽，洋洋漫好音。”

龚茂良

龚茂良（1121—1178），字实之。莆田（今属福建）人。高宗绍兴八年（1138）进士。累迁吏部郎官、监察御史、右正言。孝宗乾道三年（1167），为广东提刑，知广州。淳熙元年（1174）拜参知政事；四年，安置英州，五年，卒于贬所。

题惠来驿二首

一

十里平畴际远山①，上膏未动觉牛闲②。行人多谢晴相送，只恐妨农雨大悭。

二

晴云当午争挥扇，晓雾生寒又着绵。此是岭南春气候，日中长有四时天。

【注释】

①平畴：平坦的田地。陶渊明《癸卯岁始春怀古田舍诗二首》之二：“平畴交远风，良苗亦怀新。” 际：边缘。

②上膏：犹上腴、上壤，肥沃的上等土地。曾巩《二月八日北城闲步》："上膏初动麦苗青，饱食城头信意行。"

陈知柔

陈知柔(?—1184)，字体仁，号休斋居士。永春(今属福建)人。高宗绍兴十二年(1142)进士，曾任台州判官。历建州、漳州教授，督理学政。知循州、贺州。以不附秦桧解官，主管冲佑观。孝宗淳熙十一年(1184)卒。

谒韩祠

斯文何罪窜南荒①，来谒孤祠泪数行。恐有遗书藏坏壁，岂无哀赋吊沅湘②。精神不受氛烟蔽③，道义长涵日月光。西壁萧萧香火冷④，何人能与作堂皇⑤。

【注释】

①斯文：指文化或文人。杜甫《壮游》："斯文崔魏徒，以我似班扬。"

②沅湘：沅水和湘水的并称。战国楚诗人屈原遭放逐后，曾流浪沅湘间。此当借指韩愈谪居的潮州。

③氛烟：犹烽烟。杨巨源《观打球有作》："欲令四海氛烟静，杖底纤尘不敢生。"

④萧萧：冷落凄清的样子。李白《古风·蟾蜍薄太清》："萧萧长门宫，昔是今已非。"

⑤堂皇：亦作"堂隍"。广大的殿堂。张籍《祭退之》："衣器陈下帐，醪饵奠堂皇。"

黄　补

黄补，字季全，号吾轩。莆田(今属福建)人。高宗绍兴间从父游惠州。后教授于乡，及门才数百人。

韩木

先生来潮南，先生一时屋。潮南得先生，潮南千载足。呜呼潮南俗亦淳，先生遗树今犹存。春山二月春鸟响，游人树底罗酒尊。尊残倚树初不语，暗觉山翁泪如雨。山翁之泪良可怜，我生不及元和前。元和万事已尘土，惟有岩边留此树。树本于人果何识，为是先生手亲植。先生一去今几秋，岩头满树春风浮。风从昨夜何㦬慓，俨似当年祛鳄色。鳄鱼东遁不回头，一带寒江绕郡流。郡人向晚争归舟，树与江波相对愁。

范端臣

范端臣，字元卿，号蒙斋。兰溪(今属浙江)人。高宗绍兴二十四年(1154)进士。孝宗淳熙四年(1177)，以礼部员外郎兼国史院编修；五年，为起居舍人。

岭南鞭春[1]

一辞湖上月，三见岭南春。怪鸟呼如鬼，痴猿立似人。蛮商通海船，渔户杂江滨。尚有鞭牛扑，纷拿起路尘[2]。

【注释】

①鞭春：陈元靓《岁时广记》卷八引《岁时杂记》："春杖事用五彩丝缠之，官吏人各二条，以鞭春牛。"

②纷拿：混战；互相扭扯。

杨万里

杨万里(1127—1206)，字廷秀，号诚斋。吉州(今属江西)人。高宗绍兴二十四年(1154)进士。孝宗淳熙六年(1179)，提举广东常平茶盐,除广东路提点刑狱。召为尚书左郎官。光宗即位,召为秘书监。光宗绍熙元年(1190),兼实录院检讨官,出为江东转运副使,权总领淮西江东军马钱粮。宁宗即位,屡召屡辞。

二月一日雨寒(五首选三)

一

南方气候北方殊①,春里清寒腊里无②。雨入竹林浑不见,只来叶尾作真珠③。

二

姚黄魏紫向谁赊④,郁李樱桃也没些。却是南中春色别,满城都是木绵花。

三

只见春晴道是晴,不知半夜嫩寒生⑤。疾风吹落林间雨,细雨还成大雨声。

【注释】

①殊:异;不同。杜审言《旅寓安南》:“交趾殊风候,寒迟暖复催。”

②腊:腊月,农历十二月。

③真珠:珍珠,此喻露珠。李贺《将进酒》:“琉璃钟,琥珀浓,小槽酒滴真珠红。”

④姚黄魏紫:姚黄:宋代姚姓培育的千叶黄花;魏紫:五代魏仁溥培育的千叶肉红花,皆牡丹花的名种。

⑤嫩寒:犹轻寒。吴锡畴《次韵叶介夫》:“芳草垂杨浥嫩寒,苔痕新过雨斑斑。”

二月二十三日南雄解舟二首

一

昨夜新雷九地鸣,今朝春涨一篙清。顺流更借江风便,此去韶州只两程。

二

水没蒲牙尚有梢，风吹屋角半无茅。急滩未到先闻浪，枯树遥看只见巢。

明发韶州过赤水渴尾滩石册七峰，皆尖秀，而一峰最高

船下惊滩浪政喧，花汀水退走沙痕。一峰忽自云端出，只见孤尖不见根。

小泊英州二首

一

人人藤叶嚼槟榔，户户茅檐覆土床。只有春风不寒乞①，隔溪吹度柚花香。

二

数家草草劣无多，跕水飞鸢也不过②。道是荒城斗来大，向来此地著东坡。

【注释】

①寒乞：贫困不体面，寒碜。陆游《周洪道招食江西笋归为绝句》："归向妻孥夸至夕，书生寒乞定难医。"

②跕水：俯冲向水。权德舆《奉和许阁老酬淮南崔十七端公见寄》："空悲鸢跕水，翻羡雁衔芦。"

船中蔬饭

食蕨食臂莫食拳，食笋食梢莫食根。何曾万钱方下筋，先生把菜亦饱去。岭南风物似江南，笋如束薪蕨作篮。先生

食籍知几卷，千岩万岳皆厨传。

五羊官舍春尽晚步西园荷桥

波底金鸦夺眼明，脚根螮蝀界天横。瘦藤欲度还休去，试数荷钱几个生。

三月晦日游越王台二首

一

榕树梢头访古台，下看碧海一琼杯。越王歌舞春风处，今日春风独自来。

二

越王台上落花春，一掬山光两袖尘。随分杯盘随处醉，自怜不及踏青人。

南海集雨霁登连天观

高台十日不曾登，雨后榰藤拄晚晴①。城外诸峰迎落照②，松根细草总斜明。眼穿岭北书不到，秋入海南愁顿生③。只有荷花旧相识，风前翠盖为人倾④。

【注释】

①榰(zhī)藤：柱基础上攀援的蔓茎。榰：柱下的木础或石础。《说文》："榰，柱底也。"藤：泛指植物的匍匐茎或攀援茎。　拄：支撑。

②落照：夕照。李百药《奉和初春出游应令》："水光浮落照，霞彩淡轻烟。"

③海南：此指滨临大海的南方。

④翠盖：此指荷叶。虞世南《奉和咏日午》："翠盖飞圆彩，明镜发轻花。"

明发青塘芦包[①]

青塘无店亦无人，只有青蛙紫蚓声[②]。芦荻叶深蒲叶浅[③]，荔支花暗练花明[④]。船行两岸山都动，水入诸村海旋成。回望越台烟雨外，万峰尽处五羊城[⑤]。

【注释】

①青塘、芦包：皆地名，今属广东省佛山市三水区。芦包，今该区有芦包镇，滨北江，有芦包祖庙可游。

②紫蚓：紫色的蚯蚓。

③芦荻(dí)：芦苇与荻竹。岑参《楚夕旅泊古兴》："秋风冷萧瑟，芦荻花纷纷。"

④荔支，即荔枝。　　练花：比喻江面泛起的浪花，有如柔软的生丝白花。李峤《江》："霞津锦浪动，月浦练花开。"

⑤尽处：尽头的地方。白居易《答微之泊西陵驿见寄》："烟波尽处一点白，应是西陵古驿台。"

过胥口镇

桄榔叶垂翠羽鲜，木绵花暖紫霞翻。疾雷急雨急开霁，淡白云拂浓清山。

疍户

天公分付水生涯，从小教他踏浪花。煮蟹当粮那识米，缉蕉为布不须纱。夜来春涨吞沙觜，急遣儿童斸荻芽。自笑平生老行路，银山堆里正浮家[①]。

【注释】

①浮家：指以船为家。

晓发黄巢矶芭蕉林中

清远山前烟雨蒙，黄巢矶畔水连空。旋芰芦荻炊朝饭，更斫芭蕉补漏蓬。

回望黄巢矶之险心悸久之①

夜云到晓不教收，初日微明又却休。雨为岸花新洗面，水撩江草只摇头。千篙百棹力都竭，十里九矶船正愁。若到峡中应更险，却思峡外是安流。

【注释】

①黄巢矶：在今广东省清远市境，相传为黄巢覆舟处。　　心悸(jì)：心脏受刺激产生异常的快速搏动。李曾伯《水调歌头(丁亥重阳登益昌二郎庙楼)·老子世北客》："高处令人心悸，放旷舒怀何暇，好趁醒时休。"

峡中得风挂帆

楼船上水不寸步，两山惨惨愁将暮①。一声霹雳天欲雨，隔江草树忽起舞。风从海南天外来，怒吹峡山山倒开。百夫绝叫椎大鼓②，一夫飞上千尺桅。布帆挂了却袖手，坐看水上鹅毛走。

【注释】

①惨惨：昏暗貌。杜甫《发阆中》："江风萧萧云拂地，山木惨惨天欲雨。"

②绝叫：大声呼叫。窦冀《怀素上人草书歌》："忽然绝叫三五声，满壁纵横千万字。"

题望韶亭

新隆寺后看韶石，三三两两略依稀。金坑津头看韶石，十十五五不整齐。一来望韶亭上看，九韶八音堆一案[1]。金钟大镛浮水涯[2]，王瑟瑶琴倚天半。尧时文物也粗疏，礼乐犹带鸿荒余[3]。茅茨殿上椎土鼓，苇籥声外无笙竽[4]。黄能郎君走川岳[5]，领取后夔搜礼乐[6]。峄山桐树半夜鸣[7]，泗水石头清昼跃[8]。山祇川后争献珍，姚家制作初一新。帝思南岳来时巡，官琛庙宝皆骏奔。曲江清澈碧琼软，海山孤尖翠屏展。天颜有喜后夔知，一奏云韶供亚饭[9]。帝登九疑忘却归，不知斑尽湘笛枝。后夔一胫跛莫随，坐委众乐江之湄。仪凤舞兽扫无迹，独留一狻守其侧[10]。至今唤作狮子石，雨淋日炙烂不得。洞庭张乐已莓苔，犍为获磬亦尘埃。不如九韶故无恙，戛击尚可冬起雷。何时九秋霜月里，来听湘妃瑟声美。曲终道是不见人，江上数峰是谁子。

【注释】

①九韶：亦作“九招”。舜时乐曲名。《周礼·春官·大司乐》：“九德之歌，《九韶》之舞。”　八音：我国古代对乐器的统称，通常为金、石、丝、竹、匏、土、革、木八种不同质材所制。许浑《赠萧炼师》：“露草争三秀，风篁共八音。”

②镛：大钟，古代的一种乐器。《说文》：“镛，大钟谓之镛。”杜甫《寄裴施州》：“金钟大镛在东序，冰壶玉衡悬清秋。”

③鸿荒：太古，混沌初开之世。陈子昂《感遇诗三十八首》：“鸿荒古已颓，谁识巢居之。”

④苇籥（yuè）：古代用芦苇做成的管乐器。《礼记·明堂位》：“土鼓、蒉桴、苇籥，伊耆氏之乐也。”孔颖达疏：“苇籥者，谓截苇为籥。”

⑤黄能：即黄熊。《国语·晋语八》：“昔者鲧违帝命，殛之于羽山，化为黄能，以入于羽渊。”韩愈《忆昨行和张十一》：“近者三奸悉破碎，羽窟无底幽黄能。”

⑥后夔：人名。相传为舜掌乐之官。陈傅良《鼓琴行送许深父同知被诏赴

阙》:“后夔安在九嶷远,南风不竞凤鸟瘖。”

⑦峄山:山名。即邹山,又名邹峄山、邾峄山。在今山东省邹县东南。范仲淹《杂咏四首》之三:“铿铿千古峄山桐,金石声来造化中。”

⑧泗水:水名,在今山东省中部。曾丰《谢叶英州惠石山更托寻置绝品埏》:“陨星拾宋都,浮磬收泗水。”

⑨亚饭:古代天子、诸侯第二次进食时奏乐侑食的乐师。《论语·微子》:“亚饭干适楚。”邢昺疏:“天子、诸侯每食奏乐,乐章各异,各有乐师。次饭乐师名干,往楚。”此指第二次进食。

⑩狻(suān):即狻猊,传说中的一种猛兽。

题兴宁县东文岭瀑泉在夜明场驿之东

笋舆路转崖欹倾①,只闻满山泉水鸣。卷书急看已半失,眼不停注耳细听。石如铁色黑,壁立镜面平。水从镜面一飞下,蕲笛织簟风漪生②。石知水力倦,半壁钟作天一泓。水行到此欲小憩,后水忽至前水惊。分清裂白两派出,跳珠跃雪双龙争。不知落处深几许,千丈一作但闻井底碎玉声。安得好事者,泉上作小亭。酿泉为酒不用曲,春风吹作蒲萄绿③。醉写泉声入柘木,何处更寻响泉曲。

【注释】

①笋舆:竹舆,竹子做的躺轿,俗称滑杆。姚偓《南源山》:“明朝梯石路,更仗笋舆安。”

②蕲(qí)笛织簟:用蕲笛竹编制的篾席。亦称“蕲笛簟”,晁说之《谢沈次律水枕》:“呼儿快取蕲笛簟,扫除尘榻移当窗。”

③蒲萄:亦作“蒲陶”、“蒲桃”,即葡萄。陆琼《还台乐》:“蒲萄四时方醇,琉璃千钟旧宾。”

惠州丰湖亦名西湖二首

左瞰丰湖右瞰江，五峰出没水中央。峰头寺寺楼楼月，清杀东坡锦绣肠①。

三处西湖一色秋②，钱塘颍水更罗浮。东坡元是西湖长③，不到罗浮便得休。

【注释】

①清杀：一点儿不剩地激发出来。释绍嵩《咏梅五十首呈史尚书·夜起荆扉趁暗香》："寒窗安着清相向，清杀东坡锦绣肠。" 锦绣肠：比喻华美的心怀、情怀。刘克庄《竹溪评余近诗发药甚多次韵》："烦锦绣肠施月斧，洗筝笛耳听云和。"

②三处西湖：苏轼在杭州、颍州、惠州三处为建西湖出力。

③西湖长：西湖的首领(君长，领袖)。

揭阳道中二首

一

猒穿山径石嵚崎①，喜见川原路坦夷②。更著两行团树子，引人行远不教知。

二

地平如掌树成行，野有邮亭浦有梁。旧日潮州底处所，如今风物冠南方③。

【注释】

①猒(yàn)：古同"厌"，嫌恶。徐真君《石胆歌》："将军此朝须舞剑，青腰小儿莫相猒。" 嵚(qīn)崎：高峻的样子。曾几《次绿字韵》："嵚崎庾岭南，美者色苍玉。"

②坦夷：此指宽广而平坦。

③风物：风景和物品。喻指大气候、大环境。张九龄《高斋闲望言怀》："风物动归思，烟林生远愁。"

潮阳海岸望海

动地惊风起海陬，为人吹散两眉愁。身行岛北新春后，眼到天南最尽头。众水更来何处著，千峰赴此却回休。客间供给能消底，万顷烟波一白鸥。

宿潮州海阳馆独夜不寐二首

一

醉来还睡睡还醒，长是三更梦便惊。细数更声有何益，不然作么到天明？

二

腊前蚊子已能歌，挥去还来柰尔何[①]。一只搅人终夕睡，此声元自不须多。

【注释】

①柰尔何：即奈何。贯休《苔藓》："世间若也皆廉洁，金玉生根柰尔何？"柰：通"奈"，怎样，如何。

明发梅州

市小山城寂，船稀野渡忙。金暄梅蕊日[①]，玉冷草根霜[②]。

【注释】

①金暄：太阳温暖。金：比喻太阳。

②玉冷：月亮清凉。玉：比喻月亮。

宿南岭驿二首

一

茅花似雪复如茸，一望平原浅草中。尽日向人挥玉尘，知将何事语春风？

二

蕨手犹拳已筋长，菊苗初甲可羹尝。山村富贵无人享，一路春风野菜香。

南海东庙浴日亭

南海端为四海魁①，扶胥绝境信奇哉。日从若木梢头转②，潮到占城国里回③。最爱五更红浪沸，忽吹万里紫霞开。天公管领诗人眼④，银汉星槎借一来⑤。

【注释】

①端为：确实是，果真是。戴表元《次韵答胡山甫兼简汪日宾》："久知诸老难折简，端为此家多贮书。"

②若木：即扶桑。《山海经·海外东经》："汤谷上有扶桑，十日所浴。"郭璞注："扶桑，木也。"郝懿行笺疏："扶当为榑。《说文》云："榑桑，神木，日所出也。"后用来称东方极远处或太阳出来的地方。因此说，"日从"句指日出。李镜远《咏日诗》："始临东岳观，俄升若木枝。"一说，生于昆仑西之木。《山海经·大荒北经》："大荒之中，有衡石山、九阴山、洞野之山，上有赤树，青叶，赤华，名曰若木。"郭璞注："生昆仑西附西极，其华光赤下照地。"因此说，"日从"句，当指日落，似不合。

③占城：古国名。故地在今越南中南部。古称林邑，唐元和后称环王，后又称占城。陶弼《三山亭·诸峰不及此三峰》："商夸合浦珠胎贱，民乐占城稻谷丰。"

④管领：过问，理会。白居易《早春晚归》："金谷风光依旧在，无人管领石家春。"

⑤星槎：往来于天河的木筏。传说古时天河与海相通，汉代曾有人从海渚乘槎到天河，遇见牛郎织女。见张华《博物志》卷三。吴融《汴上观》："殷勤莫碍星槎路，从看天津弄杼回。"

英石铺道中

一路石山春更绿，见骨也无斤许肉。一峰过了一峰来，病眼将迎看不足。先生尽日行石间，恰如蚁子缘假山。穿云渡水千万曲，此身元不离岩峦。莫嫌宿处破茅屋，四方八面森冰玉。孤峰高绝连峰低，圜者如廪尖如锥。苍然秀色借不得，春风领入玉东西。英州那得许多石，误入天公假山国。

曲湾二首①

夜泊曲湾

顺流一日快舟行，薄暮风涛特地生②。不是江神惊客子，劝人早泊莫追程。

曲湾放船

梅子成阴夹道周，木绵吐焰满江头。春来不是无桃李，腊月开花已落休。

【注释】

①题目为编者所加。

②薄暮：傍晚。张旭《清溪泛舟》："旅人倚征棹，薄暮起劳歌。"

尝新初食六首①

四月八日尝新荔子

一点胭脂染蒂旁②，忽然红遍绿衣裳。紫琼骨骼丁香瘦，白雪肌肤午暑凉。掌上冰丸那忍触，尊前风味独难忘。老饕要啖三百颗[3]，却怕甘寒冻断肠。

初食笋蕨[4]

庖凤烹龙世浪传[5]，猩唇熊掌我无缘[6]。只逢笋蕨杯盘日，便是山林富贵天。稚子玉肤新脱锦，小儿紫臂未开拳。只嫌岭外无珍馔[7]，一味春蔬不直钱。

食鹧鸪

江南厌听鹧鸪曲，岭南初尝鹧鸪肉。年年细雨落花春，钩辀格磔恼杀人[8]。竹鸡泥滑报行客[9]，鹧鸪更道行不得。方兄百辈买一只[10]，可惜羽衣锦狼藉。

食车螯[11]

珠宫新沐净琼沙，石鼎初燃瀹井花[12]。紫壳旋开微滴酒，玉肤莫熟要鸣牙。帐拖金线成双美[13]，姜擘糟丘并一家[14]。老子宿酲无解处，半杯羹后半瓯茶。

食蛎房[15]

蓬山侧畔屹蚝山，怀玉深藏万岳间。也被酒徒勾引著，荐他尊俎解他颜。

食蛤蜊米脯羹[16]

倾来百颗恰盈奁，剥作杯羹未属厌。莫遣下盐伤正味，不曾著蜜若为甜。雪揩玉质全身莹，金缘冰钿半缕纤。更浙香杭轻糁却[17]，发挥风韵十分添。

【注释】

①题目为编者所加。

②蒂：花、叶或瓜、果与枝茎连接的部分。

③老饕：贪吃之人。语出苏轼《老饕赋》："盖聚物之夭美，以养吾之老饕。"

④蕨：蕨菜。初生如蒜苗，无叶，端似鳖脚，故名，亦似小儿拳，故曰拳菜，紫黑色。《齐民要术·蕨》："蕨，山菜也。周秦曰蕨，齐鲁曰鳖。"

⑤浪传:空传;妄传。杜甫《得弟消息二首》之二:“浪传乌鹊喜,深负鹡鸰诗。”

⑥猩唇、熊掌:猩猩的嘴唇;熊的脚掌,又称“熊蹯”。均为珍贵的食品,属“八珍”之列。李咸用《富贵曲》:“雪暖瑶杯凤髓融,红拖象箸猩唇细。”《孟子·告子上》:“鱼,我所欲也,熊掌,亦我所欲也。”白居易《奉和汴州令狐令公二十二韵》:“陆珍熊掌烂,海味蟹螯咸。”

⑦珍馔(zhuàn):珍美的食物。刘禹锡《会昌春连宴即事》:“遍尝珍馔后,许入画堂前。”

⑧钩辀、格磔:泛指鸟鸣声。李群玉《九子坡闻鹧鸪》:“正穿诘曲崎岖路,更听钩辀格磔声。”

⑨泥滑:亦作“泥滑滑”。此指鸟叫声。黄庭坚《送张仲谋》:“竹鸡相呼泥滑滑,夜雨连明溪涨阔。”

⑩方兄:“孔方兄”之省称,指钱。中国旧时铜钱外圆内孔方形,故称(鄙视意,谐称)。

⑪车螯(áo):亦作“车熬”。蛤的一种。璀璨如玉,有斑点。肉可食。自古即为海味珍品。韩翃《和高平朱参军思归作》:“花里莺啼白日高,春楼把酒送车螯。”

⑫瀹(yuè):《说文》:“瀹,渍也。从水,龠声。”浸渍。

⑬枨:水果名,即橙,亦称枨子。

⑭糟丘:积糟成丘。极言酿酒之多,沉湎之甚。李白《月下独酌四首》之四:“蟹螯即金液,糟丘是蓬莱。”

⑮蛎房:指簇聚而生的牡蛎。因牡蛎附石而生,连接如房,故称。

⑯蛤蜊:软体动物。生活在浅海泥沙中。壳卵圆形、三角形或长椭圆形,两壳相等,肉可食,味鲜美。皮日休《酒病偶作》:“何事晚来还欲饮,隔墙闻卖蛤蜊声。”

⑰香秔:一种有香味的粳米。产于江浙一带。张衡《南都赋》:“若其厨膳,则有华芗重秬,滍皋香秔。”吕向注:“香秔,稻名。”

尝瓜二首(选一)

风露盈篮至,甘香隔壁闻。绿挦罂一搦,白裂玉平分。藓甃开冰段,梅山失火云。老夫供晚酌,不用办膻荤。

张宋卿

张宋卿，字恭父。博罗(今属广东)人。高宗绍兴二十七年(1157)以“春秋魁为天下第一”，擢进士。孝宗隆兴二年(1164)，秘书郎。乾道元年(1165)，广西提举，知肇庆府。不久，卒于任内。

天汉桥[1]

一派银河木杪飞，碧云飞处彩虹垂。免教灵鹊长填石[2]，来看天孙出嫁时[3]。

【注释】

①天汉桥：在今广东省罗浮山风景区内。

②“免教”句：用精卫填海典故。

③天孙：星名。即织女星。宋之问《寿阳王花烛图》：“仙媛乘龙日，天孙捧雁来。”

忆罗浮寄曾元功二首

一

当年南涧弄泉流，妄起功名分外求[1]。群玉峰头今倦立，却烦清梦到罗浮。

二

春树江云我所思，平生臭味不差池[2]。如何驿使行千里，不把梅花寄一枝。

【注释】

①分外：特别；格外。王建《赠崔礼驸马》：“家中弦管听常少，分外诗篇看即新。”

②臭味：气味。比喻志趣，同类。元稹《元和五年予官不了罚俸西归》：“吾兄谙性灵，崔子同臭味。”　差池：失误；疏忽。沈佺期《从崇山向越常》：“差池将不合，缭绕复相寻。”意外。

留 正

留正(1129—1206),字仲至。泉州(今属福建)人。高宗绍兴十三年(1143)进士,授南恩州阳江尉。孝宗淳熙二年(1175),知绍兴府;十六年,拜右丞相。光宗即位,拜左丞相。宁宗即位,以光禄大夫致仕。

罗浮天汉桥

霏霏细雨湿芝田,短短桃花照水妍。可惜洞门关不尽,彩虹天外著飞泉。

薛敏思

薛敏思,四明(今属浙江)人。孝宗隆兴元年(1163)进士。官至尚书。

送欧阳令之任粤中

大堤二月柳初舒①,秣马飘然别故庐②。自取通才分剧邑③,谁怜修路奉除书④。绿蕉丹荔千山度,瘴雨蛮烟百粤居。此去县中花事好⑤,早将佳续报双鱼⑥。

【注释】

①大堤:堤名。在今湖北省襄阳市 。李白《大堤曲》:“汉水临襄阳,花开大堤暖。”王琦注:“《一统志》:‘大堤在襄阳府城外。’《湖广志》:‘大堤东临汉江,西自万山经澶溪、土门、白龙、东津渡绕城北老堤,复至万山之麓,周围四十余里。’”卢纶《赋得白鸥歌送李伯康归使》:“柳花冥濛大堤口,悠扬相和乍无有。”此指送别之地。

②秣马:饲马。王昌龄《留别岑参兄弟》:“长安故人宅,秣马经前秋。” 故庐:旧居。钱起《罢官后酬元校书见赠》:“自我辞丹阙,惟君到故庐。”

③通才:学识广博兼备多种才能的人。宋之问《酬李丹徒见赠之作》:“镇吴称奥里,试剧仰通才。” 剧邑:政务繁剧的郡县。

④修路：长路。屈原《怀沙》："修路幽蔽，道远忽兮。" 除书：拜官授职的文书。选任官员的花名册。白居易《早饮醉中除河南尹敕到》："绿醅新酎尝初醉，黄纸除书到不知。"

⑤花事：关于花的种种情状和事；特指春日花盛之事。

⑥佳绩：此当指优秀政绩接连而来。

吕祖俭

吕祖俭(？—1196)，字子约，自号大愚叟。金华(今属浙江)人。以父荫入官。历监明州仓，衢州法曹，藉田令、司农簿。宁宗庆元元年(1195)，以忤韩侂胄，韶州安置，后送吉州，遇赦，移高安。

韶阳之迁道中呈汪时法乙卯夏(选一)

一川风月下扁舟，荡漾金波泛白鸥。此去韶江知几里，九成缥渺在云头。

曾　丰

曾丰(1142—？)，字幼度，号撙斋。乐安(今属江西)人。孝宗乾道五年(1169)进士。历隆光、广东、广西帅幕，通判广州，知德庆府。有《撙斋先生缘督集》。

五羊食荔枝龙眼

素闻岭南风①，今假岭南馆。穷秋余夏蒸，初腊借春暖。披衣汗流衣，握简汗流简。似登头痛山，而坐身热坂②。谁其善解纷③，荔枝杂龙眼。满盘随情堆，人手信意拣④。强餐饱为期，一澡得三浣⑤。疑吞玄冰丸，复咽飞雪散。猗欤两清姿⑥，南多北何罕。天曾无全功，地固有偏产⑦。犹记初客闽，厌饫腹频坦⑧。一离余十年，口与南味断。渴者易为饮，志得而意满。儿辈舌太饶，平章味长短⑨。

【注释】

①素闻:一向听说。李白《东武吟》:“好古笑流俗，素闻贤达风。”

②坂:斜坡，山坡。

③解纷:排解纷乱;排解纠纷;排解纷扰。

④信意:没有约束，想怎么样就怎么样。白居易《步东坡》:“信意取次栽，无行亦无数。”

⑤“一澡”句:好像官吏们渴求旬休沐浴似的。　浣:中国唐代定制，官吏十天一次休息沐浴，每月分为上、中、下浣，后借作上旬、中旬、下旬的别称。白居易《沐浴》:“今朝一澡濯，衰瘦颇有余。”

⑥猗欤:亦作“猗与”。表示赞美的感叹词。《诗·周颂·潜》:“猗与漆沮，潜有多鱼。”郑玄笺:“猗与，叹美之言也。”

⑦偏产:犹特产。

⑧厌饫:吃饱;吃腻。杜甫《丽人行》:“犀箸厌饫久未下，鸾刀缕切空纷纶。”　坦:敞开。

⑨平章:此指品评。

游三洲岩并序

淳熙十三年九月二日，偕嘉禾张稾游三洲岩，赏叹之余，次为古风。属屈延平田澹书焉，刻石置岩中。

南中岂无岩，三洲盖其杰①。朅来五羊初②，满听行人说③。今乘急雨游，吾屐不遑蜡④。遥观似舜峰，近视疑禹穴⑤。数亩腹空洞，十丈口谺豁⑥。恍焉入其间，眼乱欲生缬⑦。宽处晃如堂，狭处黝如闼⑧。弯跧角门限⑨，屈曲磴道劣。土膏兀参差，形象鬼塑涅。人立双足攲，兽卧半身没。斑烂旋洑文⑩，钩锁玲珑骨。伏撑突如枦⑪，斜拄岌如棁⑫。

倒悬云乳凝，上溜井花冽。地空声殷雷，石卤色蒸铁。暗中漏微明，圆处留小缺。倒指数不胜，百怪千万谲。游人得娱嬉，造物费曲折。静言万物初，含气如聚沫。流者气之融，峙者气之结。时于融结间，故故出奇绝。巨灵盘古机，虽妙不容测。要之幻虚空，无乃等戏剧。居人玩视之，过客三叹息。濂溪舣行舟，眉山税归辙。篮舆相踵来，潇洒祖无择。三公走龙蛇，千载磨岁月。夫谁四三公，吾学亦云末。引杯酌髯丞，未老其勿辍。朝夕神所游，古今理之窟。从渠好事人，而酷嗜尤物⑬。

【注释】

①盖：表示推测，大概，大约。　　杰：此指秀美的景致。

②朅来：犹言来，来到。李白《送王屋山人魏万还王屋》："朅来游嵩峰，羽客何双双。"

③满听：满耳。

④遑：空闲；闲暇。《诗·召南·殷其雷》："何斯违斯？莫敢或遑。"

⑤"遥观"二句：舜峰、禹穴指会稽宛委山。相传禹于此得黄帝之书而复藏之。

⑥谺(xiā)：空大。

⑦缬(xié)：古称部分镂空版印花或防染印花灯织物为缬，此指眼花时所见的星星点点。

⑧闼(tà)：小门。

⑨跧(quán)：同"踡"。身体弯曲。

⑩旋洑(fú)：回旋状。

⑪栌(lú)：柱上方木，斗拱。

⑫棁(zhuō)：梁上的短柱。

⑬尤物：珍贵的物品。李咸用《牡丹》："缘何绝尤物，更可比妍明。"

游三乳洞并序

上中下有三乳洞，水出下洞成溪，莫穷其源。深处有石，可为钟磬，游玩次属工采之，市归为玩。

海上有三山，岭南有一洞。洞中天下奇，少有相伯仲①。探原冥莫涯，窥底窈无缝。流泉沆瀣融，滴乳氤氲冻。谲姿互形容，驳理交错综。推原开辟初，造化穷妙用。琼田鬼为耕，芝草天为种。初为仙界包，后与妙门共②。我生嗜娱嬉，兹赏乘倥偬。幽迹重穷探，古碑难疾诵。玩心犹未厌，行色已先动。山容笑相留，水声泣相送。后土不爱珍，入眼亦云众。形模怪莫名，留作诸天供。琤然钟磬声，独与雅意中。重价酬良工，采归以自奉。列一作倒箱妻儿争，堆案宾客弄。那知含韶音，未与登禹贡。清庙千载勋，钧天一场梦。何如卧岩间，天性得自纵。物情我平章，我事谁折衷③。物我两忘怀，宴坐听禽哢④。

【注释】

①伯仲：兄弟之间的老大和老二。比喻事物不相上下。刘克庄《念奴娇（菊）·老夫白首》："尝试诠次群芳，梅花差可，伯仲之间耳。"

②妙门：指佛门、道门。

③折衷：取正；调节，使之适中。

④哢（lòng）：（鸟）鸣。

望始兴

指似始兴县，西南天一隅。荆管今郁积，山水故盘纡。在昔多名士，同时九大夫。更添张相国，画作十贤图。

出清远峡

水石三过峡，江流四望平。鸟经波面疾，云泊树头轻。晃朗天光合①，溟蒙海气生②。且停篙与桨，迟速信船行。

【注释】

①晃朗：明亮貌。郭璞《游仙诗十九首》之八："朱霞升东山，朝日何晃朗。"

②溟蒙：昏暗；模糊不清。郑良士《游九鲤湖》："仄径倾崖不可通，湖岚林霭共溟蒙。"

乙巳正月过英州买得石山

吾之好石如好色，要须肌理腻且泽①，真成入眼轻连璧。吾之好石如好声，要须节奏婉且清，真成入耳轻连城。闽浙江淮随牒去，岂无一二石佳处，终之难得声色具。飞篷今始转广东②，英石不与他石同。其色灿烂声玲珑③，小山突兀百千重④。万钱得之归自奉，稍闲更为山作颂。

【注释】

①肌理：肌肤。杜甫《丽人行》："态浓意远淑且真，肌理细腻骨肉匀。"此指皮壳纹理。仇远《试涪翁题郑佽砚》："我有古镜砚，肌理细密匀。"

②飞篷：快船。舒邦佐《回庙山放船》："快时一箭走飞篷，缓也委蛇碧玉中。"

③灿烂：光彩鲜明夺目。李峤《珠》："灿烂金舆侧，玲珑玉殿隈。"　玲珑：形容玉相撞击的声音。白居易《听曹刚琵琶兼示重莲》："拨拨弦弦意不同，胡啼番语两玲珑。"

④突兀：高耸的。岑参《火山云歌送别》："火山突兀赤亭口，火山五月火云厚。"

广州二首

一

绕处无非湿①，终年不识寒②。家饶安乐睡③，市卖喜欢团④。

二

倡女青芒屦⑤，渔儿白布冠。北人落南者⑥，久亦自相安⑦。

【注释】

①绕处：犹言环绕城市四处。

②终年：全年；整年。王维《答张五弟》：“终年无客常闭关，终日无心长自闲。”

③家饶：犹言家家得温饱。饶：《说文》：“饶，饱也。” 安乐：安宁快乐。白居易《裴侍中晋公以集贤林亭即事诗三十六韵见赠猥蒙征和才拙词繁辄广为五百言以伸酬献》：“愿公寿如山，安乐长在兹。”

④“市卖”句：犹言同一货物喜欢聚集在一块出售。

⑤倡女：古代表演歌舞杂戏的女艺人。白居易《续古诗十首》之五：“邯郸进倡女，能唱黄花曲。” 青芒屦(jù)：青色的芒鞋。用芒茎外皮编成的鞋。亦泛指草鞋。

⑥落南：流落在南方。晁公遡《单于行》：“落南遗民喜相语，日欲照理桑麻田。”

⑦“久亦”句：犹言长时间与当地人共同生活在一起，也就习惯、安下心来了，融合而相安无事。

五羊城南野行书所见

棘篱围败圃，石桷盖倾墙。人缉蕉为市，家储蔗作粮。断桥铺以竹，全木听成航。要作南中记，曾须到海乡。

暇日集越王台①

着脚卧云室②，回头盖海亭。水为三面白，山作四围青。野鸟余清呀，幽人得醉听。篮舆不容款，余一作徐思渺南溟③。

【注释】

①暇日：空闲的日子。张九龄《登荆州城楼》：“暇日时登眺，荒郊临故都。”

②着脚：置足，犹言亲临其地。韩愈《和裴仆射相公假山十一韵》：“犹嫌山在眼，不得着脚历。”

③余思：事后或身后留下来的思念。指思念前人、前事。孟郊《秋怀》之三：

“孀娥理故丝，孤哭抽余思。”徐铉《寄舒州杜员外》：“人望征贤入，余思从子居。”

广州登盖海楼①

他求无可洗尘劳②，盖海楼余百尺高③。十万人烟城缭绕，三千世界水周遭④。偏于物外有双眼⑤，正以胸中无一毫⑥。非与海鸥强相入⑦，海鸥元自是吾曹⑧。

【注释】

①盖海楼：故址在今广州市北京南路附近。

②他求：别的需求。

③余：多出来的。此指超过。

④周遭：周围；四周。钱俶《宫中作》：“廊庑周遭翠幕遮，禁林深处绝喧哗。”

⑤偏于：倾向于、侧重于。　物外：世外；世俗之外。王勃《登城春望》：“物外山川近，晴初景霭新。”

⑥正以：与“偏于”相对，不偏斜，平正。

⑦强相：硬要一起、互相。孟郊《邀人赏蔷薇》：“何人是花侯，诗老强相呼。”

⑧吾曹：我们。杜甫《赴青城县出成都寄陶王二少尹》：“客情投异县，诗态忆吾曹。”曹：等，辈。

五月一日薄暮至三水倚樯欹枕①

皓月三江口②，青蘋四岸边③。风头横立海④，水面上浮天。阴气犹能杂⑤，阳威不敢燃⑥。夏行秋月令，造物相吾眠。

【注释】

①薄暮：傍晚。骆宾王《夕次旧吴》：“唯有荒台露，薄暮湿征衣。”　三水：县名，明置。以西江、北江、绥江三江汇流境内，故名，今属广东佛山市三水区。　倚樯欹枕：头靠着帆桅为斜靠之状。司空曙《闲园书事招畅当》：“闻蝉昼

眠后，欹枕对蓬蒿。”

②皓月：明月。宋之问《夜饮东亭》：“春泉鸣大壑，皓月吐层岑。”

③青蘋：亦称“大萍”、“田字草”。水生多年生蕨类，茎横卧在浅水而入泥，叶柄长，顶端集生四片小叶，全草入药。骆宾王《秋晨同淄川毛司马秋九咏·秋风》：“紫陌炎氛歇，青蘋晚吹浮。”

④“风头”句：江风横向吹过，波浪翻腾，好像要挺而立起。形容风势强劲。

⑤阴气：寒气，肃杀之气。岑参《至大梁却寄匡城主人》：“四郊阴气闭，万里无晶光。”

⑥阳威：对应上句，解为暖气。

入德庆舟中看雨①

云合苍天怒，风生老木号。雨跳珠点急，浪涌雪花高。作爽轻头目②，俄寒竖发毛。顽躯金气盛③，敢与瘴相鏖④。

【注释】

①德庆：县名，汉端溪县地，唐为康州，宋绍兴元年(1131)升为德庆府。

②“作爽”句：忍着头、眼被雨浇淋的难受，去求得爽快。　　轻头目：以头目轻。

③顽躯：顽健的身体。苏轼《宝山昼睡》：“七尺顽躯走世尘，十围便腹贮天真。”　　金气：原指金秋之气，此当指阳刚之气。颜真卿《刻清远道士诗因而继作》：“金气腾为虎，琴台化若神。”

④相鏖(áo)：相互苦战。

檄至德庆舟中晚眺

雨过山毛净，潮生水面平。群鸦团晚色，一鹊发秋声。所至好为客，其容宽作程。吾痴愁不了，愁亦太痴生。

龙母庙①

母乘乾变化，儿主震神通。江海藩篱外②，风雷掌握中。水居依罔极③，血食至无终。为在扶桑国④，曾收平日功。

【注释】

①龙母庙：在今广东省德庆县境。

②藩篱：篱笆。杜甫《赤谷西崦人家》："鸟雀依茅茨，藩篱带松菊。"此指边疆、边界。

③罔极：无极。卢照邻《失群雁》："惆怅惊思悲未已，裴回自怜中罔极。"

④扶桑国：传说中的东方海域的古国名，我国相沿用作日本代称。许兰《送最澄上人还日本国》："归到扶桑国，迎人拥海壖。"

题南海神祠前观澜亭

巨灵开辟遗遐观①，沙界之濒碧水环②。外国连天疑信里，前山点地有无间。眼前一作随群有自起灭③，心与太空一作处相往还④。至止归欤何所得，心犹有剩觉空悭。

【注释】

①巨灵：神话传说中劈开华山的河神。泛指神灵。　　遐观：远眺。陶渊明《归去来兮辞》："策扶老以流憩，时矫首而遐观。"

②沙界：佛教语。谓多如恒河沙数的世界。白居易《重修香山寺毕题二十二韵以纪之》："四望穷沙界，孤标出赡州。"

③起灭：佛教语。指因缘和合而产生与因缘离散而消灭。时隐时现；时有时无。权德舆《暮春闲居示同志》："静看云起灭，闲望鸟飞翻。"

④太空：地球大气层外的空间。孟云卿《伤时二首》之二："太空流素月，三五何明明。"

宿南海神祠东廊候月烹茶次闻雷

祠宇眈眈海岸头①，况逢冷夜更清秋。风前尘外笛三弄②，饭后月中茶一瓯。借我孤舟随水住，乘时一棹与天浮。旧谈八月流槎事③，岂料予一作今来傍女牛④。

【注释】

①眈眈：宫室深邃貌。高适《酬秘书弟兼寄幕下诸公》："眈眈天府间，偃仰谁敢同。"

②三弄：古曲名。即梅花三弄。李郢《赠羽林将军》："唯有桓伊江上笛，卧吹三弄送残阳。"

③流槎：浮行水上的竹木筏。

④女牛：织女星和牵牛星。李贺《石城晓》："女牛渡天河，柳烟满城曲。"

登浴日亭一作堂

五更起望大洋东，远水摇苍日涌红。旸谷初开群蛰起①，咸池一洗万尘空。顿令秽浊河沙界，都入光明宝藏中。事了不知功小大，列仙谁是狄梁公②。

【注释】

①旸谷：古称日出之处。《书·尧典》："分命羲仲，宅嵎夷，曰旸谷，寅宾出日。"孔传："旸，明也。日出于谷而天下明，故称旸谷 。"孔颖达疏："日所出处，名曰旸明之谷。"

②狄梁公：指唐代名臣狄仁杰，卒后追封梁国公，故称。贯休《闻王慥常侍卒三首》之三："还如齐晏子，再见狄梁公。"

谒扶胥南海庙

南海大都会①，扶胥拱圣王②。卜灵终自显，两庙屹相望。

香火夤缘在，河沙劫数长[3]。昌黎韩子记[4]，相与作存亡。

【注释】

①都会：城市。武元衡《送邓州潘使君赴任》："川陆一都会，旌旗千里舒。"

②扶胥：地名。在今广州市东南。韩愈《南海神庙碑》："在今广州治东南海道八十里，失去人扶胥之口，黄木之湾。" 圣王：圣明的君王。此指南海神庙供奉的南海神。《隋书·仪礼志》："开皇十四年闰十月诏……南海于南海镇南，并近海立祠。"唐天宝十载(751)，册封南海神为广利王。

③劫数：佛教指注定的灾难。齐己《勉送吴国三五新戒归》："法王遗制付仁王，难得难持劫数长。"劫：佛教名词。"劫波"或"劫簸"之略称。意为极久远的时节。古印度传说世界经历若干万年毁灭一次，重新再开始，这样一个周期叫作一劫。

④庙中存韩愈所撰的《南海神广利王庙碑》。

张　嵫一作镃

张嵫(1153—？)，字功甫，号约斋。居临安，卜居南湖。宁宗开禧三年(1207)，为司农少卿，坐谋诛韩侂胄事，追两官送广德军居住。有《南湖集》、《玉照堂词》。

雨中闻雁

小雨终朝湿翠霏[1]，渚蒲汀树白瀰瀰[2]。若嫌鸣雁无厌足，回到潮州又索诗。

【注释】

①终朝：整个上午。《诗·小雅·采绿》："终朝采绿，不盈一匊。"

②瀰瀰：同"弥弥"，布满的样子。李百药《渡汉江》："东流既瀰瀰，南纪信滔滔。"

宋煜

宋煜，字伯华。莆田(今属福建)人。孝宗淳熙二年(1175)，提举广东市舶。历知循州、宾州、惠州。

罗浮八题

铁桥峰

拄杖何年掷向空，云端隐约化晴虹。此桥端的通霄汉，谁与同游访月宫。

题朱明洞

涧流一一抱峰回，面面林峦锦帐开。我品洞天居第七，只应题作小蓬莱。

蝴蝶洞

阴深古木护涟漪，洞里藏春人不知。不是桃源深有路，如向蝴蝶满璠枝[1]。

石臼洞

清泉一派水潺潺，石穴端然一臼安。洗药炼丹仙已去，只留踪迹与人看。

遗衣坛

驾鹤乘鸾归紫府[2]，仙凡从此不相干。要传当日飞升事，收拾遗衣为结坛。

黄野人庵

淮南鸡犬上云端，底事先生独世间。上界应嫌官府足，不如平地且骖鸾。

朱子庵

仙人自昔好楼居，怪石棱层倚碧虚[3]。见说通天中有路，世间何处觅飙车[4]。

竹符

仙篆元非世俗书，笔端会把鬼神驱。当年笔迹今何在，洞客争传笔叶符。

【注释】

①璚(qióng):古同“琼”,赤色的玉,泛指美玉。

②紫府:道教称仙人所居。骆宾王《送王明府参选赋得鹤》:“振衣游紫府,飞盖背青田。”

③棱层:高耸突兀;峥嵘。李贺《瑶华乐》:“高门左右日月环,四方错镂棱层殿。”

④飙车:亦作“飚车”、“飈车”、“飇车”。传说中御风而行的神车。李白《古风·凤飞九千仞》:“羽驾灭去影,飙车绝回轮。”

吕　定

吕定,字仲安,新昌(今属浙江)人。宋孝宗朝以功迁还从义郎,累官殿前都指挥使、龙虎上将军。有《说剑集》。

追和苏子瞻游峡山寺韵

山迴一作廻宝华阁,水绕金锁湾。尘虑顿焉息,于兹开我颜。疏钟日夕动,老僧林下还。天风吹白云,悠悠满松关。归猿有余悲,月明啸空山。仙人自何来,翱翔八极间。手把玉芙蓉,吟笑锵珮环。歌罢忽飞去,千峰堆翠鬟。

度大庾岭

凿破鸿蒙一窍通,至今传说九龄功。天垂瘴雨蛮烟外,路入炎荒火树中。万里关河瞻北极,两行旌旆过南雄。鹧鸪声里端阳近,榕树青青荔子红。

登越王台

海上荒台草树平，登临不尽古人情。白云万里怀亲舍，红日中天望帝京。百粤山川秋历落，山一作三城楼阁晚峥嵘。醉来徙倚栏干曲，听彻西风画角声。

浴日亭和苏学士韵

危亭突兀倚青山，坐对扶桑碧海湾。紫雾欲生龙伯庙，洪涛先涌虎门关。光摇宇宙花生眼，影动阑干酒上颜。遥望蓬莱宫阙晓，一轮飞挂碧云间。

游海珠寺

何年神物抱珠游，遗向沧浪第一洲。五色化成金世界，六鳌擎出宝香楼。光涵蛟室星辰动，影落龙宫日月浮。万古团团天地里，磬声敲出一作彻海门秋。

曾跃鳞

曾跃鳞，字子龙。阳江（今属广东）人。孝宗淳熙五年（1178）进士。官至监察御史。因大灾多次上奏良策，获采纳，名重一时。

游王母冈[1]

冈空云散净如银，石磴层层接九宸[2]。翠竹影摇湘浦夜，碧桃香蔼武陵春[3]。但看此日烧丹灶，不见当年驾鹤人。游遍瑶池归去晚，一声长啸月华新。

【注释】

①王母冈：故址在今阳江市区东三里。

②石磴：石头铺成的登山道。王勃《圣泉宴》："披襟乘石磴，列籍俯春泉。"　九宸：九天上的北极星。

③武陵：以陶渊明《桃花源记并诗》的武陵桃花源作比。

闻西浦渔歌作

西浦鸣榔下钓矶①，歌声欸乃送斜晖。扣舷互答惊鸥梦，拍手难呼看鹭飞。山接素琴仙子过，洲连青草使君归。海天空阔家长在，一任芦花雪点衣。

【注释】

①榔：同"桹"，系在船舷上敲击的长木棒。骆宾王《渡瓜步江》："捧檄辞幽径，鸣榔下贵洲。"如是渔船者，可以响声驱鱼入网。

留　硕

留硕，字季膺。泉州（今属福建）人。曾知南恩州。

题清晖楼二首

一

万古龙涛山水窟，何人携向岭边州。朝来蜃气连城白，幻作恩平第一楼。

二

元龙高卧翠微中，碌碌诸人总下风。眼底朴陈无尽藏，八窗还我自玲珑。

劝农三首阳江[①]

一

春风勾引出郊行[②]，小队迢迢草路平[③]。自笑田芜不归去，三千里外劝人耕。

二

何处园林今有花，十分春事只桑麻。不须惆怅穷途目，一饱生涯无叹嗟。

三

长年城上望溪山，今日才能一往还。特地晓风吹雨断，可应天意更予悭。

【注释】

①阳江：市名。隋炀帝大业二年(606)置阳江县。唐贞观二十三年(649)设恩州，治所在今阳江市江城区。今为广东省阳江市(地级)，位于广东省西南沿海。

②勾引：吸引，指引。白居易《杨柳枝》："依依袅袅复青青，勾引清风无限情。"

③"小队"句：劝农的小队行进在遥远的平坦草路上。　迢迢：形容遥远。韦应物《赠令狐士曹》："秋檐滴滴对床寝，山路迢迢联骑行。"

陈　藻

陈藻，字元洁，号乐轩。福清(今属福建)人。历举进士不第，终身布衣。

过海丰

梅花结子已红青，归路犹愁一月程。忽听儿音乡语熟，不知方到海丰城。

送黄钦之赴广州盐税(三首选一)

地气周遭逐处流,五羊渐已似中州。海风吹断山无瘴,炎月何妨作宦游。

林　嵘

林嵘,福清(今属福建)人。孝宗淳熙十一年(1184)武举第一。宁宗嘉定初,知潮州。

题西湖山岩一作题观稼亭(二首选一)

咫尺移文唤即应,此亭便可配韩亭。溪流横过一湾碧,山色平分两岸青。落日钟声鸣远树,半空塔影倒寒汀。云烟满目皆亲种,留与邦人作画屏。

登潮阳东山

小雨上东山,层层着意看。寻泉行处僻,就石坐来寒。赤舄归周旦①,苍山起谢安②。功能成底事③,一抹莫云残。

【注释】

①赤舄(xì):红色的重底鞋。《诗·豳风·狼跋》:"公孙硕肤,赤舄几几。"《周礼·天官》:"屦人掌王及王后之服屦,为赤舄黑舄。"

②谢安:晋朝谢太傅,人称谢公、谢郎。曾隐东山,后出仕。谓之"东山再起"。

③功能:效能;功效。刘禹锡《楚州开元寺北院枸杞临井繁茂可观群贤赋诗因以继和》:"上品功能甘露味,还知一勺可延龄。"

崔与之

崔与之(1158—1239),字正子,号菊坡。增城(今属广东)人。光宗绍熙四年(1193)进士。宁宗嘉定间,召为礼部尚书,不拜还广。理宗端平二年(1235),授广东经略安抚使兼知广州,寻拜参知政事,右承相,皆辞。嘉熙二年(1238),提举洞霄官;三年,以观文殿大学士奉祠。

峡山飞来寺

万里星槎海上旋,名山今喜得攀援。猿挥孙恪千年泪,月照维摩半夜禅①。磴长荒苔人迹少,岩攒古树鹊巢悬。江流上溯曹溪水,时送钟声到寺前。

【注释】

①维摩:佛名,即"维摩诘",也作毗摩罗诘,义译为无垢称,或作净名。白居易《自咏》:"今日维摩兼饮酒,当时绮季不请钱。"

赵希昼

赵希昼,为宋太祖九世孙。

寄广南转运陈学士

极望随南斗,迢迢思欲迷。春生桂岭外,人在海门西。残日依山尽,长天向水低。遥知仙馆梦,清夜怯猿啼。

戴复古

戴复古(1167—?),字式之。黄岩(今属浙江)人,常居南塘石屏山,故自号石屏、石屏樵隐。一生不仕,浪游江湖四五十年。

题梅岭云封(四首选三)

一

东海边来南海边,长亭三百路三千。飘零到此成何事,结得梅花一笑缘。

二

凿破青山两壁开，石头路上踏成埃。梅花自与白云笑，几见夷齐出岭来。

三

南迁过岭面无惭，前有东坡后澹庵。儿辈欲知当日事，青山解语水能谈①。

【注释】

①解语：会说话。孟郊《看花》："问花不解语，劝得酒无多。"

书事

喜作羊城客，忘为鹤发翁①。问天求酒量，翻海洗诗穷②。已过西南道，适遭东北风。扁舟载明月，枉作卖油公。自注：西南道乃广州一税场。

【注释】

①鹤发翁：发白如鹤羽的老人。杜甫《遣闷奉呈严公二十韵》："白水鱼竿客，清秋鹤发翁。"

②诗穷：犹言才尽，作诗好像有到了尽头的感觉。

灵洲梅花

穿林傍水几平章，合有春风到草堂。自入冬来多是暖，无寻花处却闻香。枝南枝北一轮月，山后山前两履霜。直看过年开未了，醉吟且放老夫狂。

李计使领客游白云景泰

天近刚风吹面寒[①],绣衣玉立白云间。沧波万顷海南海,翠碧几重山外山。自觉登临无限意,谁思富贵不如闲。前峰若个神仙宅,指点烟霞见一斑。

【注释】

①刚风:罡风。高天强劲的风。指西风。顾况《曲龙山歌》:“愿逐刚风骑吏旋,起居按摩参寥天。”

舟行英德江上和许季如诗

趺坐篷窗底,客身无事时。闲观曲江帖,因和许浑诗。舟楫聊乘兴,溪山若献奇。数峰英石美,天巧岂人为。

徐鹿卿

徐鹿卿(1170—1249),字德夫,号泉谷。隆兴丰城(今属江西)人。宁宗嘉定十六年(1223)进士。

再游梅关书呈黄幹

云过大庾岭,岭上一丛林。送往迎来路,升高望远心。年华今复古,人事古犹今。唯有关门石,相看岁月深。

小英石峰

旧作英崖隐,今为庾峤行。虽然一拳许,有此数峰青。峭崒惊凡目[①],坚刚悖世情。墨卿相指似,只尺是蓬瀛。

【注释】

①嶒崒：亦作“嶒崪”，高峻。班固《西都赋》：“岩峻嶒崪，金石峥嵘。”李善注：“嶒，高貌也。”吕延济注：“嶒崪、峥嵘，高峻貌。”

赵汝镃

赵汝镃（1172—1246），字明翁，号野谷。袁州宜春（今属江西）人。太宗八世孙。宁宗嘉泰二年（1202）进士。理宗绍定二年（1229）知郴州；四年，为荆湖南路提点刑狱，改转运使。移广南东路转运使。有《野谷诗稿》。

蒲涧行

君不见少君诧安期海上之枣①，又不见坡仙咏安期宅边之蒲。枣失其种岂复得，蒲生于涧何时无。涧流涓涓浅可涉，牵蔓披沙搜九节。仙家自欲供仙饵，灵根不容凡齿啮。循涧探奇岩石幽，瀑音迎耳锵琅球。阴壑常寒失炎热，终日自雨鸣春秋。振衣策足崔嵬顶②，跨历列缺凌倒景③。天风海涛撼宇宙，神清骨冷肝胆醒。声传九霄景泰钟，更上上方梯晴空。两眼有尽天不尽，沧溟浩与银河通。指顾神山似非远，弱水谁云隔三万④。乘风直到金银台⑤，握手安期话蒲涧。

【注释】

①少君：汉武帝时齐方士名。姓李，以祠灶、辟谷、却老之方往见武帝 。谓祠灶，丹砂可化为黄金，黄金成以为饮食器则益寿，可以不死。事见《汉书·郊祀志上》。王充《论衡·道虚》：“ 武帝之时，有李少君 ，以祠灶辟谷却老见上。”京兆韦氏子《悼妓诗》：“不教布施刚留得，浑似初逢李少君。”泛指道士。皇甫冉《送张道士归茅山谒李尊师》：“师事少君年岁久，欲随旄节往层城。”　海上之枣：即海枣，传说中的仙果名。典出《晏子春秋·外篇下十三》：“ 景公谓晏子曰：‘ 东海

之中，有水而赤，其中有枣，华而不实，何也？'晏子对曰：'昔者秦缪公乘龙舟而理天下，以黄布裹烝枣，至东海而捐其布，彼黄布，故水赤；烝枣，故华而不实'。公曰：'吾详问子，何为对？'晏子对曰：'婴闻之，详问者，亦详对之也'。"后喻虚妄不实的事物。

②策足：谓骑乘牲口代步赶路。

③列缺：电。电从云中决裂而出，故称"列缺"。李白《梦游天姥吟留别》："列缺霹雳，丘峦崩摧。"　倒景：亦作"倒影"。指天上最高处，日月之光反由下上照，而于其处下视日月，其影皆倒，故称天上最高的地方为"倒影"。李白《古风·昔我游齐都》："含笑凌倒景，欣然愿相从。"

④弱水：古代神话传说中称险恶难渡的河海。《海内十洲记·凤麟洲》："凤麟洲在西海之中央，地方一千五百里，洲四面有弱水绕之，鸿毛不浮，不可越也。"曹植《游仙诗》："东观扶桑曜，西临弱水流。"

⑤金银台：古代传说中神仙住所里的光辉灿烂的楼台。李白《梦游天姥吟留别》："青冥浩荡不见底，日月照耀金银台。"

留元崇

留元崇，泉州(今属福建)人。以荫仕尝为广东安抚司主管机宜文字。

游罗浮

远看空碧混崔嵬，近见重重翠作堆。古木阴中藏洞府，乱云深处出楼台。文禽耀日来相唤，羽客乘风去不回。惟有东坡旧游迹，屐痕犹自遍苍苔。

茶园

岭根闻犬吠，上到野人家。山晚月有色，天寒梅未花。蔬园依水石，茅屋带烟霞。何物堪留客，烹茶成雪芽。

梁文奎

梁文奎，东莞（今属广东）人。宁宗开禧元年（1205）进士。

题增城进士单有明清白传家巷[①]

清如增江水，白如白石山。羡尔清白人，栖迟山水门[②]。至清不可淆，至白不可淫[③]。传子复传孙，一心如一辙[④]。山同今古色，水同今古流。载阅清白卷，山水两悠悠[⑤]。

【注释】

①单有明：据清朝光绪二十年（1894）木版《岭南单氏十修族谱》记载："吾族始祖通真公籍东鲁，生大唐会昌五年（845）。越咸通。甫二十余岁，登泰山，遇异人得修炼之术，思其祖道开公，修真罗浮化身石室，慨然欲从之，因南游结庐其间，观道开公香火祠像，恋恋不忍归去，遂于增之石滩里而居之，东面罗浮望峰头而仰止，取号罗峰。"增城石滩岗贝村安居，历经八代传承，开枝散叶。五世祖单永祥，字吉甫，为宋参知政事、谏议大夫。九世祖单崔明，字德新，宋赐进士，朝请大夫，知惠州府兼理军事。单有明，宋进士。

②栖迟：游息。《诗·陈风·衡门》："衡门之下，可以栖迟。"朱熹集传："栖迟，游息也。"

③淫：迷惑。

④一辙：喻趋向相同。卢谌《赠刘琨诗》："惟同大观，万涂一辙。"

⑤悠悠：久长；久远。刘长卿《送建州陆使君》："从此向南无限路，双旌已去水悠悠。"

迎翠楼自赋

江山诗兴动，宇宙画图开。风卷软红去[①]，云迎霏翠来[②]。行藏老身矣，临眺意悠哉。倚遍栏杆曲，残阳入酒杯。

【注释】

①软红：柔和的红色。此当指代落花。刘子翚《汴京纪事二十首》之十二："万炬银花绵绣围，景龙门外软红飞。"

②霏翠：飞扬的翠色，喻绿叶飘落。

方信孺

方信孺(1177—1222),字孚若,号好庵。蒲田(今福建莆田)人。以荫补番禺尉,治盗有异绩。宁宋嘉定元年(1208),通判肇庆府;三年,知韶州;六年,提点广西刑狱,迁举淮东刑狱兼知真州;十二年,罢,奉祠归。

番山

番禺二山也,自注:《山海经》作贲禺。今在州学之后者,止余一大磐石,有亭榜以番山,而禺山则漫不可考。按《番禺志》云:番山在北,禺山在南。国初前摄南海郑熊所作《番禺杂志》云:番山在城中东北隅,禺山在南二百许步。两山旧相联属,刘龑凿平之,自注:龑,鱼检切,又丁怀、占田二切。刘氏所谓高祖始创南汉者也。龑字乃其自撰。就番积石为朝元洞,后更名为清虚洞,而以沉香为台观于禺山之上。至《图经》则谓番山在今府学后,禺山在清海军楼雉堞下,是番在南而禺在北矣。又元祐间林斐作《兼山楼记》,亦谓番山在通判南厅之后,禺山在州厅之东,绍圣间章粢作《移学记》,亦以为学在番山之前,是皆与今说同。然《番禺志》古书也,熊为潘美客,当时犹亲见亭观之旧,宜以此二说为正。况漕司贡院之东有神祠,至今尚以清虚洞为榜,故老亦以名其地。虽番山所在,或治事厅东,或清海军楼下,皆未可知,而州学后者禺山无疑矣。

城根片石久模糊,图记应须考国初。欲识番山真面目,至今东北号清虚①。

【注释】

①清虚:清净虚无。白居易《改业》:"犹觉醉吟多放逸,不如禅定更清虚。"

任嚣城

《番禺杂志》云:在今城东二百步,小城也。始嚣所理,后呼东城,今为盐仓,即旧番禺县也。以今考之,东城即其地。熙宁间吕居简为帅,因其遗址而筑之,见于郑亶之记。《图经》乃以子城为古之东城,且引《番禺志》,以为任嚣所理，殊不知番禺县国初时尚在今城东之紫泥港。所以《番禺杂志》谓今番禺为旧县也。若以子城为是，则安有旧县在其中乎？沈怀远《南越志》云：尉任嚣疾笃，知己子不肖，不堪会以后事。遂召龙川令赵佗谓之曰，秦室丧乱，未有真主，吾观天文，五星聚于东井，知南越偏霸之象。故召佗授以权柄云。自注：任嚣于秦末时为南海郡尉。

五星自是汉家符，忍死任嚣亦太愚①。今日朝台犹百尺，荒城不记旧规模②。

【注释】

①忍死：谓临终不肯绝气，有所期待。卢纶《栖岩寺隋文帝马脑盏歌》："山中老僧眉似雪，忍死相传保扃镝。"

②规模：范围；场面；气势。沈佺期《扈从出长安应制》："汉宅规模壮，周都景命隆。"

三城

子城与东西二城也，子城乃庆历四年魏公瓘以得古砖，有"委于鬼工"之字，遂筑之。后侬智高来寇，望城坚，不得逞而去。东城乃熙宁初吕居简所谓转运使王靖所筑。西城则程师孟经始于熙宁四年。

三城不断郁相望，千里长江势渺茫。蛮獠传闻亦胆破，从知岭外有金汤①。

【注释】

①金汤："金城汤池"之省称。金属造的城，沸水流淌的护城河。形容城池险固。成语有云"固若金汤"。

清海军楼

元符二年柯公述所创，折公彦质重建于绍兴二十年，近岁又一再伯新矣。

睥睨①旁围百尺楼，翚飞②缥缈接云浮。鲸波不动海山碧，弹压东南十四州。

【注释】

①睥睨(bì nì):眼睛斜着向旁边看,形容傲慢、高傲的样子。杜甫《白帝楼》:“漠漠虚无里,连连睥睨侵。”

②翚(huī)飞:野雉展翅飞翔一般。旧时形容宫室华丽。杜牧《题池州弄水亭》:“螭蟠得形势,翚飞如轩户。”翚:羽毛五彩的野鸡。

广平堂

宋广平都督广州,越俗始知楼宇。张燕公尝为遗爱碑。

撤茅易瓦利无穷,盍种甘棠比召公。大手断碑何处觅,典型犹见此堂中。

石屏堂

在郡城西,蒋公之奇所建,其下有池百余步,列石甚富。刘氏所谓明月峡、玉液池是也。南北旧有含珠亭、紫云阁,每岁端午,令官人竞渡其间。

月峡旁通玉液池,彩舟争胜出宫闺。荒台今日人相问,野草无言日自西。

十贤祠

在郡治之城上。前太守常以吴隐之、宋璟、李尚隐、卢涣、李勉、孔戣、卢钧、萧昉为八贤。蒋颖叔复以滕修、王琳益之,为十贤祠,自作序赞,列名刻石。别有八贤祠,盖潘美、向敏中、余靖、魏瓘、邵昱、陈世卿、陈从易、张颉也,乃连帅周自强所立。

晋唐相望已千年,香火如今数十贤。不见古人空再拜,祠堂西去有贪泉。

越楼

楼在城关阛阓中,轮囷为一郡之壮观。昔名共乐楼,程师孟有诗。

真珠市拥碧扶阑，十万人家着眼看。独恨登临最高处，举头犹不见长安。

南濠

在共庆楼下。限以闸门，盖古西澳也。景德中高绅所辟，维舟于是者无风波恐，民常歌之。其后开塞不常。

经营犹记旧歌谣[①]，来往舟人趁海潮。风物眼前何所似，扬州二十四红桥[②]。

【注释】

①经营：往来。《楚辞·九叹·怨思》："经营原野杳冥冥兮。"

②扬州二十四红桥：在江苏省扬州市。有二说，一说谓二十四座桥。据沈括《梦溪笔谈·补笔谈》，唐时扬州城内水道纵横，有茶园桥、大明桥、九曲桥、下马桥、作坊桥、洗马桥、南桥、阿师桥、周家桥、小市桥、广济桥、新桥、开明桥、顾家桥、通泗桥、太平桥、利园桥、万岁桥、青园桥、参佐桥、山光桥等二十四座桥，后水道逐渐淤没。宋元祐时仅存小市、广济、开明、通泗、太平、万岁诸桥。一说桥名"二十四"，或称二十四桥。据李斗《扬州画舫录》录十五："二十四桥即吴桥砖家，一名红药桥，在熙春台后。"

任嚣墓

《番禺杂志》云：墓庙在今法性寺前道东四十余步，广民岁时享之，墓在庙下。法性寺，今光孝寺也。而墓与庙已不复存，记古者犹能想象其所在。

枯坟曾阅几兴亡，行客徘徊古道傍。茅屋一间无处觅，可怜不似楚昭王[①]。

【注释】

①"茅屋"二句：用韩愈诗意。韩愈《题楚昭王庙》："丘坟满目衣冠尽，城阙连云草树荒。犹有国人怀旧德，一间茅屋祭昭王。" 楚昭王：楚昭王熊壬（约前

523—前489)，芈姓，熊氏，又名轸。楚平王之子。公元前516年，楚平王死，不满10岁的太子壬继立，改名熊轸(珍)，是为昭王。

番塔

始于唐时，曰怀圣塔。轮囷直上凡六百十五丈，绝无等级，其颖标一金鸡，随风南北。每岁五六月，夷人率以五鼓发其绝顶叫佛号，以祈风信。下有礼拜堂。

半天缥缈认飞翚，一柱轮囷几十围。绝顶五更铃共语，金鸡风转片帆归①。自注：《历代沿革》载怀圣将军所建，故今称怀圣塔。

【注释】

①金鸡：传说中的神鸡。韩愈《桃源图》："夜半金鸡啁哳鸣，火轮飞出客心惊。"

海山楼

建于嘉祐中，今在市舶亭前。唐子西有登楼怀古诗。

海山雨过月明时，自是南州一段奇。尘土只今无着处，可怜谁与更题诗。自注：宋时经略安抚于五月五日阅水军教习于其上，尝新荔。

越井冈

《番禺杂志》云：一名台冈，一名越王台。《南越志》谓之天井冈。在城西北三四里。唐广州司马刘恂《岭表录异》云：冈头有古台基址，连帅李玭于遗址上构亭，郑公愚又加崇饰。今在悟性寺后，郡人呼为越王台。相传尉佗曾张乐于此，故老云旧皆夹道栽菊，黄花迤逦，为九月登高之所。

万山衮衮尽东来，高处犹存百尺台。回首旧时张乐地，一杯重与酹苍苔。

越台井

按《岭表录异》云：井在州北越王台下，深百尺余，砖甃完备，云南越赵佗所凿。广之井泉率卤鹼，惟此井冷而且甘。《番禺杂志》亦云：越井半存古甃，曰赵佗井，水味清甘。刘氏呼为玉龙泉，民莫得汲。潘美克平后，方与众共之。今此井在悟性寺前，清甘实为一郡之冠。而后来乃亭其上而榜焉。曰达磨泉，初无所据，只何公异所作《南征录》及《图经》云：达磨初来，指其地曰，是下有黄金，取之不尽。贫民竭力掘之数丈，遇石穴而泉迸。达磨云：即此是也。何公乾道中入南，盖此井已在达磨泉之后，好事者又为此说以附会之。今越冈无他井，即此无疑。又尝读《唐子西集》有《游广州悟性寺》诗，其结句云："泉脉来何处，中含定慧香"，则亦指此为达磨井矣。

古甃寒潮百尺清，伪王题品老佗营。渴来不饮盗泉水，特地翻为达磨名。

朝汉台

台在城西硬步。《南越志》云：熙安县自注：宋齐有此县名。东南有圆冈高数十丈，冈囿四面为羊肠道。说者谓尉佗登此望汉而朝拜，故曰朝汉台。《岭表录异》云：在西北五里冈原上，今址存焉。刺史李玭于其上创余慕亭，至今送迎之地，又改为朝台馆。《番禺刻石》云：今江边有台累累，彼人但名其地为朝台，不知彼是耶，此是耶。闻之故老，已莫能知其所在。则是在国初已罕有训其处矣。张曲江诗"津亭壮越台"，盖谓此也。后来人皆以今之越王台谓为朝汉，然津亭当在水滨，岂应在山？元祐间，毛司漕方辨正其地，蒋颖叔亦同赋诗，所谓"真乘寺侧偶同寻，潜德幽光一朝发"。然真乘寺亦在硬步，其地则近之矣。而其台则平地突起数十尺，八陛宛然，自注：即郊坛也。土人至今犹呼拜郊坛。而江边累累之冈原，固自若也。自蒋颖叔之误，后无有辨者，朝台又名武王台，盖赵佗并桂林象郡之妆，自立为南越武王，韩诗所谓乐奏武王台是也。亦名云阳台，或云赵建德战胜韩千秋时张饮于此。

倔强难除结尚椎，筑台北望欲何为。大夫自载千金橐，谁念韩侯十万师。

灵洲

洲在水中，上有宝陀寺。郭璞云：南海之间有衣冠之气，即其地。《南征录》云：山根如鼎足，渔舟可以往来其间。东坡亦有诗。

东南佳气盛衣冠，楼阁翚飞缥纱间。疑是落星湾上见，更须题作小金山。

甘溪

在郡东北五里北山脚下。东晋太守陆胤所凿，引泉以给，广民亦呼甘泉。唐会昌间，节度卢公遂疏导其源，以济舟楫，吏饰广厦，为踏青避暑之胜地。伪刘时，复凿山为甘泉苑，中有泛杯池、濯足渠、避暑亭之类。其下流为甘溪，夹溪南北三四里皆植刺桐、木棉。旁则坦平大道。详见《番禺杂志》。乃《岭表录异》中甘溪，今不复见。《图经》并《番禺杂志》云：即譁譁水也。水正在北山脚，岸高，水自石而下，其声譁譁然，故以为名。

甘溪依约旧城东，陵谷迁移一梦中。春尽踏青人不见，桄榔老大木棉红。

滴水岩

岩在蒲涧之上。飞泉百尺，下泻无地，真胜处也。

天半飞涛六月寒，苍岸壁立互回环。从今好事能题品，列作南中第一仙。

悬钟

在滴水岩上，人迹所不至。仰而视之，其形仿佛，然可望而不可即也。好事者引弹击之，往往有声。

绝壁初无路可通，何人特地铸金钟。神仙底处应难诘，弹落余声和涧松。

动石

在宝象峰上,块如一拳石耳。土人云叱则随动。

山中块石老僧言,一叱应知一作如围法轮。元是世人心自动,请将消息问风幡。

白云洞

在乱石山绝顶,有寺。《九龙泉记》云:安期生初隐于此,有九童子现而泉涌,因以九龙名泉。今泉在寺之侧。

金刹凭陵尺五天①,胜游何必羡登仙。安期想见身千亿,汗漫人间若个边。

【注释】

①凭陵:高峻。

大小水帘洞

在白云之麓,东西相距无三百步。盖九龙泉下流也。

碧涧东西春水添,四时疏雨落晴檐。珠宫贝阙无寻处,空见重重排一作挂玉帘。

鹤舒台

在白云前山。宛然巨石、安期生飞升时,有鹤下迎于此。

危台老石寄层巅,鹤驾逢迎不记年。今日归来应一笑,山川城郭故依然。

虎头岩

在鹤舒台之北。崎岖险绝，好事者所未之闻，予尝两至此。

绝壁空岩踞虎头，鸟飞不渡野猿愁。人间有此真奇境，便好乘风访十洲。

琵琶洲

在郡东三十里，以形似名。俗传洲在水中，与水升降。盖海船所集之地也。

仿佛琵琶海上洲，年年常与水沉浮。客船昨夜西风起，应有江头商妇愁。

相对冈

在州东三十里。两山雄扼江上，舟楫往来之要冲也。

海门高并两峰寒，大艑轻帆自往还。安得百灵移一岛，却教尘世看三山。

走珠石

在湖南。旧传有贾胡自异域负其国之镇珠逃至五羊，国人重载金坚赎以归。既至半道海上，珠复走还，径入石下，终不可见。至今此石往往有夜光发，疑为此珠之祥。

底事明珠解去来，当时合浦已堪猜。贾胡不省何年事，老石江头空绿苔。

大通寺

在河南大通津上，有达岸禅师化身在焉。师新兴人，名志清。凡雨旸之祷，迎致辄应。寺前后老桧几百株，婆娑掩映，相传唐天宝间所植。

老木槎牙欲擘云，门前流水我知津。过江一雨如盆泻，竟礼真如不动身①。

【注释】

①真如：佛教语，意译，谓永恒存在的实体、实性，亦即宇宙万有的本体。与实相、法界等同义。刘禹锡《谒柱山会禅师》："吾师得真如，寄在人寰内。"

抱旂山

郡之客山也，其势如抱旂。古木参天，林壑幽邃。

面势翩翩天外山，彩旂常在翠云间。太平官府无公事，尽好高牙相对闲。

金芝岩

在清远县东北二十五里，南来者多以僻左①不得至。

碧落三洲天下奇，仙城谁复识金芝。可怜隔断黄茅路，不得骚人赋一诗。自注：碧落洞在浈阳，三洲岩在古康，皆佳处也。

【注释】

①僻左：人用右手为常，用左手为僻，故称偏僻之地为僻左。

清远峡

一名中宿峡，在清远县东二十里。两山对峙，如挈太华。旧传海艘乘潮一夕而至。《图经》云：黄帝二庶子采昆仑竹为黄钟管，居于此山，故名。至今庙貌犹存。

昆仑截竹事空传，不见春潮送客船。只似蜀江江上路，两山中峡手中天。

龙窟

在新会县西，万寿寺之后。两山相望，其中不能百步。东山数穴，窅不可窥，以石投之，其声隐隐不绝。至西山则玲珑相属，表里洞开。故老相传为神龙出入之地。《图经》云，每雷雨大作，有龙在其中破空而出，踊跃震动，习以为常。至今或遇亢旱，祷之辄有灵验。

变化灵踪亦可疑，玲珑数穴似仇池①。沧溟咫尺不归去，安得神龙如许痴②。

【注释】

①仇池：山名。在今甘肃省成县西。山有东西两门，盘道可登，上有水池，故名。杜甫《秦州杂诗》之十一："万古仇池穴，潜通小有天。"

②如许：多么，这么。张继《明德宫》："摩云观阁高如许，长对河流出断山。"

刘氏双阙

乾道中，刘氏二女其母久病，一刲肝，一割股以奉之，母乃瘳。连帅龚公茂良上其事，诏即所居产阙。

双阙岧峣即是碑①，天荒初破此娥眉②。行人来往手加额③，解说当年旌表时。

【注释】

①岧峣：山高峻貌。贺知章《奉和御制春台望》："缭绕八川浮，岧峣双阙映。"

②天荒初破：犹破天荒。前无此例，事情头回出现。

③手加额：把手放在额上。旧为祷祝仪式之一。亦用以表示敬意。陈造《癸丑劝耕净居》："怡然离席手加额，共说温饱沾妻孥。"

刘氏郊坛[①]

一德由来可享天[②]，东邻扣祭亦徒然[③]。荒凉到处游麋鹿，谁识郊坛八面圆。

【注释】

①郊坛：古时帝王在郊外祭祀活动的场所。孟郊《寄张籍》："辚辚车声辗冰玉，南郊坛上礼百神。"

②享天：享受上天赐予的。

③徒然：枉然。白白地；不起作用。高适《送杨山人归嵩阳》："不到嵩阳动十年，旧时心事已徒然。"

包　恢

包恢（1182—1268），字宏文，一字道夫，号宏斋。建昌（今属江西）人。宁宗嘉定十三年（1220）进士。历沿江制置司干官，通判合州、临安府，知合州，提点福建刑狱兼知建宁府，广东转运判官，提点浙西刑狱。理宗景定初，拜大理卿，迁中书舍人。度宗即位，召为刑部尚书。咸淳二年（1266），进签书枢密院事；三年致仕。

过峡山寺

庾岭分来峙两山，夹山成峡水万湾。上林下石森双障，南海西江屹一关。水若龙藏涵碧色，山如虎伏出苍颜[①]。人来人往消何许，谁似山长与水闲。

【注释】

①苍颜：苍老的容颜。蔡襄《过南剑州茅阳铺见桃花》："只有苍颜日憔悴，奈缘多感泣春风。"

同陈守游碧落洞二首

一

揽辔驱驰始得闲，便陪五马访名山。恍如境出青霄外①，真是身游碧落间。地辟天开非假凿，崖高壁立自成关。奇奇怪怪难名状②，独荷元龙许附攀③。

二

乳滴珠垂石缀旒④，冰清醽绿水鸣球⑤。龙宫凤穴排苍壁，燕垒蜂房涌碧琉。公爱彼山岩石峻，我贪此洞冷泉幽。无双奇观难穷处，便欲留身就隐休⑥。

【注释】

①青霄：青空，碧空。何承天《雉子游原泽篇》："抗志青霄岑，浩然寄卜肆。"

②名状：说出形状、状态。文同《彦思示望南山诗因答》："至此觉才弱，不敢辄名状。"

③附攀：依傍攀援。梅尧臣《宣州杂诗二十首》之十五："相托为温燠，终非学附攀。"

④缀旒：系结于旌旗之上的垂饰。《诗·商颂·长发》："受小球大球，为下国缀旒，何天之休。"

⑤醽(líng)绿：同"醽醁"，酒名。陆龟蒙《袭美病中闻余游颜家园见寄次韵酬之》："佳酒旋倾醽醁嫩，短船闲弄木兰香。"

⑥隐休：隐居而辞去官职。

陈元晋

陈元晋（1186—？），字明父。崇仁（今属江西）人。宁宗嘉定四年（1211）进士；十六年，增城县丞。理宗宝庆年间，历知福、融州、南安军，迁广东经略使，累官京邕管安抚使。

游罗浮宝积寺

一

晴峰膏秋容，远骑驻春脚。长风载之游，清月此旅酌。眼高天围小，语暖云气薄。神仙邂逅亲，导客以笙鹤。

二

半生梦罗浮，世事缚两脚。仙泉有谁何，生客那得酌。君诗挹其腴，水味从此薄。清游天所裁，望极南飞鹤。

越王台

南州胜观越王台，天与诗人醉眼开①。云漠漠边蕃路远②，水茫茫处海潮回③。人家一半藏烟树，往事千重问石苔。料得清秋尤好在，一樽重约月明来。

【注释】

①醉眼：醉酒后迷糊的眼睛。李贺《秦王饮酒》："仙人烛树蜡烟轻，清琴醉眼泪泓泓。"

②漠漠：迷蒙貌。刘长卿《硖石遇雨宴前主簿从兄子英宅》："硖石云漠漠，东风吹雨来。"

③茫茫：辽阔旷远的样子；模糊不清楚。李白《庐山谣寄卢侍御虚舟》："登高壮观天地间，大江茫茫去不还。"

入庾岭

梅花迎路客平安，此是江南尽处山。霜月正高花下饮，酒阑长啸过梅关。

刘克庄

刘克庄(1187—1269),字潜夫,号后村。莆田(今属福建)人。宁宗嘉定二年(1209)以荫补将仕郎,调靖安主簿、真州录事。理宗淳祐六年(1246),赐同进士出身。度宗咸淳四年(1268),特授龙图阁学士;次年卒,谥“文定”。

梅州重建中和堂

中和堂昔隳于火①,今剪荒榛再落成。博士尊师重演说,史君存古不更名。渐摩伋学三风熄②,流布褒诗五瘴清。天子金声兼玉振③,会徵褚大与儿生。

【注释】

①隳(huī):毁坏;崩毁。应璩《百一诗·下流不可处》:“前者隳官去,有人适我闾。”

②三风:古代指巫、淫、乱三种恶劣风气。胡宏《寄题向伯元敦止堂》:“悠悠如云行太空,竟使三风变为雅。”

③金声兼玉振:即金声玉振。比喻声名昭著远扬。荀悦《汉纪·武帝纪五》:“唯天子建中和之极,兼总条贯,金声玉振。”

广州劝驾①

番禺文物于今盛②,闽浙彬彬未足夸③。丞相宅曾住南郭④,鼎魁坊止在东家。好陈董子三篇策⑤,莫看唐人一日花⑥。珍重诏书相勉意,士先器识后词华⑦。

【注释】

①劝驾:劝人任职或做某事。胡寅《新州鹿鸣宴致语口号》:“秋气清高肃雁行,贤侯劝驾会黄堂。”

②文物:历代遗留下来的具有历史、艺术价值的东西。指礼乐制度。此当指重视文化方面的建设。李白《君子有所思行》:“朝野盛文物,衣冠何翕赩。”

③彬彬：形容文质兼备。杨炯《和刘长史答十九兄》："风标自落落，文质且彬彬。"

④丞相宅：指张九龄故居。

⑤董子三篇策：指董仲舒向汉武帝陈"天人三策"。陈普《咏史上·董仲舒三首》之三："孟轲死后惟董子，道义两言扩古今。"

⑥唐人一日花：用唐朝诗人孟郊诗"春风得意马蹄疾，一日看尽长安花"之典。

⑦器识：器量与见识。

药洲四首

一

非有干时策①，聊为避地图②。昔人补勾漏③，老子管仙湖④。

二

役民如犬马，国破作降俘。往往湖中石，宣和艮岳无⑤。

三

怪怪奇奇石，谁能辨丑妍。莫教赞皇见，定辇入平泉⑥。

四

观寺临湖上，亭台出柳间。都忘来五岭，将谓在孤山。

【注释】

①干时：捍卫（危难）时局。刘长卿《南湖送徐二十七西上》："傲俗宜纱帽，干时倚布衣。"

②避地：离去，迁居他处以避祸。王维《桃源行（时年十九）》："初因避地去人间，及至成仙遂不还。"此指据一方而苟且偏安。

③"昔人"句：晋朝葛洪于晋咸和初年，求为句漏令。

④老子：即老聃。春秋战国时楚苦县人。曾为周藏书室史官，相传著《老子》（又名《道德经》）。

⑤宣和：宋徽宗赵佶年号（1119—1125），其间，宋徽宗于东京（今河南开封）造寿山艮岳，亦称万岁山。使朱勔置应奉局于平江，搜刮南方奇花异石。

⑥"莫教"二句：不要让李德裕见到，一定要被拉入平泉庄的。　赞皇：李德裕之父李吉甫因功封赞皇县侯。　平泉：即平泉庄，唐代李德裕别墅，在

洛阳。唐代裴潾有诗，题为《前相国赞皇公早葺平泉山居暂还憩旋起赴诏命作镇浙右辄抒怀赋四言诗十四首奉寄》。

浴日亭

归客飘然一叶身①，尚能飞屐陟嶙峋②。危亭下瞰嵎夷宅③，积水上通河汉津。叱驭为臣前有志④，乘桴从我更无人。暮年笔力全衰退，甘与韩苏作后尘⑤。

【注释】

①飘然：形容心情轻松的样子。李白《飞龙引二首》之一："飘然挥手凌紫霞，从风纵体登鸾车。"

②飞屐：形容健步如飞。　　陟嶙峋：攀登层层重叠不平的山石。余靖《题庾岭三亭诗·通越亭》："行尽章江庾水滨，南逾梅馆陟嶙峋。"

③嵎夷：原指山东东部临海地区。后泛借滨海地区。

④叱驭：叱咤驾驭。

⑤韩苏：韩愈与苏轼，两人均吟咏过浴日亭。

丰湖（三首选二）

一

岷峨一老古来少①，杭颍二湖天下无②。帝恐先生晚牢落，南迁犹得管丰湖。

二

小米侍郎生较晚③，龙眠居士远难呼④。不知若个丹青手，能写微澜玉塔图。

【注释】

①岷峨：并称岷山与峨眉山，指苏轼故乡。邓有功《送曾子华游赣》："三苏出岷峨，文章仰欧子。"

②杭颍二湖：杭州与颍州两个西湖。

③小米侍郎：指米芾。裘万顷《松斋秋咏吹黄存之韵七首》之一："纵是楼无山色远，只如小米画烟云。"袁凯《徐子修画山水歌》："襄阳小米师董原，妙处不受绳墨牵。"

④龙眠居士：宋代画家李公麟（1049—1106）的号，字伯时。舒城（今属安徽）人。神宗熙宁三年（1070）进士。白描绘画为当世第一。苏轼《次韵吴传正枯木》："龙眠居士本诗人，能使龙池飞霹雳。"

潮惠道中①

春深绝不见妍华②，极目黄茅际白沙。几树半天红似染，居人云是木绵花。

【注释】

①潮惠：潮州、惠州。

③妍华：娇美的花卉。韦应物《效陶彭泽》："霜露悴百草，时菊独妍华。"

送金潮州（三首选二）

一

五管惟潮地接闽①，自唐牧守畀名臣②。欲安瘴岭疮痍俗，暂辍天家肺腑亲③。新堞永为州壮观④，彩虹忽间海横陈。皆言明主临轩遣⑤，不是诸公启拟人⑥。

二

潮人无计驻轩车⑦，来扇仁风仅岁余⑧。棘院从今添立鹄⑨，金堤亘古免为鱼⑩。真堪香火陪韩庙⑪，谁采风谣继叶渠。曾忝史官牛马走⑫，不妨奋笔为公书⑬。

【注释】

①五管：古地区名。唐永徽后，以广、桂、容、邕、安南府，隶广府都督统摄，置

五府节度使，称岭南五管。韩愈《刘生诗》："五管历遍无贤侯，回望万里还家羞。"

②牧守：牧伯，州郡的长官。白居易《咏怀》："苏杭自昔称名郡，牧守当今当好官。"

③暂辍(chuò)：暂时停止。孟浩然《与颜钱塘登障楼望潮作》："百里闻雷震，鸣弦暂辍弹。"　天家：朝廷。徐铉《纳后夕侍宴》之二："汉主承乾帝道光，天家花烛宴昭阳。"　肺腑亲：此指心腹之间结成亲姻。萧至忠《陪幸五王宅》："北斗枢机任，西京肺腑亲。"

④堞(dié)：城墙上齿状矮墙。此指城墙。　壮观：雄伟奇观的事物或风景。李白《金陵三首》之一："金陵空壮观，天堑净波澜。"

⑤"皆言"句：都说是(皇上)在殿前平台上接见臣属时被派遣来的。郭印《送郑宣抚三首》之三："昔时裴度临轩遣，今日曹参促诏归。"

⑥启拟人：草拟官方文件者。指一般吏士。

⑦"潮人"句：当地民众没法止住州牧的马车，比喻服从州牧的治理。

⑧仁风：仁政之风。张说《洛桥北亭诏饯诸刺史》："扇逐仁风转，车随霖雨流。"

⑨鹄：鸟名，鸿鹄，又名"黄鹄"，俗称天鹅。比喻州牧。

⑩亘古：终古。　免为鱼：免受为鱼鳖之苦。杜甫《赠李八秘书别三十韵》："一戎才汗马，百姓免为鱼。"

⑪韩庙：韩愈庙。

⑫曾忝：谦辞。表示愧于进行某事。刘禹锡《酬淮南牛相公述旧见贻》："少年曾忝汉庭臣，晚岁空余老病身。"　牛马走：指皇帝跟前如牛马奔走的人。

⑬奋笔：提笔疾书。韩维《送陈著作》："高才不沉没，奋笔动天幄。"

赵崇垓

赵崇垓，字德畅。家南海（今属广东）。宋宗室。宁宗嘉定十六年(1223)进士。理宗端平二年(1235)，权通判端州。

游七星岩和曾景亮同年

地本平阴窍本空，岩名以斗古传风。世人适意为行乐，造物何心著巧功。弱水蓬莱仙境界，石桥方广佛神通。达观不作尘寰者，笑挹天浆乐在中。

白玉蟾

白玉蟾(1194—？),本姓葛,名长庚。为白氏继子,故又名白玉蟾。字如晦、紫清、白叟,号海琼子、海南翁、武夷散人、神霄散吏。祖籍福建闽清,生于琼州(今属海南)。师事陈楠,相从流浪各地,尽得其道法。宁宗嘉定中,诏征赴阙,命建太乙宫。封号“紫清明道真人”。金丹派南宗正式创立者,全真教尊为南五祖之一。

博罗县驿

虎啸月生海,猿啼风撼山。梦回三鼓尽,身自九天还。云气浮窗外,泉声入枕间。问心宜富贵,为复要清闲。

初至肇庆府砚岩

峡口青门束碧流,天生双剑割清秋。可怜柳叶黄如此,曾见芦花白也不。本意买舟归楚国,此行为砚访端州。渴来欲吸三江水,洗出胸中万斛愁。

白云庵

宿雾恋乔木,落花粘瘦枝。鸟声人静处,山色雨来时。霁月成相约,凉风解见知。僧房安一枕,海气濯冰肌。

海丰道中[1]

海近疑无地,山长尽有天。蛇岗岚雾湿,鱼市水风膻。苔色陪岩草,榕阴冒浦莲。由来金翠盛[2],遮莫酌贪泉[3]。

【注释】

①海丰:县名。汉龙川县地,晋分置海丰县。明清属惠州府,今属广东省汕尾市。

②金翠:钱财与宝石。郑谷《贫女吟》:"东邻舞妓多金翠,笑剪灯花学画眉。"

③遮莫:莫要。王建《寒食忆归》:"遮莫杏园胜别处,亦须归看傍村花。"

景泰晚眺

海岸孤绝处,晴沙露远汀。潮花人鬓白,山色佛头青。夕照雌黄笔,秋烟水墨屏。天空杉月冷,鹤梦几回醒。

题南海祠

何处人间得五羊,海城鼓角咽昏黄。无心燕子观秦越,有口檐铃说汉唐。九十日秋多雨水,一千年史几兴亡。圣朝昌盛鲸波息,万国迎琛舶卸樯。

刘燧叔

刘燧叔,字用斋。莆田(今属福建)人。差监审计院,官大理寺丞。理宗淳祐间,知连州。

连州大云洞

试携杖屦作山行,一夜秋风桂子生。犀曳千章稠黛绿,鹅兼万点簇云英。长哦宾客珠玑句,敬仰濂溪日月名。我亦黄尘吹鬓者,频来心迹觉双清。

李曾伯

李曾伯，字长孺，号可斋。原籍覃怀(今属河南)，寓居嘉兴(今属浙江)。理宗淳祐十年(1250)，为京湖安抚制置使知江陵，进龙图阁学士。度宗咸淳元年(1265)，为贾似道所嫉，褫职。

登西楼题柱

分弓来戍岭南州①，动镜尘生雪满头。原进愚言宜简易，颇哀老子得遨游②。青山落处钟闻寺，白鹭明边人倚楼③。衙散吏归冰柈静④，一庭落叶和晴鸠。

【注释】

①分弓：犹受命领兵。杜甫《奉和严大夫军城早秋》："秋风袅袅动高旌，玉帐分弓射虏营。"弓：指弓手。宋元时州县统辖的负责巡逻、缉捕的兵卒。

②遨游：远游；漫游。李贺《昌谷诗》："晚鳞自遨游，瘦鹄暝单跱。"

③明边：视力能及之远处。陈造《次韵张秀才题汪叔量挹秀亭》："碧浪明边帆影远，暖风香里林花晚。"

④衙散吏归：队列解散，吏员归去。白居易《晚兴》："将吏随衙散，文书入务稀。"贾岛《宿姚少府北斋》："鸟绝吏归后，蛩鸣客卧时。"

李昴英

李昴英(1201—1257)，字后明。番禺(今属广东)人。理宗宝庆三年(1227)进士。宝祐二年(1254)，除大宗正卿，兼国史编修官、实录院检讨官、翰林侍讲学士；三年，因论宦官专权，贬归五羊文溪。谥"忠简"。

雨行梅关二首

一

浓岚原作风西合冻云痴，水墨连屏斗崛奇①。冲雨此行风景别，满山翠滴水帘垂。

二

通宵雨滴急催梅，枝北枝南晓尽开。多谢花神好看客，随车十里雪香来。

【注释】

①崛奇：高峻奇特。黄滔《和王舍人、崔补阙题天王寺》："郭内青山寺，难论此崛奇。"

登峡山疾风甚雨

长风吹裂碧云堆，卷取银河泻下来。雨搅犀潭千尺浪，烟遮龙窟一声雷①。松翁偃盖岩隈立②，猿女穿萝洞里回③。旧事兰亭好拈出，婆娑溪曲共流杯。

【注释】

①龙窟：蛟龙栖身的洞穴。张碧《题祖山人池上怪石》："先生应是厌风云，著向江边塞龙窟。"

③岩隈(wēi)：山崖弯曲处。刘沧《题敬亭山庙》："森森古木列岩隈，迥压寒原霁色开。"

③猿女：雌猿。"松翁"、"猿女"，均拟人。

峡山寺

壬午仲冬逾至三日，羊城进士李昴英西游抵峡山，舟距寺而维焉。是夕也，风壮浪号，驱声战激，蛟腾龟涌，与舟汤摩，垂内而不宁枕。翌日既望，摄衣登寺，睹其灵迹，森然昭布，不我醉也。嗟乎！是胡为而来哉？境奇物胜，千态万状，神爱而兹来，则士之假道乎是者亦必不凡矣，行将掬山之青，咏水之绿，与山水俱甲天下，以管地灵人杰云，于是乎者。

山通一水迳皇者①，多少英豪出此途。传我飞来元羽翼②，好风吹送过天衢③。

【注释】

①"山通"句：两山之间一水贯通，成为南往北来的必经之路。　皇者：此指湟水，一名洭水，广东省连江上游，源出连县北部。汉武帝元鼎五年(前 112)遣伏波将军路博出桂阳，下湟水，即此。

②元：大。

③天衢：天上四通八达的大道。《楚辞·九思·遭厄》："蹑天衢兮长驱，踵九阳兮戏荡。"此指朝廷当政者。

白云登阁

白云捧拥到危巅[1]，杰阁翚飞倚半天。谷响颇疑吟木客[2]，潮回坐见变桑田[3]。几重山隔几重海，一日身闲一日仙。真乐无如会心处[4]，林花野鸟亦欣然[5]。

【注释】

①危巅：高高的峰顶。晁补之《次韵毅父户部兄游栖岩寺》："恐是初禅第一天，千秋龙象镇危巅。"

②吟木客：倒装，即木客吟唱。仇远《怀古》："吴岫月明吟木客，汉宫露冷泣铜仙。"木客：伐木者。传说中的深山精怪，实则可能为久居深山的野人。因与世隔绝，故古人多有此附会。

③坐见：犹言眼看着，徒然看着。韦应物《楼中月夜》："坐见苍林变，清辉怆已休。"

④无如：不如，比不上。白居易《郡西亭偶咏》："共闲作伴无如鹤，与老相宜只有琴。"　会心：领悟于心。李白《翰林读书言怀呈集贤诸学士》："片言苟会心，掩卷忽而笑。"

⑤欣然：喜悦貌。王昌龄《过华阴》："欣然忘所疲，永望吟不辍。"

蒲涧滴水岩观瀑

与可人游五四并[1]，快风吹面洗炎蒸。鹿巡夹道千章木，猿挂垂崖百尺藤。石室横琴清振玉，壶瓢酌水冷调冰。瀑帘雨后笼山阔，不许尘埃俗耳听。

【注释】

①可人：有才德的人。引申为可爱的人、称心如意的人。敖陶孙《旅舍七首》之六："渊明真可人，觞至辄忘言"。 五：偶；相类。 四并：语出谢灵运《拟魏太子邺中集诗序》："天下良辰、美景、赏心、乐事，四者难并。"后即以"四并"指良辰、美景、赏心、乐事四者同时遭逢。曹勋《临江仙(中秋夜)·连夜阴云开晓景》："桂影一庭香渐远，四并都向今朝。"

西樵岩①

巨石卷阿驾半天②，樵山风景岂虚传。水帘不卷四时雨，丹灶空凝万古烟。印石尚存乌利迹③，问谁曾识紫姑仙④。我来游遍登云谷，更借山僧半榻眠。

【注释】

①西樵岩：即西樵山，广东四大名山之一，在今佛山市南海区西樵镇。

②卷阿：《诗·大雅·卷阿》之篇名："有卷者阿，飘风自南。"泛指诗歌。泛指蜿蜒的山陵。《楚辞·九怀·株昭》："步骤桂林兮，超骧卷阿。"洪兴祖补注："卷，曲也。音拳。"

③印石：着附仙人脚印的石头。 乌利迹：用乌利单刀刻下字迹。

④紫姑仙：传说中的神，寿阳人李景之妾，为景妻所妒，常役以秽事，于正月十五日含恨而死。自唐以来即有祭俗，图其形，夜于厕间或猪栏边迎之，以问祸福。李商隐《正月十五夜闻京有灯，恨不得观》："身闲不睹中兴盛，羞逐乡人赛紫姑。"

罗浮国醮并序

昔下元日，朝庭遣使斋香建醮，有五云呈瑞。

霓氅蹁跹拜玉宸[1]，发挥道德五千文。步虚夜半千山月[2]，朝斗空中五色云[3]。风雨若时昌国运，乾坤齐寿祝吾君[4]。贤侯方寸精诚积，散作丰湖叶气薰。

【注释】

①霓氅(chǎng)：绘画五彩的大衣。泛指大衣。此指道袍，借代道士。蹁跹：亦作“翩跹”，旋转舞蹈。元稹《代曲江老人百韵》：“掉荡云门发，蹁跹鹭羽振”。　　玉宸：天上宫阙。借代天界神灵。

②步虚：仙人缥缈轻举的美态；亦指道士吟经之声。李白《题随州紫阳先生壁》：“喘息餐妙气，步虚吟真声。”

③朝斗：指步斗，步玄斗。道士礼拜星宿、召遣神灵的动作之一，步行转折，宛如踏在罡星斗宿之上。

④乾坤：天地。李适《重阳日赐宴曲江亭，赋六韵诗用清字》：“乾坤爽气满，台殿秋光清。”

雪封寺二首

一

凿通危石张文献[1]，勘破禅关卢祖师[2]。奇事已堪夸北客，梅花先暖亦南枝。

二

征舆六月度梅关，大地清凉树影班。行客不须梅止渴，流泉到耳冷潺潺。

【注释】

①“凿通”句：唐开元四年(716)秋，张九龄辞官归养，开大庾岭新路，沟通南北陆路交通干线。二十八年(740)五月七日于韶关曲江病逝，享年63岁，被追封为荆州大都督，谥“文献”。

②卢祖师：惠能(638—713)，俗姓卢氏，新州(今属广东新兴县)人。佛教禅宗祖师，得五祖黄梅弘忍传授衣钵，继承东山法门，为禅宗第六祖，世称禅宗六祖。

郑 玠

郑玠，字太玉。浈阳（今属广东）人。理宗嘉熙初，官潮阳尉。淳祐四年（1244）知博罗县，擢太府寺丞。

潮阳东山

暮天凉雨急霏霏，十二巫峰高复低。醉魂不爱风飘断，只恐行云自湿衣。

初至罗浮

长说罗浮欲到难，清游今作字民官①。分明蓬岛三山色，占得飞云六月寒。宝轴几函青贝叶②，玉兰无限碧琅玕③。此来更拟询遗事，记与灵踪石上看。

【注释】

①清游：犹闲游。唐彦谦《原上》："安道门前水，清游岂独吟。"　字民：爱民。程公许《书怀》："字民能使民和悦，居术信与吏道别。"

②贝叶：印度贝多（贝多罗）树叶之简，佛教徒以之写经。王维《苑舍人能书梵字兼达梵音皆曲尽其妙戏为之赠》："莲花法藏心悬悟，贝叶经文手自书。"

③琅玕（láng gān）：竹子美称。白居易《浔阳三题·湓浦竹》："剖劈青琅玕，家家盖墙屋。"

颜得遇

颜得遇，理宗淳祐五年（1245）为英州推官。

招抚峒猺歌①

宋淳祐五年岁乙巳月甲申庚戌，英郡太守帑院壶山顾先生檄摄征庐陵萧宗远招抚峒猺，即期来款，骈首心皈，斯甚盛事。且俾摄郡博士仙游谢升贤暨联采有醴馐之福星馆。饮澈，纠曹达恬颜得遇书勒南山，载以歌。

率土王民乐陶陶②，犬戎亦民今婆娑③。适正人天依中和④，日月不老朝山河。

【注释】

①招抚：招安。

②率土："率土之滨"之省。谓境域之内。《诗·小雅·北山》："率土之滨，莫非王臣。"王引之《经义述闻·毛诗中》："《尔雅》曰：'率，自也。自土之滨者，举外以包内，犹言四海之内。'"

③犬戎：旧时对我国少数民族的蔑称。　　婆娑：舞貌。《诗·陈风·东门之枌》："子仲之子，婆娑其下。"毛传："婆娑，舞也。"

④适正：此指正统伦理行事。

乐雷发

乐雷发(1208—1283)，字声远，号雪矶。春陵谭田(今属湖南)人。理宗宝祐元年(1253)，理宗召见亲试，赐以"特科状元"，赐田八百亩，敕建状元楼一座，授翰林馆职。四年，愤然称病回乡，隐居九嶷，寄情山水，吟诗填词，著书讲学。

送萧大山赴新兴令

翡翠芙蓉去路荒，许浑诗里认封疆。昔闻古佛传宗印，今得吟仙绾县章①。鱼婢蟹奴供俎豆②，马入龙户杂耕桑。澹翁应解知心事，试汲寒泉荐瓣香③。

【注释】

①绾(wǎn)县章：挂县令印章。指任县令。叶适《送陈约甫如永丰》："四十未朝迹，三经绾县章。"绾：将物件穿上洞挂起来。

②俎豆：古代祭祀、宴会时所用的两种器皿。骆宾王《边城落日》："一朝辞

俎豆，万里逐沙蓬。”

③瓣香：古代以香一瓣，表示对人的敬仰。梅尧臣《赠裴直讲水梨二颗言太戡答吴柑三颗以为多走笔呈之》：“莫将多少为轻重，试擘霜包几瓣香。”

曾宋珍

曾宋珍，新安（今属广东深圳）人。理宗淳祐九年（1249）预乡荐。度宗咸淳十年（1274）进士，为龙川尉。

云溪寺

溪水年年自浅深，山云日日半晴阴。溪山好处划开眼，看水看山悟此心。

李春叟

李春叟，字子先。东莞（今属广东）人。理宗宝祐四年（1256）省试中选。后因荐授惠州司户。景定间，除肇庆府司理，迁德庆教授。后除军器大监，辞不就。赐号“梅外处士”。宋亡，不仕。

登粤秀山

宇宙皇图远①，山川霸气收。唯余汉时月②，犹照越台秋。天迥明城树③，云空敛海楼。清光对尊酒④，莫作古今愁。

【注释】

①宇宙：包括一切天体的无限空间与时间。“宇”指无限空间，“宙”指无限时间。王维《苦热》：“思出宇宙外，旷然在寥廓。”　皇图：封建朝代的版图。

②汉时月：汉时的月色。岑参《司马相如琴台》：“荒台汉时月，色与旧时同。”

③天迥（jiǒng）：高远的天空。杜牧《郡斋独酌》：“地顽压不穴，天迥老不僵。”

④清光：月光。戴叔伦《关山月二首》之一：“月出照关山，秋风人未还。清光无远近，乡泪半书间。”

马南宝

马南宝，香山（今属广东）人。恭宗德祐二年（1276）端宗过邑时，献粟千石供军，拜权工部侍郎。帝昺祥兴二年（1279）与元兵战，被俘，不屈死。

哭祥兴帝二首

一

翔龙宫殿已蓬飘①，此日伤心万国朝。目击厓门天地改，寸心难与海潮消。

二

黄屋匡扶事已非②，遗黎空自泪沾衣③。众星耿耿沧溟底，恨不同归一少微④。

【注释】

①蓬飘：飞蓬飘荡，比喻流徙无定。语出曹植《杂诗》之二："转蓬离本根，飘飘随长风。"

②匡扶：匡正扶持。

③遗黎：亡国之民。唐彦谦《邓艾庙》："昭烈遗黎死尚羞，挥刀斫石恨谯周。"

④少微：星座名。共四星，在太微垣西南。《史记·天官书》张守节正义："少微四星，在太微西，南北列：第一星，处士也；第二星，议士也；第三星，博士也；第四星，士大夫也。"

苏　良

苏良（1231—？），字尧臣。番禺（今属广东广州）人。理宗宝祐四年（1256）进士。度宗咸淳元年（1265），知肇庆府。

咸淳乙丑良月同张彭二寅契游七星岩因以纪胜①

杖屐追随入翠莲，玲珑一窍彻心胸。山罗斗宿英灵萃，地镇龙潜气势雄。碑藓犹涵周子泽②，涧松仍有老包风③。岁寒共约吾三友，要把清规踵二翁。

【注释】

①咸淳乙丑：1265 年，南宋度宗咸淳元年。

②周子：周敦颐。北宋思想家、理学家、哲学家、文学家。谥“元公”，号濂溪，世称“濂溪先生”。理学派开山鼻祖。

③老包：包拯。

陈宜中

陈宜中，字与权。永嘉(今属浙江)人。理宗嘉定三年(1262)进士。恭宗德祐元年(1275)，进右丞相兼枢密使。端宗景炎元年(1276)井澳之败，走占城。元至元十九年(1282)复走暹，殁于暹。

如占城经吴川极浦亭①

颠风吹雨过吴川②，极浦亭前望远天。有路可通环屿外，无山堪并首阳巅③。溪云起处潮初长，夜月高时人未眠。异日北归须记取，平芜尽处一峰圆。

【注释】

①如：往。　吴川：市名，今属广东省湛江市代管。汉高凉县地，隋开宝间置县。　极浦亭：故址在广东省吴川市鉴江旧入海处。

②颠风：狂风。元稹《人道短》：“颠风暴雨电雷狂，晴被阴暗，月夺日光。”

③首阳巅：首阳山顶。首阳山在今山西永济县南。方回《题吴仲远游淮送行诗卷》：“长啸首阳巅，悲歌湘水流。”此以伯夷叔齐自比，不向新朝称臣。

李梦吕

李梦吕(1233—？),字纯翁。龙川(今属广东)人。理宗宝祐四年(1256)进士。官惠州佥判。

凤凰谷①

罗浮绝顶凌苍穹,五云飞绕蓬莱宫。金乌玉兔出西东②,铁桥万丈横霁虹。卧虎踞石龙蟠松,异香不动烟腾空。餐霞饮露凡圣同,水帘碎玉声玲珑。桃花流出片片红,碧梧翠竹环三峰。天边凤鸟来雝雝③,仙凤吹入石洞中。我欲呼之仪九重④,歌舞圣化同天功。

【注释】

①凤凰谷:在罗浮山风景区内,上界三峰下夜乐池西面,谷中有凤浴潭。

②金乌: 太阳。元稹《留呈梦得子厚致用》:"暗落金乌山渐黑,深埋粉堠路浑迷。" 玉兔:月亮。白居易《中秋月》:"照他几许人肠断,玉兔银蟾远不知。"

③雝雝(yōng yōng):鸟和鸣声。《诗·小雅·蓼萧》:"和鸾雝雝,万福攸同。"

④仪九重:当指以朝廷的仪式。九重:指朝廷。

文天祥

文天祥(1236—1283),初名云孙,字天祥,以字行,改字履善。吉州(今属江西)人。理宗宝祐四年(1256)进士。景定二年(1261),授秘书省正字,迁著作佐郎兼刑部郎官,出知端州。恭帝德祐二年(1276),进右丞相、枢密使,五月,端宗继位,召赴福州,拜右丞相、枢密使,都督诸路军马,与元兵周旋于汀、漳二州。景炎二年(1277),败于空坑,出岭南;三年,授少保、信国公,移屯海丰,军败被执北行,拘燕三年,元世祖至元十九年(1283)遇害。

过零丁洋[1]

辛苦遭逢起一经[2]，干戈落一作寥落四周星[3]。山河破碎风飘絮[4]，身世浮沉雨打萍[5]。惶恐滩头说一作记惶恐[6]，零丁洋里叹零丁[7]。人生自古谁无死，留取丹心照汗青[8]。上巳日，张元帅令李元帅过船，请作书招论张少保投拜，遂与之言："我自救父母不得，乃教人背父母可乎？"书此诗遗之。李不能强，持诗以达。张但称好人好诗，竟不能逼。

【注释】

①零丁洋：亦称"伶仃洋"，珠江出海口之一。

②起一经：精通经籍，通过科举考试。度正《奉送游子正监簿解嘉定郡绂赴利漕诗》："中兴人物烂如星，西海之滨起一经。"

③落落：稀疏；零落。韩愈《东都遇春》："悠悠度朝昏，落落捐季孟 。" 周星：指木星。木星每年经过黄道十二宫（即十二次）的一宫，约十二年运行一周天，故称周星。古人用它纪年，故又称岁星。亦指一周年。《淮南子·时则训》："是月也，日穷于次，月穷于纪，星周于天，岁将更始。"李乂《奉和幸大荐福寺》："代日兴光近，周星掩曜初。"

④飘絮：柳絮飘飞。顾云《咏柳二首》之一："长堤未见风飘絮，广陌初怜日映丝。"此比喻国势如柳絮飘散，无可挽回。

⑤雨打萍：雨中浮萍，漂泊无根，时起时沉。此比喻身世坎坷。

⑥惶恐滩：赣江十八滩之一。水流湍急，极为险恶。

⑦零丁：孤苦无依的样子。崔颢《江畔老人愁》："虽然得归到乡土，零丁贫贱长辛苦。"

⑧丹心：红心，比喻忠心。乔知之《羸骏篇》："丹心素节本无求，长鸣向君君不留。" 汗青：古代在竹简上写字，先以火炙烤竹片，以防虫蛀。因竹片水分蒸发如汗，故称书简为汗青，也作杀青。这里特指史册。顾况《闲居怀旧》："今日思来总皆罔，汗青功业又何如。"

蔡蒙吉

蔡蒙吉（1246—1277），字梅庵。程乡（今属广东梅州）人。理宗宝祐四年（1256），应童子科，赐进士出身，授迪功郎。再试铨衡，复中第一,加三资,授从政郎、韶州司户兼司法。端宗景炎二年(1277),元军陷梅州,蒙吉被执拘,被元将所杀。文天祥收复梅州,为文祭葬之。

阴那山

宫阙空悬胜绝奇,天然泉石画中窥。五峰指月攒寒玉,二水流云漾碧漪。鱼鸟身如游极乐,猿猴心似发菩提。沉沉钟声僧闲寂,客亦忘言自得之。

梅江晚泛二首[①]

一

罢读出江岸,江波滚滚来。呼舟闲打桨,载月二更回。

二

何处吹横笛,萧萧荻苇丛。徐看钓艇出,蓑笠一渔翁。

【注释】

①梅江:位于广东省东部,发源于广东紫金县的七星峒,经五华、兴宁、梅县,于大埔二河坝汇入韩江,是韩江的两条主要支流之一。

张镇孙

张镇孙(?—1277),字鼎卿。南海(今属广东)人。度宗咸淳七年(1271)进士第一,授秘书省正字,通判婺州。端宗景炎元年(1276)起为广东制置使兼经略安抚使;二年,元军攻陷广州,被执北行,死于大庾。

广州八景[①](存七首选三,余四首缺字过多,不录)

大通烟雨[②]

宝刹巍峨奠大通,几番烟雨暗濛濛。寒声时觉蒹葭响,暝色常迷鸥鹭踪。僧舍乱飘茶灶湿,法台高锁石床空。人人总谓杨枝水[③],谁识乾坤造化功。

菊湖云影[4]

丞相功成晚节巍[5]，暂随丹凤故林归。渊源素蕴澄清志，经济常存变化机。上下无心同一体，高低有影两相依。名公几度登临处，五色祥云绚彩衣。

蒲涧廉泉[6]

岧峣仙境倚层丘，百尺泠泠瀑素流。春长嫩莎成绣幕，夜留新月作垂钩。涧边云护千年韭，岩底凉生六月秋。欲访安期何处觅，药炉丹灶且追游。

【注释】

①广州八景：亦称"羊城八景"，特指广州市的景点。从古至今，八景的选取各不相同。宋代八景为：扶胥浴日、石门返照、海山晓霁、珠江秋月(色)、菊湖云影、蒲涧濂泉、光孝菩提、大通烟雨。

②大通烟雨：景点在今芳村花地滘口。大通寺内在一井，下雨前井会冒烟，故称。

③杨枝水：佛教喻称能使万物复苏的甘露。舒岳祥《赋眼昏》："何人解咒杨枝水，洗净从前业障因。"

④菊湖云影：景点故址在今越秀山东南麓小北路一带。三国吴，广州刺史陆胤蓄文溪下游洼地之水，引入城中成湖。唐开成元年(836)，广州刺史、岭南节度使卢钧，于此筑堤百丈，夹堤广植木棉、刺桐，并建亭台楼阁。南汉时，改称甘泉苑，增种花木，建泛杯池、濯足渠、避暑亭等，成为南汉王朝行宫、园林。

⑤丞相：指张九龄。

⑥蒲涧廉泉：景点在今白云山滴水岩。"廉泉"应为"濂泉"。蒲涧是白云山中一条南流山涧，因涧中长有九节菖蒲草，《南越志》："此菖蒲安期所饵，可以忘老"，故以蒲名之。蒲涧滴水岩，水珠从三四十米的高处滴落，经山风一吹，散化为雨点，纷扬如雾：若逢暴雨过后，便成水帘。崖下有地下水出露，称为"濂泉"。

夜过白云话别(四首选二)

一

江城话别思依依[1]，天远山青入望微[2]。正好楼头共明月，可堪遥对白云飞。

二

遥看天际白云浮，渺渺西飞谁与谋③。归去扶溪溪水阔④，秋来还上越台否？

【注释】

①江城：滨临江河的城市。李白《襄阳曲》："江城回渌水，花月使人迷。" 依依：恋恋不舍的样子。《楚辞·九思·伤时》："顾章华兮太息，志恋恋兮依依。"

②望微：犹视野。

③渺渺(miǎo miǎo)：形容悠远；久远。刘长卿《归弋阳山居留别卢邵二侍御》："渺渺归何处，沿流附客船。" 谁与谋：即"与谁谋"的倒装，跟谁去策划、谋略呢？杜甫《遣兴三首》之二："诸将已茅土，载驱谁与谋。"

④扶溪：溪水名。

戴应魁

戴应魁，号雪溪。东莞(今属广东)人。度宗咸淳九年(1273)，官连山县儒学。

海月岩

谁把巉岩巧凿开，分明幻出小蓬莱。风迎蜃气楼台起，浪涌蟾光宫阙来。海阔鱼龙自吞裹，云深鸾鹤共徘徊。禅师九座经游处，一访遗踪为拂埃。

袁　玧

袁玧，字廷玉。东莞(今属广东)人。宋遗民。

伤乱二首

一

龙蛇风浪起空潭[1]，苍莽山河泣坠簪[2]。乱向十年余史笔，贫无一字到诗函。心惊塞马过淮北，梦逐关鸿度岭南。肉食何人司重鼎，等闲挥麈事清谈。

二

轰轰烈烈一乾坤，北马南船日夜奔[3]。野老有怀悲故国，孤臣无泪哭中原。浮生似我仍留寓，季世何人不闭门。独惜两湖归隐后，枕戈谁是晋刘琨[4]。

【注释】

①空潭：澄澈的深渊。王维《过香积寺》："薄暮空潭曲，安禅制毒龙。"

② 坠簪：疑为"瓶坠簪折"之简，指情人离别，姻缘破碎。此当比喻宋元战争中，宋屡屡兵败失地。

③北马：指元军。陈著《贺新郎·次韵戴时芳》："北马飞江过。画图中、花城柳郭，万摧千挫。"　南船：指宋军。文天祥《二月六日海上大战国事不济孤臣天祥坐北舟中向南恸哭为之诗曰》："昨朝南船满崖海，今朝只有北船在。"

④刘琨（271—318）：西晋诗人。字越石，中山（今属河北）人。官至并州刺史，长期与匈奴贵族刘曜、刘聪对抗。后兵败，投奔鲜卑贵族段匹磾，为匹磾所害。

袁　瑨

袁瑨，字廷用。东莞（今属广东）人。官协正少尹。

游白云山

策杖白云岑，云深不知处。恍见云中君，白云乡里住。举手弄行云，招我登云路。漫漫云路长，愿乘黄鹤驭。黄鹤不复回，白云自来去。

陈　纪

陈纪(1255—?),字景元,号淡轩。东莞(今属广东)人。度宗咸淳九年(1273),乡荐,次年进士。宋亡,隐居不仕。

暮春山行二首

一

幽兴忽不惬①,山蹊策杖游②。林深树叠影,溪涨水重流。对酒愁先醉,看花老却羞。平生倚楼意,搔首转悠悠③。

二

不具看花眼,萧然绿暗村④。贫来疑笔砚,老去信乾坤。日澹树无影,潮回草有痕。诗成鸥没处,鸦外又黄昏。

【注释】

①幽兴:深藏于心的,深远或高雅的情趣。杜甫《陪郑广文游何将军山林十首(山林在韦曲西塔陂)》之一:"平生为幽兴,未惜马蹄遥。"　不惬(qiè):畅快不起来。李白《寄王屋山人孟大融》:"中年谒汉主,不惬还归家。"

②山蹊(xī):山间小路。

③悠悠:形容忧伤。《楚辞·九怀·蓄英》:"将息兮兰皋,失志兮悠悠。"

④萧然:空寂,萧条。陶渊明《五柳先生传》:"环堵萧然,不蔽风日。"

夜宿增江松鹤庵①

木落风高夜欲冰②,襆衾来此爱幽情③。壁灯未灭见花影,山雨忽来闻竹声。谩忆同游期后会,因思往事悟前生。自怜粗带山林骨,坐待寒钟吼五更。

【注释】

①增江:属广东省东江水系河流,流经广州增城市。

②木落:树叶凋落。李白《过汪氏别业二首》:"我行值木落,月苦清猿哀。"

③襆衾:用袱子包扎被,指准备行装。　幽情:深远或高雅的情思。鲍照《侍宴覆舟诗二首》之一:"目远幽情周,醴洽深恩遍。"

化州郡守

化州[①]

罗川带郭古南州[②]，陵水环城小庾楼[③]。云淡青林无过雁，雨涵丹荔集鸣鸠[④]。叨荣铜竹三经夏[⑤]，劝课农桑屡有秋。好趁湍流下吴会[⑥]，章台无柳系归舟[⑦]。

【注释】

①化州：县名。南朝宋置罗州县，梁分置石龙县，宋为化州治。今为广东省化州市。

②罗川：罗江。

③陵水：指陵江。罗江、陵江，均流经化州境之源流，为鉴江支流。　庾楼：楼名。一名庾公楼，在今江西省九江市。传说为晋代庾亮镇江州时建。此泛指楼阁。

④鸠：鸠鸽科的鸟的泛称。

⑤叨荣：承受恩荣。权德舆《奉酬张监阁老雪后过中书见赠加两韵简南省僚旧》："寓直久叨荣，新恩倍若惊。"　铜竹：犹铜符，铜印。古代地方长官所佩。裴度《送刘》："不归丹掖去，铜竹漫云云。"

⑥吴会：泛指江南地区。

⑦章台：秦代宫殿名。以宫内有章台而得名。李白《少年子》："青云少年子，挟弹章台左。"

张子龙

张子龙，字龙潭，号湛江。浙江瑞安人。登学究科，尝为吴县教授。

客居岭南

天风吹白波，归客欲如何。炎国逢花早，春船载雨过。畏蛇焚瘿木[①]，防蛊种衰荷。洞口商人妇[②]，时时送夜歌[③]。

【注释】

①瘿(yǐng)木：树木因虫蛀而隆起的肿瘤子。张籍《和左司元郎中秋居十

首》之六："醉倚斑藤杖，闲眠瘿木床。"

②洞口：此指村镇出入之处，南方常以"洞"命地名。权德舆《戏赠张炼师》："月帔飘飖摘杏花，相邀洞口劝流霞。"

③夜歌：夜晚唱歌。李白《秋浦歌十七首》之十三："郎听采菱女，一道夜歌归。"

蓝　乔

蓝乔，字子升。龙川（今属广东）人。举进士不第，隐于霍山。

怀霍山一作太乙仙岩

太乙峰前是我家，满床书史足生涯①。春深滞酒不归去②，老却碧桃无限花③。

【注释】

①生涯：指从事某种职业的生活。王勃《别薛华》："心事同漂泊，生涯共苦辛。"

②滞酒：长时间喝酒。

③老却：凋谢。

林小山

林小山，新兴（今属广东）人。

新妇石

瘦骨崚嶒立海湄，绿苔曾是嫁时衣。江郎去作三衢客，目断天涯竟未归。

陈延光

陈延光，东莞（今属广东）人。南宋末年太学生。

登高凉山谒墓①

云气拥松楸，佳城生意幽。扫残黄叶路，奠遍绿新刍②。想像音容在，瞻衣涕泗流。东迁祷灵墓，端为护行舟。

【注释】

①高凉山：在今广东省高州市曹江镇，相传为冼夫人屯兵处。

②新刍：新滤过的酒。白居易《浔阳秋怀，赠许明府》："试问陶家酒，新刍得几多。"

小山见梅

小雪梅香已破缄，罗浮春信许先探。松林酒肆知谁醉，石壁题诗只自惭。未放翠禽呼梦觉，待教黄野纵鸾骖。行当看我飞云顶，并取春魁压斗南。

凌　震

凌震，原籍福建莆田。宋理宗淳祐四年(1244)进士。宋末官广东制置使。宋亡，居番禺。

湖光岩①

万顷琉璃一镜平，岩前独立石生风。我今不复稽山去②，莫使时人指姓名。

【注释】

①湖光岩：在今广东省湛江市郊，古火山口，自湖母山而南突起为峰，中为湖，广十余里。东南有一岩，旧名"白云岩"，宋代李纲题字而更为"湖光岩"。

②稽山：即会稽山，在今浙江省。贺知章《采莲曲》："稽山罢雾郁嵯峨，镜水无风也自波。"

杨　泽

杨泽，东莞人，宋末曾举辟荐，官广州路知事。

青嶂山

行行出城郭，望望隔烟霞。绿树七八里，白云三四家。

梁匡时

梁匡时，高要人。宋代人。

沥湖秋泛

波声碎雨吸芙蕖，出没凫舟万里余。水调歌残江露冷，上钩新月不惊鱼。